AMANTE ETERNO

Universo dos Livros Editora Ltda.
Rua do Bosque, 1589 – Bloco 2 – Conj. 603/606
Barra Funda – Cep: 01136-001 – São Paulo/SP
Telefone/Fax: (11) 3392-3336
www.universodoslivros.com.br
e-mail: editor@universodoslivros.com.br
Siga-nos no Twitter: @univdoslivros

AMANTE ETERNO

São Paulo
2011

UNIVERSO DOS LIVROS

Título original
Lover Eternal

1ª Edição – 2ª Reimpressão

Diretor editorial
Luis Matos

Tradução
Jacqueline Valpassos

Revisão
Guilherme Laurito Summa
Julio Domingas

Assistente editorial
Noele Rossi
Talita Camargo
Talita Gnidarchichi

Arte
Fabiana Pedrozo
Stephanie Lin

Capa
Sérgio Bergocce

Dados Internacionais de Catalogação na Publicação (CIP)
(Câmara Brasileira do Livro, SP, Brasil)

W259a Ward, J. R.

Amante Eterno / J. R. Ward ; [tradução de Jaqueline Valpassos]. – São Paulo : Universo dos Livros, 2010.
448 p. – (Irmandade da Adaga Negra)

Tradução de: Eternal Lover.

ISBN 978-85-7930-084-4

1. Vampiros. 2. Ficção. I. Título. II. Série

CDD 813.6

Dedicado a: *Você.*

No começo, não nos entendemos muito bem, não foi?
Então, conheci você de verdade e me apaixonei.
Obrigada por me possibilitar enxergar o mundo por sua ótica e
experimentar viver um pouco como você.
Você é uma pessoa tão... bonita.

Agradecimentos

Com imensa gratidão aos leitores de *A Irmandade da Adaga Negra*. Sem vocês, os Irmãos não teriam um lar nestas páginas.

Muito obrigada a: Karen Solem, Kara Cesare, Claire Zion, Kara Welsh, Rose Hilliard.

Com amor, para minha família e amigos, e, com contínua reverência, para meu Comitê Executivo: Sue Grafton, Dra. Jessica Andersen, Betsey Vaughan.

Glossário de termos e nomes próprios

Irmandade da Adaga Negra: Vampiros guerreiros altamente treinados para proteger a sua espécie contra a Sociedade Redutora. Resultado de cruzamentos seletivos dentro da raça, os membros da Irmandade possuem imensa força física e mental, assim como a capacidade de se recuperar de ferimentos rapidamente. Não é constituída majoritariamente por irmãos de sangue. São iniciados na Irmandade por indicação de seus membros. Agressivos, autossuficientes e reservados por natureza, vivem apartados dos vampiros civis e têm pouco contato com membros das outras classes, a não ser quando precisam se alimentar. Tema para lendas, são reverenciados no mundo dos vampiros. Só podem ser mortos por ferimentos muito graves como tiros ou uma punhalada no coração.

Escravo de sangue: Vampiro macho ou fêmea que foi subjugado para satisfazer a necessidade de sangue de outros vampiros. A prática de manter escravos de sangue caiu em desuso, mas não é ilegal.

As Escolhidas: Vampiras educadas para servirem à Virgem Escriba. São consideradas membros da aristocracia, embora sejam voltadas mais para as coisas espirituais do que temporais. Têm pouca, ou nenhuma, interação com os machos, mas podem acasalar com guerreiros a fim de reproduzir sua espécie, segundo a orientação da Virgem Escriba. Têm a capacidade de predizer o futuro. No passado, eram utilizadas para satisfazer a necessidade de sangue de membros solteiros da Irmandade, mas tal prática foi abandonada pelos Irmãos.

Doggen: Membro da classe servil no mundo dos vampiros. Os doggens seguem antigas e conservadoras tradições de servir aos seus superiores, obedecendo a códigos formais no comportamento e no vestir. Podem sair durante o dia, mas envelhecem relativamente rápido. Sua expectativa de vida é de aproximadamente quinhentos anos.

Fade: Reino atemporal onde os mortos se reúnem com seus entes queridos por toda a eternidade.

Primeira Família: O rei e a rainha dos vampiros, e os seus filhos.

Hellren: Vampiro macho que tem uma companheira. Os machos podem ter mais de uma fêmea.

Leelan: Termo carinhoso, que pode ser traduzido aproximadamente por "muito amada".

Sociedade Redutora: Ordem de assassinos constituída por Ômega com o propósito de erradicar a espécie dos vampiros.

Redutor: Membro da Sociedade Redutora. Humano sem alma empenhado na exterminação dos vampiros. Os redutores só morrem se forem apunhalados no peito; do contrário, vivem eternamente, sem envelhecer. Não comem nem bebem e são impotentes. Com o tempo, seus cabelos, a pele e os olhos perdem a pigmentação. Cheiram a talco de bebê. Depois de iniciados na sociedade por Ômega, conservam uma urna de cerâmica onde seu coração foi depositado após ter sido removido.

Cio: Período fértil das vampiras. Em geral, dura dois dias e é acompanhado por intenso desejo sexual. Ocorre pela primeira vez aproximadamente cinco anos após a transição da fêmea e, a partir daí, uma vez a cada dez anos. Todos os machos respondem em certa medida se estiverem por perto de uma fêmea no cio. Pode ser uma época perigosa, com conflitos e lutas entre os machos, especialmente se a fêmea não tiver companheiro.

Ômega: Figura mística e maligna que almeja a extinção dos vampiros devido a um ressentimento contra a Virgem Escriba. Existe em um reino atemporal e possui grandes poderes, entre os quais, no entanto, não se encontra a capacidade de criar.

Princeps: O nível mais elevado da aristocracia dos vampiros, só suplantado pelos membros da Primeira Família ou pelas Escolhidas da Virgem Escriba. O título é hereditário, não pode ser outorgado.

Perdição: Refere-se a uma fraqueza crítica em um indivíduo. Tal fraqueza pode ser interna, como um vício, ou externa, como uma paixão.

Rytho: Forma ritual de lavar a honra, oferecida pelo ofensor ao ofendido. Se aceito, o ofendido escolhe uma arma e ataca o ofensor, que se apresenta perante ele desprotegido.

Virgem Escriba: Força mística conselheira do rei, guardiã dos registros vampíricos e dispensadora de privilégios. Existe em um reino atemporal e possui grandes poderes. Capaz de um único ato de criação, que usou para trazer os vampiros à existência.

Shellan: Vampira que tem um companheiro. Em geral, as fêmeas não têm mais de um macho devido à natureza fortemente territorial deles.

Tumba: Cripta sagrada da Irmandade da Adaga Negra. Usada como local de cerimônias e como depósito das urnas dos redutores. Entre as cerimônias ali realizadas, estão as iniciações, funerais e ações disciplinadoras contra os Irmãos. O acesso a ela é vedado, exceto aos membros da Irmandade, à Virgem Escriba ou aos candidatos à iniciação.

Transição: Momento crítico na vida dos vampiros, quando ele ou ela se transforma em adulto. A partir daí, precisa beber sangue do sexo oposto para sobreviver e não suporta a luz do dia. Geralmente, ocorre por volta dos vinte e cinco anos. Alguns vampiros não sobrevivem à transição, sobretudo os machos. Antes da mudança, os vampiros são fisicamente frágeis, inaptos ou indiferentes ao sexo, e incapazes de se desmaterializar.

Vampiro: Membro de uma espécie à parte do *Homo sapiens*. Os vampiros precisam beber sangue do sexo oposto para sobreviver. O sangue humano os mantêm vivos, mas sua força não dura muito tempo. Após sua transição, que geralmente ocorre aos vinte e cinco anos, são incapazes de sair à luz do dia e devem se alimentar na veia regularmente. Os vampiros não podem "converter" os humanos por meio de uma mordida ou transferência de sangue, embora, ainda que raramente, sejam capazes de procriar com a outra espécie. Podem se desmaterializar por meio da vontade, mas precisam estar calmos e concentrados para consegui-lo, e não podem levar consigo nada pesado. São capazes de apagar as lembranças das pessoas, desde que recentes. Alguns vampiros são capazes de ler a mente. Sua expectativa de vida ultrapassa os mil anos, sendo que, em certos casos, vai além disso.

Viajante: Um indivíduo que morreu e voltou vivo do *Fade*. Inspiram grande respeito e são reverenciados por sua façanha.

Capítulo 1

– Ah, que inferno, V., assim você acaba comigo... – Butch O'Neal revirava a gaveta das meias procurando as de seda preta, mas só encontrava as de algodão branco.

– Não, peraí – ele tirou de lá uma meia social. Não foi exatamente um triunfo.

– Se eu quisesse acabar com você, tira, garanto-lhe que as meias seriam a última coisa com que se preocuparia.

Butch olhou o companheiro de quarto por cima do ombro. Torcedor dos Red Sox como ele. Seu... bem, um de seus dois melhores amigos. Ambos os quais, diga-se de passagem, calhavam de ser vampiros.

Recém-saído de uma chuveirada, Vishous trazia uma toalha ao redor da cintura, exibindo seu musculoso peito e seus grossos braços. Estava colocando uma luva de couro de motoqueiro para esconder por completo sua mão esquerda tatuada.

– Precisa usar as minhas meias? – sorriu-lhe V., as presas cintilando em meio ao cavanhaque.

– São gostosas de usar.

– Por que não pede ao Fritz para lhe comprar umas?

– Ele já tem serviço demais para ainda se ocupar com compras.

Tudo bem que recentemente Butch houvesse descoberto o seu lado Versace – e quem haveria de pensar que o tivesse? –, mas, seria tão trabalhoso assim conseguir uma dúzia extra de meias de seda?

– Pedirei a ele que faça esse favor a você.

– Você é um perfeito cavalheiro.

Vishous puxou para trás os cabelos escuros. As tatuagens de sua têmpora esquerda apareceram e em seguida ficaram encobertas outra vez.

– Vai precisar do Escalade esta noite?

– Sim, obrigado – Butch enfiou os pés nos mocassins Gucci, sem se apoiar em nada.

– Você vai ver Marissa?

Butch assentiu.

– Preciso saber. De um jeito ou de outro.

E ele tinha o pressentimento de que iria ser *de outro*.

– Ela é uma boa fêmea.

Com toda certeza ela era, e, provavelmente, era por isso que não estava retornando os telefonemas dele. Ex-policiais beberrões não consistiam o tipo ideal das fêmeas, fossem elas humanas ou vampiras. E o fato de ele não ser da mesma espécie que ela não ajudava em nada a situação.

– Bem, tira, Rhage e eu iremos curtir um pouco no One Eye. Quando terminar o que tiver de fazer, vá se encontrar com a gente lá.

Umas pancadas violentas na porta, como se alguém tentasse arrombá-la em vez de simplesmente anunciar sua presença, fizeram com que virassem a cabeça.

Vishous ajeitou a toalha na cintura.

– Mas que droga, esse doidão tem de aprender a usar a campainha.

– Tente falar com ele. Ele não me escuta.

– Rhage não escuta ninguém – V. desceu correndo para o vestíbulo.

Quando o estardalhaço silenciou, Butch voltou a atenção para a sua coleção de gravatas, que crescia a cada dia. Escolheu uma Brioni azul-claro, ergueu o colarinho da camisa branca, e ajustou a peça de seda ao redor do pescoço. Quando chegou à sala de estar, pôde ouvir Rhage e V. falando sobre o álbum "RU still down" do 2Pac.

Butch teve de rir. Caraca, a vida já o havia levado a muitos lugares, muitos deles perigosos, mas nunca pensara que terminaria vivendo com seis vampiros guerreiros. Ou participando, ainda que de maneira modesta, da luta para proteger a espécie deles, minguante e secreta.

De certa forma, entretanto, ele tinha seu lugar na Irmandade da Adaga Negra. Vishous, Rhage e ele formavam um trio impressionante.

Rhage vivia na mansão do outro lado do pátio com o restante dos membros da Irmandade, mas o trio costumava se reunir na casa da guarda, onde V. e Butch estavam alojados. O Buraco, como era conhecido o lugar, parecia a Butch quase um palácio, comparado aos pardieiros em que havia vivido. Ele e V. dispunham de dois quartos, dois banheiros, uma cozinha pequena, uma sala de estar decorada num estilo pós-moderno, masculino e descontraído: um par de sofás de couro, TV de plasma de alta definição, mesa de pebolim e material de academia por toda parte.

Quando Butch adentrou o cômodo principal, pôde ver o traje de Rhage para a noite: um *trench coat* de couro negro que ia dos ombros aos tornozelos. Camiseta, igualmente negra, enfiada nas calças de couro. Com os coturnos, ultrapassava dois metros de altura. Vestido daquela maneira, o vampiro ficava, sem sombra de dúvida, extremamente atraente. Até para um heterossexual de carteirinha como Butch.

O filho da mãe era tão bonito que ninguém conseguia ficar indiferente a ele. O cabelo louro ostentava um corte curto na nuca com a frente mais longa. O azul de seus olhos era da cor do mar das Bahamas. E o rosto fazia Brad Pitt parecer um patinho feio.

Mas não era nenhum *boyzinho*, apesar de encantador. Algo sombrio e letal fervia por trás do exterior cativante, notava-se de imediato. Era o tipo de cara que não deixava de sorrir nem quando lutava, mesmo se estivesse levando a pior numa briga.

– Qual é a boa, Hollywood? – perguntou Butch.

Rhage sorriu, mostrando um esplêndido conjunto de dentes perolados com longos caninos.

– É hora de ir pra farra, tira.

– Caramba, vampiro, já não teve farra o bastante ontem à noite? Aquela ruiva não parecia estar para brincadeira. E a irmã dela também não.

– Sabe como sou. Sempre a fim.

Sim, era verdade. Felizmente, para Rhage, havia uma fila interminável de mulheres mais do que dispostas a satisfazer as necessidades dele. E palavra de honra que o cara as tinha. Não bebia. Não fumava. Mas corria atrás de mulher com uma voracidade que Butch jamais vira.

E olhe que os caras que Butch conhecia entendiam do riscado.

Rhage olhou para V.

– Vá se vestir, cara. A menos que esteja pensando em ir ao One Eye com uma toalha...

– Pare de me acelerar, meu Irmão.

– Então, anda logo.

Vishous se levantou da mesa carregada de equipamentos de informática que causariam uma ereção em Bill Gates. A partir daquele centro de comando, V. executava e fiscalizava os sistemas de segurança do refúgio da Irmandade, inclusive da casa principal, das instalações subterrâneas de treinamento, da Tumba e do Buraco, bem como do sistema de túneis subterrâneos que interligavam os edifícios. Controlava tudo: as venezianas de aço que foram instaladas em cada janela; as fechaduras nas portas de aço; a temperatura nos cômodos; a iluminação; as câmeras de segurança; os portões.

Vishous havia preparado tudo sozinho antes que a Irmandade se mudasse, três semanas antes. As construções e os túneis existiam desde o início dos anos de 1900, mas a maior parte não era usada. Entretanto, depois dos acontecimentos de julho, tomaram a decisão de consolidar as operações da Irmandade, e todos eles se mudaram para lá.

Enquanto Vishous se dirigia para seu quarto, Rhage tirou um pirulito do bolso, rasgou o invólucro vermelho, e o meteu na boca. Butch podia sentir que o cara o encarava. E não se surpreendeu quando o Irmão se dirigiu a ele.

– Não posso acreditar que tenha se arrumado tanto para ir até o One Eye, tira. Quer dizer, está bem vestido demais até para os seus elevados padrões. A gravata, as abotoaduras... É tudo novinho em folha, não?

Butch alisou a Brioni sobre o peito e estendeu a mão para apanhar o paletó Tom Ford que combinava com suas calças pretas largas. Não queria comentar que iria ver Marissa. Tocar no assunto por alto com V. já fora o bastante. Além do mais, o que poderia dizer?

Ela virou o meu mundo de cabeça para baixo quando a conheci, mas agora está me evitando há três semanas. Então, em vez de aceitar a indireta, estou indo até lá suplicar como um perdedor desesperado.

Bem, com toda certeza não queria dizer isso diante do Sr. Perfeição, mesmo sendo ele um bom sujeito.

Rhage girou o pirulito na boca.

– Diga-me uma coisa. Por que se preocupa tanto com as roupas, cara? Não aproveita o impacto que elas causam. Quer dizer, sempre o vejo dispensar as mulheres no bar. Está se guardando para o casamento?

– Isso. É isso mesmo. Estou me segurando até o altar.

– Ah, fala sério, estou realmente curioso. Está se reservando para alguém? – ao não obter resposta, o vampiro riu de leve.

– Eu a conheço?

Butch estreitou os olhos, avaliando se a conversa terminaria mais rápido se ele fechasse a boca. Provavelmente não. Uma vez que Rhage começava, não parava mais até que ele próprio decidisse que havia terminado. Falava da mesma forma que matava.

Rhage balançou a cabeça tristemente.

– Ela não o quer?

– Saberemos esta noite.

Butch verificou quanto tinha de dinheiro. Nos dezesseis anos como detetive de homicídios, não tivera dinheiro para nada. Agora que se unira à Irmandade tinha tanto dinheiro que não conseguia gastá-lo suficientemente rápido.

– Você tem sorte, tira.

Butch olhou para Rhage.

– Como pode dizer isso?

– Sempre me perguntei como seria sossegar com uma mulher que valesse a pena.

Butch riu. O cara era um deus do sexo, uma lenda erótica em sua raça. V. havia lhe contado histórias sobre Rhage que haviam passado de geração em geração quando os tempos eram outros. A ideia de que poderia largar isso para ser o marido de alguém era absurda.

– Tá certo, Hollywood, qual é a piadinha que vem a seguir? Vamos, pode rir às minhas custas.

Rhage fechou a cara e desviou os olhos.

Caramba, o cara falava a sério.

– Ei, olhe, eu não quis...

– Não, tudo bem – o sorriso reapareceu, mas o olhar era vazio. Ele caminhou vagarosamente até a lixeira e atirou o palito do pirulito no lixo. – Agora, podemos sair daqui? Estou cansado de esperar vocês, meninos.

Mary Luce estacionou em sua garagem, desligou o Civic, e fixou o olhar nas pás de neve penduradas em seus suportes diante dela.

Estava cansada, embora o dia não tivesse sido extenuante. Atender o telefone e arquivar os documentos em uma firma de advocacia não exigia muito esforço, físico ou mental. Então, realmente não deveria estar exausta.

Poderia ser esse o ponto. Por não se sentir muito estimulada, estava definhando.

Talvez fosse o momento de voltar para as crianças? Afinal de contas, era para o que havia estudado. O que gostava de fazer. O que a alimentava. Trabalhar com seus pacientes autistas e ajudá-los a encontrar formas de se comunicar havia lhe trazido todo tipo de recompensas, pessoal e profissionalmente. E aquele hiato de dois anos não havia sido sua escolha.

Talvez devesse ligar para o centro, ver se tinham uma vaga. Mesmo se não tivessem, ela poderia se inscrever como voluntária até que houvesse algo disponível.

Sim, era o que faria no dia seguinte. Não havia razão para esperar.

Mary pegou sua bolsa e saiu do carro. Quando a porta da garagem se fechou, ela caminhou até a entrada de casa e recolheu a correspondência. Folheando as contas, fez uma pausa para aspirar o ar daquela noite gelada de outubro. Suas fossas nasais zumbiram. O outono havia varrido todos os indícios de verão no mês anterior, a mudança de estação chegara a reboque de uma frente de ar frio vinda do Canadá.

Ela amava o outono. E, em sua opinião, ao norte da cidade de Nova York aquela estação era gloriosa.

Como Caldwell, a cidade onde havia nascido e provavelmente morreria, localizava-se ao norte, a cerca de uma hora de Manhattan. Cortada pelo rio Hudson, Caldie, como seus habitantes a chamavam, era uma cidade mediana comum. Também estava dividida em áreas nobres, zonas mais pobres, regiões barra-pesada e os "bairros normais". Possuía os mesmos hipermercados, grandes lojas e McDonalds. Museus e bibliotecas. Shoppings estrangulando o decadente centro da cidade. Três hospitais, duas universidades e uma estátua de bronze de George Washington no parque.

Ela inclinou a cabeça para trás e olhou as estrelas, pensando que jamais lhe ocorrera deixar a cidade. Só não tinha certeza se fora por lealdade ou por falta de imaginação.

Talvez por causa de sua casa, pensou, enquanto se dirigia à porta principal. O celeiro adaptado ficava nos limites do que antigamente era uma fazenda, e ela havia feito uma oferta ao corretor de imóveis quinze minutos depois de examinar o local. Por dentro, os espaços eram acolhedores e pequenos. Era… encantadora.

Por isso a comprara quatro anos antes, imediatamente após a morte de sua mãe. Necessitava de algo adorável, assim como de uma total mudança de ares. Seu celeiro era tudo que a casa em que crescera não havia sido. Ali, o piso de pinho cor de mel era envernizado e sem manchas. Sua mobília era da Crate and Barrel, tudo novo, nada gasto ou velho. Os tapetes eram artesanais, de materiais naturais, nada de fibras sintéticas. E tudo, das colchas às cortinas, e das paredes ao teto, eram cor de creme claro.

Sua aversão à escuridão havia sido seu "decorador de interiores". E, veja que fácil, se tudo variar em tons de bege, as coisas combinam, não é mesmo?

Ela largou as chaves e a bolsa na cozinha e apanhou o telefone. A secretária eletrônica a informou: *Você tem… duas… novas mensagens.*

– Oi, Mary, é Bill. Escute, vou lhe fazer uma proposta. Se puder me cobrir na linha direta esta noite durante uma hora, mais ou menos, seria ótimo. A menos que saiba de você, assumirei que ainda está livre. Obrigado novamente.

Deletou a mensagem com um bip.

– Mary, aqui é do consultório da Dra. Della Croce. Gostaríamos que marcasse o retorno de sua consulta médica trimestral. Por favor, entre em contato para agendar uma consulta assim que receber esta mensagem. Nós a internaremos. Obrigada, Mary.

Mary desligou o telefone.

O tremor começou nos joelhos e subiu para os músculos das coxas. Quando atingiu seu ventre, pensou em correr para o banheiro.

Retorno. Consulta médica. Nós a internaremos.

Ela voltou, pensou. A leucemia estava de volta.

CAPÍTULO 2

– Que diabos vamos dizer a ele? Chegará aqui em vinte minutos!

O Sr. O olhou seu dramático colega com um ar de enfado, enquanto pensava que se o *redutor* não parasse com aquela agitação nervosa sem sair do lugar poderia se passar por um João-bobo.

Droga, mas E. não dava uma dentro. Para começo de conversa, o próprio fato de que seu patrocinador o tivesse introduzido na Sociedade Redutora era um mistério. O homem tinha pouca garra. Nenhuma concentração. E nenhum estômago para a nova orientação que tinham na guerra contra os vampiros.

– O que vamos...

– Não vamos dizer nada a ele – disse o Sr. O enquanto olhava o porão em volta.

Facas, navalhas e martelos estavam espalhados desordenadamente sobre o aparador barato do canto. Havia poças de sangue por todo lugar, menos embaixo da mesa, onde deveriam estar. E, misturado com o vermelho, havia um negro lustroso, graças às feridas superficiais de E.

– Mas o vampiro escapou antes que lhe extraíssemos qualquer informação!

– Obrigado pela recapitulação.

Os dois haviam começado a trabalhar o macho quando o Sr. O saiu em busca de ajuda. Quando voltou, E. havia perdido o controle sobre o vampiro, fora atingido em alguns lugares, e estava num canto sozinho, sangrando.

O idiota do superior deles iria exigir uma explicação e, embora o Sr. O desprezasse o tal homem, o Sr. X, os dois tinham algo em comum: o descuido era coisa de perdedores.

O Sr. O observou a agitação de E. ao seu redor um pouco mais, encontrando naqueles movimentos estúpidos a solução tanto para o problema imediato como para o de longo prazo. Quando o Sr. O sorriu, E, o tolo, pareceu aliviado.

– Não se preocupe com coisa alguma – murmurou o Sr. O – , direi a ele que removemos o corpo e o deixamos ao sol no bosque. Não é problema.

– Falará com ele?

– Claro, homem. Entretanto, é melhor sair logo daqui. Ele vai ficar chateado.

E assentiu e destrancou a porta.

– Até mais tarde.

Sim, diga adeus, filho da mãe, pensou o Sr. O, enquanto começava a limpar o porão.

A miserável casinha onde trabalhavam passava despercebida na rua, localizada entre uma arruinada construção, outrora uma churrascaria, e uma pensão condenada. Aquela parte da cidade, com poucas moradias e comércio insignificante, era perfeita para eles. Por ali, as pessoas não saíam depois do anoitecer, estalidos de tiros eram tão comuns como os alarmes de carros, e não se perguntava coisa alguma se alguém deixava escapar um grito ou dois.

Além disso, o local era de fácil acesso. Graças aos valentões do bairro, toda a iluminação pública estava quebrada e a luz proveniente do interior dos outros prédios era desprezível. Como benefício extra, a casa tinha uma entrada externa e coberta para o porão. Entrar e sair carregando um corpo envolto num saco não era um problema.

Ainda que alguém visse algo, só gastaria um segundo para esquecer por completo o que vira. Não constituiria uma grande surpresa para a comunidade, de qualquer forma. O lixo branco tinha aptidão para descobrir suas próprias sepulturas. Além de bater nas mulheres e beber cerveja, morrer, provavelmente, devia ser seu único outro talento notável.

O Sr. O recolheu uma faca e limpou o sangue negro de E. da lâmina.

O porão não era grande e o teto era baixo, mas havia espaço suficiente para a velha mesa que usavam como estação de trabalho e para o velho aparador que usavam como bancada para seus instrumentos. Mesmo assim, o Sr. O achava que não era a instalação correta. Era impossível aprisionar um vampiro ali de forma segura, e isso significava que perdiam uma importante ferramenta de persuasão. O tempo desgastava as faculdades físicas e psíquicas. Se usado de forma correta, o passar dos dias tinha tanto poder como qualquer outra coisa para vencer a resistência.

O Sr. O queria algo no bosque, suficientemente grande para que pudesse conservar seus prisioneiros durante um período mais longo. Como os vampiros viravam fumaça com o amanhecer, tinham de ser mantidos protegidos do sol. Mas, se os encerrasse em um cômodo, corria o risco de que se desmaterializassem bem diante de seus olhos. Precisava de um compartimento de aço para eles.

No andar de cima, a porta dos fundos se fechou e passos ecoaram na escada.

O Sr. X surgiu por baixo de uma lâmpada desprovida de quebra-luz.

O *redutor-chefe* media aproximadamente um metro e noventa e cinco e sua compleição era a de um jogador de defesa do futebol americano. Como todos os assassinos que estavam há muito tempo na Sociedade Redutora, ele era muito pálido. Seu cabelo e sua pele eram brancos como farinha, e suas íris tão claras e incolores como uma vidraça. Assim como o Sr. O, vestia o traje padrão dos *redutores*. Calças cargo pretas e um pulôver preto de gola alta com as armas escondidas sob uma jaqueta de couro.

– Então, diga-me, Sr. O, como foi o trabalho?

Como se o caos no porão não fosse explicação suficiente por si só.

– Esta casa está sob a minha responsabilidade? – perguntou Sr. O.

O Sr. X caminhou casualmente até o aparador e apanhou um cinzel.

– Por assim dizer, sim.

– Então, permita-me assegurar-lhe que isso – moveu a mão ao redor indicando a desordem – não ocorrá outra vez?

– O que aconteceu?

– Os detalhes são cansativos. Um civil escapou.

– Sobreviverá?

– Não sei.

– Estava aqui quando ocorreu?

– Não.

– Conte-me tudo – o Sr. X sorriu quando o silêncio se prolongou.

– Sabe, Sr. O, sua lealdade pode criar-lhe problemas. Não quer que eu puna a pessoa certa?

– Quero encarregar-me disso eu mesmo.

– Estou certo de que o fará. Só que, se não me disser, posso ter de colocar o custo do fracasso na sua conta, de qualquer forma. Vale isso?

– Se eu tiver permissão para fazer o que quiser com o responsável pela festa, então, sim.

O Sr. X riu.

– Nem posso imaginar o que seria.

O Sr. O esperava, observando a cabeça do afiado cinzel segurado delicadamente, enquanto o Sr. X passeava ao redor do recinto.

– Designei como seu par o homem errado, não é verdade? – o Sr. X murmurou, enquanto recolhia as algemas do chão. Ele as deixou cair sobre o aparador.

– Pensei que o Sr. E poderia elevar-se ao seu nível. Não o fez. E fico feliz que tenha falado comigo antes de discipliná-lo. Ambos sabemos como você gosta de trabalhar de forma independente. E como isso me desagrada.

O Sr. X espiou sobre o ombro, os olhos sem vida fixos no Sr. O.

– Em vista de tudo isso e, particularmente, por ter falado comigo antes, pode ter o Sr. E.

– Quero fazê-lo com plateia.

– Seu esquadrão?

– E outros.

– Tentando provar a si mesmo outra vez?

– Elevando o nível.

O Sr. X sorriu friamente.

– Você continua o pequeno filho da mãe arrogante de sempre, não é mesmo?

– Sou tão alto quanto você.

Súbito, o Sr. O achou-se incapaz de mover os braços ou as pernas. O Sr. X já havia utilizado aquele golpe paralisante antes, então, não foi totalmente inesperado. Mas o cara ainda tinha o cinzel na mão e ele estava cada vez mais próximo.

O Sr. O opôs resistência, suando enquanto lutava e nada conseguia.

O Sr. X se inclinou de maneira que seus peitos se tocaram. O sentiu que algo roçava seu traseiro.

– Divirta-se, filho – murmurou o homem ao ouvido do Sr. O –, mas faça um favor a você mesmo. Lembre-se de que, por maiores que sejam suas calças, você não chega aos meus pés. Vejo você depois.

O homem atravessou o porão a passos largos. A porta lá em cima se abriu e depois se fechou.

Assim que o Sr. O pôde se mover, meteu a mão em seu bolso de trás.

O Sr. X havia lhe dado o cinzel.

Rhage desceu do Escalade e esquadrinhou a escuridão ao redor do One Eye, esperando que os *redutores* os atacassem. Não esperava ter sorte. Ele e Vishous haviam "dado sopa" durante horas aquela noite e não haviam conseguido nada. Sequer avistaram um. Era sinistramente estranho.

E para alguém como Rhage, que dependia de lutar por razões pessoais, também era frustrante que só.

Entretanto, como todas as coisas, as guerras entre a Sociedade Redutora e os vampiros eram cíclicas, e atualmente estavam em baixa. Fazia sentido. Em julho, a Irmandade da Adaga Negra havia destruído o centro de recrutamento da Sociedade Redutora e também dez de seus melhores homens. Certamente, agora os *redutores* estavam se recuperando das baixas.

Ainda bem que havia outras formas de queimar sua energia.

Ele olhou para o antro de depravação crescente que era atualmente o local de curtição da Irmandade. O One Eye ficava nos limites da cidade e, por isso, sua clientela era constituída de motoristas e operários de obra, caras duros que faziam valer seus argumentos na base da brutalidade em vez da gentil persuasão. O bar era seu reduto. Uma construção térrea circundada por um colarinho de asfalto. Caminhões, sedãs americanos, e Harleys ocupavam o estacionamento. Através das janelas pequenas, anúncios de cerveja brilhavam em vermelho, azul e amarelo, logomarcas da Coors, Bud Light e Michelob.

Nada de Coronas ou Heinekens para aqueles caras.

Enquanto fechava a porta do carro, seu corpo tremia, sua pele coçava, seus grossos músculos se retesavam. Estendeu os braços, buscando um pouco de alívio. Não se surpreendeu ao constatar que o gesto não surtiu efeito. Sua maldição falava mais alto, levando-o para um terreno perigoso. Se não encontrasse algum tipo de liberação logo, iria ter sérios problemas. Que inferno: ele iria *ser* um sério problema.

Muito obrigado, Virgem Escriba.

Como se já não fosse suficientemente ruim ter nascido com tamanha força física, um maldito dom que nunca tinha apreciado ou valorizado. Mas, então, ele enfureceu a entidade feminina mística que presidia sua raça. Cara, ela deve ter ficado muito feliz por acrescentar outra camada na enorme pilha de maldições em que nascera. Agora, se não extravasasse a cólera regularmente, tornava-se letal.

As brigas e o sexo eram as duas únicas válvulas de escape de que dispunha, e ele as usava como um diabético usa insulina. Um fluxo estável de ambas o ajudava a manter-se equilibrado, mas o truque nem sempre resolvia o problema. E quando perdia o equilíbrio, as coisas ficavam feias para todo mundo, inclusive para ele mesmo.

Santo Deus, estava cansado de ser refém de seu próprio corpo, contornando suas exigências, esforçando-se para não cair em uma inconsciência brutal. Claro que seu belíssimo rosto e sua força descomunal eram boas coisas. Mas as trocaria de bom grado por uma constituição raquítica e uma cara feia, se isso lhe proporcionasse paz. Caramba, sequer conseguia recordar o que era serenidade. Na verdade, não conseguia se lembrar nem mesmo de quem era.

A desintegração de si mesmo iniciou rapidamente. Após uns poucos anos de maldição, havia deixado de esperar por um alívio verdadeiro e simplesmente continuou tentando sobreviver sem ferir ninguém. Foi então que começou a morrer por dentro; e agora, cerca de cem anos depois, estava quase completamente entorpecido, nada mais do que uma fachada brilhante e um charme vazio.

Em todos os níveis significativos, havia desistido de tentar fingir que era algo mais do que uma ameaça ambulante. Porque a verdade era que ninguém estava a salvo com ele por perto. E isso era o que de fato o estava matando por dentro, mais do que a agonia física que tinha de suportar quando a maldição se manifestava. Vivia com medo de ferir um de seus irmãos. E, no último mês, também Butch.

Rhage contornou o carro e olhou o macho humano através do para-brisa. *Meu Deus, quem diria que um dia seria tão amigo de um* Homo sapiens*?*

– Veremos você mais tarde, tira?

Butch encolheu os ombros.

– Não sei.

– Boa sorte, cara.

– Será o que tiver de ser.

Rhage praguejou suavemente quando o Escalade se foi e ele e Vishous atravessaram o estacionamento.

– Quem é ela, V.? Uma de nós?

– Marissa.

– Marissa? A companheira anterior de Wrath? – Rhage balançou a cabeça – Ah, cara, preciso de detalhes. V., você vai me contar.

– Não fico interrogando o cara sobre esse assunto. E você também não deve fazer isso.

– Não sente curiosidade?

V. não respondeu; os dois alcançaram a entrada dianteira do bar.

– Ah, bom. Você já sabe, não é? – disse-lhe Rhage – Já sabe o que vai acontecer.

V. limitou-se a dar de ombros e fez menção de abrir a porta. Rhage pousou a mão sobre a madeira, detendo-o.

– Ei, Vishous, alguma vez já sonhou comigo? Você já viu meu futuro?

Vishous virou a cabeça. À luz néon do anúncio da Coors, seu olho esquerdo, o que tinha as tatuagens em volta, ficou todo negro. A pupila se dilatou até que lhe tomou a íris e a parte branca, e só restou um lago negro e sem fundo.

Era como olhar para o infinito. Ou talvez o *Fade*, enquanto se morria.

– Quer realmente saber? – disse o Irmão.

Rhage deixou cair a mão.

– Só uma coisa me preocupa. Vou viver o bastante para me livrar de minha maldição? Você entende? Conseguir um pouco de paz?

A porta foi escancarada de repente e um bêbado saiu por ela cambaleando, desorientado como um caminhão com o eixo quebrado. O cara se dirigiu para os arbustos, vomitou, e desabou de cara no asfalto.

A morte era uma forma segura de encontrar paz, pensou Rhage. *E todo mundo morria. Até os vampiros. Um dia.*

Não voltou a olhar nos olhos do Irmão.

– Esqueça V. Não quero saber.

Havia sido amaldiçoado e ainda restavam outros noventa e um anos antes que fosse liberto. Noventa e um anos, oito meses e quatro dias até que seu castigo terminasse e o monstro já não fosse parte dele. Por que antecipar o golpe com uma previsão cósmica e saber que não viveria tempo suficiente para se ver livre da maldita coisa?

– Rhage.

– O quê?

– Vou lhe contar uma coisa. Seu destino está vindo ao seu encontro. E ela chegará em breve.

Rhage sorriu.

– Oh, sim? Como é essa mulher? Eu prefiro as...

– Ela é uma virgem.

Um calafrio percorreu a espinha de Rhage até o traseiro.

– Você está zoando comigo, não é?

– Olhe no meu olho. Pensa mesmo que estou de brincadeira?

V. fez uma pausa por um momento e depois abriu a porta, liberando o cheiro do interior do bar, uma mistura de cerveja e corpos humanos, junto com a batida de uma antiga música do Guns N' Roses.

Ao entrarem, Rhage murmurou:

– Você é doido de pedra, meu Irmão. Palavra de honra...

Capítulo 3

Pavlov tinha razão, Mary pensou, enquanto dirigia para o centro. Sua reação de pânico pela mensagem do consultório da Dra. Della Croce fora instintiva, não racional. "Mais exames" poderia significar várias coisas. Só porque ela associava qualquer notícia vinda de um médico com uma catástrofe não significava que pudesse prever o futuro. Não tinha ideia do que estava errado, se é que algo estava, de fato, errado. Afinal de contas, estava em remissão há quase dois anos e se sentia bem. Quer dizer, cansava-se; mas, quem é que não se cansa? Seu emprego e o trabalho voluntário a mantinham ocupada.

A primeira coisa que faria na manhã seguinte seria ligar para marcar a consulta. Por ora, ela estava indo iniciar o turno de Bill na linha direta para suicidas em potencial.

Como a ansiedade diminuiu um pouco, ela respirou fundo. As vinte e quatro horas seguintes iriam ser um teste de resistência, com seus nervos convertendo seu corpo em um trampolim e a mente em um turbilhão. O segredo era esperar as fases de pânico passarem e, então, recuperar suas forças enquanto o medo "cochilava".

Estacionou o Civic em uma área aberta na Rua Dez e caminhou rapidamente em direção a um edifício de seis andares mal conservado, localizado numa área decadente da cidade, resultado de um esforço dos anos setenta de revitalizar uma área de nove quarteirões do que era então uma "vizinhança perigosa" com prédios comerciais. O otimismo não havia funcionado, e agora os escritórios se misturavam com moradias de baixa renda.

Ela parou na entrada e acenou para dois policiais que passavam em um carro-patrulha.

O quartel-general da Linha Direta para Prevenção de Suicídios ficava no segundo andar e dava para a frente do edifício, e ela olhou para as janelas iluminadas. Seu primeiro contato com a entidade sem fins lucrativos se deu quando ela própria precisou do serviço. Três anos depois, passou a atender os telefonemas das pessoas em busca de alívio todas as quintas, sextas e sábados à noite. Também cobria os feriados.

Ninguém sabia que ela um dia ligara para aquele número. Ninguém sabia que havia tido leucemia. E se fosse preciso entrar em guerra novamente com o seu próprio sangue, ninguém iria ficar sabendo disso também.

Tendo visto sua mãe morrer, não queria ninguém chorando em sua cabeceira. Já conhecia a raiva impotente que substituía a esperança na graça salvadora que não chegava. Não tinha interesse em representar enquanto lutava para respirar e se afundava num mar de órgãos em falência.

Certo. O pânico estava voltando.

Mary escutou um som à sua esquerda e vislumbrou um rápido movimento, como se alguém houvesse evitado ser visto escondendo-se atrás do edifício. Reagindo, ela digitou o código na fechadura eletrônica, entrou e subiu as escadas. Quando chegou ao segundo andar, tocou o interfone para ser admitida no escritório da Linha Direta.

Enquanto passava pela recepção, acenou para a diretora executiva, Rhonda Knute, que falava ao telefone. Depois, cumprimentou com a cabeça Nan, Stuart e Lola, que estavam trabalhando naquela noite, e se instalou em um cubículo vago. Após se certificar de que estava com um número de formulários suficiente, canetas e o livro referencial com os procedimentos da Linha Direta, tirou uma garrafa de água da bolsa.

Quase imediatamente, uma de suas linhas tocou, e ela conferiu na tela a identificação da chamada. Ela conhecia o número. E a polícia havia lhe dito que era o número de um telefone público. Do centro da cidade.

Sempre ligava para ela.

O telefone tocou uma segunda vez e ela o atendeu, seguindo o roteiro da linha direta.

– Linha Direta para Prevenção de Suicídios, meu nome é Mary. Como posso ajudá-lo?

Silêncio. Sequer o som de respiração.

Baixinho, ao fundo, ela distinguiu o zumbido de um motor de carro, que logo em seguida se desvaneceu. De acordo com o registro de chamadas da polícia, a pessoa sempre ligava de um telefone público e variava sua localização para que não pudessem rastreá-la.

– Meu nome é Mary. Como posso ajudá-lo? – ela baixou a voz e quebrou o protocolo – Sei que é você, e me alegro que esteja buscando auxílio novamente. Mas, por favor, não pode me dizer o seu nome ou o seu problema?

Ela esperou. Do outro lado, desligaram.

– Outro dos seus? – perguntou-lhe Rhonda, sorvendo um gole de chá de ervas de uma caneca grande.

Mary desligou o telefone.

– Como soube?

A mulher balançou a cabeça, olhando por cima do ombro.

– Tivemos um monte de ligações, mas nenhum atendente conseguiu ir além da saudação. Então, mal chegou, e você já estava atendendo a um chamado.

– Sim, bem...

– Olhe, os policiais me deram um retorno hoje. Não há nada que possam fazer a não ser controlar cada telefone público da cidade, e não estão dispostos a ir tão longe nesse momento.

– Já lhe disse. Não me sinto em perigo.

– Não tem certeza de que não está.

– Ah, Rhonda, isso vem acontecendo há nove meses, não é? Se fossem me atacar, já o teriam feito. E realmente quero ajudar...

– Essa é outra coisa com que estou preocupada. Tenho a nítida impressão de que está protegendo essa pessoa, seja ela quem for. Está levando para o lado pessoal, envolvendo-se.

– Não, não estou. Se estão ligando para cá, existe um motivo, e sei que posso me encarregar disso.

– Mary, pare. E ouça o que está dizendo – Rhonda aproximou uma cadeira e baixou a voz quando se sentou – É... duro para mim ter de dizer isso. Mas creio que precisa de um descanso.

Mary recuou o corpo.

– Do quê?

– Está aqui há muito tempo.

– Trabalho o mesmo número de dias do que os outros.

– Mas fica aqui por horas depois do fim de seu turno, e sempre cobre os horários dos outros. Você está muito envolvida. Sei que nesse exato momento está substituindo Bill, mas quando ele chegar, quero que vá. E não a quero de volta antes de algumas semanas. Precisa de um pouco de distanciamento. Esse é um trabalho árduo, extenuante, e você precisa manter uma certa perspectiva.

– Não agora, Rhonda. Por favor, não agora. Preciso estar aqui mais do que nunca.

Rhonda apertou a mão tensa de Mary gentilmente.

– Aqui não é o lugar apropriado para solucionar seus problemas, e você sabe disso. Você é uma das melhores voluntárias que já tive, e quero que volte. Mas só depois que tenha passado um tempo afastada para arejar a cabeça.

– Posso não ter esse tempo – murmurou Mary.

– O quê?

Mary estremeceu e forçou um sorriso.

– Nada. É claro, tem razão. Irei embora assim que Bill chegar.

Bill chegou cerca de uma hora mais tarde, e Mary estava fora do edifício dois minutos depois. Quando chegou em casa, fechou a porta e se apoiou contra os painéis de madeira, escutando o silêncio. O horrível e esmagador silêncio.

Oh! Deus, como queria voltar para o escritório da Linha Direta. Precisava ouvir as tranquilas vozes dos outros voluntários. E os telefones tocando. E o zumbido das luzes fluorescentes no teto.

Porque sem distrações, sua mente era invadida por terríveis imagens: os leitos do hospital. As agulhas. As bolsas de medicação penduradas ao seu lado. Em um horrível flash, viu-se careca, a pele macilenta e os olhos fundos, já não se parecendo com ela mesma, já não *sendo* ela mesma.

E recordou como se sentia quando deixava de ser uma pessoa. Depois que os médicos iniciaram o tratamento com quimioterapia, ela afundou rapidamente na frágil subclasse dos doentes, dos moribundos, tornando-se nada mais do que um doloroso e assustador lembrete da mortalidade para as outras pessoas, um comovente emblema da natureza terminal da vida.

Mary atravessou velozmente a sala de estar e a cozinha, e abriu a porta de correr. Quando irrompeu na noite lá fora, o medo a deixara ofegante, mas aspirar com sofreguidão o ar gelado foi um choque.

Você não sabe se algo está errado. Não sabe o que é...

Repetiu o mantra tentando controlar o pânico que a agitava, enquanto se dirigia para a piscina, que não passava de uma grande banheira encravada no solo.

Sua água, densa e parada devido ao frio, mais parecia óleo negro à luz do luar. Sentou-se, tirou os sapatos e meias, e mergulhou os pés nas profundezas enregelantes. Manteve-os submersos mesmo quando se tornaram dormentes, desejando ter a energia para mergulhar e nadar até a grade do fundo. Caso se agarrasse a ela por tempo suficiente, talvez conseguisse anestesiar-se por completo.

Pensou em sua mãe. E em como Cissy Luce havia morrido em sua cama na casa que as duas sempre chamaram de lar.

Tudo sobre aquele quarto ainda estava muito nítido: a forma como a luz atravessava as cortinas de renda e projetava sobre tudo um padrão de flocos de neve. Aquelas pálidas paredes amarelas, o tapete branco e o carpete na cor branco "sujo". O edredom que sua mãe amava, aquele de rosinhas cor-de-rosa com fundo creme. O cheiro de noz moscada e gengibre do vaso de *potpourri*. O crucifixo sobre a cabeceira da cama e a grande imagem de Nossa Senhora em um canto, no chão.

Tais lembranças eram dolorosas; por isso, Mary forçou-se a relembrar o quarto como ficara depois que tudo terminou, a enfermidade, a morte, a limpeza, a venda da casa. Viu o quarto antes de se mudar. Limpo. Em ordem. Os objetos religiosos de sua mãe empacotados e guardados, a ligeira marca que a cruz havia deixado na parede encoberta por uma gravura emoldurada de Andrew Wyeth.

As lágrimas não puderam ser contidas. Chegaram lenta e implacavelmente, caindo na água. Ela as observou atingir a superfície e desaparecer.

Quando olhou para cima, não estava só.

Mary se levantou de um salto, cambaleou para trás, mas se equilibrou, enxugando as lágrimas. Era só uma criança. Um adolescente. De cabelo escuro e pele pálida. Tão magro que estava esquelético, tão belo que não parecia humano.

– O que está fazendo aqui? – perguntou ela, não muito assustada. Era difícil ter medo de um ser tão angelical. – Quem é você?

Ele só balançou a cabeça.

– Você está perdido? – só podia estar. Fazia muito frio para que estivesse apenas de calça jeans e camiseta – Como você se chama?

Ele levou a mão à garganta e a moveu de um lado para outro negando com a cabeça. Como se fosse um estrangeiro frustrado pela barreira idiomática.

– Você fala inglês?

Ele assentiu e, então, começou a gesticular. A Linguagem de Sinais Americana. Ele usava a LSA.

Isso a fez se lembrar de sua antiga vida, quando ensinava seus pacientes autistas a usar as mãos para se comunicarem.

Você lê os lábios ou pode ouvir? – perguntou-lhe por meio de sinais.

Ele ficou estupefato, como se o fato de que ela o compreendesse fosse a última coisa que esperasse.

Posso ouvir muito bem. Só não posso falar.

Mary o olhou fixamente durante um bom tempo.

– Era você que ligava para mim.

Ele hesitou. Depois, concordou balançando a cabeça. *Nunca tive a intenção de assustá-la. E eu não ligo para incomodá-la. Eu só... gosto de saber que você está lá. Mas não há nada esquisito nisso, pode ter certeza. Eu juro.*

Os olhos dele a encaravam com firmeza.

– Acredito em você – entretanto, o que fazer agora? A Linha Direta proibia qualquer contato com as pessoas que ligavam.

Sim, bem, ela não ia expulsar a pobre criança de sua propriedade a pontapés.

– Quer comer alguma coisa?

Ele negou com a cabeça.

Talvez eu possa me sentar com você por um momento? Ficarei do outro lado da piscina.

Como se estivesse acostumado que lhe dissessem que se mantivesse afastado deles.

– Não – disse ela. Ele curvou a cabeça uma vez e virou-se para ir embora.

– Quero dizer, sente-se aqui. Perto de mim.

Ele se aproximou lentamente, como se esperasse que ela mudasse de ideia. Quando tudo que ela fez foi se sentar e mergulhar os pés de novo na piscina, ele descalçou o par de tênis velhos, enrolou suas calças folgadas, e sentou-se a mais ou menos um metro dela.

Meu Deus, ele era tão pequeno.

Ele colocou os pés na água e sorriu.

Está fria, ele gesticulou.

– Quer um suéter?

Ele fez que não com a cabeça e moveu os pés em círculos.

– Qual é o seu nome?

John Matthew.

Mary sorriu, pensando que tinham algo em comum.

– Dois profetas do Novo Testamento.

As freiras me deram esse nome.

– Freiras?

Houve uma longa pausa, como se ele estivesse escolhendo o que contar a ela.

– Esteve em um orfanato? – ela o ajudou com amabilidade. Lembrou-se de que ainda havia um na cidade, chamado Nossa Senhora das Graças.

Nasci em um banheiro de uma parada de ônibus. O faxineiro que me encontrou me levou para o Nossa Senhora. As freiras me deram esse nome.

Ela conteve uma careta de espanto.

– Ah, sei. E onde vive agora? Você foi adotado?

Ele negou com a cabeça.

– Alguém o criou? – por favor, Deus, permita que tenha pais de criação. Pais de criação legais. Que o tenham protegido do frio e alimentado. Gente boa que lhe dissesse que ele era importante, mesmo que seus pais verdadeiros o tenham abandonado.

Como não houve resposta, ela olhou suas roupas surradas, e a expressão de alguém de mais idade em seu rosto. Sua aparência revelava que a vida não fora nada gentil com ele.

Finalmente, as mãos dele se moveram.

Moro na Rua Dez.

O que significava que vivia em um edifício condenado ou era inquilino de um pardieiro infestado de ratos. Como conseguia estar tão limpo era um milagre.

– Vive perto do escritório da Linha Direta, não é? Por isso você sabia que eu estava lá essa noite, mesmo não sendo o meu turno.

Ele assentiu.

Meu apartamento fica do outro lado da rua. Observo-a ir e vir, mas não de uma forma desrespeitosa. Creio que penso em você como uma amiga. Quando liguei a primeira vez... sabe, foi um impulso ou algo assim. Você atendeu... e eu gostei do som de sua voz.

O rapaz tinha belas mãos, pensou ela. *Como as de uma garota. Graciosas. Delicadas.*

– E me seguiu até minha casa esta noite?

Quase todas as noites. Tenho uma bicicleta, e você dirige devagar. Imaginei que se velasse por você, estaria mais segura. Sempre fica até tarde, e aquela não é uma área boa da cidade para uma mulher andar sozinha. Mesmo de carro.

Mary balançou a cabeça, pensando que ele era estranho. Parecia uma criança, mas suas palavras eram de um homem. E, pensando bem, era para ela estar apavorada. Aquele menino cismando com ela, achando que era uma espécie de protetor, quando ele próprio é que parecia precisar ser salvo.

Diga-me: por que estava chorado ainda agora?, perguntou ele com sinais.

Seus olhos eram muito diretos, e era um tanto sinistro encontrar o olhar de um homem adulto no rosto de uma criança.

– Porque pode ser que o meu tempo tenha acabado – ela deixou escapar.

– Mary? Posso lhe fazer uma visita?

Mary olhou por cima do ombro. Bella, sua única vizinha, havia atravessado todo o terreno de dois acres que havia entre suas propriedades e estava parada na beirada do gramado.

– Olá, Bella. Ah, venha conhecer John.

Bella desceu até a piscina. Mudara-se para a sede da antiga fazenda no ano anterior e as duas costumavam conversar à noite. Com um metro e oitenta de altura e uma juba de cachos escuros que lhe desciam pelas costas, Bella era uma visão e tanto. Seu rosto era tão bonito que Mary havia levado meses para deixar de olhá-la fixamente, e o seu corpo parecia saído de uma capa da edição de trajes de banho da *Sports Illustrated.*

Então, era natural que John parecesse assombrado.

Mary se perguntou distraidamente como seria provocar tal impressão em um homem, mesmo em um adolescente. Ela mesma nunca fora uma beldade, enquadrava-se na vasta categoria de mulheres que não eram feias nem bonitas. Assim mesmo, antes do estrago que a quimioterapia causou ao seu cabelo e pele.

Bella se inclinou com um leve sorriso e estendeu a mão para o rapaz.

– Olá.

John se levantou e a tocou brevemente, como se não estivesse seguro de que fosse real. Engraçado, Mary sempre sentira a mesma coisa em relação à mulher. Havia algo muito... *excessivo* nela. Parecia maior do que a vida, muito mais vivaz do que as outras pessoas que Mary conhecia. Com toda certeza, muito mais exuberante.

Embora Bella certamente não fizesse o gênero *femme fatale.* Ela era tranquila, modesta e vivia só, aparentemente trabalhando como escritora. Mary nunca a via durante o dia, e parecia que nunca entrava ou saía pessoa alguma da sede da antiga fazenda.

John virou-se para Mary, gesticulando.

Quer que eu vá embora?

Então, como que se antecipando à resposta, ele tirou os pés da água.

Ela pousou a mão nas costas dele, tentando ignorar os ossos proeminentes que podiam ser sentidos através de sua camiseta.

– Não. Fique.

Bella tirou o tênis de corrida e as meias e roçou os dedos dos pés na superfície da água.

– Sim, John. Fique conosco.

Capítulo 4

Rhage bateu os olhos na primeira fêmea desejável daquela noite. Era humana e loura, disponível, e transpirava sensualidade. Como o restante de sua espécie no bar, emitia sinais para ele: exibia o traseiro, afofava a farta cabeleira.

– Encontrou algo de seu agrado? – disse-lhe V, secamente.

Rhage assentiu e fez um sinal com o dedo para a mulher. Ela atendeu ao chamado. Ele gostava disso nas humanas.

Estava acompanhando o movimento de seus quadris quando tal visão foi bloqueada por outro corpo feminino escultural. Olhou para cima e se controlou para não revirar os olhos com irritação.

Caith era de sua espécie, e bastante bonita com seus cabelos pretos e olhos escuros. Mas era uma "caçadora" de Irmãos, sempre por perto, oferecendo-se. Tinha a sensação de que ela os via como troféus de caça, algo para se gabar. E isso o exasperava.

Em sua opinião, ela era tão *vadia* quanto *sem noção*.

– Oi, Vishous – disse ela num tom de voz baixo, sensual.

– Boa noite, Caith – Vishous tomou um gole de sua vodca Grey Goose. – O que está rolando?

– Estava imaginando o que você anda fazendo.

Rhage olhou além dos quadris de Caith. Por sorte, a loura não temia um pouco de competição. Continuava vindo na direção da mesa.

– Não vai me dizer olá, Rhage? – provocou-o Caith.

– Só se sair da frente. Está bloqueando a minha visão.

A fêmea riu.

– Mais uma para a sua coleção. Que sorte a dela.

– Bem que você adoraria fazer parte da minha coleção, Caith.

– Sim, é verdade – seus olhos, predadores e cheios de desejo, pousaram nele. – Talvez você queira se juntar a mim e Vishous?

Quando ela estendeu a mão para acariciar-lhe os cabelos, ele agarrou-a pelo pulso.

– Nem se atreva.

– Como é que pega tantas humanas e nunca me quis?

– Só não estou interessado.

Ela se inclinou e falou-lhe no ouvido.

– Deveria me experimentar qualquer dia desses.

Ele a afastou bruscamente, apertando-lhe o pulso com força.

– Isso, Rhage, aperte mais forte. Gosto quando machuca.

Ele a largou imediatamente, e ela sorriu enquanto esfregava o pulso.

– Então, está ocupado, V.?

– Acabei de chegar. Mas, quem sabe um pouco mais tarde?

– Sabe onde me encontrar.

Quando ela foi embora, Rhage olhou para o Irmão.

– Não sei como você a suporta.

V. virou sua vodca, olhando a fêmea com os olhos semicerrados.

– Ela tem seus atributos.

A loura chegou e parou diante de Rhage, fazendo um pouco de pose. Ele colocou ambas as mãos em seus quadris e a puxou para si, deixando-a montada sobre as coxas dele.

– Olá – disse ela, ajeitando-se. Estava ocupada em examiná-lo, classificando-o por suas roupas, olhando o grande Rolex de ouro que aparecia por baixo da manga do casacão. O olhar calculista da mulher era tão vazio quanto o peito dele por dentro.

Meu Deus, se ele pudesse ir embora o teria feito; estava farto daquele jogo. Mas seu corpo necessitava de liberação, reclamava por ela imperiosamente. Podia sentir sua ânsia aumentar, e, como sempre, a horrível sensação deixava seu coração arrasado.

– Como você se chama? – perguntou-lhe.

– Tiffany.

– Prazer em conhecê-la, Tiffany – disse ele, mentindo.

A menos de dezesseis quilômetros de distância dali, na piscina do quintal de Mary, ela, John e Bella, surpreendentemente, estavam se divertindo muito.

Mary soltou uma gargalhada e olhou para John.

– Você está brincando.

É verdade. Eu saía de uma sala de cinema e entrava em outra.

– O que ele disse? – perguntou Bella, sorrindo.

– Ele viu *Matrix* quatro vezes no dia que estreou.

A mulher riu.

– John, sinto muito lhe dizer, mas isso é patético.

Ele sorriu para ela, corando um pouco.

– Vai me dizer que você também embarcou nessa febre de *O Senhor dos Anéis*? – perguntou ela.

Ele negou com a cabeça, gesticulou, e olhou expectante para Mary.

– Ele disse que gosta de artes marciais – traduziu ela –, não de elfos.

– Não posso culpá-lo. Aquele lance de pés cabeludos não faz o meu gênero.

O vento soprou e carregou folhas mortas para a piscina. John estendeu a mão e pegou uma delas.

– O que está usando no pulso? – perguntou Mary.

John estendeu o braço de maneira que ela pudesse examinar a pulseira de couro. Tinha marcas ordenadas, uma mistura de hieróglifos e caracteres chineses.

– É maravilhoso.

Eu que fiz.

– Posso vê-lo? – perguntou Bella, inclinando-se. O sorriso desapareceu e seus olhos se fixaram no rosto de John.

– Onde você o conseguiu?

– Disse que ele mesmo o fez.

– De onde disse que era?

John recolheu o braço, um pouco nervoso pela repentina atenção de Bella.

– Ele vive aqui – disse Mary – Nasceu aqui.

– Onde estão os pais dele?

Mary olhou para a amiga, perguntando-se por que Bella estava tão enérgica, quase ríspida.

– Não tem ninguém.

– Ninguém?

– Ele me disse que foi criado em um orfanato, não é mesmo, John?

John assentiu e aninhou o braço na barriga, protegendo a pulseira.

– Essas marcas – quis saber Bella –, sabe o que significam?

O rapaz negou com a cabeça e, em seguida, fez uma careta e esfregou as têmporas. Após um instante, gesticulou lentamente.

– Diz que não significam nada – murmurou Mary –, só sonha com elas e as acha bonitas. Bella, vamos mudar de assunto, tá?

A mulher pareceu cair em si.

– Sinto muito. Eu... ah, realmente sinto muito.

Mary voltou a olhar para John e tentou aliviar a pressão sobre ele.

– E de que outros filmes você gosta?

Bella pôs-se de pé e calçou os tênis. Sem as meias.

– Vocês me dão licença um instante? Já volto.

Antes que Mary pudesse dizer alguma coisa, a mulher correu através do terreno que separava suas casas. Quando ela já estava longe e não podia ouvi-los, John olhou para Mary. Ainda tinha o rosto contraído.

Eu devo ir agora.

– Sua cabeça está doendo?

John apertou o punho fechado contra o espaço entre as sobrancelhas.

Sinto-me como se tivesse tomado um sorvete muito rápido.

– Quando foi a última vez que comeu?

Ele encolheu os ombros.

Não sei.

O pobre rapaz provavelmente estava hipoglicêmico.

– Escute, por que não entra e janta comigo? A última coisa que comi foi algo rápido no almoço, e isso foi há oito horas mais ou menos.

Seu orgulho era evidente na firme sacudida de sua cabeça.

Não tenho fome.

– Mas se importaria de sentar-se à mesa comigo enquanto faço um lanche? – talvez ela pudesse convencê-lo a comer alguma coisa.

John ficou de pé e estendeu a mão para ajudá-la a se levantar. Ela segurou sua pequena palma e deu um jeito de não apoiar todo o peso nele. Dirigiram-se juntos para a porta dos fundos, sapatos na mão, os pés nus deixando rastros molhados sobre a laje ao redor da piscina.

Bella irrompeu em sua cozinha e parou. Não tinha plano algum em mente quando saíra correndo. Só sabia que precisava fazer alguma coisa.

John era um problema. Um sério problema.

Não podia acreditar que não havia reconhecido o que ele era assim que pusera os olhos nele. Se bem que ele ainda não havia passado pela mudança. E o que um vampiro estaria fazendo no quintal da casa da Mary?

Bella quase riu. Ela própria sempre ia ao quintal da Mary! Então, por que outros como ela não poderiam fazer o mesmo?

Olhava fixamente o piso, com as mãos na cintura. Que diabos iria fazer? Quando sondou a mente consciente de John, não havia encontrado coisa alguma sobre sua raça, sua gente, suas tradições. O garoto não sabia de nada, não tinha a menor ideia de quem era ou no que iria se converter. E não sabia de fato o que queriam dizer aqueles símbolos.

Ela sim. Soletrava-se TEHRROR no Antigo Idioma. O nome de um guerreiro.

Como era possível que estivesse perdido no mundo humano? E quanto tempo tinha antes que a transição o atingisse? Aparentava ter uns vinte e poucos anos, o que significava que tinha um ano ou dois antes que acontecesse. Mas, se estivesse enganada, se ele tivesse quase vinte e cinco anos já, podia estar em perigo iminente. Se não tivesse uma vampira para ajudá-lo a atravessar a mudança, morreria.

Seu primeiro pensamento foi ligar para seu irmão. Rehvenge sempre sabia o que fazer em todas as situações. O problema era que, uma vez que se envolvia, assumia o controle completamente. E costumava assustar todo mundo no processo.

Havers... poderia pedir ajuda a Havers. Sendo médico, saberia dizer quanto tempo restava ao rapaz antes da transição. E, talvez, John pudesse ficar na clínica até que seu futuro fosse mais claro.

Bom, só que ele não estava doente. Era um macho em pré-transição, por isso é que estava fisicamente frágil, mas não havia farejado nenhuma doença nele. E Havers dirigia uma casa de saúde, não uma pensão.

Além disso, tinha o nome. Nome de guerreiro...

Bingo.

Saiu da cozinha e entrou na sala de estar, dirigindo-se para a agenda de endereços que tinha em sua escrivaninha. Atrás, na última página, ela havia anotado um número que circulava há uns dez anos mais ou menos. Diziam que, por meio dele, podia-se contatar A Irmandade da Adaga Negra. A raça de guerreiros.

Com certeza iriam querer saber que existia um rapaz com um de seus nomes virando-se sozinho. Talvez acolhessem John.

As palmas de suas mãos estavam úmidas quando pegou o telefone, e ela meio que esperava que o número não existisse ou que alguém atendesse e a mandasse para o inferno. Em vez disso, tudo que obteve foi uma voz eletrônica repetindo o número que discara e depois um bip.

– Eu... ah, meu nome é Bella. Estou procurando a Irmandade. Preciso... de ajuda – ela deixou seu número e desligou o telefone, pensando que menos era mais. Se tivesse sido mal-informada, não queria deixar uma mensagem detalhada na secretária eletrônica de algum humano.

Espiou pela janela e viu a luz acesa na casa de Mary ao longe. Não tinha ideia de quanto tempo passaria até que alguém respondesse, se o fizessem. Talvez devesse voltar e descobrir onde vivia o rapaz. E como tinha conhecido Mary.

Meu Deus, Mary. Sua terrível doença retornara. Bella havia sentido sua volta e havia pensado em como lidar com o que sabia quando Mary mencionara que iria à consulta médica trimestral. Isso havia sido há alguns dias e, naquela noite, Bella planejava perguntar como haviam sido as coisas. Talvez ela pudesse ajudar a mulher de algum modo.

Movendo-se rapidamente, ela caminhou em direção à porta. Descobriria mais coisas sobre John e...

O telefone tocou.

Já? Não podia ser.

Ela foi até a bancada e atendeu na extensão da cozinha.

– Alô?

– Bella? – a voz masculina era grave, autoritária.

– Sim.

– Você ligou para nós.

Caramba! Não é que funcionara?

Ela pigarreou. Como qualquer civil, sabia tudo sobre a Irmandade: seus nomes, reputações, triunfos e lendas. Mas jamais havia se encontrado com um deles. E era um pouco difícil de acreditar que estava falando com um guerreiro de sua cozinha.

Vá direto ao ponto, disse a si mesma.

– Eu, ah, tenho um assunto – e explicou ao macho o que sabia sobre John.

Houve silêncio durante um momento.

– Amanhã à noite você vai trazê-lo até nós.

Ai, meu Deus. Como ela poderia sair dessa?

– Ah, ele não fala. Pode ouvir, mas necessita de um tradutor para ser entendido.

– Então, traga um com ele.

Ela se perguntou como Mary reagiria ao se envolver com o seu mundo.

– A mulher que está sendo a intérprete dele esta noite é humana.

– Daremos um jeito em sua memória.

– Como chegarei a vocês?

– Enviaremos um carro. Às nove horas.

– Meu endereço é...

– Sabemos onde você mora.

Quando o telefone ficou mudo, ela estremeceu um pouco.

Certo. Agora só precisava fazer com que John e Mary concordassem em ver a Irmandade.

Quando retornou ao celeiro de Mary, John estava sentado na mesa da cozinha enquanto a mulher tomava uma sopa. Ambos a olharam quando se aproximou, e ela tentou aparentar naturalidade quando se sentou. Esperou um momento antes de começar.

– Então, John, eu conheço algumas pessoas que estão envolvidas com artes marciais – o que não era exatamente uma mentira. Tinha ouvido que os Irmãos eram muito bons em todo tipo de luta –, e estava pensando se você não teria interesse em conhecê-los...

John inclinou a cabeça e moveu as mãos enquanto olhava para Mary.

– Ele quer saber para quê. Para treinar?

– Talvez.

John gesticulou um pouco mais.

Mary limpou a boca.

– Diz que não pode pagar pelo treinamento. E que é muito franzino.

– Se fosse grátis, iria? – meu Deus, o que estava fazendo, prometendo coisas que não podia cumprir? Só Deus podia saber o que a Irmandade faria com ele. – Escute, Mary, posso levá-lo a um lugar onde ele poderá conhecer... diga-lhe que é um lugar que os melhores guerreiros frequentam. Ele poderia conversar com eles. Chegar a conhecê-los. Poderia gostar de...

John puxou a manga de Mary, fez alguns sinais, e olhou fixamente para Bella.

– Ele quer que se lembre de que pode ouvir perfeitamente bem.

Bella olhou para John.

– Sinto muito.

Ele assentiu, aceitando o pedido de desculpa.

– Então, vá se encontrar com eles manhã – disse ela. – O que tem a perder?

John deu de ombros e fez um gracioso movimento com a mão.

Mary sorriu.

– Ele diz que está de acordo.

– Você terá de vir, também. Para traduzir.

Mary pareceu surpresa, mas, então, ficou olhando para o rapaz.

– A que horas?

– Às nove – respondeu Bella.

– Sinto muito, estarei trabalhando.

– À noite. Às nove da noite.

Capítulo 5

Butch entrou no One Eye sentindo-se como se alguém o tivesse esvaziado por dentro. Marissa havia se recusado a vê-lo, e, embora não estivesse surpreso, a dor que sentia era imensa.

Por isso, estava na hora da terapia escocesa.

Depois de sair do caminho de um bêbado trôpego, de um bando de vagabundas e de dois caras saindo no braço, Butch encontrou a mesa habitual do trio. Rhage estava no canto mais afastado, encostado na parede com uma morena. V. não se encontrava à vista, mas um copo cheio de Grey Goose diante de uma cadeira denunciava sua presença.

Butch já tomara duas doses e não se sentia muito melhor quando Vishous surgiu, vindo dos fundos. Sua camisa estava para fora das calças e amassada na parte de baixo, e, bem atrás dele, havia uma mulher de cabelos escuros. V. a dispensou com a mão quando viu Butch.

– Ei, tira – disse o Irmão ao se sentar.

Butch virou mais uma dose de uísque.

– Tudo certo?

– Como foi...?

– Não foi.

– Ah, que droga, cara. Sinto muito.

– Eu também.

O celular de V. tocou e ele o abriu. O vampiro disse duas palavras, guardou-o de novo no bolso, e estendeu a mão para apanhar seu casaco.

– Era Wrath. Temos de voltar para casa em meia hora.

Butch pensou em ficar ali sentado, bebendo sozinho. Esse plano tinha "péssima ideia" carimbado nele todo.

– Você quer fazer *puf* e sumir no ar ou voltará comigo de carro?

– Temos tempo para ir dirigindo.

Butch atirou as chaves do Escalade em cima da mesa.

– Vá pegar o carro. Vou chamar Hollywood.

Levantou-se e se dirigiu para um canto escuro. O casacão de Rhage cobria o corpo da morena. Só Deus sabia a que ponto as coisas haviam chegado por baixo dele.

– Rhage, meu camarada. Temos de ir.

O vampiro ergueu a cabeça, com os lábios contraídos e os olhos apertados.

Butch levantou as mãos.

– Não estou cortando o seu barato de sacanagem. A nave-mãe chamou.

Com uma maldição, Rhage deu um passo para trás. As roupas da morena estavam desalinhadas e ela ofegava, mas o jogo ainda não passara do aquecimento. As peças de couro de Hollywood estavam todas em seus devidos lugares.

Quando Rhage se retirava, a mulher o agarrou como se ela se desse conta de que o orgasmo de sua vida estava prestes a sair pela porta. Com um suave movimento, ele passou a mão diante do rosto dela e a congelou. Então, ela baixou os olhos para o próprio corpo como se tentasse entender como havia ficado tão excitada.

Rhage deu meia-volta e saiu furioso, mas, quando ele e Butch já estavam do lado de fora, balançou a cabeça arrependido.

– Escute, tira, sinto muito por ter olhado feio para você lá dentro. Estava… concentrado demais.

Butch bateu-lhe no ombro.

– Não foi nada.

– Ei, como foi com sua mulher...

– Sem chance.

– Que inferno, Butch, caramba...

Entraram no Escalade e rumaram para o norte, seguindo a rota 22, atravessando o campo. Estavam indo bastante rápido, *Thug Ma-*

trimony, de Trick Daddy, a todo volume, quando, de repente, Vishous meteu o pé no freio. Em uma clareira, a uns cem metros da estrada, havia algo pendurado em uma árvore.

Não, alguém estava em processo de pendurar algo em uma árvore. Observado por uma plateia de caras durões, de cabelo muito claro e roupas pretas.

– *Redutores* – murmurou V., relaxando o ombro.

Antes que tivessem parado completamente, Rhage saiu do carro, partindo em disparada na direção do grupo.

Vishous olhou para o banco do carona.

– Tira, você pode achar melhor ficar...

– Vá se ferrar, V.

– Está armado com uma das minhas?

– Não, vou para lá nu – Butch pegou uma Glock debaixo do assento, destravando-a, enquanto ele e Vishous saltavam do carro.

Butch só havia visto dois *redutores* antes, e ficara completamente chocado. Pareciam homens, moviam-se e falavam como homens, mas não estavam vivos. Bastava ver seus olhos para saber que os assassinos eram cascas ocas, sem alma. E tinham um cheiro horrível.

Pelo menos para ele, que nunca suportou o cheiro de talco de bebê.

Na clareira, os *redutores* assumiram posições de ataque e buscaram as armas nas jaquetas, enquanto Rhage corria pela campina como um trem de carga. Ele se atirou sobre o grupo com uma fúria suicida, sem arma em punho.

Meu Deus, o cara estava louco. Pelo menos um daqueles assassinos havia sacado uma pistola.

Butch mirou com a Glock e avaliou a situação, mas, na posição em que se encontrava, não tinha visibilidade para um bom tiro. Foi então que se deu conta de que não precisava ficar na retaguarda, dando cobertura.

Rhage, todo reflexos e força animal, cuidava dos *redutores* sozinho. Utilizava uma mistura de diferentes artes marciais, o casacão ondulando atrás dele enquanto chutava cabeças e perfurava torsos. Ele era lindo de morrer à luz da lua, a face contorcida num rosnado, seu corpanzil convertido em uma máquina de moer *redutores*.

Ouvindo um grito à sua direita, Butch girou rapidamente. Vishous havia derrubado um *redutor* que tentara fugir e partira para cima da maldita coisa com vontade.

Deixando esse lance de *Clube da Luta* para os vampiros, Butch se dirigiu para a árvore. O corpo de outro *redutor* estava pendurado em um grosso galho por uma corda. Tinham trabalhado bem sobre a coisa.

Butch afrouxou a corda e baixou o corpo, espiando sobre o ombro porque os ruídos normais de uma briga tornaram-se, repentinamente, mais fortes. Outros três *redutores* haviam chegado para entrar na brincadeira, mas não temeu por seus camaradas.

Ajoelhou-se diante do assassino e pôs-se a vasculhar-lhe os bolsos. Acabava de puxar uma carteira quando ouviu o horrível estampido de uma arma de fogo. Rhage caíra por terra e jazia ali, deitado de costas.

Butch não pensou duas vezes. Colocou-se em posição de tiro e apontou para o *redutor* que estava prestes a atingir Rhage novamente. O gatilho nunca fora apertado. Uma intensa luz branca surgiu do nada, semelhante a uma explosão nuclear. A noite pareceu se converter em dia e toda a clareira iluminada: as árvores outonais, os lutadores, o terreno plano.

Quando o fulgor diminuiu, alguém veio correndo na direção de Butch. Ao reconhecer Vishous, baixou a pistola.

– Tira! Entre no maldito carro – o vampiro gritava e corria como um louco.

– E Rhage? O que aconteceu com...

Butch não completou a frase. Vishous o atingiu como um caminhão descontrolado e arrastou-o junto, só sossegando quando estavam dentro do Escalade com as portas travadas.

Butch virou-se para o Irmão.

– Não podemos deixar Rhage lá fora!

Um poderoso rugido ecoou na noite e Butch lentamente girou a cabeça.

Na clareira havia uma criatura. Quase três metros de altura, semelhante a um dragão, com dentes como os de um tiranossauro rex e afiadas garras dianteiras. A coisa brilhava ao luar, o poderoso corpo e cauda cobertos com escamas que refletiam do verde ao púrpura.

– Que diabos é aquilo? – murmurou Butch, tateando para se certificar de que a porta estivesse mesmo fechada.

– Rhage. De muito mau humor.

O monstro soltou outro rugido e foi atrás dos *redutores* como se fossem brinquedos. E... *Caraca!* Não iria restar nadinha dos assassinos. Sequer os ossos.

Butch sentiu que começava a hiperventilar.

Baixinho, escutou o som de um isqueiro sendo aceso e olhou para o assento ao lado. O rosto de V. refletiu o clarão amarelo enquanto acendia sua cigarrilha artesanal com mãos trêmulas. Quando o Irmão exalou a fumaça, o aroma forte do tabaco turco encheu o ar.

– Desde quando ele tem... – Butch virou-se novamente para a criatura que barbarizava na clareira. E perdeu por completo o fio das ideias.

– Rhage irritou profundamente a Virgem Escriba; por isso, ela o amaldiçoou. Condenou-o a duzentos anos de inferno. Qualquer coisa que perturbe o seu equilíbrio pode desencadear o processo. Dor. Cólera. Frustração física, se é que me entende.

Butch arqueou a sobrancelha. E pensar que ele havia se metido entre aquele cara e uma mulher que ele queria. Jamais voltaria a cometer tal estupidez.

Enquanto o massacre continuava, Butch começou a se sentir como se estivesse assistindo o canal de ficção científica sem som. Cara, tamanha violência estava fora de tudo que já havia visto, e olhe que era um cara durão, que enfrentava barras pesadas. Em todos os seus anos como detetive de homicídios vira muitos cadáveres, alguns dos quais constituíam cenas verdadeiramente horripilantes. Mas nunca havia presenciado uma carnificina ao vivo e, estranhamente, o choque disso suprimira toda noção de realidade.

Graças a Deus.

Embora tivesse de reconhecer que a besta tinha método e refinamento. A forma com que fazia um *redutor* girar no ar e apanhar o assassino com...

– Isso acontece com frequência? – perguntou ele.

– Bastante. Por isso vive em busca de sexo. Acalma-o. Por isso, um conselho: não dê bobeira perto da fera, pois ela não sabe distinguir quem é amigo e quem é almoço. Tudo que podemos fazer é esperar até que Rhage volte e depois cuidar dele.

Algo quicou na capota do Escalade fazendo barulho. Oh, meu Deus, seria uma cabeça? Não, uma bota. Talvez a criatura não gostasse do gosto da borracha.

– Cuidar dele? – murmurou Butch.

– Como se sentiria se cada osso de seu corpo estivesse quebrado? Ele passa por uma tremenda transformação quando a fera se liberta, e quando tudo passa, ele fica num estado lastimável.

Em pouco tempo, a clareira estava vazia de *redutores*. Com outro rugido ensurdecedor, a besta olhou em torno como se procurasse algo mais para comer. Não encontrando outros assassinos, seus olhos se concentraram no Escalade.

– Consegue entrar no carro? – perguntou Butch.

– Se quiser de verdade, sim. Felizmente, não pode estar muito faminto.

– Sim, bem... mas e o que acontece se ainda tiver lugar para a sobremesa? – murmurou Butch.

A criatura sacudiu a cabeça, agitando a juba escura à luz da lua. Depois uivou e se lançou contra eles, correndo sobre duas pernas. Suas passadas soavam como trovões e faziam o solo tremer.

Butch conferiu a tranca da porta mais uma vez. Depois, refletiu sobre a possibilidade de bancar a mulherzinha e ficar abaixado.

O monstro se deteve ao lado do veículo e caiu por terra, dobrado em dois. Estava tão próximo, que sua respiração embaçava a janela de Butch e, visto assim de perto, era horrendo. Olhos brancos apertados. Ventas dilatadas, bufando. E a bocarra aberta repleta de presas mais parecia ter saído de uma alucinação febril. O sangue negro escorria-lhe pelo peito como petróleo bruto.

A besta ergueu suas musculosas patas dianteiras.

Caramba, aquelas garras eram como adagas. Ao lado delas, Freddy Krueger ficaria envergonhado.

Mas era Rhage que estava ali dentro. Em algum lugar.

Butch pousou a mão na janela, como se pudesse alcançar o Irmão.

A criatura ergueu a cabeça, seus olhos brancos piscaram. Abruptamente, inspirou com força e, em seguida, o maciço corpo começou a estremecer. Um alto e penetrante grito escapou de sua garganta, perdendo-se na noite. Outra pequena explosão nuclear. E, então, Rhage apareceu nu no chão.

Butch abriu a porta do carro e se ajoelhou junto ao amigo.

Rhage tremia incontrolavelmente sujo de terra e grama, tinha a pele pegajosa, os olhos fechados, e a boca se movia lentamente. Havia sangue negro por todo o rosto, no cabelo, sobre o peito. Seu estômago estava terrivelmente distendido. E havia um pequeno buraco em seu ombro onde a bala o atingira.

Butch tirou o paletó rapidamente e o colocou sobre o vampiro. Curvando-se sobre ele, tentou ouvir o que balbuciava.

– O que aconteceu?

– Vocês estão feridos? Você... V.?

– Que nada, estamos bem.

Rhage pareceu relaxar um pouco.

– Levem-me pra casa... por favor... levem-me pra casa.

– Não se preocupe com coisa alguma. Vamos cuidar de você.

O Sr. O atravessou rapidamente a clareira, afastando-se do massacre, correndo abaixado para não ser notado. Seu caminhão estava estacionado na estrada, a pouco mais de um quilômetro. Imaginou que em três ou quatro minutos o alcançaria, e, até aquele momento, ninguém estava em seu encalço.

Saíra correndo no instante em que o clarão iluminou a clareira, sabendo muito bem que nada de bom acontecia após uma coisa como aquela. Pensara ser gás paralisante ou o prenúncio de uma maldita explosão, mas, então, escutou um rugido. Quando espiou sobre o ombro, deteve-se subitamente. Algo estava brincando com seus companheiros *redutores*, abatendo-os como moscas.

Uma criatura. Saída do nada.

Mas não ficara lá, parado, olhando, e agora, enquanto corria, voltou a olhar para trás para se assegurar de que não o perseguiam. O caminho atrás dele ainda estava livre, e, bem à sua frente, lá estava o caminhão. Quando o alcançou, atirou-se dentro dele, ligou o motor e meteu o pé no acelerador.

A primeira coisa a fazer era se afastar da cena. Um massacre como aquele iria atrair atenção, fosse na hora mesmo em que acontecia, ou por causa do que restasse depois de terminado.

Em segundo lugar, teria de fazer um reconhecimento. O Sr. X ia ficar fora de si com o acontecido. O esquadrão de excelência do Sr. O havia desaparecido, e os outros *redutores* que havia convidado para assistirem E. ser disciplinado também foram dizimados. Seis matadores liquidados em menos de meia hora.

E, que droga: não sabia muito sobre o monstro que havia feito o estrago. Estavam pendurando o corpo de E. na árvore quando o Escalade estacionou no acostamento. Um guerreiro louro saíra dele, tão grande, tão rápido, que obviamente era um membro da Irmandade. Havia outro macho com ele, incrivelmente letal, e também um humano, embora só Deus soubesse o que aquele cara estava fazendo com os dois irmãos.

A luta se desenrolara por cerca de oito ou nove minutos. O Sr. O havia se postado diante do louro, acertara-o inúmeras vezes sem que seus golpes produzissem efeito visível na resistência do vampiro ou em sua força. Os dois estavam engalfinhados quando outro *redutor* disparou uma pistola. O Sr. O teve de se inclinar rapidamente e rolar, e quase foi atingido. Quando olhou para cima, o vampiro agarrava fortemente o ombro e caía para trás.

O Sr. O chegou a avançar sobre ele, com intenção de matá-lo, mas, ao saltar para frente, o *redutor* com a pistola fez o mesmo. O imbecil tropeçou na perna do Sr. O e os dois foram ao chão. Então, após o clarão, o monstro estava lá. Seria possível aquela coisa estar ligada de alguma maneira ao guerreiro louro? Se assim fosse, tratava-se de uma arma secreta e tanto.

O Sr. O mentalizou o guerreiro, recordando cada aspecto do macho: seus olhos, o rosto, as roupas que usava e a forma como se movia. Ter uma boa descrição do Irmão louro seria crucial para os interrogatórios da Sociedade. Perguntas mais específicas conduziriam a melhores respostas.

E informação sobre os irmãos era o que estavam procurando. Após décadas caçando civis aleatoriamente, o alvo específico dos *redutores* agora era a própria Irmandade. Sem aqueles guerreiros, a raça dos vampiros ficaria completamente vulnerável, e os assassinos finalmente poderiam terminar seu trabalho erradicando a espécie.

O Sr. O parou em um estacionamento local, pensando que a única coisa boa daquela noite fora matar E. lentamente. Descarregar sua irritação no corpo do matador fora como beber uma cerveja gelada em um dia quente de verão. Prazeroso. Relaxante.

Mas o que acontecera depois o enervara novamente.

O Sr. O abriu o celular e acionou a discagem rápida. Não havia razão para esperar até chegar em casa para fazer um relatório. A reação do Sr. X podia ser pior se achasse que estava enrolando para lhe apresentar tal notícia.

– Tivemos um problema – disse, quando a ligação foi atendida.

Cinco minutos mais tarde, desligou o telefone, manobrou o caminhão, e voltou para a zona rural da cidade.

O Sr. X havia requisitado sua presença em seu bangalô particular no bosque.

Capítulo 6

Rhage só conseguia enxergar vultos enquanto seus olhos fossem incapazes de focar ou processar muita luz. Odiava a perda das faculdades e tentou focalizar o melhor que pôde as duas formas grandes que se moviam a seu redor. Quando as mãos o agarraram pelas axilas e os tornozelos, gemeu.

– Calma, Rhage, vamos levantá-lo por um segundo, certo? – disse Vishous.

Uma dor ardente atravessou como um relâmpago todo o seu corpo quando o ergueram e o levaram para a parte de trás do Escalade. Acomodaram-no. As portas se fecharam. O motor foi acionado e roncou baixinho.

Sentia tanto frio que seus dentes batiam, e tentou se cobrir melhor com seja lá o que fosse que haviam colocado sobre ele. Mas não conseguia mover as mãos. Alguém ajeitou o que ele presumia ser um paletó e o agasalhou.

– Aguente firme, garotão.

Butch. Era Butch.

Rhage esforçou-se para falar, odiando o asqueroso gosto em sua boca.

– Nada disso. Relaxe, Hollywood. Fique frio, V. e eu levaremos você para casa.

O carro se pôs em movimento, sacolejando um pouco enquanto deixava o acostamento e pegava a estrada. Ele gemia como uma garotinha, mas não podia evitar. Parecia que seu corpo fora espancado com um bastão de beisebol. Um bastão com um prego na ponta.

A dor nos ossos e músculos era um problema menor, se comparada com seu estômago. Rezava para chegar em casa antes de vomitar no carro de V, mas não podia garantir que aguentaria todo o percurso. Sua boca salivava tanto, que tinha de engolir repetidamente. O que fazia com que engasgasse. Isso, por sua vez, fazia a náusea voltar. O que fazia com que...

Tentando escapar desse círculo vicioso, respirou lentamente pelo nariz.

– Como está indo aí, Hollywood?

– Prometa-me. Uma chuveirada. Primeira coisa ao chegarmos.

– Pode deixar, meu camarada.

Rhage imaginou que devia ter desmaiado porque despertou quando estava sendo tirado do carro. Escutou vozes familiares. De Vishous. De Butch. Um grunhido profundo que só podia vir de Wrath.

Perdeu a consciência outra vez. Quando voltou a si, suas costas estavam apoiadas contra algo frio.

– Consegue ficar de pé? – perguntou Butch.

Rhage tentou e agradeceu quando suas coxas aceitaram seu peso. E agora que estava fora do carro, a náusea melhorara um pouco.

Seus ouvidos perceberam o doce chiado e, um instante depois, uma cascata quente derramou-se sobre o seu corpo.

– Como está, Rhage? Muito quente? – a voz de Butch bem próxima.

O tira estava no chuveiro com ele. Sentiu o cheiro de tabaco turco. V. devia estar no banheiro, também.

– Hollywood? Está muito quente para você?

– Não – tateou procurando o sabonete –, não consigo enxergar.

– Melhor para você. Não precisa saber como parecemos pelados juntos. Para ser sincero, já estou suficientemente traumatizado por nós dois.

Rhage sorriu um pouco e sentiu uma esponja passando sobre seu rosto, pescoço, peito.

Deus, como aquilo era bom. Pendeu a cabeça para trás, deixando que o sabão e a água levassem embora os vestígios da obra da besta.

Achou que o banho acabou muito rápido. Amarraram-lhe uma toalha ao redor da cintura, enquanto o secavam completamente com outra.

– Há algo mais que possamos fazer por você antes de cair na cama? – perguntou Butch.

– Alka-Seltzer. No armário do lavatório.

– V., você pode preparar essa parada? – Butch colocou o braço em volta da cintura de Rhage.

– Apoie-se em mim, parceiro. Isso... ei, *ei*! Droga, temos de parar de lhe dar comida.

Rhage deixou que o conduzissem através do chão de mármore e pelo carpete do quarto.

– Certo, garotão, sente-se.

Oh, sim. Cama. Uma boa caminha.

– E olhe só quem está aqui. É a enfermeira Vishous.

Rhage sentiu inclinarem sua cabeça e, em seguida, levarem um copo aos seus lábios. Quando tomou tudo o que pôde, desabou sobre os travesseiros. Estava a ponto de desmaiar outra vez quando escutou a voz abafada de Butch.

– Ao menos a bala o atravessou de forma limpa. Mas, cara, não está com bom aspecto.

V. respondeu com tranquilidade.

– Estará bem em um dia ou dois. Recupera-se rapidamente de qualquer coisa, mas, mesmo assim, a parada é dura.

– Aquela criatura é assustadora.

– Ele vive preocupado, com medo que ela aflore – ouviu-se o ruído de um isqueiro e, depois, uma baforada daquele maravilhoso tabaco encheu o ar. – Ele tenta esconder o seu horror de conviver com isso. Mantém uma fachada alto astral e tudo. Mas tem pavor de machucar alguém.

– A primeira coisa que quis saber quando voltou foi se você e eu estávamos bem.

Rhage fazia força para dormir. Preferia o abismo negro do sono a continuar escutando seus amigos lamentarem por ele.

Noventa e um anos, oito meses e quatro dias. E depois seria livre.

Mary tentava desesperadamente conciliar o sonho. Fechou os olhos. Tentou o lance de inspirar pelo nariz e soltar o ar pela boca. Relaxou os dedos do pé um por um. Repassou mentalmente todos os números de telefone que sabia de cor. Nada disso adiantou.

Virou-se e fixou os olhos no teto. Quando sua mente formou uma imagem de John, sentiu-se grata. O rapaz era melhor do que tantos outros assuntos nos quais podia ficar pensando.

Custava-lhe crer que tivesse vinte e três anos de idade, embora, quanto mais pensasse a seu respeito, mais lhe parecia possível. Afora sua fixação por *Matrix*, era incrivelmente maduro. Praticamente, um ancião.

Quando disse que estava de saída, ela insistiu em levá-lo de volta até seu apartamento. Como Bella perguntou se podia ir também, os três foram até o centro da cidade com a bicicleta dele pendurada para fora na traseira do Civic. Deixar o rapaz diante daquele miserável edifício de apartamentos tinha sido duro. Esteve a ponto de lhe implorar que voltasse para casa com ela.

Pelo menos, ele havia concordado em ir à casa de Bella na noite seguinte. E quem sabe se a academia de artes marciais não abriria algumas portas para ele? Tinha a impressão de que não possuía muitos amigos, e pensou que fora gentil da parte de Bella tentar fazer algo em benefício dele.

Com um pequeno sorriso, Mary recordou a maneira como John olhara para a outra mulher. Com tímida admiração. E Bella havia administrado a atenção graciosamente, embora não houvesse dúvida de que estivesse acostumada àquele tipo de olhar. Provavelmente, era uma constante em sua vida.

Por um momento, Mary se deixou levar e imaginou como seria ver o mundo por meio dos perfeitos olhos de Bella. E caminhar sobre as perfeitas pernas de Bella. E balançar sobre os ombros o perfeito cabelo de Bella.

Fantasiar era divertido. Agora, estava em Nova York passeando pela Quinta Avenida estupendamente bem vestida. Não, estava na praia. Na praia, usando um biquíni preto. Ora, se era assim, por que não usar um *fio dental* preto?

Certo, aquilo já estava ficando esquisito.

Mesmo assim, teria sido maravilhoso, ao menos uma única vez, ter um homem encarando-a com adoração total. Um homem totalmente... fascinado. Sim, essa era a palavra. Ela adoraria que um homem ficasse fascinado por ela.

Só que isso jamais iria acontecer. Aquele tempo em sua vida, de juventude, beleza e sexualidade desabrochando, havia passado. Na verdade, nunca chegara a existir realmente. Agora, era uma mulher de trinta e um anos de idade, sem nada de especial, que levara uma vida muito dura, graças ao câncer.

Mary gemeu. Oh, que maravilha! Não sentia pânico, mas estava mergulhada até os joelhos na autopiedade. E aquilo parecia lodo, pegajoso e repugnante.

Acendeu a luz e pegou a *Vanity Dair* com sombria determinação. *Domminick Dunne, faça-me esquecer de tudo isso*, pensou.

Capítulo 7

Depois que Rhage adormeceu, Butch e V. foram até o escritório particular de Wrath. Normalmente, Butch não se envolvia nos negócios da Irmandade, mas Vishous ia fazer o relatório do que tinham encontrado quando voltavam para casa, e Butch fora o único a ver o *redutor* preso à árvore.

Quando atravessou a porta, teve a mesma reação que sempre tinha com a decoração rococó: simplesmente não combinava. Todo aquele floreio dourado nas paredes, pinturas de anjinhos balofos no teto, mobília adornada e frágil. O lugar mais parecia aguardar uma reunião daqueles delicados franceses de outrora, com suas perucas empoadas, do que ser o gabinete de guerra de um bando de lutadores cascas-grossas.

Mas, que diabos! A Irmandade havia se mudado para a mansão porque era conveniente e segura, não porque gostassem da decoração.

Sentou-se em uma cadeira de pernas delgadas, tentando se acomodar de maneira a não deixar cair todo o seu peso. Ao se instalar, cumprimentou com a cabeça Tohrment, que estava no sofá forrado de seda em frente a ele. O vampiro ocupava a maior parte do móvel, seu corpanzil estava espalhado sobre as almofadas azuis. Seu cabelo preto cortado em estilo militar e os ombros largos revelavam tratar-se de um cara durão, mas aqueles olhos azuis contavam outra história.

Por baixo daquela carapaça de guerreiro, Tohr era um cara muito legal, de fato. E, surpreendentemente, tinha muita compaixão, apesar de exterminar mortos-vivos para ganhar a vida. Era o líder oficial da

Irmandade desde que Wrath assumira o trono, dois meses antes, e o único guerreiro que não vivia na mansão. A *shellan* de Tohr, Wellsie, esperava seu primeiro filho e não estava disposta a compartilhar seu lar com um bando de caras solteiros. E quem podia culpá-la?

– Então, presumo que vocês, rapazes, divertiram-se a caminho de casa – disse Tohr a Vishous.

– Sim, Rhage realmente se soltou – respondeu V., enquanto se servia de uma dose de vodca no bar.

Phury entrou depois e os saudou com a cabeça. Butch gostava muito do Irmão, embora tivessem pouco em comum. Bem, exceto o fetiche com o vestuário, mas até nesse ponto diferiam. O de Butch era uma camada de tinta fresca em uma casa barata. O estilo e a elegância masculina de Phury iam até os ossos. Era letal, sem sombra de dúvida, mas tinha uma vibração metrossexual.

A impressão de cavalheiro refinado que passava não resultava meramente de suas roupas atraentes, como o suéter preto de caxemira e a calça elegante que trajava naquele momento. O Irmão tinha a cabeleira mais admirável que Butch vira na vida. Seus cabelos longos, de grossas ondas em tons de louro, ruivo e castanho eram escandalosamente belos, até mesmo para uma mulher. E seus exóticos olhos amarelos, que brilhavam como ouro ao sol, só tinham a acrescentar ao todo.

Por que razão era celibatário constituía um total mistério.

Phury foi até o bar e se serviu de um cálice de vinho do Porto, e mal se notava seu ligeiro manquejar. Butch ouvira que o cara havia perdido a perna em algum ponto ao longo do caminho. Agora usava uma prótese, que, evidentemente, não o atrapalhava em nada no campo de batalha.

Butch se virou quando percebeu que mais alguém chegara.

Infelizmente, o gêmeo de Phury havia decidido aparecer na hora, mas, pelo menos, Zsadist foi para um canto isolado e se manteve afastado de todo mundo. Para Butch, isso foi ótimo, porque aquele filho da mãe o deixava nervoso.

O rosto sulcado de cicatrizes de Zsadist e seus olhos escuros e brilhantes eram apenas a ponta do iceberg de sua bizarrice. A cabeça raspada, as tatuagens ao redor do pescoço e punhos, os piercings: era uma bomba-relógio ambulante, carregada com ódio suficiente para entregar o que sua aparência prometia. No jargão policial, era uma ameaça tripla. Frio como uma pedra. Mau como uma serpente. E imprevisível como a própria vida.

Aparentemente, Zsadist havia sido sequestrado de sua família quando criança e vendido como uma espécie de escravo. Os cem anos ou mais que passara no cativeiro lhe drenaram tudo de humano – ou melhor, de vampiro – que havia nele. Agora, não passava de um amontoado de sentimentos vis aprisionados em uma pele arruinada. Ninguém em sã consciência se metia no caminho dele.

Do vestíbulo, chegou o som de passos fortes. Os irmãos ficaram em silêncio e, um momento mais tarde, a envergadura de Wrath preencheu a porta.

Wrath era um colossal pesadelo de cabelos escuros e lábios cruéis. Sempre usava óculos escuros, muito couro, e era a última pessoa do planeta com que alguém iria querer arrumar confusão.

Encabeçava a lista de homens que podiam contar com o apoio de Butch. Ele e Wrath haviam forjado um vínculo na noite em que Wrath foi baleado ao tentar resgatar sua esposa das mãos dos *redutores*. Butch ajudou e isso bastou. Ficaram muito unidos.

Wrath entrou na sala como se fosse o dono do mundo inteiro. O Irmão realmente nascera para ser um rei; o que fazia sentido, porque era isso o que ele de fato era. O Rei Cego. O último vampiro puro-sangue que restava no planeta. O governante de sua raça.

Wrath voltou o olhar na direção de Butch.

– Cuidou bem de Rhage esta noite. Obrigado.

– Ele teria feito o mesmo por mim.

– Sim, teria – Wrath foi para trás da mesa do escritório e sentou-se, cruzando os braços diante do peito. – Isso é o que temos. Havers recebeu um caso de traumatismo esta noite. Um macho civil. Cruelmente torturado, quase inconsciente. Antes de morrer, contou a Havers que os *redutores* o haviam interrogado. Queriam saber sobre a Irmandade, onde vivemos, o que sabia sobre nós.

– Mais um – murmurou Tohr.

– Sim. Acredito que houve uma mudança na estratégia da *Sociedade Redutora*. O macho descreveu um lugar especificamente concebido para um duro interrogatório. Infelizmente, morreu antes que pudesse fornecer a localização exata.

Wrath fixou a vista em Vishous.

– V., quero que vá ver a família do civil e lhes diga que a morte dele será vingada. Phury, procure Havers e fale com a enfermeira que conversou com o civil. Veja se consegue descobrir onde o prenderam e como escapou. Não vou permitir que esses bastardos usem a minha gente como poste de arranhar.

– Também estão trabalhando sobre sua própria espécie – interrompeu Vishous –; encontramos um *redutor* pendurado por uma corda em uma árvore no caminho para casa. Rodeado por seus amigos.

– O que fizeram ao cara?

Butch tomou a palavra.

– Barbarizaram. Já não respirava. Fazem isso normalmente?

– Não. Não fazem.

– Então, é uma coincidência e tanto, não acha? O civil se livra de um campo de tortura esta noite. Um *redutor* aparece espetado como uma almofada de alfinetes.

– Concordo com você, tira – Wrath virou-se para Vishous – Obteve alguma informação desses *redutores*? Ou Rhage limpou a casa?

V. sacudiu a cabeça.

– Tudo desapareceu.

– Não exatamente – Butch meteu a mão no bolso e puxou a carteira que havia tirado do *redutor* trucidado. – Tirei isso do cara da árvore – deu uma olhada e encontrou a carteira de motorista – Gary Essen. Ei, ele morava em meu velho edifício. Quem diria, não sabemos quem são nossos vizinhos.

– Revistarei o apartamento – disse Tohr.

Quando Butch lhe atirou a carteira, os irmãos se levantaram, preparados para sair.

Tohr falou antes que alguém saísse.

– Há outra coisa. Esta noite recebi telefonema. Uma fêmea civil encontrou um jovem dos nossos. Seu nome é Tehrror. Disse-lhe que o trouxesse para o centro de treinamento amanhã à noite.

– Interessante – disse Wrath.

– Ele não fala, e sua intérprete virá com ele. É uma humana, a propósito – Tohr sorriu e meteu a carteira do *redutor* no bolso de trás de suas calças de couro.

– Mas não se preocupem. Apagaremos sua memória.

Quando o Sr. X abriu a porta principal de seu bangalô, seu humor não melhorou com a atitude do Sr. O. O *redutor* do outro lado olhava firme, imperturbável. Humildade teria produzido melhor efeito, mas qualquer forma de fraqueza ou de submissão era estranha à natureza do homem. Até o momento.

O Sr. X mandou o subordinado entrar com um gesto.

– Sabe de uma coisa? Esse negócio de confissão de fracasso que continuamos tendo não funciona para mim. Eu devia saber que não podia confiar em você. Se importa de me explicar por que matou seu esquadrão?

O Sr. O se virou rapidamente.

– Como é?

– Não tente se esconder atrás de mentiras, é muito chato – o Sr. X fechou a porta.

– Não os matei.

– Ah, sim: foi uma criatura... Por favor, Sr. O. Ao menos poderia ser mais original. Melhor ainda, jogue a culpa na Irmandade. Isso seria mais plausível.

O Sr. X atravessou em silêncio o cômodo principal do bangalô, enquanto seu subordinado se recompunha e se preparava. Consultou tranquilamente o seu notebook e depois percorreu com o olhar o local. O lugar era rústico, com pouca mobília, e o terreno de quatro quilômetros quadrados que o circundava funcionava bem como isolamento acústico. A privada não funcionava, mas, como os *redutores* não comiam, não fazia falta. Entretanto, o chuveiro era ótimo.

E, até que encontrassem outro local para servir de centro de recrutamento, aquele humilde posto avançado seria o quartel-general da Sociedade.

– Contei-lhe exatamente o que vi – disse o Sr. O, quebrando o pesado silêncio. – Por que mentiria?

– O *motivo* é irrelevante para mim – o Sr. X casualmente abriu a porta que dava para o quarto e as dobradiças rangeram. – Deveria saber que enviei um esquadrão à cena enquanto vinha de carro para cá. Disseram que não restou nada dos corpos, de maneira que assumo que os apunhalou no vazio do peito. E confirmaram que deve ter havido uma briga infernal, muito sangue derramado. Posso imaginar como seu esquadrão lutou contra você. Deve estar se sentindo esplêndido com a vitória.

– Se os tivesse matado assim, por que minhas roupas estão praticamente limpas?

– Trocou-as antes de vir para cá. Você não é estúpido – o Sr. X se posicionou no portal do quarto. – Então, eis o ponto em que nos encontramos, Sr. O, você é uma grande chateação, e a pergunta que preciso me fazer é se você vale todo esse aborrecimento. Os que você matou eram *Redutores Principais. Redutores* com muita experiência. Sabe quanto tempo leva...

– Não os matei...

O Sr. X deu dois passos para frente e acertou-lhe um golpe no queixo. O outro homem caiu no chão.

O Sr. X colocou a bota sobre o rosto do Sr. O, imobilizando-o.

– Vamos parar com isso, ok? Como eu estava dizendo: você faz ideia de quanto é preciso para preparar um Principal? Décadas, séculos. Você liquidou três deles em uma noite. O que perfaz um total de quatro, contando com o Sr. M, a quem assassinou sem a minha permissão. E também há os Betas que matou esta noite.

O Sr. O cuspia loucamente, olhos apertados espiando por cima do solado Timberland. O Sr. X pressionou o pé até que as pálpebras se abrissem e os olhos esbugalhassem.

– Então, mais uma vez, tenho de me perguntar, você vale isso? Só está na Sociedade há três anos. Você é forte, é eficiente, mas está mostrando ser impossível de controlar. Coloquei-o com os Principais porque achei que você se nivelaria a eles e aprenderia a domar seu temperamento. Em vez disso, você os matou.

O Sr. X sentiu que estava se alterando e lembrou a si mesmo que a cólera não era apropriada para um líder. Calma, equilíbrio e autodomínio funcionavam melhor. Respirou fundo antes de voltar a falar.

– Você eliminou alguns de nossos melhores elementos esta noite. E isso tem de parar, Sr. O. Agora mesmo.

O Sr. X ergueu o pé. O outro *redutor* se levantou imediatamente do chão.

Justo quando o Sr. O estava prestes a falar, um som estranho atravessou a noite. Ele olhou na direção do som.

O Sr. X sorriu.

– Agora, se não se importa, meta-se naquele quarto.

O Sr. O assumiu uma postura de ataque.

– O que é isso?

– É hora de modificar um pouco seu comportamento. E de um pouco de castigo também. Então, entre no quarto.

Naquele instante, o som era tão forte que, mais do que algo que pudesse ser registrado pelos ouvidos, era uma vibração do ar.

O Sr. O gritou.

– Eu lhe disse a verdade.

– Entre no quarto. O tempo para falar se esgotou – o Sr. X olhou por cima do ombro, na direção do zumbido.

– Oh, meu Deus.

Congelou os fortes músculos do corpo do *redutor* e direcionou o Sr. O para o outro quarto, empurrando-o para a cama.

A porta da frente foi escancarada.

Os olhos do Sr. O se arregalaram quando viu Omega.

– Oh... Deus... não.

O Sr. X arrumou as roupas do homem, endireitando o paletó e a camisa. Além disso, alisou-lhe o cabelo escuro em desalinho e beijou-o na testa, como se o Sr. O fosse uma criança.

– Com licença – murmurou o Sr. X –, vou deixá-los a sós.

O Sr. X saiu do bangalô pela porta dos fundos. Justo quando entrava no carro, começaram os gritos.

Capítulo 8

– Ah, Bella, acho que nossa carona chegou – Mary deixou que a cortina voltasse a cair em seu lugar. – Ou é isso ou um ditador de terceiro mundo que se perdeu em Caldwell.

John se dirigiu para a janela.

Uau, gesticulou ele. *Olhem essa Mercedes. Os vidros escuros parecem ser à prova de balas.*

Os três deixaram a casa de Bella e caminharam para o sedan. Um velhinho vestido de preto desceu do banco do motorista e foi saudá-los. Por incrível que pareça, era alegre e sorridente. Com a pele flácida no pescoço, orelhas de longos lóbulos, e maçãs do rosto caídas, parecia estar derretendo, embora sua felicidade radiante sugerisse que a desintegração era um bom estado para se estar.

– Sou Fritz – disse ele, curvando-se profundamente. – Por favor, permitam-me conduzi-los.

Ele abriu a porta traseira e Bella foi a primeira a deslizar para dentro. John a seguiu e quando Mary estava acomodada no assento, Fritz fechou a porta. Um segundo mais tarde, estavam a caminho.

Enquanto a Mercedes rodava, Mary tentou ver para onde iam, mas as janelas eram muito escuras. Achava que estavam indo para o norte. Mas, como saber?

– Onde fica esse lugar, Bella? – perguntou.

– Não é longe – mas a mulher não lhe pareceu muito convicta. Na verdade, estava com os nervos à flor da pele desde que Mary e John tinham chegado.

– Sabe aonde nos levam?

– Oh, claro – a mulher sorriu e olhou para John. – Vamos nos encontrar com alguns dos homens mais admiráveis que existem.

Alguma coisa dentro de Mary começou a emitir sinais de alerta. Meu Deus, ela desejou ter ido em seu próprio carro.

Vinte minutos mais tarde, a Mercedes parou. Avançou um pouco. Freou outra vez. Isso aconteceu várias vezes, em intervalos regulares. Então, Fritz baixou sua janela e falou numa espécie de interfone. Seguiram em frente por uns instantes e depois pararam. O motor foi desligado.

Mary tentou abrir a porta. Estava trancada.

Os Mais Procurados da América, aqui vamos nós, pensou ela. Já conseguia imaginar suas fotos na TV, vítimas de um crime violento.

Mas o chofer, ainda com aquele sorriso no rosto, deixou-os sair imediatamente.

– Sigam-me, por gentileza.

Quando Mary desceu do carro, olhou ao seu redor. Estavam no que parecia ser um estacionamento subterrâneo, mas não havia outros carros. Só dois micro-ônibus, como os que são encontrados nos aeroportos.

Mantiveram-se perto de Fritz e passaram por espessas portas de metal que se abriam em um labirinto de corredores iluminados com luz fluorescente. Graças a Deus o cara parecia saber por onde ir. Havia ramificações em todas as direções sem um planejamento racional, como se o lugar tivesse sido desenhado para deixar as pessoas perdidas e conservá-las assim.

Só que alguém sempre sabia onde o visitante estava, pensou ela. A cada dez metros havia um dispositivo no teto. Ela já os vira em shoppings, e o hospital também os tinha. Câmeras de vigilância.

Afinal, entraram em uma saleta com uma parede de vidro espelhado, uma mesa e cinco cadeiras metálicas. Uma pequena câmera estava colocada no canto oposto à porta. Era exatamente como uma sala de interrogatório da polícia, como mostram nos seriados de TV.

– Não terão de esperar muito – disse Fritz, com uma pequena reverência. Assim que desapareceu, a porta se fechou sozinha.

Mary se aproximou e testou a maçaneta da porta, surpresa por encontrá-la destrancada. Não obstante, quem quer que fosse o responsável pelo lugar certamente não precisava se preocupar em perder o rastro de suas visitas.

Ela olhou para Bella.

– Pode me explicar que lugar é esse?

– É uma instalação.

– Uma instalação.

– Você sabe, de treinamento.

Sim, mas que tipo de treinamento?

– Essas pessoas pertencem ao governo ou algo assim?

– Oh, não. Não.

John gesticulou: *isto não se parece com uma academia de artes marciais.*

– Jura?

– O que ele disse? – perguntou Bella.

– Ele está tão curioso quanto eu.

Mary virou-se para a porta, abriu-a, e colocou a cabeça para fora da sala. Quando ouviu um som ritmado, deu um passo para fora da sala, mas não prosseguiu.

Ruído de passos. Não, arrastavam os pés. *Que diabos...*

Um homem alto e louro, vestindo uma camiseta preta e calças de couro, cambaleou ao dobrar uma esquina do corredor. Caminhava sem firmeza com os pés descalços, a mão apoiada na parede, olhando para baixo. Parecia olhar o chão cuidadosamente, como se confiasse em sua percepção da profundidade para se equilibrar.

Parecia bêbado ou talvez doente, mas... nossa, como era bonito. De fato, seu rosto era tão deslumbrante que teve de piscar algumas vezes. Queixo perfeitamente quadrado. Lábios carnudos. Maçãs do rosto proeminentes. Testa ampla. O cabelo era grosso e ondulado, mais claro na frente e mais escuro atrás, onde era mais curto.

E seu corpo era tão espetacular quanto o seu rosto. Ossos largos. Muito musculoso. Nada de gordura. Sua pele era dourada mesmo sob as luzes fluorescentes.

De repente, ele a olhou. Seus olhos eram de um azul elétrico tão brilhante, tão vívido, que pareciam de néon. E ficaram olhando fixamente *através* dela.

Mary desiludiu-se e pensou que a ausência de resposta não era surpresa. Homens como aquele não notavam mulheres como ela. Era uma lei natural.

O que tinha a fazer era retornar para a sala. Não havia sentido em observá-lo não tomar conhecimento dela ao passar. O problema era que, quanto mais ele se aproximava, mais fascinada ela ficava.

Meu Deus, ele era realmente... lindo.

Rhage se sentia um lixo enquanto avançava pelas voltas do longo corredor. Cada vez que a besta irrompia dele, sua visão tirava umas férias, e, como sempre, os olhos iam retornando ao trabalho muito preguiçosamente. E seu corpo também estava esgotado. Suas pernas e braços pesavam como chumbo; dava para usá-los, mas com esforço.

E o estômago? Só de pensar em comida já ficava nauseado.

Mas tinha de sair de seu quarto. Já desperdiçara tempo demais: doze horas direto deitado. Iria ao ginásio do centro de treinamento, montar na bicicleta reclinada, e desenferrujar um pouco.

Rhage parou, tenso. Não conseguia enxergar direito, mas soube com certeza que não estava sozinho no vestíbulo. Fosse quem fosse, encontrava-se parado ao seu lado, à esquerda. E era um estranho.

Girou e puxou bruscamente a figura através do portal, agarrando-a pela garganta, forçando seu corpo contra a parede. Tarde demais, deu-se conta de que era uma mulher, e seu gritinho abafado o encheu de vergonha. Imediatamente, afrouxou a mão, mas não a soltou.

O pescoço delgado sob a sua palma era quente e macio. O pulso dela era frenético, o sangue correndo pelas veias que chegavam ao coração. Ele se curvou para frente e farejou. Quase caiu para trás.

Santo Deus, ela era humana. E estava doente, talvez morrendo.

– Quem é você? – quis saber. – O que está fazendo aqui?

Não houve resposta, só a respiração acelerada. Estava completamente apavorada, o cheiro de seu medo era como incenso em seu nariz.

Ele baixou a voz.

– Não vou lhe fazer mal. Mas não devia estar aqui e quero saber o seu nome.

A garganta da mulher estremeceu sob a mão dele, como se estivesse engolindo.

– Meu nome é Mary. Vim com uma amiga.

Rhage perdeu o fôlego. Seu coração pulou um batimento e desacelerou.

– Repita isso – ele sussurrou.

– Ah, meu nome é Mary Luce. Sou amiga de Bella... Viemos aqui com um rapaz, com John Matthew. Fomos convidados.

Rhage estremeceu. Uma onda balsâmica percorreu toda sua pele. O timbre musical de sua voz, o ritmo de seu discurso, o som de suas palavras se espalharam por ele, acalmando-o, confortando-o. Embalando-o docemente.

Rhage fechou os olhos.

– Fale mais.

– Como? – perguntou ela, obviamente confusa.

– Fale. Fale comigo. Quero ouvir sua voz de novo.

Ela ficou em silêncio e ele estava a ponto de lhe implorar que falasse quando ela disse:

– Você não me parece bem. Precisa de um médico?

Ele cambaleou. As palavras não importavam muito, era o seu tom. Grave, suave, uma delicada carícia em seus ouvidos. Como se estivesse sendo golpeado por baixo da pele.

– Mais – disse ele, movendo a palma da mão sobre o pescoço dela para poder sentir melhor as vibrações de sua garganta.

– Poderia... poderia me soltar, por favor?

– Não – ele ergueu o outro braço. Ela estava usando uma espécie de agasalho esportivo e ele afastou o colarinho da peça, colocando-lhe a mão sobre o ombro para que não pudesse se soltar.

– Fale.

Ela começou a lutar para se desvencilhar.

– Você está me sufocando.

– Eu sei. *Fale.*

– Oh, pelo amor de Deus, o que quer que eu fale?

Mesmo exasperada, sua voz era linda.

– Qualquer coisa.

– Muito bem. Tire a mão da minha garganta e deixe-me ir ou irei acertar uma joelhada em um lugar que importa muito para você.

Ele riu. Então, pressionou a parte inferior do corpo contra ela, imobilizando-a com as coxas e quadris. O corpo dela enrijeceu, mas ele obteve uma abundante percepção dela. Tinha a compleição delicada, mas não deixava dúvida de que era uma mulher. Seus seios estufavam contra o peito dele, seus quadris acolchoavam os dele, e seu ventre era macio.

– Continue falando – disse-lhe no ouvido. Caramba, que cheiro bom tinha! Limpeza e frescor. Como limão.

Tentou empurrá-lo e ele recostou todo o peso do corpo nela.

Ela soltou o ar dos pulmões.

– Por favor – murmurou ele.

Sentiu o peito dela pressionar o seu, como se estivesse inspirando.

– Eu... hum, nada tenho a dizer. Exceto: solte-me.

Ele sorriu, tendo o cuidado de manter a boca fechada. Não fazia sentido exibir suas presas.

– Então, fale isso.

– O quê?

– Nada. Diga "nada". De novo e de novo e de novo. Faça isso.

Ela se encolerizou, o cheiro do medo foi substituído por um odor penetrante, como hortelã fresca no jardim. Estava aborrecida agora.

– *Diga* – ordenou, pois precisava sentir um pouco mais do efeito que ela lhe causara.

– *Está bem*. Nada. Nada – de repente, ela riu, e o som atravessou diretamente a coluna vertebral dele, queimando-o. – Nada, nada. Naa-da. *Na-daa*. Naaaaaada. Já está bom para você? Vai me deixar ir, agora?

– Não.

Ela se debateu outra vez, criando uma fricção deliciosa entre seus corpos.

E ele percebeu quando toda aquela ansiedade e irritação se converteram em desejo. Farejou sua excitação, um doce aroma no ar. O corpo dele respondeu.

Estava duro como um diamante.

– Fale comigo, Mary – moveu seus quadris em um lento círculo, roçando sua ereção no ventre dela, intensificando a dor em si e o desejo nela.

Após um momento, ela relaxou, abandonando-se à pressão de seus músculos e de sua excitação. As mãos dela achataram-se contra a sua cintura e depois deslizaram lentamente por suas costas, como se não estivesse certa do motivo de responder a ele daquela forma.

Ele arqueou o corpo contra ela, para demonstrar que estava gostando e encorajá-la a tocar em outras partes dele. Ao sentir-lhe as palmas subirem por sua espinha, soltou um grunhido baixo e deixou a cabeça pender a fim de que seu ouvido ficasse próximo à boca da mulher. Queria lhe sugerir outra palavra para que a pronunciasse, algo como *apetitoso*, *sussurro* ou *morango*.

Bom mesmo seria *inconstitucionalissimamente*.

O efeito que tinha sobre ele era como uma droga, uma irresistível combinação de desejo sexual e profunda paz. Como se estivesse tendo um orgasmo e caísse em um sono plácido ao mesmo tempo. Jamais sentira algo assim.

Um calafrio o atravessou como um relâmpago, absorvendo todo calor em seu corpo.

Jogou a cabeça para trás ao se lembrar do que Vishous lhe dissera.

– Você é virgem? – quis saber Rhage.

A rigidez no corpo dela retornou, como cimento endurecendo. Ela o empurrou com força, mas não conseguiu afastá-lo um centímetro sequer.

– *Como é que é*? Isso é pergunta que se faça?

A ansiedade fez com que ele aumentasse a pressão no ombro dela.

– Já foi possuída por um macho? *Responda à pergunta.*

Sua adorável voz se elevou, assustada.

– Sim. Sim, tive... um amante.

O desapontamento fez com que afrouxasse a pressão. Mas, logo em seguida, sentiu-se aliviado.

Pensando bem, não tinha muita certeza de que precisava encontrar seu destino naqueles dez minutos.

Além disso, mesmo que ela não fosse o seu destino, aquela fêmea humana era extraordinária... algo especial.

Algo que precisava tomar para si.

Mary inspirou profundamente quando a pressão em sua garganta diminuiu de intensidade.

Cuidado com o que pede, pensou ela, lembrando-se de como havia desejado que um homem se sentisse fascinado por ela.

Meu Deus, não era bem aquilo que esperava de tal experiência. Estava completamente atônita e sem ação. Pelo corpo masculino pressionando o dela. Pela promessa de sexo com ele. Pelo poder letal que ele poderia exercer se decidisse apertar seu pescoço outra vez.

– Diga-me onde mora – disse o homem.

Como ela não respondeu, ele ondulou os quadris, a ereção maciça deslizando em círculos, pressionando seu ventre.

Mary fechou os olhos. E tentou não imaginar como seria se ele fizesse o mesmo que estava fazendo, só que dentro dela.

Ele baixou a cabeça e seus lábios roçaram-lhe a lateral do pescoço. Acariciou-a com o nariz.

– Onde vive?

Ela sentiu um golpe suave, úmido. Deus, a língua dele. Subindo por sua garganta.

– Alguma hora você vai me dizer – murmurou ele –, mas não se apresse. Neste exato momento não tenho muita pressa.

Seus quadris a deixaram brevemente, retornando com a coxa dele abrindo caminho entre as pernas dela, esfregando-se em seu sexo. A mão na base do pescoço escorregou para seu esterno, detendo-se finalmente entre os seios.

– Seu coração está disparado, Mary.

– Is... isso é porque estou com medo.

– Medo não é a única coisa que você está sentindo. Por que você não verifica o que suas mãos estão fazendo?

Verdade. Estavam colocadas sobre seus bíceps. E os agarravam, aproximando-o mais. As unhas cravando-se em sua pele.

Quando ela o soltou, ele franziu a testa.

– Não pare, estava gostoso.

A porta se abriu por trás deles.

– Mary? Tudo bem com vo... Oh... Meu Deus – as palavras de Bella se perderam.

Mary se preparou psicologicamente quando o homem virou o torso e olhou para Bella. Seus olhos a espiaram de esguelha, medindo-a de alto a baixo, e, em seguida, voltaram para Mary.

– Sua amiga está preocupada com você – disse ele suavemente – Pode lhe dizer que não é preciso.

Mary tentou se soltar e não se surpreendeu quando ele dominou facilmente seus abruptos movimentos.

– Tenho uma ideia – murmurou ela –, por que você não me deixa partir, e assim não precisarei tranquilizá-la?

Uma seca voz masculina atravessou o vestíbulo.

– Rhage, essa mulher não veio para cá lhe dar prazer, e aqui não é o One Eye, meu Irmão. Nada de sexo no vestíbulo.

Mary tentou virar a cabeça, mas a mão entre os seios deslizou para sua garganta e segurou-lhe o queixo, impedindo-a. Aqueles olhos azuis a penetraram.

– Vou ignorar a ambos. Se você fizer o mesmo, então, podemos fazê-los desaparecer.

– Rhage, deixe-a ir – uma torrente de palavras em tom elevado foi despejada em um idioma que ela não entendeu.

Enquanto a acalorada discussão continuou, o brilhante olhar do louro se manteve nela, seu polegar deslizando carinhosamente para frente e para trás ao longo de seu queixo. Com ela, era calmo e terno, mas quando respondia ao outro homem, sua voz era dura e agressiva, tão forte quanto seu vigoroso corpo. Nova série de palavras, dessa vez, menos combativas. Como se o outro cara tentasse argumentar.

Subitamente, o louro a soltou e afastou-se. A ausência de seu corpo quente e pesado foi um curioso choque.

– Vejo você mais tarde, Mary.

Acariciou-lhe a face com o dedo indicador antes de se distanciar.

Sentindo os joelhos fracos, Mary se apoiou na parede quando ele a soltou e foi embora cambaleando, ele próprio também buscando apoio para se equilibrar.

Meu Deus, enquanto estivera à mercê dele, esquecera que estava doente.

– Onde está o rapaz? – quis saber a outra voz masculina.

Mary olhou para sua esquerda. O cara era grande, vestia couro preto, usava um corte de cabelo militar e possuía sagazes olhos azuis escuros.

Um soldado, pensou ela, sentindo-se mais à vontade.

– O rapaz? – insistiu ele.

– John está lá dentro – respondeu Bella.

– Então, vamos.

O homem abriu a porta e a segurou com o corpo, de maneira que Bella e ela tiveram que se espremer contra ele para passar. Enquanto entravam, ele não lhes prestou atenção; em vez disso, seus olhos estavam fixos em John, que o encarava diretamente, com os olhos apertados, como se tentasse analisar o soldado.

Quando todos se sentaram à mesa, o homem fez um sinal com a cabeça para Bella.

– Você nos ligou.

– Sim. E essa é Mary Luce. E John. John Matthew.

– Sou Tohrment – ele voltou a concentrar a atenção em John –; como vai, filho?

John gesticulou, e Mary precisou pigarrear antes de traduzir.

– Ele disse: *Vou bem, senhor. E você?*

– Bem – o homem sorriu um pouco e depois voltou a olhar para Bella. – Quero que espere no vestíbulo. Falarei com você depois que tiver conversado com ele.

Bella hesitou.

– Não é um pedido – disse ele, sem alterar o tom de voz.

Depois que Bella saiu, o cara virou sua cadeira para John, reclinou-se nela, e esticou as longas pernas.

– Então, diga-me, filho, onde você cresceu?

John moveu suas mãos, e Mary disse:

– Aqui na cidade. Primeiro em um orfanato, depois em alguns lares temporários.

– Sabe alguma coisa sobre sua mãe ou seu pai?

John negou com a cabeça.

– Bella me disse que tinha uma pulseira com alguns símbolos, você poderia mostrá-la para mim?

John arregaçou a manga e estendeu o braço. A mão do homem segurou o pulso do rapaz.

– Isso é maravilhoso, filho. Foi você quem fez?

John assentiu.

– E de onde tirou a ideia para o desenho?

John soltou-se da mão do soldado e começou a gesticular. Quando parou, Mary disse:

– Ele sonha com o padrão.

– Ah, é? Importa-se se eu perguntar como são seus sonhos? – o homem retomou a sua postura casual na cadeira, mas seus olhos se estreitaram.

Treinamento de artes marciais uma ova, pensou Mary. Não se tratava de algumas aulas de caratê. Aquilo era um interrogatório.

John hesitou, ela queria pegá-lo e ir embora, mas tinha o pressentimento de que o rapaz se oporia. Ele estava completamente absorto no homem, atento e concentrado.

– Está tudo bem, filho. Seja lá o que for, está tudo bem.

John levantou as mãos e Mary ia falando enquanto ele gesticulava.

– Hum… ele está em um lugar escuro. Ajoelhado diante de um altar. Atrás dele, ele vê escritos sobre a parede, centenas de linhas gravadas em pedra negra... John, espera, vai devagar. Não posso traduzir tão rápido – Mary se concentrou nas mãos do rapaz – Ele diz que no sonho vai até lá e toca uma das linhas escritas e que tem essa aparência.

O homem franziu a testa.

Quando John olhou para baixo, como se estivesse envergonhado, o soldado lhe disse.

– Não se preocupe, filho, está tudo bem. Lembra de mais alguma coisa que lhe pareça estranha? Coisas que talvez o façam diferente de outras pessoas?

Mary trocou de posição em sua cadeira, realmente incomodada com o rumo que as coisas estavam tomando. Estava claro que John iria responder a qualquer pergunta que lhe fosse formulada, mas, pelo amor de

Deus, nem sabiam quem era aquele homem. E Bella, embora os houvesse apresentado, estava claramente desconfortável com a situação.

Mary ergueu as mãos, prestes a gesticular uma advertência para John, quando o rapaz desabotoou sua camisa. Ele abriu um lado, mostrando uma cicatriz circular por cima de seu peitoral esquerdo.

O homem se inclinou para frente, estudando a marca, e, então, afastou-se.

– Como conseguiu essa cicatriz?

As mãos do rapaz voavam diante dele.

– Disse que nasceu com ela.

– Há mais alguma coisa? – perguntou o homem.

John olhou para Mary. Respirou fundo e gesticulou:

Sonho com sangue. Com presas. Com... mordidas.

Mary sentiu seus olhos se arregalarem antes de poder se deter.

John a olhou ansioso.

Não se preocupe Mary. Não sou um psicopata ou algo parecido. Fiquei aterrorizado quando tive os primeiros sonhos, mas não posso controlar o que meu cérebro faz, você sabe.

– Claro, eu sei – disse ela, estendendo e apertando a mão dele.

– O que ele disse? – perguntou o homem.

– Essa última parte foi para mim.

Ela respirou fundo. E voltou a traduzir.

Capítulo 9

Bella se apoiou contra a parede do corredor e começou a trançar seu cabelo, algo que fazia quando estava nervosa.

Já ouvira que os membros da Irmandade eram quase uma espécie à parte, mas jamais pensara que fosse verdade. Até agora. Aqueles dois homens não eram simplesmente colossais em uma escala física; irradiavam controle e agressividade. Caramba, faziam o irmão dela parecer um amador no departamento dos caras durões, e olhe que Rehvenge era um osso duro de roer.

Bom Deus, o que havia feito ao levar Mary e John até ali? Estava menos preocupada com o rapaz, mas, e Mary? A maneira como o guerreiro louro havia agido com ela indicava problemas à vista. Daria para ferver um oceano com o tipo de luxúria que ele emanava, e os membros da Irmandade da Adaga Negra não estavam acostumados a que lhes negassem coisa alguma. Pelo que havia escutado, quando queriam uma mulher, tomavam-na.

Felizmente, até onde sabia, não eram estupradores, embora, pelo que acabara de ver, não teriam por que fazê-lo. Os corpos daqueles guerreiros eram feitos para o sexo. A união com um deles, ser possuída por toda aquela força, seria uma experiência extraordinária.

Contudo, Mary, como humana, poderia não se sentir assim.

Bella olhava o corredor de cima a baixo, agitada, tensa. Não havia ninguém por perto, e se tivesse de ficar ali parada mais um pouco, acabaria cheia de trancinhas. Sacudiu o cabelo, escolheu uma direção aleatória, e caminhou sem rumo. Quando percebeu o som de um tamborilar ritmado ao longe, seguiu o ruído surdo até uma porta dupla de metal. Abriu um lado e a atravessou.

O ginásio era do tamanho de um estádio de basquete profissional, com o chão de madeira envernizado muito brilhante. Colchonetes azuis claros estavam espalhados por ali e luzes fluorescentes protegidas por gradeados pendiam do teto. Um balcão com assentos de estádio se projetava à esquerda, e, sob ele, uma série de sacos de pancada.

Um magnífico macho esmurrava com força um deles, de costas para ela. Dançava sobre as pontas dos pés, ligeiro como a brisa, lançando soco atrás de soco, abaixando-se rapidamente, golpeando, acertando o pesado saco de areia com tanta força que o dito equipamento chegava a ficar inclinado para trás, formando um ângulo agudo em relação à vertical.

Não conseguia ver-lhe rosto, mas só podia ser atraente. Seu cabelo cortado rente era castanho claro, e usava um suéter de gola rolê preto bem justo e calça esportiva de náilon preto, bem larga. Um coldre cruzava suas costas amplas.

A porta fez um clique quando se fechou atrás dela.

Com um único movimento de braço, o homem sacou, de repente, uma adaga e a enterrou no saco de pancada. Com um puxão, ele o rasgou, e a areia e o enchimento escoaram rapidamente sobre o chão. Em seguida, ele se virou.

Bella colocou a mão sobre a boca. O rosto dele era coberto de cicatrizes, como se alguém tivesse tentado cortá-lo pela metade com uma faca. A grossa linha começava na testa, descia pela ponta do nariz, e se curvava sobre a bochecha. Acabava ao lado da boca, deformando seu lábio superior.

Os olhos amendoados, negros e frios como a noite, pousaram nela e se arregalaram ligeiramente. Ele pareceu desconcertado, seu grande corpo imóvel exceto pelas inspirações profundas que fazia.

O homem a queria, pensou ela. E estava inseguro sobre o que fazer com isso.

Só que, de uma hora para outra, a confusão e a estranheza foram enterradas. O que tomou seu lugar foi uma cólera gelada que a paralisou de terror. Sem tirar os olhos dele, ela voltou para a porta e pressionou a barra de segurança. Como não obteve resultado, teve o pressentimento de que ele a estava prendendo ali.

Por um momento, o homem observou as tentativas frenéticas de Bella para conseguir sair, e, em seguida, foi atrás dela. Enquanto atravessava os colchonetes, atirava a adaga para o alto e a pegava pelo cabo. Lançava-a para cima, voltava a pegá-la. Para cima e para baixo.

– Não sei o que você está fazendo aqui – disse ele em voz baixa –, além de atrapalhar meu treinamento.

Quando os olhos dele a avaliaram de alto a baixo, sua hostilidade era palpável, mas também emitia um calor cru, uma espécie de ameaça sexual pela qual ela realmente não deveria ter se sentido cativada.

– Sinto muito. Não sabia...

– Não sabia o que, fêmea?

Meu Deus, ele estava tão perto agora. E era tão maior do que ela.

Ela se comprimiu contra a porta.

– Sinto muito...

O homem apoiou as mãos no metal de um lado e de outro de sua cabeça. Ela olhou a adaga que ele ainda segurava, mas logo se esqueceu da arma quando ele se inclinou sobre ela. O macho se deteve antes que seus corpos se tocassem.

Bella respirou fundo, aspirando o cheiro dele. Era como fogo em seu nariz, não encontrava outra definição melhor para o que sentiu. E respondeu àquilo com ardência, com desejo.

– Você sente muito – disse ele, inclinando a cabeça para o lado e se concentrando em seu pescoço. Quando ele sorriu, suas presas eram largas e muito brancas – Sim, com certeza que sim.

– De verdade, sinto muito.

– Então, prove.

– Como? – ela sussurrou.

– Deite-se. E eu lhe mostro como aceito as suas desculpas.

De repente, uma porta se abriu do outro lado do ginásio.

– Ah, caramba!... Solte-a! – outro homem, com uma longa cabeleira, atravessou o vasto local correndo.

– Tire as mãos dela, Zsadist. Imediatamente.

O homem das cicatrizes se apoiou nela, colocando a deformada boca perto de seu ouvido. Algo pressionou seu esterno, seu coração. A ponta de um dedo.

– Salva pelo gongo, fêmea.

Ele rodeou-a e saiu pela porta, justo quando o outro homem chegava até ela.

– Você está bem?

Bella olhou para o saco de areia dilacerado. Não conseguia respirar, embora não soubesse dizer se era por medo ou algo puramente sexual. Provavelmente, uma combinação das duas coisas.

– Sim, creio que sim. Quem era?

O macho abriu a porta e a levou de volta à sala de interrogatório, sem responder à pergunta.

– Para o seu próprio bem, espere aqui, está certo?

Bom conselho, pensou ela, quando ficou sozinha.

Capítulo 10

Rhage despertou bruscamente. Quando olhou para o relógio em sua mesinha de cabeceira, ficou eufórico por conseguir focar os olhos novamente. E também fulo da vida quando viu que horas eram.

Onde diabos estava Tohr? Ele havia se comprometido a chamá-lo assim que tivesse terminado com a fêmea humana, mas isso havia sido há mais de seis horas.

Rhage pegou o telefone e discou o número do celular de Tohr. Quando caiu na caixa de mensagens, soltou um palavrão e desligou o aparelho.

Ao sair da cama, espreguiçou-se cuidadosamente. Ainda estava dolorido e mal do estômago, mas era capaz de se locomover muito melhor. Uma chuveirada rápida e roupa limpa fizeram com que se recuperasse ainda mais, então, dirigiu-se ao escritório de Wrath. O amanhecer logo chegaria, e se Tohr não atendia o celular, devia estar prestando contas ao rei antes de voltar para casa.

Como as portas duplas do aposento estavam abertas, pôde ver Tohrment, que caminhava de um lado para o outro pelo tapete Aubusson, enquanto conversava com Wrath.

– Justo quem eu estava procurando – Rhage falou, arrastado as palavras.

Tohr olhou para ele.

– Depois daqui, ia passar no seu quarto.

– Com certeza ia. Como vai, Wrath?

O Rei Cego sorriu.

– Contente em ver que está se recuperando para o combate, Hollywood.

– Oh, já estou bem, tudo certo – Rhage cravou os olhos em Tohr. – Tem algo para me dizer?

– Na verdade, não.

– Está me dizendo que não sabe onde a humana vive?

– Não sei se você precisa voltar a vê-la, que tal?

Wrath se recostou na cadeira, colocando os pés sobre a mesa. Suas enormes botas militares faziam com que o delicado móvel parecesse uma banqueta.

Ele sorriu.

– Um de vocês pode me inteirar do que se passa?

– Assunto particular – murmurou Rhage. – Nada de importante.

– Uma ova – Tohr virou-se para Wrath –; parece que o nosso rapaz aqui está querendo conhecer melhor a intérprete do rapaz.

Wrath sacudiu sua cabeça.

– Oh, não, não deve, Hollywood. Deite-se com outra mulher. Deus sabe que é o que não falta lá fora – fez um sinal com a cabeça para Tohr. – Como estava dizendo, não faço objeção a que o rapaz se una à primeira classe de aprendizes, desde que verifique seus antecedentes. E a humana precisa ser investigada, também. Se o rapaz desaparecer de repente, não quero que ela cause problemas.

– Cuido disso – disse Rhage. Quando ambos o olharam, ele deu de ombros. – Ou me deixam fazer ou serei obrigado a seguir quem o fizer. De um jeito ou de outro, encontrarei essa mulher.

A testa de Tohr converteu-se num campo arado, cheia de sulcos.

– Quer parar de complicar as coisas, meu Irmão? Se acontecer de o rapaz ficar aqui, há uma conexão muito próxima com essa humana. Esqueça isso.

– Sinto muito. Eu a quero.

– Que inferno. Você às vezes pode ser um pé no saco, sabia? Sem controle dos impulsos, mas totalmente obstinado. Grande combinação!

– Olhe, vou tê-la de qualquer jeito. Agora, quer que eu a investigue enquanto isso ou não?

Quando Tohr esfregou os olhos, e Wrath praguejou, Rhage soube que havia ganhado.

– Tudo bem – Tohr resmungou –, descubra seus antecedentes e a ligação dela com o rapaz e depois faça o que quiser com ela. Mas, quando acabar, apague a memória dela e não a veja outra vez. Está me ouvindo? Faça com que ela se esqueça de você quando acabar e *não a veja outra vez.*

– Certo.

Tohr abriu seu celular e apertou algumas teclas.

– Vou enviar uma mensagem de texto com o número da humana para você.

– E o de sua amiga.

– Vai pegá-la também?

– Apenas faça o que pedi, Tohr.

Bella estava indo se deitar porque estava quase amanhecendo quando o telefone tocou. Ela atendeu, esperando que não fosse seu irmão. Odiava quando ele queria se certificar de que já estava em casa antes do final da noite. Como se ela pudesse estar fora transando com machos ou algo assim.

– Alô? – disse ela.

– Ligue para Mary e diga-lhe que se encontre comigo esta noite para jantar.

Bella ergueu-se de um pulo. *O guerreiro louro.*

– Você ouviu o que eu disse?

– Sim... mas o que quer com ela? – como se já não soubesse.

– Ligue para ela agora. Diga-lhe que sou seu amigo e que será uma noite agradável. Será melhor dessa maneira.

– Do contrário o quê?

– Irromperei na casa dela e a pegarei. É o que farei se tiver de fazê-lo.

Bella fechou os olhos e viu Mary contra a parede, o macho sobre ela, dominando-a. Estava atrás dela por uma única razão: liberar toda a libido de seu corpo. Dentro dela.

– Oh, meu Deus... por favor, não a machuque. Ela não é uma de nós. E está doente.

– Eu sei. Não vou machucá-la.

Bella colocou a cabeça sobre sua mão, perguntando-se como um macho durão como aquele saberia o que machucava e o que não machucava.

– Guerreiro... ela não sabe sobre nossa raça. Ela é... eu lhe suplico, não...

– Não se lembrará de mim depois que acontecer.

Com isso, supunha que a faria se sentir menos péssima? Fosse como fosse, sentia que estava servindo Mary em uma bandeja.

– Não pode me deter, fêmea. Mas pode tornar as coisas mais fáceis para a sua amiga. Pense nisso. Ela se sentirá mais segura se nos encontrarmos em um lugar público. Não saberá o que sou. Será o mais normal possível para ela.

Bella odiava ser pressionada, odiava sentir que traía a amizade de Mary.

– Eu me arrependo de tê-la levado junto – murmurou ela.

– Eu não – houve uma pausa. – Ela tem algo... de especial.

– E se ela rejeitá-lo?

– Não o fará.

– Mas se o fizer?

– Será a escolha dela. Não será forçada. Eu juro.

Bella colocou a mão sobre a garganta, enrolando um dedo no cordão com diamantes espaçados que sempre usava.

– Onde? – disse ela sem ânimo. – Onde ela deve se encontrar com você?

– Onde os humanos costumam ir nesse tipo de encontro?

Como diabos ela saberia? Então, lembrou-se de Mary ter-lhe contado qualquer coisa sobre uma colega dela encontrando-se com um homem... Qual era mesmo o nome do lugar?

– T.G.I. Friday's – disse ela – Há um na Lucas Square.

– Tudo bem. Diga-lhe que esteja lá às oito da noite, hoje.

– Como digo que se chama?

– Diga que me chamo... Hal. Hal E. Wood.

– Guerreiro?

– Sim?

– Por favor...

A voz dele assumiu um tom notavelmente suave.

– Não se preocupe, Bella. Eu a tratarei muito bem.

O telefone ficou mudo.

No bangalô do Sr. X, no meio do bosque, o Sr. O lentamente se sentou na cama, aliviado por estar na vertical. Esfregou as mãos no rosto.

Ômega só fora embora uma hora atrás, e o corpo do Sr. O vazava ainda por vários lugares, feridas e outras coisas. Não tinha certeza de que estava pronto para se locomover, mas precisava sair daquele quarto infernal.

Quando tentou ficar de pé, viu tudo rodando, e, então, sentou-se. Através da pequena janela do quarto, viu o romper da aurora, a quente luminosidade filtrada por entre os ramos de pinheiros. Não esperava que o castigo durasse um dia inteiro. E por várias vezes esteve a ponto de sucumbir.

Ômega o levara a descobrir lugares dentro de si cuja existência para ele constituiu um choque. Lugares de medo e ódio de si mesmo. De absoluta humilhação e degradação. E agora, como sequela, sentia-se como se não tivesse pele, como se ele estivesse totalmente aberto e exposto, uma ferida viva ambulante.

A porta se abriu. Os ombros do Sr. X encheram a soleira.

– Como estamos passando?

O Sr. O cobriu-se com uma manta e, em seguida, abriu a boca. Nada saiu. Tossiu algumas vezes.

– Eu... sobrevivi.

– Esperava que o fizesse.

Para o Sr. O, era difícil ver aquele homem vestido de forma normal, segurando uma prancheta, aparentando estar pronto para um novo dia de trabalho produtivo. Comparado ao que o Sr. O havia passado nas últimas vinte e quatro horas, a normalidade parecia falsa e vagamente ameaçadora.

O Sr. X sorriu um pouco.

– Então, você e eu vamos fazer um acordo. Já que entrou na linha, permaneça assim, e isso não voltará a acontecer.

O Sr. O estava muito exausto para discutir. A vontade de brigar acabaria voltando, sabia que sim, mas, por ora, tudo que queria era sabão e água quente. E algum tempo sozinho.

– O que me diz? – perguntou o Sr. X.

– Sim, sensei – o Sr. O não se importava com o que tivesse de fazer, com o que tivesse de dizer. Só queria se afastar da cama... do quarto... do bangalô.

– Há roupas no armário. Você está bem para dirigir?

– Sim. Sim... estou bem.

O Sr. O imaginou a ducha de sua casa, o azulejo creme e os rejuntes brancos. Limpo. Muito limpo. Exatamente como estaria, também, quando saísse de lá.

– Quero que faça um favor a si mesmo, Sr. O. Quando voltar ao trabalho, lembre-se de tudo que passou. Recorde-se, conserve a lembrança fresca em sua mente, e aplique na sua lição. Posso estar irritado por sua iniciativa, mas o desprezaria se fosse subserviente. Estamos entendidos?

– Sim, sensei.

O Sr. X se virou, mas, depois, olhou por cima do ombro.

– Creio que sei por que Ômega o deixou sobreviver. Ao sair, era só elogios. Sei que ele gostaria de vê-lo outra vez. Posso dizer a ele que você se alegraria com suas visitas?

O Sr. O deixou escapar um som estrangulado. Não pôde evitar.

O Sr. X riu baixinho.

– Provavelmente não.

Capítulo 11

Mary estacionou no T.G.I. Friday's. Olhando para os carros e caminhonetes ao redor, perguntou-se como diabos havia concordado em se encontrar com um homem para jantar. Pelo que podia recordar, Bella ligara para ela naquela manhã falando sobre isso, mas, o problema é que não se lembrava de detalhe algum.

Na verdade, não estava conseguindo se lembrar de muitas coisas. A consulta de retorno estava marcada para a manhã seguinte, e com isso pairando sobre ela, sentia-se aturdida. Como na noite anterior, por exemplo. Poderia jurar que fora a algum lugar com John e Bella, mas, com exceção do começo da noite, o restante era um grande ponto de interrogação. No trabalho, a mesma coisa. Passara o dia no escritório de advocacia cometendo erros bobos, com o olhar perdido.

Quando saiu do Civic, lutou para se concentrar o melhor que pôde. Devia ao homem com quem iria se encontrar um esforço para se manter alerta; entretanto, não se sentia obrigada a absolutamente nada além disso. Deixara claro com Bella que seria um mero encontro de amigos. Rachariam a conta. Foi um prazer conhecer você, a gente se vê.

Que teria sido a sua atitude mesmo se não estivesse distraída com a ameaça da loteria médica. Além do fato de que poderia estar doente outra vez, estava sem prática da rotina de encontros e sem a menor vontade de readquiri-la. Para que procurar sarna para se coçar? A maioria dos caras solteiros de trinta e poucos anos ou ainda andavam atrás de diversão ou já estavam casados; e farra não era com ela. Séria por natureza, ainda por cima trazia a bagagem de um passado sofrido.

E sua aparência sublinhava isso. O cabelo nada vistoso estava puxado para trás, preso num rabo de cavalo. O suéter bege que usava era folgado e quente. As calças cáqui eram confortáveis; os sapatos, baixos, marrons e ralados nos dedos dos pés. Provavelmente, aparentava ser o que nunca seria: uma mãe.

Quando entrou no restaurante, dirigiu-se à *hostess* e foi encaminhada para uma mesa no canto dos fundos. Deixando a bolsa de lado, sentiu o cheiro de pimentões e cebolas e olhou para cima. Uma garçonete passou apressada com uma chapa de ferro chiante.

O restaurante estava cheio, uma grande cacofonia resultava do todo. Enquanto os garçons zanzavam com bandejas de comida fumegante ou pilhas de pratos usados, famílias, casais e grupos de amigos riam, conversavam, discutiam. O louco caos a impressionou mais do que o normal, e, sentada ali sozinha, sentiu-se completamente à margem, uma farsante entre as pessoas de verdade.

Todos eles tinham futuros felizes. Ela tinha... mais consultas médicas pela frente.

Com uma maldição, reprimiu suas emoções, o pânico e todos os pensamentos funestos, deixando tudo de lado, exceto a determinação de não ficar lembrando da Dra. Della Croce o tempo todo naquela noite.

Mary pensou em coisas mais amenas e sorriu um pouco; uma garçonete aproximou-se da mesa, onde depositou um copo de plástico com água, derrubando um pouco.

– Está esperando alguém?

– Sim, estou.

– Deseja beber algo?

– Por enquanto, só isso. Obrigada.

Quando a garçonete se foi, Mary bebericou a água, que tinha um gosto metálico, e afastou o copo. Pelo canto do olho percebeu uma movimentação na porta principal.

Meu Deus... Uau.

Um homem havia entrado no restaurante. Um homem muito, muito... lindo *de verdade.*

Era louro. Uma beleza de astro de cinema. E monumental em seu casacão de couro preto. Seus ombros eram tão largos quanto a porta que acabara de atravessar, suas pernas tão longas que era mais alto do que qualquer pessoa no local. E, enquanto caminhava a passos largos entre as pessoas da entrada, os outros homens olhavam para baixo, para longe, ou para seus relógios de pulso, cientes de não serem páreo para ele.

Mary franziu a testa, sentindo como se já o tivesse visto antes em algum lugar.

Sim, esse lugar se chama tela de cinema, disse de si para si. Talvez estivessem rodando um filme na cidade.

O homem se aproximou da *hostess* e a mediu com os olhos. A ruiva olhou para ele com ar de incredulidade, mas, então, seus hormônios entraram em ação para acudi-la. Ela puxou a cabeleira para frente, exibindo-a, como se quisesse se certificar de que ele repararia nela, e depois inclinou para fora o quadril de tal maneira que parecia que o havia desconjuntado.

Não se preocupe, Mary pensou. *Ele já notou você, querida.*

Enquanto os dois se deslocavam pelo restaurante, o homem examinava cada mesa, e Mary se perguntou com quem ele se sentaria.

Ahá. Duas mesas à frente havia uma loura sozinha. Seu macio suéter azul de lã angorá era muito justo e revelava seus deslumbrantes atributos. E a mulher irradiava expectativa quando o viu caminhar pelo restaurante.

Bingo. Ken e Barbie.

Bom, não exatamente Ken. Porque, apesar da excelente aparência, o cara nada tinha de mauricinho. Possuía um quê de... animal, isso sim. Não se deslocava e se comportava como as outras pessoas.

Na verdade, movia-se como um predador; seus ombros largos acompanhavam o movimento dos pés, a cabeça mudando constantemente de direção, esquadrinhando. Ela tinha a incômoda sensação de que se ele quisesse, poderia liquidar qualquer um ali apenas com as mãos.

Reunindo toda sua força de vontade, Mary forçou-se a ficar olhando fixamente seu copo d'água. Não queria ser mais uma a olhar para o cara com a boca aberta.

Oh, droga, ela teve de olhar para cima outra vez.

Ele havia passado a loura e estava parado diante de uma morena do outro lado do corredor. A mulher sorria para ele de orelha a orelha. O que lhe pareceu bem razoável.

– Oi – disse ele.

Bom, pacote completo. A voz era espetacular, também. Uma voz profunda, sonora.

– Oi para você também.

O tom do homem se aguçou.

– Você não é Mary.

Mary gelou. *Oh, não.*

– Posso ser quem você quiser que eu seja.

– Estou procurando Mary Luce.

Oh... droga.

Mary limpou a garganta, desejando estar em outro lugar, ser outra pessoa qualquer.

– Eu sou... ah, eu sou Mary.

O homem se virou. Quando pousou nela os intensos olhos azuis, seu corpanzil ficou rígido.

Mary olhou para baixo rapidamente, remexendo o canudo no copo d'água.

Não sou o que esperava, não é?, pensou ela.

E como o silêncio se prolongava, estava claro que ele procurava uma desculpa socialmente aceitável para sair fora.

Meu Deus, como Bella tinha podido humilhá-la daquela maneira?

Rhage deixou de respirar e só percebia a humana. Oh, estava adorável. Nada do que havia esperado, mas adorável, mesmo assim.

Sua pele era pálida e fina, como papel de arroz. Os ossos de seu rosto eram igualmente delicados, a mandíbula formava um arco gracioso que ia da orelha ao queixo, as maçãs do rosto altas tinham um rubor natural. O pescoço era longo e delgado, assim como as mãos e, provavelmente, as pernas. Seu cabelo castanho escuro estava puxado para trás em um rabo de cavalo.

Não usava maquiagem, ele não podia detectar perfume algum, e a única joia que usava era um pequeno par de brincos de pérolas. Seu suéter cor de creme era grande e solto, e podia apostar que suas calças também eram folgadas.

Nada que usava tinha a intenção de atrair olhares. Não era como as mulheres com as quais costumava sair. E, no entanto, ela chamava sua atenção como uma banda militar.

– Olá, Mary – disse ele suavemente.

Esperava que ela olhasse para cima, porque ainda não conseguira ver bem seus olhos. E mal podia esperar para ouvir sua voz outra vez. As três palavras que lhe havia dirigido não haviam sido suficientes.

Estendeu a mão, ansiando por tocá-la.

– Sou Hal.

Ela o deixou com a mão estendida e tratou de pegar a bolsa para ir embora.

Ele se plantou em seu caminho.

– Aonde você vai?

– Olhe, tudo bem. Não direi a Bella. Vamos só fingir que jantamos.

Rhage fechou os olhos excluindo o ruído de fundo de modo a absorver apenas o som da voz dela. Seu corpo estremeceu e acalmou-se, oscilando um pouco.

E em seguida ele se deu conta do que ela havia dito.

– Por que mentir? Vamos jantar juntos.

Seus lábios se apertaram, mas, ao menos, ela parou de tentar escapar.

Quando ele teve certeza de que ela não fugiria, sentou-se e tentou acomodar as pernas debaixo da mesa. Quando ela o olhou, ele parou de tentar se ajeitar melhor.

Santo Deus. Os olhos dela não combinavam com a ternura da voz. Pertenciam a um guerreiro.

De um cinza metálico, rodeados por pestanas da mesma cor do cabelo, eram graves, sérios, olhos de machos que haviam lutado e sobrevivido à batalha. Eram assombrosamente belos em sua força.

Sua voz tremia.

– Estou tão a fim de... jantar com você.

Aqueles olhos flamejaram e depois se estreitaram.

– Sempre faz trabalhos para a caridade?

– Como é? Não entendi...

Uma garçonete se aproximou e lentamente depositou um copo de água diante do vampiro. Ele podia farejar a resposta fogosa que seu rosto e corpo provocavam na mulher e isso o incomodava.

– Olá, eu sou Amber – disse ela –, o que posso lhe servir para beber?

– A água está bem. Mary, quer alguma outra coisa?

– Não, obrigada.

A garçonete deu um passo, aproximando-se dele.

– Posso lhe falar de nossas especialidades?

– Certo.

Enquanto a infindável lista prosseguia, Rhage não afastou o olhar de Mary. Ela ocultava os olhos dele, que droga.

A garçonete pigarreou. Algumas vezes.

– Tem certeza de que não quer uma cerveja? Ou talvez algo um pouco mais forte? Que tal uma dose de...?

– Estamos bem, e pode voltar mais tarde para fazermos o pedido. Obrigado.

Amber entendeu a indireta.

Quando ficaram a sós, Mary disse:

– Sério, vamos acabar...

– Por acaso eu lhe dei algum indício de que não quero jantar com você?

Ela pousou a mão sobre o cardápio que havia diante dela, contornando com um dedo distraidamente a ilustração de um prato de costeletas. Abruptamente, ela afastou o objeto com força.

– Você fica me encarando.

– Homens fazem isso. *Quando encontram uma mulher que desejam*, acrescentou para si.

– Sim, claro. Bem, comigo não fazem isso. Posso imaginar o quanto está desconcertado, mas não necessito que concentre sua atenção nos detalhes, entendeu? E, realmente, não tenho interesse em aguentar uma hora dessa coisa toda sem sentido.

Deus, aquela voz. Ela estava fazendo aquilo com ele novamente, sua pele queimava com calafrios e em seguida se acalmava, relaxando. Respirou fundo, tentando captar um pouco de seu perfume natural, cítrico.

Quando o silêncio se fez entre eles, ele empurrou o cardápio de volta para ela.

– Escolha o que você vai pedir, a menos que queira apenas se sentar aí enquanto eu como.

– Posso ir embora a qualquer momento, se quiser.

– É verdade. Mas você não quer.

– Oh! E por que diz isso? – seus olhos lampejaram, e o corpo dele se acendeu como um estádio de futebol.

– Não vai fazer isso porque você gosta muito de Bella para embaraçá-la por ter me deixado falando sozinho. E, ao contrário de você, direi a ela que você fugiu de mim.

Mary franziu a testa.

– Chantagem?

– Persuasão.

Ela abriu o cardápio lentamente e o percorreu com o olhar.

– Ainda está me encarando.

– Eu sei.

– Você poderia olhar para alguma outra parte? Para o cardápio, para aquela morena do outro lado do corredor. Há uma loura duas mesas atrás de você, caso não tenha reparado.

– Você nunca usa perfume?

Ela ergueu os olhos para ele.

– Não, não uso.

– Posso? – ele indicou as mãos dela com a cabeça.

– Como?

Não poderia dizer que queria cheirar sua pele mais de perto.

– Considerando que vamos jantar e tudo mais, seria mais civilizado apertarmos as mãos, não é? E, embora você tenha me deixado com a mão estendida da primeira vez, estou disposto a lhe dar outra oportunidade.

Como Mary não respondeu, ele esticou a mão por cima da mesa e segurou a dela. Antes que pudesse reagir, puxou-lhe o braço para frente, inclinou-se, e pressionou os lábios nas costas de seus dedos. E aspirou profundamente.

A resposta de seu corpo ao cheiro dela foi imediata. Sua ereção comprimiu a braguilha de sua calça de couro, esticando, empurrando. Mudou de posição para conseguir mais espaço.

Meu Deus, mal podia esperar para levá-la para casa e ficarem a sós.

Capítulo 12

Mary perdeu o fôlego quando Hal soltou sua mão. Talvez estivesse sonhando. Sim, tinha de ser isso. Ele era maravilhoso. Muito sexy. E concentrado demais nela para ser real.

A garçonete voltou, aproximando-se tanto de Hal que, mais um pouco, estaria sentada em seu colo. E, como se não bastasse isso, a mulher havia retocado o brilho nos lábios. Sua boca havia passado por "uma troca de óleo" com algo chamado Rosa Fresco, ou Coral Curioso, ou algo igualmente ridículo.

Mary sacudiu a cabeça, surpresa de estar sendo tão maliciosa.

– O que vai pedir? – a garçonete perguntou para Hal.

Ele ergueu os olhos da mesa e arqueou uma sobrancelha. Mary sacudiu a cabeça e começou a folhear o cardápio.

– Bem, vejamos o que temos aqui – disse ele, abrindo o dele. – Vou querer o frango Alfredo. A carne NY, mal passada. E um cheeseburger, também mal passado. Duas porções de fritas. E nachos. Sim, quero nachos com tudo em cima. Duas porções disso também, ok?

Mary o ficou olhando meio espantada, enquanto ele fechava o cardápio e aguardava.

A garçonete pareceu um pouco desconcertada.

– Esse é o pedido para você e sua irmã?

Como se obrigação familiar fosse a única razão que um homem como aquele tivesse com uma mulher como ela. *Que inferno...*

– Não, isso é para mim. E ela é meu encontro, não minha irmã. Mary?

– Eu... vou querer somente uma salada César, quando seu... – *rango para um batalhão?* – jantar chegar.

A garçonete pegou os menus e se retirou.

– Então, Mary, diga-me algo sobre você.

– Por que não falamos sobre você?

– Por que, nesse caso, não poderia ouvi-la falar.

Mary ficou tensa, algo borbulhava sob a superfície de sua consciência.

Fale. Quero ouvir sua voz.

Diga algo. De novo e de novo. Fale.

Poderia jurar que aquele homem havia lhe dito tais coisas, mas ela nunca o vira antes. Deus sabe que teria se lembrado dele.

– O que faz para ganhar a vida? – ele a incentivou.

– Eu... sou secretária executiva.

– Onde?

– Em um escritório de advocacia aqui da cidade.

– Mas fazia outra coisa, não é?

Ela se perguntou o que mais Bella lhe contara. Deus, esperava que a mulher não tivesse comentado com ele sobre sua doença. Talvez fosse por isso que ele houvesse ficado.

– Mary?

– Costumava trabalhar com crianças.

– Professora?

– Terapeuta.

– Cabeça ou corpo?

– Ambos. Era especialista na reabilitação de crianças autistas.

– O que a levou a isso?

– Temos de fazer isso?

– Fazer o quê?

– Esse faz-de-conta-que-quero-saber-sobre-você.

Ele franziu a testa, inclinando-se para trás quando a garçonete colocou o enorme prato de nachos sobre a mesa.

A mulher se inclinou sobre seu ouvido.

– Shhh, não conte a ninguém. Roubei esses de outro pedido. Eles podem esperar e você parece muito faminto.

Hal assentiu, sorriu, mas parecia desinteressado.

Tinha de admitir que ele era cortês, pensou Mary. Agora que estava sentado com ela na mesa, parecia não notar absolutamente qualquer outra mulher.

Ele lhe ofereceu o prato. Enquanto ela negava com a cabeça, ele colocou um nacho na boca.

– Não me surpreende que conversas banais a aborreçam – disse ele.

– Por que diz isso?

– Você já sofreu muito.

Ela franziu a testa.

– O que exatamente Bella contou sobre mim?

– Não muito.

– Então, como sabe que sofri?

– Está em seus olhos.

Ah, que inferno. Também era inteligente. Falando de pacote completo...

– Mas, sinto informá-la – disse ele, devorando os nachos de modo rápido, porém educado –, não me importo se você fica aborrecida. Quero saber o que a interessou nessa linha de trabalho e você vai me contar.

– Você é arrogante.

– Que novidade – ele riu com vontade. – E você está evitando minha pergunta. O que a fez trabalhar com isso?

A resposta era a luta de sua mãe contra a distrofia muscular. Depois de ver o que a mãe havia passado, encontrou sua vocação em ajudar outras pessoas com limitações. Talvez fosse uma maneira de expurgar sua culpa por ser saudável enquanto a mãe vivia todo aquele drama.

E depois chegara a vez de ela própria viver um drama.

Engraçado, a primeira coisa que pensou quando foi diagnosticada foi que não era justo. Tinha visto sua mãe enfrentar a enfermidade, sofrera ao seu lado. Então, por que o universo queria que ela conhecesse diretamente o tipo de dor que havia testemunhado? Foi aí que compreendeu que não havia uma cota de sofrimento para as pessoas, nenhum valor quantificado que, uma vez alcançado, livrasse você milagrosamente de experimentar mais dor.

– Nunca quis fazer outra coisa – ela se esquivou.

– Então, por que se afastou?

– Minha vida mudou.

Graças a Deus, ele não quis saber por quê.

– Você gosta de trabalhar com crianças deficientes?

– Não se trata... não se tratava de crianças deficientes.

– Sinto muito – disse ele, visivelmente sincero.

A franqueza em sua voz dissolveu o gelo de sua reserva de uma maneira que elogios ou gracejos jamais teriam conseguido.

– Eles só são diferentes. Experimentam o mundo de uma maneira diferente. Normal é só o que é comum, essa não é a única maneira de ser ou viver – ela parou, notando que ele fechara os olhos.

– Estou chateando você?

Ele levantou as pálpebras devagar.

– Amo ouvir você falar.

Mary engoliu em seco. Os olhos dele pareciam néon, brilhantes e iridescentes.

Lentes de contato, só pode ser isso, pensou ela. Ninguém tem os olhos dessa cor.

– A diferença não a incomoda, não é mesmo? – murmurou ele.

– Não.

– Isso é bom.

Por alguma razão, ela se pegou sorrindo para ele.

– Eu tinha razão – sussurrou ele.

– Sobre o quê?

– Você é encantadora quando sorri.

Mary desviou o olhar.

– O que aconteceu?

– Por favor, não comece a ficar galanteador. Preferiria continuar com o bate-papo.

– Sou sincero, não galanteador. Pergunte aos meus irmãos. Constantemente meto os pés pelas mãos.

Havia outros como ele? Caraca, as fotos do álbum de família deviam parecer anúncio de creme dental.

– Quantos irmãos você tem?

– Cinco. Agora. Perdemos um – ele tomou um longo gole d'água, como se não quisesse que ela visse seus olhos.

– Sinto muito – disse ela baixinho.

– Obrigado. Ainda é recente. E sinto falta dele desesperadamente.

A garçonete chegou com uma pesada bandeja. Quando os pratos foram alinhados diante dele e a salada de Mary já estava sobre a mesa, a mulher esperou até que Hal a agradecesse de forma significativa.

Ele começou pelo frango. Afundou o garfo no fettuccine, retorcendo-o até obter um nó de massa, e o levou à boca. Mastigou pensativo e adicionou um pouco de sal. Depois, provou o filé. Colocou um pouco de pimenta. Então, foi a vez do cheeseburger. O sanduíche estava a meio caminho de sua boca quando franziu a testa e depositou-o novamente no prato. Usou os talheres para cortar um bocado.

Comia como um cavalheiro. Era quase caprichoso.

Súbito, ele a olhou.

– O que foi?

– Sinto muito, eu, ah... – ela espetou o garfo na salada. E, em seguida, voltou a olhá-lo comer.

– Se continuar me olhando tão fixamente, vou ficar vermelho – falou ele, arrastando as palavras.

– Sinto muito.

– Eu não. Gosto de ter seus olhos em mim.

O corpo de Mary voltava à vida. E respondeu a isso com graça total, deixando cair um crouton em seu colo.

– O que tanto olha? – perguntou ele.

Ela usou o guardanapo para limpar a roupa.

– Suas maneiras à mesa. São impecáveis.

– A comida deve ser saboreada.

Ela se perguntou o que mais ele devia saborear tão lentamente. Do comecinho ao fim. Deus, ela só podia imaginar o tipo de vida amorosa que ele tinha. Devia ser um assombro na cama. Aquele corpo grande, a pele dourada, os dedos longos...

A garganta de Mary secou e ela buscou seu copo.

– Mas você sempre... come tanto assim?

– Na realidade, não estou bem do estômago. Estou comendo até pouco – colocou um pouco mais de sal sobre o fettuccine. – Quer dizer que você costumava trabalhar com crianças autistas, mas agora está em um escritório de advocacia. Que mais faz com seu tempo? Lazer? Interesses?

– Eu gosto de cozinhar.

– Verdade? Eu gosto de comer.

Ela franziu a testa, tentando não imaginá-lo sentado à sua mesa.

– Você ficou irritada outra vez.

Ela agitou a mão.

– Não estou.

– Sim, está. Você não gosta da ideia de cozinhar para mim, não é?

Sua honestidade sem limites a fez pensar que podia lhe falar sobre qualquer coisa e ele responderia precisamente o que pensava e sentia. Fosse o que fosse.

– Hal, tem algum tipo de filtro entre sua mente e a língua?

– Na verdade, não – terminou o frango Alfredo e afastou o prato. O filé foi o próximo.

– E quanto aos seus pais?

Ela suspirou.

– Minha mãe morreu há aproximadamente quatro anos. Meu pai foi assassinado quando eu tinha dois anos, estava no lugar errado no momento errado.

Ele fez uma passada.

– Isso é duro. Perder os dois.

– Sim, foi.

– Eu também perdi os meus. Mas ao menos foi por velhice. Tem irmãs? Irmãos?

– Não. Éramos somente minha mãe e eu. E agora sou só eu.

Houve um longo silêncio.

– Então, como conheceu John?

– John... Oh, John Matthew? Bella lhe falou dele?

– Por alto.

– Não o conheço muito bem. Ele entrou em minha vida recentemente. Acredito que é um garoto especial, amável, apesar de as coisas não terem sido fáceis para ele.

– Conhece os pais dele?

– Ele me disse que não tem pais.

– Sabe onde ele vive?

– Conheço a área da cidade. Não é muito boa.

– Você quer salvá-lo, Mary?

Que pergunta mais estranha, pensou ela.

– Não acredito que precise ser salvo, mas eu gostaria de ser sua amiga. Sinceramente, mal o conheço. Ele apenas apareceu em minha casa certa noite.

Hal assentiu, como se ela tivesse lhe dado a resposta que queria.

– Quando conheceu Bella? – perguntou Mary.

– Não gostou de sua salada?

Ela olhou para o próprio prato.

– Não estou com fome.

– Tem certeza?

– Sim.

Assim que terminou seu cheeseburger e as batatas fritas, ele estendeu a mão para apanhar o cardápio pequeno ao lado do sal e da pimenta.

– Prefere uma sobremesa? – perguntou ele.

– Não esta noite.

– Deveria comer mais.

– Almocei muito.

– Não, não almoçou.

Mary cruzou os braços sobre o peito.

– Como você sabe?

– Posso sentir sua fome.

Ela ficou sem fôlego. Deus, aqueles olhos brilhavam outra vez. De um azul tão profundo como o mar. Um oceano onde nadar. Afogar-se. Morrer.

– Como sabe que estou... faminta? – disse, sentindo como se o mundo lhe escapasse.

A voz dele baixou até o que era quase um ronronar.

– Tenho razão, não é? Então, por que importa como eu sei disso?

Felizmente, a garçonete voltou para recolher os pratos e quebrou o clima. Quando Hal pediu uma torta de maçã, um brownie e uma xícara de café, Mary sentiu como se retornasse ao planeta.

– O que faz para viver? – perguntou ela.

– Um pouco de tudo.

– Ator? Modelo?

Ele riu.

– Não. Posso ser decorativo, mas prefiro ser útil.

– E como você é útil?

– Acho que posso dizer que sou um soldado.

– É um militar?

– Algo do gênero.

Bem, isso explicaria o ar letal. A confiança física. Sua acuidade visual.

– De qual das forças? – fuzileiro, pensou ela. Ou talvez um SEAL. Era durão o suficiente para isso.

A face de Hal se contraiu.

– Só um soldado.

Do nada, uma nuvem de perfume invadiu o nariz de Mary. Era a *hostess* ruiva que estava limpando a mesa.

– Está tudo bem? – quando Hal ergueu a vista para ela, quase dava para ouvir a mulher crepitando por dentro.

– Tudo bem, obrigado – disse ele.

– Que bom – ela deslizou algo sobre a mesa. Um guardanapo. Com um número e um nome.

Enquanto a mulher a olhava de relance e saía, Mary olhava para baixo, para as próprias mãos. Pelo canto do olho, viu a sua bolsa.

Hora de ir embora, pensou ela. Por alguma razão, não queria ver Hal guardar aquele guardanapo no bolso. Embora ele tivesse o direito de fazê-lo.

– Bem, a noite foi... interessante – disse ela. Apanhou sua bolsa e começou a se levantar.

– Por que você está indo embora? – o semblante fechado fez com que parecesse um verdadeiro militar, afastando-o daquela coisa de modelo masculino.

A ansiedade a agitava por dentro.

– Estou cansada. Mas, obrigado, Hal. Isso foi... Bem, obrigada.

Quando Mary passou por ele, deteve-a pela mão, acariciando-lhe o lado inferior do pulso com o polegar.

– Fique enquanto como a sobremesa.

Ela desviou os olhos daquele rosto perfeito e de seus ombros largos. A morena do outro lado do corredor estava se levantando e olhava para ele, com um cartão de visita na mão.

Mary inclinou-se para ele.

– Tenho certeza de que encontrará muitas outras para lhe fazer companhia. Na verdade, agora mesmo há uma vindo para cá. Eu poderia lhe dizer boa sorte com ela, mas parece que ela já está no papo.

Mary dirigiu-se apressadamente para a saída. O ar frio e o relativo silêncio foram um alívio após aquela aglomeração; só que quando se aproximou do carro, teve a estranha sensação de que não estava só. Olhou por cima do ombro.

Hal estava bem atrás dela, mesmo o tendo deixado no restaurante. Ela se virou, o coração aos pulos.

– Meu Deus! O que está fazendo?

– Acompanhando você até seu carro.

– Eu... ah. Não se incomode.

– Tarde demais. Esse Civic é seu, não é?

– Como foi que você...

– As luzes piscaram quando você o destrancou.

Afastou-se dele, mas, à medida que recuava, Hal avançava. Quando encostou no carro, ergueu as mãos.

– Pare.

– Não tenha medo.

– Então, para trás.

Ela se virou e buscou a maçaneta da porta. Ele esticou o braço e pressionou a porta para que ela não a abrisse.

Sim, ela iria sentar-se ao volante. Quando ele permitisse.

– Mary? – sua voz profunda soou muito próxima do ouvido e ela sobressaltou-se.

Sentiu-lhe o poder de sedução irresistível e imaginou o corpo dele como uma jaula ao seu redor. Com um movimento traiçoeiro, seu medo transmutou-se em luxúria e necessidade.

– Deixe-me ir – sussurrou ela.

– Ainda não.

Ela o ouviu respirar fundo, como se a cheirasse, e, então, seus ouvidos foram invadidos por um som ritmado e pulsante, como se ele ronronasse. Sentiu que o próprio corpo se enlanguescia, cheio de desejo, aberto entre as pernas como se estivesse preparado para recebê-lo em seu interior.

Santo Deus, ela precisava se afastar dele.

Ela o agarrou pelo antebraço e o empurrou. O que não fez diferença alguma.

– Mary?

– O quê? – respondeu com rispidez, ressentida por estar excitada em vez de petrificada. Por Deus, ele era um estranho, um estranho forte e insistente, e ela era uma mulher sozinha, de quem ninguém sentiria a falta se não conseguisse voltar para casa.

– Obrigado por não me abandonar.

– De nada. Agora, que tal me deixar ir?

– Só depois que você me deixar lhe dar um beijo de boa-noite.

Mary precisou abrir a boca para obter uma quantidade de ar suficiente para seus pulmões.

– Por quê? – perguntou com voz rouca. – Por que quer fazer isso?

As mãos dele pousaram sobre seus ombros e a viraram. Ele estava inclinado sobre ela, obstruindo o brilho do restaurante, as luzes do estacionamento, as estrelas lá no alto.

– Só me deixe beijá-la, Mary – as mãos dele deslizaram por sua garganta e sobre as laterais de seu rosto. – Só uma vez. Está bem?

– Não, isso não está nada bem – sussurrou, enquanto ele inclinava a cabeça dela para trás.

Os lábios dele desceram sobre seus lábios trêmulos. Fazia tanto tempo que fora beijada. E nunca por um homem como ele.

O contato foi suave, delicado. Inesperado, dado o tamanho dele.

E, justo quando uma labareda lambeu seus seios e aterrissou entre suas pernas, ela escutou um assovio.

Ele recuou e a olhou de forma estranha. Com movimentos desajeitados, seus pesados braços cruzaram-se sobre o peito, como se estivesse se protegendo.

– Hal?

Ele não disse coisa alguma, só ficou ali parado, olhando-a fixamente. Incrível, mas pareceu-lhe que ele tremia.

– Hal, você está bem?

Ele balançou a cabeça uma vez.

Então, foi embora, desaparecendo na escuridão além do estacionamento.

Capítulo 13

Rhage se materializou no pátio entre o Buraco e a mansão.

Não podia explicar exatamente a sensação que o acompanhava, mas era uma espécie de zumbido de baixa frequência em seus músculos e ossos, como a vibração de um diapasão. Tinha certeza de que nunca havia sentido aquele zumbido antes. E que ele começara no momento em que sua boca havia tocado a de Mary.

Uma vez que tudo de diferente em seu corpo era ruim, ele imediatamente se distanciou dela, e não estar perto da mulher parecia ajudar. O problema era que, agora que o sentimento se apagava, a necessidade de liberação de seu corpo o fazia se contorcer. Não era justo! Depois que a besta saía, geralmente conseguia pelo menos alguns dias livres.

Consultou seu relógio.

Inferno, queria sair para caçar alguns *redutores* para se acalmar um pouco, mas, desde que Tohr havia assumido o comando da Irmandade, novas regras estavam vigorando.

Após a transformação, Rhage precisava ficar de molho alguns dias para voltar com força total. Com a morte de Darius no verão anterior, o número de Irmãos baixou para cinco, e, como logo depois Wrath havia subido ao trono, então, estavam reduzidos a apenas quatro. A raça não podia se permitir perder outro guerreiro.

O repouso forçado fazia sentido, mas ele odiava que lhe dissessem o que fazer. E ele não suportava ficar afastado da batalha, especialmente quando precisava extravasar.

Pegando um molho de chaves em seu casaco, aproximou-se de seu GTO envenenado. O carro despertou com um rugido e um minuto e meio mais tarde estava na estrada. Não sabia que direção havia tomado. Não ligava a mínima.

Mary. Aquele beijo.

Deus, sua boca havia sido incrivelmente doce quando tremeu sob a dele, tão doce que teve vontade de separar seus lábios com a língua e enfiá-la lá dentro. Enfiá-la e retirá-la, e voltar a fazê-lo, para experimentar novamente a sensação. E depois fazer o mesmo com o corpo, entre as pernas dela.

Só que teve de parar. Fosse o que fosse aquele zumbido, deixou-o alerta, o que significava que era perigoso. A maldita reação não fazia sentido, pensou. Mary o acalmava, trazia-lhe tranquilidade. Certo, ele a queria, e isso o deixava em alerta, mas não deveria ser suficiente para colocá-lo em perigo.

Ah, que inferno. Talvez tivesse interpretado mal a resposta. Talvez aquela corrente tivesse sido atração sexual de um tipo mais profundo do que estava acostumado a ter... que não era mais do que o impulso de gozar para que a probabilidade de seu corpo se transformar fosse menor.

Pensou nas mulheres que tivera. Incontáveis, corpos anônimos e sem rosto nos quais havia gozado, nenhuma delas fonte de prazer verdadeiro para ele. Ele só as tocara e beijara para que elas se satisfizessem também, e ele não se sentia tão mal por usá-las.

Droga, de qualquer forma, era isso que fazia. Usava aquelas mulheres.

Por isso, mesmo se não tivesse sido atingido pelo zumbido ao beijar Mary, ainda assim a teria deixado naquele estacionamento. Com sua voz encantadora, olhos de guerreiro e lábios trêmulos, Mary não podia ser apenas mais uma transa. Tomá-la, mesmo que estivesse disposta, parecia a violação de algo puro. Algo melhor do que ele próprio.

Seu telefone celular tocou e ele o tirou do bolso. Quando checou o identificador de chamadas, praguejou, mas atendeu assim mesmo.

– Fala, Tohr! Já ia ligar para você.

– Acabei de ver seu carro saindo voando daqui. Está indo se encontrar com a fêmea humana agora?

– Já me encontrei.

– Foi rápido. Ela deve ter cuidado bem de você.

Rhage cerrou os dentes. Pela primeira vez, não tinha uma resposta na ponta da língua.

– Falei com ela sobre o rapaz. Não pega nada para nós. Gosta dele, sente pena, mas, se ele desaparecesse, ela não causaria problemas. Ela o conheceu recentemente.

– Bom trabalho, Hollywood. Então, aonde você está indo agora?

– Só dirigindo.

O tom de voz de Tohr se abrandou.

– Você odeia não estar em condições de lutar, não é?

– E você não se sentiria assim também?

– Certamente, mas, não se preocupe, a noite de amanhã chegará logo e você poderá retornar à ação. Enquanto isso, poderia derramar um pouco mais do seu charme no One Eye – brincou Tohr. – A propósito, soube do trato que você deu nas duas irmãs dias atrás, uma depois da outra. Cara, você não existe, sabia?

– Sim, Tohr. Posso lhe pedir um favor?

– Qualquer coisa, meu Irmão.

– Poderia não... me parabenizar pelas mulheres? – Rhage respirou fundo. – A verdade é que odeio o que faço, de verdade.

Pensou em parar por ali, mas, de repente, as palavras foram saindo e ele não conseguia se calar.

– Odeio o anonimato disso, odeio a forma como o meu peito dói depois. Odeio o cheiro em meu corpo e em meu cabelo quando volto para casa. Mas, sobretudo, odeio o fato de que vou ter de voltar a fazê-lo outra vez porque, se não o fizer, posso acabar fazendo mal a um de vocês ou a algum inocente – ele exalou o ar pela boca. – E quanto àquelas duas irmãs que o impressionaram tanto, o caso é o seguinte: só pego as que não se importam nem um pouco com quem estão, pois, do contrário, não seria justo. Essas duas garotas de bar avaliaram o meu relógio, o meu carro e calcularam que eu era um troféu. A transa foi algo tão íntimo como um acidente de trânsito. E esta noite? Você vai voltar para casa e Wellsie o estará esperando. Eu irei para casa sozinho. Assim como ontem. Assim como farei amanhã. Sair com vadias para mim não é divertido e isso vem me matando aos poucos há anos; por isso, por favor, vê senão fala mais nisso, falou?

Houve um longo silêncio.

– Caramba... eu sinto muito. Não sabia. Não tinha a mínima ideia...

– Sim, ah... – ele realmente precisava pôr um ponto final naquela conversa –, olhe, preciso desligar. Tenho de... ir. Até mais.

– Não, espere, Rhage...

Rhage desligou o celular e parou no acostamento. Quando olhou em volta, compreendeu que estava no meio do nada, só tinha a floresta como companhia. Apoiou a cabeça no volante.

A lembrança de Mary voltou. E ele se deu conta de que havia se esquecido de apagar a memória dela.

Negligente? *Uma ova*. Não o fizera porque queria vê-la outra vez. E queria que se lembrasse dele.

Ah, cara... Isso não era bom. Nem um pouco.

Capítulo 14

Mary revirou-se na cama e empurrou o lençol e a coberta com os pés. Meio adormecida, estendeu as pernas tentando se refrescar.

Droga, o termostato estava muito alto...

Uma horrível suspeita a trouxe bruscamente à consciência, sua mente alarmada por uma onda de temor.

Febre baixa. Ela estava com febre baixa.

Ah, que inferno... Ela conhecia a sensação muito bem, o rubor, o calor seco, as dores nas juntas. E o relógio marcava 4h18 da madrugada. Quando estava doente, era por volta desse horário que a sua temperatura costumava subir.

Virando-se, escancarou a janela atrás da cama. O ar frio aceitou de bom grado e se precipitou para dentro, aliviando-a, acalmando-a. A febre baixou pouco depois, gotículas de suor anunciando sua retirada.

Talvez fosse só um resfriado. As pessoas com seu histórico médico também tinham enfermidades comuns como o resto do mundo. De verdade.

Exceto que, de qualquer maneira, *rhinovirus* ou recaída, não iria voltar a dormir. Vestiu um roupão sobre a camiseta e o short e desceu. Foi até a cozinha, acendeu cada interruptor por onde passava até que todos os cantos escuros na casa ficaram iluminados.

Destino: sua cafeteira. Não restava dúvida, responder algum e-mail do escritório e preparar-se para o fim de semana prolongado do

Dia de Colombo[1] era melhor do que ficar na cama contando o tempo antes de ir à consulta médica. Que seria dentro de cinco horas e meia, por falar nisso.

Deus, odiava a espera.

Encheu a cafeteira de água e buscou a lata de café no armário. Como estava quase vazia, pegou a lata reserva e o abridor manual e...

Não estava sozinha.

Mary se inclinou para frente, espiou pela janela sobre a pia. Sem as luzes externas acesas não dava para ver coisa alguma, então, virou-se e acendeu o interruptor que havia ao lado da porta.

Santo Deus!

Um enorme vulto negro estava do outro lado da janela.

Mary correu para o telefone, mas parou ao notar o reflexo de um cabelo louro.

Hal ergueu a mão para cumprimentá-la.

– Oi – sua voz estava amortecida pelo vidro.

Mary colocou os braços em volta da barriga.

– O que está fazendo aqui?

Seus ombros largos se encolheram.

– Queria ver você.

– Por quê? E por que agora?

Ele deu de ombros outra vez.

– Pareceu-me uma boa ideia.

– Você é doido?

– Sim.

Ela quase riu. Depois, lembrou-se de que não tinha vizinhos próximos e que ele era praticamente do tamanho de sua casa.

– Como me encontrou? – talvez Bella tivesse lhe dito onde ela morava.

---

[1] Feriado celebrado na segunda segunda-feira do mês de outubro nos Estados Unidos, em comemoração à chegada do navegador ao Novo Mundo em 1492. Na maior parte dos países hispanoamericanos é chamado de Dia de la Raza. (N.T.)

– Posso entrar? Ou talvez você possa sair, se assim se sentir mais confortável?

– Hal, são quatro e meia da manhã.

– Eu sei. Mas você está acordada e eu também.

Deus, ele era tão grande em todo aquele couro negro e com o rosto quase todo na sombra era mais ameaçador do que belo.

E ela estava realmente pensando em abrir a porta? Com certeza ela também era doida.

– Olhe, Hal, não creio que seja uma boa ideia.

Ele a olhou através do vidro.

– Então, podemos continuar a falar como estamos?

Mary o encarou, estupefata. O cara estava disposto a ficar por ali, trancado fora de sua casa como um criminoso, só para que pudessem conversar?

– Hal, não se ofenda, mas lá fora há centenas de milhares de mulheres nesta área que não só o deixariam entrar em casa, como o levariam para a cama. Por que você não vai procurar uma delas e me deixa em paz?

– Elas não são você.

A escuridão que lhe caía sobre o rosto tornava impossível ler seus olhos. Mas seu tom de voz era sincero o bastante.

Na longa pausa que se seguiu, ela tentou se convencer a não deixá-lo entrar.

– Mary, se quisesse lhe fazer mal, poderia fazê-lo num instante. Poderia fechar todas as portas e janelas que eu, ainda assim, entraria aí. Tudo que quero é... falar com você um pouco mais.

Ela mediu com os olhos a largura de seus ombros. Ele tinha razão quanto a poder invadir para entrar. E tinha a sensação de que se ela mantivesse a porta fechada entre ambos, ele pegaria uma de suas cadeiras de jardim e se sentaria no terraço.

Destravou a porta corrediça, abriu-a e recuou.

– Só me explique uma coisa.

Ele riu forte quando entrou.

– Manda bala.

– Por que não está com uma mulher que queira você? – Hal estremeceu. – Isto é, aquelas mulheres esta noite no restaurante, estavam todas loucas por você. Por que não está – *fazendo sexo selvagem* – hum... se divertindo com uma delas?

– Prefiro conversar com você aqui a estar dentro de uma daquelas mulheres.

Sentiu-se um pouco chocada com a sinceridade dele, mas, então, percebeu que não estava sendo grosseiro, apenas francamente honesto.

Bem, pelo menos esclarecera uma coisa: quando ele foi embora depois daquele suave beijo, ela presumiu que fora por que ele não sentiu coisa alguma. Evidentemente, ela acertara. Ele não estava ali atrás de sexo, e ela disse a si mesma que era bom que não sentisse desejo por ela. Quase acreditou nisso, também.

– Estava prestes a fazer um café, você aceita?

Ele assentiu e começou a vagar pela sala de estar, observando as coisas dela. O contraste dos móveis brancos e paredes bege com sua roupa preta e compleição pesada era sinistro, mas, então, ela contemplou o rosto dele. Ostentava um sorrisinho pateta, como se estivesse feliz somente pelo fato de estar dentro da casa. Como um bichinho preso no quintal que finalmente tem seu acesso à casa franqueado.

– Quer tirar o casaco? – perguntou ela.

Deslizou o couro de seus ombros e o largou sobre o sofá. A coisa aterrissou com um baque surdo, esmagando as almofadas.

Que diabos ele leva nos bolsos?, ela se perguntou.

Mas, então, olhou para aquele corpo e esqueceu-se do estúpido casaco. Usava uma camiseta preta que deixava à mostra os braços fortes. Seu peito era largo e bem definido, o abdômen tão musculoso que dava para perceber o "tanquinho" mesmo através da camiseta. As pernas eram longas, as coxas, grossas...

– Você gosta do que vê? – perguntou ele em voz baixa e calma.

Sim, claro. Até parece que iria dizer isso.

Ela foi para a cozinha.

– Você gosta do café bem forte?

Pegando o abridor de latas, perfurou a tampa da lata e abriu caminho no metal como se o mundo fosse acabar dali a cinco minutos. A tampa caiu lá dentro, e ela enfiou a mão na lata para resgatá-la.

– Eu lhe fiz uma pergunta – disse ele, diretamente no seu ouvido.

Ela sobressaltou-se e cortou o polegar no metal. Com um gemido, ergueu a mão e olhou o corte. Era profundo e sangrava.

Hal praguejou.

– Não quis assustá-la.

– Vou sobreviver.

Ela abriu a torneira, mas, antes que pudesse colocar a mão debaixo do jato d'água, ele segurou-lhe o pulso.

– Deixe-me dar uma olhada – sem lhe dar chance de protestar, inclinou-se sobre o dedo ferido.

– É um corte feio.

Ele meteu o polegar dela na boca e o chupou delicadamente.

Mary ficou sem ação. A sensação quente e molhada da sucção a paralisou. Então, sentiu o contato daquela língua. Quando ele soltou o seu dedo, ela só pôde olhá-lo.

– Oh... Mary – disse ele tristemente.

Ela estava chocada demais para imaginar a causa daquela mudança de humor.

– Você não devia ter feito isso.

– Por quê?

Por que fora tão bom.

– Como sabe que não tenho HIV ou algo assim?

Ele deu de ombros.

– Não importaria se você tivesse.

Ela empalideceu, pensando que ele era soropositivo e ela acabava de lhe permitir que colocasse uma ferida aberta em sua boca.

– E não, Mary, não tenho essa doença.

– Então, por que não...

– Só queria que melhorasse. Viu? Já não está mais sangrando.

Ela olhou o polegar. O corte estava fechado. Parcialmente curado. *Como diabos aquilo...*

– Agora vai me responder? – disse Hal, como se deliberadamente sempre cortasse as perguntas que ela estava prestes a formular.

Quando ergueu a vista para ele, notou que seus olhos extraordinariamente azuis adquiriram de novo aquele brilho sobrenatural, hipnótico.

– Qual era a pergunta?

– Gosta do meu corpo?

Ela apertou os lábios. *Cara, se sentia tesão em ouvir mulheres dizendo que ele era lindo, iria para casa desapontado.*

– E o que você faria se eu não gostasse? – contra-atacou ela.

– Eu me cobriria.

– Sim, claro.

Ele inclinou a cabeça, como se pensasse que a interpretara mal. Depois, dirigiu-se à sala de estar onde estava seu casaco.

Por Deus! Ele falava sério.

– Hal, volte. Não precisa... eu, ah, eu gosto muito do seu corpo.

Quando voltou, ele sorria.

– Fico feliz. Quero agradá-la.

Está certo, gracinha, pensou ela. *Então, tire a camisa, abaixe as calças de couro e deite-se aqui mesmo no chão da cozinha. E a gente alterna quem fica em cima.*

Amaldiçoando-se, ela voltou a se concentrar na preparação do café. Enquanto despejava as colheradas na cafeteira, pôde sentir que Hal a observava. Ouvia suas inspirações profundas, como se a cheirasse. E percebia que estava... se aproximando pouco a pouco.

Os sinais de pânico se acenderam por todo seu corpo. Ele estava perto demais. Era grande demais... lindo demais. E o fogo e desejo que ele despertava nela eram muito intensos.

Quando a cafeteira estava ligada, ela se afastou.

– Por que não quer que eu lhe agrade? – disse ele.

– Pare de usar essa palavra – quando ele dizia *agradar*, tudo o que podia pensar era em sexo.

– Mary – a voz dele era profunda, sonora, penetrante. – Eu quero...

Ela cobriu os ouvidos. De repente, havia muito dele na casa. Em sua cabeça.

– Isso não foi uma boa ideia. Acho que você devia ir embora.

Sentiu uma grande mão pousando com suavidade em seu ombro.

Mary se afastou um passo, engasgando. Ele tinha saúde, vitalidade e transpirava sexo, além de centenas de outras coisas que ela não podia ter. Ele estava totalmente vivo, ao passo que ela... provavelmente estava doente de novo.

Mary se aproximou da porta corrediça e a abriu.

– Vá embora, está bem? Apenas vá, por favor.

– Não quero.

– Saia. *Por favor* – mas ele só a encarou. – Caramba, você parece um cão sem dono do qual não consigo me livrar. Por que não vai chatear outra pessoa?

O poderoso corpo de Hal ficou rígido. Por um momento, pareceu que ia dizer algo áspero, mas, então, ele apanhou o casaco. Quando o vestiu e caminhou em direção à porta, não olhou para ela.

Oh, que maravilha. Agora ela se sentia péssima.

– Hal. Hal, espere – segurou-lhe a mão. – Sinto muito, Hal.

– Não me chame assim – ele explodiu.

Como se desvencilhou da mão dela, Mary postou-se em seu caminho. E desejou de verdade não tê-lo feito. Seus olhos estavam completamente frios. Esferas de vidro transparente.

Suas palavras foram afiadas.

– Sinto ter-lhe ofendido. Imagino que seja um maldito fardo ter alguém que queira chegar a conhecê-la.

– Hal...

Afastou-a com facilidade.

– Se voltar a dizer isso, atravesso a parede com o punho.

Caminhou para fora a passos largos, entrando no bosque que havia no lado esquerdo da propriedade.

Num impulso, Mary calçou os tênis, pegou uma jaqueta e atravessou a porta com a velocidade de um raio. Correu pelo gramado, chamando-o. Quando chegou à borda do bosque, deteve-se.

Não havia galhos balançando, nem som de gravetos quebrando ou de passos de um homem tão grande. Mas ele tomara aquela direção, não?

– Hal? – chamou-o.

Só muito tempo depois ela se virou e voltou para casa.

Capítulo 15

– Foi bem esta noite, Sr. O.

O Sr. O saiu do galpão atrás do bangalô, pensando que a aprovação do Sr. X não passava de conversa fiada. Guardou sua irritação para si, entretanto. Mal se passara um dia desde o episódio com Ômega e a verdade é que não estava disposto a esquentar a cabeça.

– Mas o macho não disse coisa alguma – murmurou ele.

– É por que não sabia coisa alguma.

O Sr. O fez uma pausa. Na fraca alvorada, o rosto do Sr. X parecia levemente fluorescente.

– Como, sensei?

– Eu trabalhei nele antes de você chegar. Precisava ter certeza de que podia depender de você, mas não queria esbanjar a oportunidade, caso não fosse mais confiável.

O que explicava a condição do macho. O Sr. O havia presumido que o vampiro lutara bastante quando foi sequestrado.

Tempo desperdiçado, esforço desperdiçado, pensou o Sr. O, puxando do bolso as chaves do carro.

– Tem mais algum teste para mim? – *cretino.*

– No momento, não – o Sr. X consultou seu relógio. – Seu novo esquadrão logo chegará aqui, então, guarde essas chaves. Vamos para dentro.

A repugnância do Sr. O só por estar nas proximidades do bangalô já o fez perder o chão. Suas malditas pernas estavam totalmente paralisadas.

Mas ele sorriu.

– Vá na frente, sensei.

Quando entraram, ele foi diretamente para o quarto e se apoiou na soleira da porta. Embora seus pulmões tivessem completamente sem ar, manteve-se calmo. Se tivesse evitado o espaço, o Sr. X teria pensado em algum pretexto para mandá-lo ali. O filho da mãe sabia que cutucar as feridas frescas era o único modo de determinar o grau de cura ou de infecção.

Enquanto os assassinos entravam no bangalô, o Sr. O os avaliava. Não conhecia um só deles, mas, quanto mais tempo um membro estava na Sociedade, mais anônimo se tornava. Com o cabelo, pele e cor dos olhos desbotando até empalidecer, com o tempo os *redutores* perdiam os traços que os distinguiam e ficavam parecendo apenas *redutores*.

Quando os outros homens batiam os olhos nele, não podiam deixar de notar seu cabelo escuro. Na Sociedade, os novos recrutas estavam na parte inferior da pirâmide e era insólito um deles ser incluído em um grupo de homens experientes. *Sim, bem, que se danassem.* O Sr. O enfrentou o olhar de cada um deles, deixando claro que se queriam ferrá-lo ele estava mais do que feliz em lhes devolver o maldito favor.

Diante da possibilidade de uma confrontação física, ele ganhou alma nova. Parecia despertar após uma boa noite de sono; deu boas-vindas à agressividade que retornava, à velha e boa sede de domínio. Isso lhe assegurava que era de novo o que sempre havia sido. No final das contas, Ômega não havia conseguido quebrar sua fibra.

A reunião não durou muito tempo, obedecendo ao padrão. Apresentações. Um lembrete de que todas as manhãs, cada um deles devia registrar-se via e-mail. Também houve uma recapitulação das técnicas da estratégia de persuasão e a estipulação de quotas para captura e mortes.

Quando acabou, o Sr. O foi o primeiro a se dirigir para a porta. O Sr. X se postou diante dele.

– Você ficará.

Aqueles olhos pálidos demoraram-se nele, à espera de vislumbrar um brilho de medo.

O Sr. O limitou-se a aquiescer.

– Claro, sensei. Como quiser.

Sobre o ombro do Sr. X, viu como os outros partiam como se fossem estranhos. Sem conversa, olhos fixos à frente, corpos que não se tocavam, mesmo acidentalmente. Estava claro que nenhum deles se conhecia; então, deviam ter sido chamados de diferentes distritos. O que significava que o Sr. X estava recorrendo ao segundo esquadrão.

Quando a porta foi fechada pelo último homem, um calafrio de pânico percorreu a pele do Sr. O, mas ele se manteve firme como uma rocha.

O Sr. X o olhou de cima a baixo. Então, colocou o laptop sobre a mesa da cozinha e o ligou. Quase como se acabasse de lhe ocorrer tal pensamento, ele disse:

– Vou colocá-lo a cargo de ambos os esquadrões. Quero que sejam treinados nas técnicas de persuasão que utilizamos. Trabalhando como unidades – ergueu os olhos da tela acesa –; e quero que continuem respirando, estamos entendidos?

O Sr. O franziu a testa.

– Por que não aproveitou para dar tal notícia enquanto eles estavam aqui?

– Não me diga que você necessita desse tipo de ajuda...

O tom sarcástico fez com que o Sr. O estreitasse os olhos.

– Posso muito bem lidar com eles.

– Melhor assim.

– Terminamos?

– Nunca. Mas você pode ir embora.

O Sr. O caminhou em direção à porta, só que sabia que, no instante em que chegasse lá, haveria algo mais. Ao colocar a mão sobre a maçaneta, deteve-se.

– Há algo que queira me dizer? – murmurou o Sr. X. – Achei que estava indo embora.

O Sr. O olhou através da sala e inventou um assunto para justificar sua hesitação.

– Não podemos mais utilizar a casa central para persuasão, depois que aquele vampiro escapou. Necessitamos de outra instalação além desta daqui.

– Tenho consciência disso; ou você acha que o enviei para um reconhecimento à toa?

Então, esse era o plano.

– A área que verifiquei ontem não servia: muito pantanosa, e muitas estradas se cruzam em torno dela. Tem em mente algum outro lugar?

– Enviei-lhe por e-mail uma lista. E até que eu decida onde vamos construir, trará os cativos para cá.

– Não há bastante espaço no galpão para uma plateia.

– Falo do quarto. É bastante grande. Como você sabe.

O Sr. O engoliu e manteve a voz tranquila.

– Se quiser que eu ensine, necessitarei de mais espaço para isso.

– Você virá para cá até que o novo local esteja concluído. Entendeu ou quer que eu desenhe?

Tudo bem. Por enquanto.

O Sr. O abriu a porta.

– Sr. O, creio que esqueceu uma coisa.

Meu Deus. Ele gelou.

– Sim, sensei?

– Quero que me agradeça a promoção.

– Obrigado, sensei – disse o Sr. O, entre dentes.

– Não me decepcione, filho.

Sim, vá se ferrar, papai.

O Sr. O fez uma leve reverência e partiu rapidamente. Foi bom chegar ao seu caminhão e partir. Não apenas bom, parecia mais um maldito gozo.

A caminho de casa, o Sr. O parou em uma farmácia. Não levou muito tempo para encontrar o que necessitava e, dez minutos depois, fechava com chave a porta da rua e desativava o alarme de segurança. Seu apartamento de dois andares era minúsculo, e ficava em uma área residencial não muito elegante; tal localização lhe proporcionava um bom disfarce. A maior parte de seus vizinhos era idosa e, os outros, eram imigrantes que trabalhavam em dois ou três empregos. Ninguém o incomodava.

Quando foi para o quarto, no andar de cima, o som de seus passos ecoando no piso nu e refletindo nas paredes vazias era estranhamente reconfortante. Mesmo assim, o lugar não era um lar e nunca havia sido. Um colchão e uma poltrona constituíam sua única mobília. Em todas as janelas, as persianas fechadas bloqueavam qualquer vista. Os armários estocavam armas e uniformes. A cozinha estava completamente vazia, não era usada desde que se mudara para lá.

Despiu-se e levou uma arma para o banheiro junto com a sacola de plástico branco da farmácia. Inclinando-se para o espelho, repartiu o cabelo. As raízes se mostravam alguns milímetros descoloridas.

A mudança havia começado mais ou menos um ano atrás. Primeiro, alguns fios; depois, uma mecha inteira no alto da cabeça. As têmporas haviam resistido mais, embora agora até elas estivessem desbotando.

Coloração castanho médio 4.0 solucionava o problema, recuperando sua cor natural. Havia começado com uma rinsagem para homens, mas descobrira que a tintura para mulheres funcionava melhor e durava mais.

Abriu a caixa e não se incomodou em usar as luvas de plástico. Esvaziou a bisnaga no tubo aplicador, chacoalhou o produto e o espalhou por todo o couro cabeludo em seções. Odiava o cheiro da química, a manutenção, a mecha branca de gambá. Mas a ideia de deixar o cabelo descorado o repugnava.

Por que os *redutores* perdiam sua pigmentação com o tempo não se sabia. O Sr. O, pelo menos, nunca perguntara, os *porquês* não importavam para ele, apenas não queria se perder no anonimato com os outros.

Deixou de lado o tubo aplicador e olhou-se no espelho. Parecia um perfeito idiota com aquela pasta marrom espalhada na cabeça. Meu Deus, no que estava se convertendo?

Ora, ora, se não era uma pergunta imbecil. O trato fora feito há muito tempo, e era tarde demais para arrependimentos.

Cara, na noite de sua iniciação, quando havia negociado uma parte de si mesmo pela chance de matar durante anos a fio, pensava que sabia do que estava desistindo e o que conseguiria em troca. O trato parecera-lhe mais do que justo.

E, durante três anos, continuara a achá-lo muito bom. A impotência não o havia incomodado muito, por que a mulher que ele queria estava morta. Demorara um pouco para se acostumar a não comer nem beber, mas nunca fora mesmo guloso, nem beberrão. E desejara ardentemente perder a antiga identidade, porque a polícia o procurava.

Os benefícios lhe pareceram enormes. Tinha mais força do que esperava. Quando trabalhava como leão de chácara em Sioux City, arrebentou muitas cabeças. Mas, depois que Ômega operara a sua mágica, o Sr. O adquirira uma força sobre-humana nos braços, pernas e peito, e tinha gostado de usá-la.

Outra vantagem era a liberdade financeira. A Sociedade Redutora lhe dava tudo que necessitava para fazer seu trabalho, cobrindo os gastos com sua moradia, veículo, armas, roupas e seus brinquedos eletrônicos. Era completamente livre para caçar suas presas.

Ou fora, nos primeiros dois anos. Quando o Sr. X assumiu o comando, aquela autonomia chegou ao fim. Agora havia registros. Esquadrões. Cotas.

Visitas do Ômega.

O Sr. O foi para o chuveiro e tirou a pasta de seu cabelo. Enquanto se secava, foi até o espelho e olhou atentamente seu rosto. Suas íris, antes castanhas como o cabelo, tornaram-se cinzentas.

Mais um ano e tudo o que havia sido teria desaparecido.

Pigarreou.

– Meu nome é David Ormond. David. Ormond. Filho de Bob e Lilly Ormond. Ormond. Ormond.

Meu Deus, o nome soou estranho quando deixou sua boca. E, em sua cabeça, escutou a voz do Sr. X referindo-se a ele como Sr. O.

Uma enorme comoção se apoderou dele, pânico e tristeza combinados. Queria voltar atrás. Queria... voltar, desfazer tudo, apagar. O trato por sua alma só parecera bom. Na verdade, aquele era um tipo especial de inferno. Ele era um fantasma ambulante, que respirava e matava. Não mais um homem, mas uma coisa.

O Sr. O se vestiu com mãos trêmulas e entrou em seu caminhão. Quando chegou ao centro da cidade, já não tinha pensamentos lógicos. Estacionou na Rua Trade e começou a caminhar pelas ruas. Custou algum tempo para encontrar o que procurava.

Uma prostituta de cabelos longos e negros. Que, contanto que não mostrasse os dentes, parecia-se um pouco com sua Jennifer.

Passou-lhe cinquenta dólares e a levou para trás de uma caçamba.

– Quero que me chame de David – disse ele.

– Como quiser – ela sorriu quando abriu o casaco e lhe exibiu seu peito nu. – Como quer que eu me...?

Tapou-lhe a boca com a mão e começou a apertar. Não parou até os olhos dela se esbugalharem

– Diga o meu nome – ordenou.

O Sr. O afrouxou a mão e esperou. Quando tudo que ela pôde fazer foi hiperventilar, ele puxou uma faca e pressionou-a sobre a garganta dela.

– Diga o meu nome.

– David – sussurrou ela.

– Diga-me que me ama – quando ela hesitou, ele lhe furou a pele do pescoço com a ponta da lâmina. O sangue dela brotou e escorreu pelo metal brilhante. – Diga – seus seios caídos, tão diferentes dos de Jennifer, sacudiam.

– Eu... eu amo você.

Ele fechou os olhos. A voz era totalmente diferente.

Aquilo não estava fornecendo o que ele necessitava.

A cólera do Sr. O se elevou a um nível incontrolável.

CAPÍTULO 16

Rhage ergueu o peso sobre o peito, mostrando os dentes, corpo trêmulo pelo esforço, suor escorrendo.

– São dez – disse-lhe Butch.

Rhage colocou a carga sobre o suporte, escutando a coisa ranger quando largou os pesos.

– Coloque mais vinte.

Butch se inclinou sobre a barra.

– Você já colocou 240 kg, cara.

– E *preciso* de mais vinte.

Os olhos cor de avelã se apertaram.

– Calma, Hollywood. Se você quer esmagar seus peitorais, é assunto seu. Mas não arranque a minha cabeça.

– Sinto muito – ele se sentou e sacudiu os braços doloridos. Eram nove horas da manhã e estava na sala de musculação desde as sete. Não havia parte alguma de seu corpo que não ardesse, mas desistir era uma hipótese muito remota. Buscava o tipo de esgotamento físico que lhe chegasse até os ossos.

– Já estão todos aí? – murmurou ele.

– Deixe-me prendê-los bem. Certo, pode começar.

Rhage se deitou, ergueu a barra do suporte e a deixou descansar sobre o peito. Controlou a respiração antes de levantar o peso.

Inspirar. Expirar.

Inspirar. Expirar.

Inspirar. Expirar.

Ergueu a carga até as duas últimas repetições; aí, Butch teve de intervir e dar uma força.

– Terminou? – Butch lhe perguntou, ajudando-o a colocar a barra sobre o suporte.

Rhage se sentou ofegante, descansando os antebraços sobre os joelhos.

– Mais uma série depois desse descanso.

Butch postou-se diante dele, retorcendo nas mãos a camiseta que havia tirado. Graças ao ferro que vinha puxando, seu peito e músculos dos braços aumentaram, e olhe que ele já não era muito pequeno antes disso. Não podia levantar o mesmo peso que Rhage, mas, para um humano, o cara era um tanque de guerra.

– Está ficando em forma, tira.

– Ah, sai fora – sorriu-lhe Butch – Não permita que o banho que tomamos juntos lhe suba à cabeça.

Rhage atirou uma toalha no cara.

– Só estou notando que a sua pança de cerveja foi embora.

– Cerveja nada: uísque escocês. Mas não sinto saudades – Butch alisou o seu "tanquinho". – Agora, diga-me uma coisa. Por que está malhando tão duro esta manhã?

– Tem muito interesse que falemos sobre Marissa?

A face do humano se retesou.

– Não particularmente.

– Então, entenderá se não tenho muito a dizer.

Butch arqueou as escuras sobrancelhas.

– Tem mulher na jogada? Quer dizer, uma mulher em especial?

– Achei que não íamos falar de fêmeas.

O tira cruzou os braços e franziu a testa. Era como se avaliasse uma mão de *blackjack* e tentasse decidir se precisava de outra carta da mesa.

Foi curto e grosso.

– Cortei um dobrado com Marissa. Ela não quer me ver. E essa é toda a história. Agora me fale sobre o seu pesadelo.

Rhage teve de rir.

– A ideia de que não sou o único a ver navios é um alívio.

– Isso não esclarece nada. Quero detalhes.

– A mulher me enxotou de sua casa esta manhã depois de arrasar o meu ego.

– Que tipo de arma usou?

– Uma comparação pouco lisonjeira entre mim e um cachorro sem dono.

– Ai. Essa doeu – Butch retorceu a camisa em outra direção. – E, naturalmente, você está louco de vontade de vê-la outra vez.

– Bastante.

– É patético.

– Eu sei.

– Mas acho que meu caso é pior – o policial sacudiu a cabeça. – Na noite passada, eu... ah... dirigi até a casa do irmão de Marissa. Nem ao menos sei como o Escalade chegou até lá. Quer dizer, a última coisa que preciso é esbarrar com ela, entende?

– Deixe-me adivinhar. Esperou nos arredores com a esperança de...

– Nos arbustos, Rhage. Sentei-me nos arbustos, debaixo da janela do quarto dela.

– Uau. Isso é...

– Sim. Em minha antiga vida, poderia ter me detido por assédio. Olhe, talvez devêssemos mudar de assunto.

– Grande ideia. Termine de me colocar a par do civil que escapou dos *redutores.*

Butch se apoiou na parede de concreto, cruzando um braço sobre o peito e esticando-o para alongá-lo.

– Então. Phury conversou com a enfermeira que o atendeu. O cara parecia muito mal, mas conseguiu contar que eles o interrogaram sobre a Irmandade. Onde vocês vivem. Como se locomovem. A vítima não deu um endereço concreto de onde o torturaram, mas tem de ser algum lugar no centro, por que é onde ele foi encontrado e Deus sabe que não podia ter ido muito longe. Ah, e ficava repetindo letras. *X. O. E.*

– É como os *redutores* se chamam entre eles.

– Que graça. Tão 007 – Butch trabalhou seu outro braço, fazendo o ombro estalar.

– Em todo caso, subtraí a carteira do *redutor* que havia sido pendurado naquela árvore e Tohr foi até a casa do cara. Havia sido limpa, como se soubessem que ele se fora.

– A urna estava lá?

– Tohr disse que não.

– Então, eles definitivamente foram lá.

– O que há dentro dessas coisas, afinal de contas?

– O coração.

– Repugnante. Contudo, melhor que outras partes da anatomia, considerando que alguém me disse que eles não conseguem uma ereção – Butch deixou os braços penderem e fez um ruído com a boca, como que para sublinhar um pensamento. – Sabe de uma coisa? Isso tudo está começando a fazer sentido. Lembra daquelas prostitutas mortas em becos que investiguei no verão? Aquelas com marcas de mordida nos pescoços e heroína no sangue?

– Namoradas de Zsadist, cara. É a maneira dele de se alimentar. Só humanas, embora como ele consegue sobreviver desse sangue tão fraco seja um mistério.

– Ele disse que não foi ele.

Rhage revirou os olhos.

– E você acha que podemos acreditar nele?

– Mas, se ele nos deu sua palavra. Ei, apenas siga o meu raciocínio, Hollywood. Se acreditarmos nele, então, tenho outra explicação.

– Qual é?

– Iscas. Se você quisesse sequestrar um vampiro, como faria? Ofereça-lhe comida, cara. Sirva, espere até que venha um, drogue-o e leve-o para onde quiser. Encontrei dardos nos locais, do tipo com que se tranquilizaria um animal.

– Caramba!

– Escute isso. Esta manhã, escutei o rádio da polícia. Outra prostituta foi encontrada morta em um beco, perto de onde morreram as demais. Pedi para V. usar sua faceta hacker e entrar no servidor da polícia, e o relatório dizia que sua garganta havia sido cortada.

– Contou tudo isso a Wrath e Tohr?

– Não.

– Deveria.

O humano trocou de lugar.

– Não sei o quanto devo me envolver, sabe? Isto é, não quero meter o nariz onde não sou chamado. Não sou um de vocês.

– Mas seu lugar é conosco. Pelo menos foi o que V. disse.

Butch franziu a testa.

– Ele disse isso?

– Sim. Foi por isso que o trouxemos para cá conosco em vez de... bem, você sabe.

– Em vez de me apagarem? – o humano esboçou um meio-sorriso.

Rhage limpou a garganta.

– Nenhum de nós teria gostado de fazer isso. Bem, exceto Zsadist. Na realidade, não, ele não teria gostado nada... A verdade, tira, é que você cresceu no...

A voz de Tohrment o interrompeu.

– Caramba, Hollywood!

O macho entrou na sala de musculação como um touro enfurecido. E olhe que, de toda a Irmandade, ele era o mais equilibrado. Então, alguma coisa estava muito errada.

– O que aconteceu, meu Irmão? – perguntou Rhage.

– Há uma pequena mensagem para você na caixa de mensagens geral. Daquela humana, Mary – Tohr colocou as mãos nos quadris, inclinando o tórax para frente.

– Por que demônios ela se lembra de você? E como é que tem nosso número?

– Não lhe disse como nos contatar.

– E tampouco apagou a memória dela. Em que droga você estava pensando?

– Ela não será um problema.

– Já é. Liga para o nosso número.

– Relaxe, cara…

Tohr espetou-o com o dedo.

– Dê um jeito nela antes que eu mesmo tenha de fazê-lo. Entendeu?

Rhage se levantou do banco e ficou cara a cara com o Irmão num piscar de olhos.

– Ninguém vai chegar perto dela, a não ser que queiram tratar comigo. E isso inclui você.

Os escuros olhos azuis de Tohr se apertaram. Ambos sabiam quem ganharia se chegassem às vias de fato. Ninguém podia lutar com Rhage corpo a corpo; isso era óbvio. E ele estava preparado para atingir Tohr se tivesse de fazê-lo. Ali mesmo. Naquele exato momento.

Tohr falou em tom severo.

– Quero que respire fundo e saia da minha frente, Hollywood.

Quando Rhage não se moveu, passos soaram sobre os colchonetes e o braço de Butch rodeou-lhe a cintura.

– Por que não se acalma um pouco, grandão – Butch falou arrastando as palavras – Vamos terminar a festa, ok?

Rhage consentiu em ser afastado, mas manteve os olhos em Tohr. Tensão pairava no ar.

– O que está acontecendo aqui? – exigiu saber Tohr.

Rhage libertou-se de Butch e caminhou inquieto pela a sala de musculação, serpenteando entre os bancos e os pesos no chão.

– Nada. Não está acontecendo nada. Ela não sabe o que sou e não sei como conseguiu o número de telefone. Talvez aquela fêmea civil o tenha dado.

– Olhe para mim, meu Irmão. Rhage, pare onde está e olhe para mim.

Rhage se deteve e o olhou.

– Por que não apagou a memória dela? Você sabe que se a lembrança for de longa duração, não poderá apagá-la bem. Por que não o fez quando teve a oportunidade? – como o silêncio se estendeu entre eles, Tohr sacudiu a cabeça.

– *Não* me diga que você se envolveu com ela.

– Não importa, cara.

– Tomarei isso como um *sim*. Caramba, meu Irmão... o que está pensando? Sabe que não deveria se envolver com uma humana, especialmente com ela, devido a sua relação com o rapaz – o olhar de Tohr era penetrante. – Vou lhe dar uma ordem. Outra vez. Quero que apague a memória dessa mulher e não volte a vê-la.

– Já lhe disse, ela não sabe o que sou...

– Está tentando negociar isso comigo? Não pode ser tão estúpido.

Rhage olhou feio para o Irmão.

– E você não me quer partindo para cima de você de novo. Desta vez, não permitirei que o tira me segure.

– Já beijou-a na boca? O que lhe disse sobre suas presas, Hollywood? – quando Rhage fechou os olhos e praguejou, o tom de Tohr se suavizou. – Seja realista. Ela é uma complicação que não necessitamos, ela é um problema para você porque a escolheu passando por cima das minhas ordens. Não estou fazendo isso para cortar suas asas, Rhage. É mais seguro para todos. Para ela. Terá de fazê-lo, meu Irmão.

Rhage se sentou e segurou os tornozelos. Esticou seus tendões com força, quase os arrancou.

Mais seguro para Mary.

– Vou cuidar disso – disse ele, afinal.

– Srta. Luce? Por favor, venha comigo.

Mary olhou para cima e não reconheceu a enfermeira. A mulher parecia realmente jovem com seu uniforme rosa, provavelmente acabava de sair da escola. E ainda pareceu mais jovem quando sorriu, devido às suas covinhas.

– Srta. Luce? – ela ajeitou o volumoso arquivo nos braços.

Mary colocou a alça da bolsa no ombro, levantou-se e seguiu a moça pela sala de espera. Caminharam a metade de um longo corredor, pintado em cor neutra, e detiveram-se diante do balcão de registro.

– Só vou pesá-la e medir sua temperatura – a enfermeira sorriu outra vez e conseguiu mais pontos sendo boa com a balança e o termômetro. Ela era rápida. Amável.

– Perdeu peso, Srta. Luce – disse ela, fazendo uma anotação no arquivo – Como está seu apetite?

– O mesmo.

– Vamos virar aqui à esquerda.

As salas de exames eram todas parecidas. Um pôster emoldurado de uma pintura de Monet e uma pequena janela com persianas arriadas. Uma mesa com folhetos e um computador. Uma mesa de exames com papéis brancos sobre ela. Uma pia com vários equipamentos. Um contêiner vermelho para lixo biológico no canto.

Mary sentiu vontade de vomitar.

– A Dra. Della Croce disse que queria examiná-la – a enfermeira entregou-lhe um quadrado de tecido perfeitamente dobrado.

– Vista isso, ela virá em seguida.

As batas eram todas iguais, também. Algodão fino e macio, azul com um pequeno estampado rosado. Havia dois laços. Ela nunca tinha certeza se aquelas malditas coisas ficavam à direita, se a abertura devia ficar na frente ou atrás. Naquele dia, escolheu deixar na frente.

Quando já havia se trocado, Mary se sentou em cima da maca, com os pés balançando. Sentia frio sem suas roupas e as olhou, muito bem dobradas sobre a cadeira ao lado da mesa. Pagaria um bom dinheiro para voltar a usá-las.

Com uma vibração e um assobio, seu telefone celular começou a tocar dentro da bolsa. Ela escorregou para o chão e foi até lá só de meias.

Não reconheceu o número quando verificou o identificador de chamadas e atendeu esperançosa.

– Alô?

– Mary.

O som daquela sonora voz masculina a fez se sentir aliviada. Tinha quase certeza de que Hal não retornaria sua ligação.

– Oi. Oi, Hal. Obrigada por ligar – ela olhou ao seu redor procurando um lugar para se sentar que não fosse a mesa de exame. Colocando a roupa sobre o colo, sentou-se na cadeira. – Olhe, sinto muito sobre ontem à noite. Eu só...

Bateram na porta e, então, a enfermeira meteu a cabeça e disse:

– Com licença, você nos entregou seu exame ósseo de julho passado?

– Sim. Deveriam estar em meu prontuário – quando a enfermeira fechou a porta, Mary disse: – Sinto muito.

– Onde você está?

– Eu, ah... – ela pigarreou – não é importante. Só queria que soubesse como me senti péssima com o que eu lhe disse.

Houve um longo silêncio.

– Eu entrei em pânico – disse ela.

– Por quê?

– Você me faz... não sei, você só... – Mary brincava com a barra do avental. As palavras escaparam – Tenho câncer, Hal. Quero dizer, eu tive e pode voltar.

– Eu sei.

– Então, Bella lhe contou – Mary esperou que ele confirmasse; como ele não o fez, ela suspirou. – Não estou usando a leucemia como desculpa pelo modo como me comportei. É só... No momento, encontro-me em uma situação desconfortável. Minhas emoções me arrastam de um lado para o outro, e ter você em minha casa – *sentindo-me totalmente atraída por você* – desencadeou alguma coisa e eu me descontrolei.

– Entendo.

Por alguma razão, ela sentiu que ele entendia.

Mas, Deus, o silêncio dele era mortal. Ela começou a se sentir uma idiota por mantê-lo na linha.

– De qualquer forma, era isso que queria lhe dizer.

– Pego você hoje à noite às oito horas. Em sua casa.

Ela apertou o telefone. Meu Deus, queria tanto vê-lo.

– Estarei à sua espera.

Do outro lado da porta da sala de exames, ouviu a voz da Dra. Della Croce elevar-se e depois baixar o tom, enquanto a enfermeira fazia a mesma coisa.

– E Mary?

– Sim?

– Solte o cabelo para mim.

Bateram na porta e a doutora entrou.

– Certo. Farei isso – disse Mary, antes de desligar. – Oi, doutora Susan.

– Olá, Mary – a Dra. Della Croce cruzou a sala sorrindo e seus olhos castanhos se enrugaram nos cantos. Tinha cerca de cinquenta anos, cabelo branco cortado à altura da linha do queixo.

A médica se sentou atrás da escrivaninha e cruzou as pernas. Enquanto ela se preparava para falar, Mary sacudiu a cabeça.

– Odeio quando tenho razão – murmurou ela.

– Sobre o quê?

– Voltou, não é?

Houve uma breve pausa.

– Sinto muito, Mary.

Capítulo 17

Mary não foi trabalhar. Em vez disso, dirigiu até sua casa, despiu-se e se meteu na cama. Uma rápida ligação para o escritório e teve o resto do dia, assim como a semana seguinte, de folga. Iria necessitar de tempo. Depois do fim de semana prolongado do Dia de Colombo passaria por uma bateria de exames e segundos pareceres, então, ela e a Dra. Della Croce se encontrariam e discutiriam as opções de tratamento.

O mais estranho era que Mary não se surpreendeu. No fundo, no fundo, sempre soubera que os médicos haviam obrigado a enfermidade a se retirar, não a se render.

Ou, talvez, ela só estivesse em choque e começasse a sentir familiaridade com a doença.

Quando pensava no que iria enfrentar, o que a assustava não era a dor; era a perda de tempo. Quanto tempo até que conseguissem controlar a doença novamente? Quanto tempo duraria a trégua seguinte? Quando poderia retomar a sua vida?

Recusava-se a pensar que havia uma alternativa à remissão. Não iria por aquele caminho.

Virou-se de lado e fixou os olhos na parede do quarto, pensando em sua mãe. Viu-a desfiando o rosário com as pontas dos dedos, murmurando palavras de devoção enquanto jazia na cama. A combinação de fricção e murmúrios ajudou-a a encontrar alívio para além do que a morfina podia lhe proporcionar. Porque, de algum modo, mesmo em meio à sua maldição, mesmo no ápice da dor e do medo, sua mãe havia acreditado em milagres.

Mary desejou ter perguntado à sua mãe se de fato acreditava que seria salva, e não no sentido metafórico, mas de maneira prática. Será que Cissy realmente pensava que se dissesse as palavras certas e estivesse rodeada pelos objetos certos obteria a cura, caminharia outra vez, viveria outra vez?

As perguntas nunca foram formuladas. Tal interrogatório teria sido cruel, e Mary sabia a resposta de qualquer modo. Tinha a sensação de que sua mãe havia esperado uma redenção secular antes do derradeiro fim.

Mas talvez Mary só estivesse projetando o que ela própria havia esperado. Para ela, a graça redentora significava viver a vida como uma pessoa normal: saudável e forte, a perspectiva da morte admitida apenas como um acontecimento hipotético e longínquo. Uma dívida a ser saldada em um futuro que não se podia imaginar.

Talvez sua mãe encarasse isso de outro modo, mas uma coisa era certa: o resultado não se alterara. As orações não a salvaram.

Mary fechou os olhos e sucumbiu à exaustão. Agradeceu aquele esquecimento temporário. Dormiu por horas a fio um sono agitado, a consciência indo e voltando.

Despertou às sete da noite e alcançou o telefone, discando o número que Bella lhe havia dado para se comunicar com Hal. Desligou sem deixar mensagem alguma. Deveria ter cancelado o encontro, porque não seria uma boa companhia, mas droga, sentia-se egoísta. Queria vê-lo. Hal a fazia sentir-se viva e, naquele momento, estava desesperada por essa sensação.

Depois de uma rápida ducha, vestiu uma saia e uma blusa de gola rolê. No espelho de corpo inteiro, atrás da porta do banheiro, as duas peças estavam mais folgadas do que deveriam estar, e pensou em quando se pesara no consultório da doutora pela manhã. Provavelmente comeria tanto quanto Hal naquela noite, porque Deus era testemunha de que não havia razão para fazer dieta agora. Se iria enfrentar novamente uma quimioterapia, então, devia ganhar peso.

O pensamento a congelou no lugar.

Passou as mãos pelo cabelo, puxando-o entre os dedos desde a raiz e deixando-o cair sobre os ombros. Eram de um castanho tão desinteressante, pensou ela. E tão pouco importante no esquema geral das coisas.

Pensar que em breve iria perdê-lo a fez querer chorar.

Com uma expressão sombria, ela juntou as pontas, torcendo-as em um nó, e fez um coque.

Poucos minutos mais tarde, já estava do lado de fora, esperando no caminho da garagem. O frio a fez se dar conta de que havia esquecido de pôr um casaco. Voltou para dentro, pegou um casaco de lã preta e perdeu suas chaves no processo.

Onde estavam suas chaves? Será que as deixara na...

Isso mesmo, as chaves estavam na porta.

Saiu, trancou a porta e guardou as chaves no bolso do casaco.

Enquanto esperava, pensou em Hal.

Solte seu cabelo para mim.

Tudo bem.

Soltou o prendedor e penteou os cabelos com os dedos o melhor que pôde. Então, ficou quieta.

A noite estava tão tranquila, pensou ela. E era por isso que adorava viver no campo; não tinha vizinhos, a não ser Bella.

O que a fez lembrar: pensara em ligar para ela para contar sobre o encontro, mas não havia conseguido até então. No dia seguinte. Falaria com Bella no dia seguinte. E contaria sobre os dois encontros.

Um sedan dobrou na estrada a 800 metros de distância, acelerando com um ronco de motor baixo que ela distinguiu claramente. Se não fosse pelos dois faróis, teria pensado que se tratava de uma Harley.

Quando o grande carro violeta parou diante dela, pensou que parecia um GTO. Reluzente, ruidoso, chamativo... a escolha perfeita para um homem que gostasse de velocidade e não se incomodasse em atrair atenção.

Hal saiu pelo lado do motorista e contornou o capô. Usava um elegante terno negro e uma camisa também negra com o colarinho desabotoado. Seu cabelo estava penteado para trás, caindo na nuca em mechas grossas e louras. Parecia um sonho, sexy, forte e misterioso.

Mas a expressão em seu rosto não tinha nada de fantasia: olhos apertados, lábios e mandíbulas cerrados.

Mesmo assim, sorriu um pouco enquanto caminhava em direção a ela.

– Deixou o cabelo solto.

– Eu disse que o faria.

Ele ergueu a mão como se fosse tocá-la, mas hesitou.

– Podemos ir?

– Aonde vamos?

– Fiz uma reserva no Excel – ele deixou o braço pender e desviou os olhos, silencioso, imóvel.

Oh... que inferno.

– Hal, tem certeza de que quer fazer isso? Você está um tanto alheio esta noite. Para ser franca, eu também.

Ele se afastou, olhando fixamente o chão, dentes cerrados.

– Poderíamos deixar para outra hora – disse Mary, calculando que ele era um cara legal demais para ir embora sem deixar qualquer coisa combinada para uma próxima oportunidade –, não é pro...

Ele moveu-se tão rapidamente que ela não pôde vê-lo. Em um momento, estava a alguns passos de distância; no outro, estava colado a ela. Tomou-lhe o rosto entre as mãos e pousou os lábios nos dela. Quando suas bocas se uniram, olhou-a diretamente nos olhos.

Não havia paixão nele, só uma intenção sombria que converteu o gesto em uma espécie de voto.

Quando a soltou, ela cambaleou para trás e caiu sentada no chão.

– Ah, droga, Mary, sinto muito – ele se ajoelhou. – Você está bem?

Ela assentiu, ainda que não fosse verdade. Sentiu-se desajeitada e ridícula caída na grama.

– Tem certeza de que você está bem?

– Sim – ignorando a mão que ele lhe oferecia, levantou-se e espanou os restos de grama grudados no corpo. Agradeceu a Deus que sua saia fosse marrom e a terra estivesse seca.

– É só um jantar, Mary. Vamos.

Uma grande mão envolveu sua nuca e a conduziu para o carro, não lhe deixando outra opção a não ser acompanhá-lo.

Embora opor-se a ele não lhe tenha passado pela cabeça. Sentia-se sobrepujada por muitas coisas, por ele, principalmente, e muito cansada para apresentar qualquer resistência. Além disso, algo acontecera entre eles no instante em que suas bocas se encontraram. Não tinha a mínima ideia do que fora e o que significava, mas sentira uma conexão.

Hal abriu a porta do passageiro e ajudou-a a entrar no veículo. Quando ele se acomodou no assento do motorista, Mary deu uma olhada no interior imaculado do automóvel só para evitar ser capturada pela visão de seu perfil.

O GTO roncou quando ele engatou a primeira e eles atravessaram o pequeno trecho de estrada entre a casa dela e o sinal da Rota 22. Ele olhou para ambos os lados, e em seguida, acelerou para a direita, o som do motor subindo e descendo como respiração, enquanto ele ia trocando as marchas.

– É um carro espetacular – disse ela.

– Obrigado. Meu irmão o arrumou para mim. Tohr adora carros.

– Quantos anos tem seu irmão?

Hal riu a valer.

– Ele tem bastante idade.

– Mais do que você?

– Sim.

– Você é o mais novo?

– Não, mas não é assim. Não somos irmãos por nascermos da mesma fêmea.

Deus, às vezes ele tinha um jeito estranho de juntar as palavras.

– Foram adotados pela mesma família?

Ele balançou a cabeça.

– Está com frio?

– Ah, não – ela olhou as próprias mãos. Estavam afundadas em seu colo tão profundamente que seus ombros estavam curvados para frente. O que explicava por que ele achara que ela estivesse com frio. Tentou relaxar – Estou bem.

Ela olhou o para-brisa. A linha amarela dupla no centro da estrada brilhava por causa dos faróis. E o bosque chegava até as margens do asfalto. Na escuridão, a ilusão de túnel era hipnótica, fazendo parecer que a Rota 22 não tinha fim.

– Este carro é rápido? – murmurou ela.

– Muito rápido.

– Mostre-me.

Sentiu seu penetrante olhar sobre ela. Então, ele trocou a marcha, acelerou e os colocou em órbita.

O motor rugiu como um ser vivo e o carro vibrou, enquanto as árvores saíam de foco transformando-se em paredões negros. Iam cada vez mais rápido, mas Hal conservou o controle absoluto nas curvas fechadas, serpenteando pela estrada.

Quando ele começou a reduzir a velocidade, Mary pousou a mão em sua dura coxa.

– Não pare.

Ele hesitou por um momento. Então, inclinou-se para frente e ligou o som. *Dream Weaver*, um hino da década de 1970, inundou o interior num volume de estourar os tímpanos. Pisou forte no acelerador e o carro explodiu, levando-os a grande velocidade pela estrada vazia e interminável.

Mary baixou o vidro de sua janela, deixando que o ar entrasse. O vento despenteou-lhe os cabelos e congelou suas bochechas, libertando-a do torpor em que se encontrava desde a consulta. Começou a rir e, ainda que distinguisse uma ponta de histerismo em sua voz, não se importou. Continuou a receber no rosto aquela rajada gélida e violenta.

E deixou que o homem e o carro a levassem.

O Sr. X observou seus dois novos esquadrões de elite enquanto entravam no bangalô para outra reunião. Os corpos dos *redutores* absorveram o espaço livre, encolhendo o tamanho do cômodo e satisfazendo-o pela quantidade de músculos de que dispunham para cobrir a linha de frente do combate. Havia pedido a eles que retornassem pelos motivos habituais, mas, também, queria ver com os próprios olhos como eles haviam reagido à notícia de que o Sr. O era agora o comandante deles.

O Sr. O entrou por último e foi diretamente à entrada do quarto, apoiando-se contra a soleira casualmente, braços cruzados sobre o peito. Seus olhos eram penetrantes, mas, naquele momento, havia neles uma reserva, uma reticência que era muito mais útil do que tinha sido sua cólera. Parecia que o cão perigoso fora domado e, se continuasse assim, os dois tinham sorte. O Sr. X necessitava de um segundo em comando.

Com as últimas perdas que haviam sofrido, tinha de se concentrar em recrutar e esse era um trabalho de tempo integral. Escolher os candidatos certos, cooptá-los, treiná-los – cada etapa do processo requeria concentração e emprego total de recursos. Mas, enquanto ele reabastecia as fileiras da sociedade, não podia permitir que a estratégia de sequestro e persuasão que havia implementado perdesse o ímpeto. E anarquia entre os assassinos não era algo que ele tolerasse.

Em muitos aspectos, o Sr. O tinha boas qualificações para ser seu braço-direito. Era dedicado, impiedoso, eficiente, objetivo: um agente poderoso que motivava os outros pelo medo. Se Ômega obtivera êxito em reprimir sua rebeldia, estava próximo da perfeição.

Era hora de começar a reunião.

– Sr. O, fale com os outros sobre as propriedades.

O *redutor* começou seu relatório sobre os dois terrenos que tinha visitado durante o dia. O Sr. X já decidira adquiri-los em dinheiro vivo. E enquanto aquelas transações eram fechadas, ele ia ordenar às equipes que erigissem um centro de persuasão na área rural de trinta hectares que a Sociedade já possuía. O Sr. O acabaria sendo o responsável pelo lugar, mas, como o Sr. U havia supervisionado alguns projetos estruturais em Connecticut, ele ficaria à frente do centro na fase de construção.

Os objetivos da atribuição incluíam velocidade e conveniência. A Sociedade precisava de outros lugares para agir, lugares isolados, seguros e calibrados para seu trabalho. E precisava imediatamente.

Quando o Sr. O se calou, o Sr. X delegou a ele e ao Sr. U a construção do novo centro e ordenou aos homens que fossem para as ruas naquela noite.

O Sr. O permaneceu ali.

– Temos algum assunto a resolver? – perguntou o Sr. X. – Algo mais saiu errado?

Aqueles olhos marrons flamejaram, mas o Sr. O não retrucou. Mais evidência de seu progresso.

– Quero construir algumas unidades de armazenagem na nova instalação.

– Para quê? Nosso objetivo não é manter os vampiros como animais de estimação.

– Espero ter mais de um indivíduo por vez e quero mantê-los pelo máximo de tempo que puder. Mas necessito de um lugar onde eles não possam se desmaterializar e que os proteja da luz do sol.

– O que você tem em mente?

A solução que o Sr. O detalhou não só era viável, como também valia o investimento.

– Pode construí-las – disse o Sr. X, sorrindo.

Capítulo 18

Quando Rhage entrou no estacionamento do Excel, ignorou solenemente os manobristas. Embora o GTO não fosse delicado, não estava a fim de deixar suas chaves com outras pessoas. Não com o tipo de armas e munições que levava no porta-malas.

Escolheu um lugar na parte dos fundos, que ficava bem ao lado da porta lateral. Depois de girar a chave no contato, começou a soltar o cinto de segurança e...

E nada fez. Só ficou ali sentado, com a mão no fecho.

– Hal?

Ele fechou os olhos. Deus, daria qualquer coisa só para ouvi-la dizer seu verdadeiro nome. E queria... droga, queria ela nua em sua cama, a cabeça sobre seu travesseiro, seu corpo entre seus lençóis. Queria tomá-la em particular, somente os dois. Sem testemunhas, sem o escudo de seu casaco. Nada em público, nada de "uma rapidinha" no corredor ou no banheiro.

Queria as unhas dela em seu traseiro e a língua em sua boca e os quadris movendo-se debaixo dele até que gozasse tão violentamente que visse estrelas. Para depois dormir com ela entre seus braços. E despertar, comer e fazer amor outra vez. Conversar no escuro sobre tolices e coisas sérias...

Oh, Deus. Estava se apegando a ela. Um vínculo estava se formando.

Já ouvira que com os machos podia ser assim. Rápido. Intenso. Sem lógica. Apenas os instintos primitivos poderosos assumindo o controle, sendo que um dos mais fortes era o desejo de possuí-la fisicamente e marcá-la no processo para que outros machos soubessem que já tinha um companheiro. E que era melhor nem chegarem perto.

Olhou o corpo dela. E compreendeu que mataria qualquer membro de seu sexo que tentasse tocá-la, estar com ela, amá-la.

Rhage esfregou os olhos. Sim, aquele instinto de marcá-la fora definitivamente acionado.

E esse não era seu único problema. O zumbido estranho havia voltado ao seu corpo, aguçado pelas explícitas imagens em sua cabeça, pelo cheiro dela e o suave som de sua respiração.

E o pulsar do sangue em suas veias.

Queria prová-la... beber dela.

Mary virou-se para ele.

– Hal, você está...

A voz dele parecia uma lixa:

– Tenho que lhe dizer uma coisa.

Sou um vampiro. Sou um guerreiro. Sou uma besta perigosa.

Ao final desta noite, não se lembrará que algum dia me conheceu.

E a ideia de não estar em sua memória me faz sentir como se me apunhalassem no peito.

– Hal, o que está acontecendo?

As palavras de Tohr ecoavam em sua cabeça.

É mais seguro. Para ela.

– Nada – disse ele, soltando o cinto de segurança e saindo do carro – Não é nada.

Ele contornou o veículo e abriu a porta do lado dela, oferecendo-lhe a mão para ajudá-la a sair. Sentindo o contato da palma dela na sua, ele fechou as pálpebras. A visão daqueles braços e pernas à mostra fez com que seus músculos se retesassem e um suave grunhido lhe subisse pela garganta.

E, caramba, em vez de deixá-la passar, postou-se em sua frente de modo que seus corpos quase se tocavam. As vibrações sob sua pele se intensificaram ainda mais, assim como seu desejo por ela. Sabia que devia desviar os olhos porque certamente suas íris brilhavam um pouco. Mas não conseguia.

– Hal? – disse ela com voz fraca – Seus olhos…

Ele fechou as pálpebras.

– Sinto muito. Vamos entrar...

Ela retirou a mão que ele segurava.

– Não acho que você queira jantar.

Seu primeiro impulso foi discutir, mas não queria intimidá-la. Além disso, quanto menos tempo passassem juntos, menos teria de apagar.

Droga, devia tê-la apagado assim que chegou à casa dela.

– Vou levar você para casa.

– Não, quero dizer: quer caminhar um pouco comigo? Naquele parque ali adiante? É que não tenho vontade de ficar presa a uma mesa. Estou muito... desassossegada.

Rhage meteu as chaves do carro no bolso.

– Adoraria.

Enquanto enveredavam pelo gramado, caminhando sob um toldo de folhas coloridas, ele explorou os arredores. Não havia perigo algum por perto, nenhuma ameaça que pudesse sentir. Olhou para cima. Uma meia lua brilhava no céu.

Ela riu um pouco.

– Eu nunca faria isso normalmente. Sabe, andar por um parque à noite! Mas, com você! Não temo ser assaltada.

– De fato. Não há o que temer – porque ele despedaçaria seja lá o que tentasse machucá-la, humano, vampiro ou morto-vivo.

– Tenho a sensação de estar fazendo algo errado – murmurou ela. – Estar ao ar livre na escuridão, quero dizer. Parece-me algo ilícito e um pouco assustador. Minha mãe sempre me advertia sobre sair à noite.

Ela parou, inclinou a cabeça para trás, e olhou fixamente para cima. Devagar, estendeu o braço para o céu com a mão aberta. Fechou um olho.

– O que você está fazendo? – perguntou ele.

– Segurando a lua na palma da minha mão.

Ele se curvou e seguiu a extensão de seu braço com os olhos.

– Sim, está mesmo.

Quando se endireitou, deslizou as mãos ao redor da cintura dela e apertou-a contra o corpo. Após uma rigidez inicial, ela relaxou e deixou cair a mão.

Deus, adorava o cheiro dela. Tão limpo e fresco, com aquele leve toque cítrico.

– Estava no médico quando liguei para você hoje – disse ele.

– Sim, estava.

– O que vão fazer por você?

Ela se afastou e começou a andar outra vez. Ele a acompanhou, no ritmo dela.

– O que lhe disseram, Mary?

– Não precisamos falar nessas coisas.

– Por que não?

– Não é do seu temperamento – disse ela de maneira descontraída. – Playboys não lidam bem com as partes pouco atraentes da vida.

Ele pensou em sua besta.

– Estou acostumado com o pouco atraente, acredite-me.

Mary parou outra vez, balançando a cabeça

– Sabe, tem algo errado em tudo isso.

– Tem razão. Eu deveria estar segurando sua mão enquanto caminhamos.

Ele estendeu a mão, mas ela se afastou.

– Sério, Hal, por que está fazendo isso? Estar comigo?

– Você vai me deixar complexado. O que há de errado em querer passar um tempinho com você?

– Precisa que eu soletre? Sou uma mulher de aparência mediana e com uma expectativa de vida abaixo da média. Você é lindo. Sadio. Forte...

Dizendo-se que era um completo idiota, ele se postou diante dela e colocou as mãos sobre a base de seu pescoço. Ia beijá-la outra vez, mesmo que não devesse. E esse beijo não seria do tipo que havia lhe dado em frente à sua casa.

Quando baixou a cabeça, a estranha sensação em seu corpo se intensificou, mas não parou. Uma ova que ia deixar seu corpo se impor sobre ele aquela noite. Combatendo o zumbido, reprimiu a sensação por pura força de vontade. Quando conseguiu suprimi-la, sentiu-se aliviado. E determinado a penetrar Mary, mesmo que fosse apenas com a língua em sua boca.

Ela encarou os olhos azuis como néon de Rhage. Poderia jurar que ardiam na escuridão, que emanavam de verdade aquela luminosidade verde azulada. Ela tivera a mesma impressão no estacionamento.

O cabelo de sua nuca se arrepiou.

– Não se preocupe com o brilho – disse ele suavemente, como se tivesse lido sua mente –, não é nada.

– Não o entendo – sussurrou ela.

– Nem tente.

Diminuiu a distância entre eles, baixando a cabeça. Seus lábios eram macios como camurça contra os dela, demorando-se, sugando-os de leve. Sua língua saiu e lhe acariciou a boca.

– Abra-a para mim, Mary. Deixe-me entrar.

Lambeu-a até que ela apartasse os lábios para ele. Quando sua língua deslizou para dentro dela, o impacto aveludado refletiu-se bem entre as coxas, e ela se abandonou naqueles braços, enquanto seu corpo era invadido pelo calor provocado pelo contato de seus seios com o peito dele. Ela o agarrou pelos ombros, tentando se aproximar mais de todos aqueles músculos e calor.

Teve êxito por um momento. Bruscamente, ele separou seus corpos, embora mantivesse o contato com os lábios dela. Mary se perguntou se ainda a estava beijando para disfarçar o fato de que havia se afastado. Ou talvez só estivesse tentando esfriá-la um pouco, como se ela houvesse se empolgado excessivamente ou algo assim...

Ela inclinou a cabeça para o lado.

– O que foi? – perguntou ele. – Você está tão a fim.

– Sim, bem, não basta para os dois.

Não permitiu que ela se distanciasse, recusando-se a soltar-lhe o pescoço.

– Não quero parar, Mary – seus polegares acariciaram-lhe a pele da garganta e depois pressionaram seu queixo, inclinando-lhe a cabeça para trás. – Quero deixá-la excitada. Tão excitada que não sinta nada além de mim. De maneira que não pense em coisa alguma a não ser no que eu estiver fazendo com você. Quero que se derreta.

Ele se curvou e beijou-a profundamente, penetrando-a com a língua, rendendo-a. Vasculhou todos os cantos até que não restasse lugar em seu interior que não houvesse explorado. Então, mudou a maneira de beijar, recuando e avançando, uma penetração rítmica que a deixou ainda mais excitada e pronta para ele.

– Isso, Mary – disse ele contra os seus lábios –; solte-se. Deus, consigo farejar sua paixão... você é *deliciosa*.

Suas mãos foram descendo, passando sob a gola de seu casaco, sobre sua clavícula. Meu Deus! Estava perdida por ele. Se lhe houvesse pedido para tirar a roupa, já teria se despido. Se lhe houvesse dito que se deitasse no chão e abrisse as pernas, teria obedecido. Qualquer coisa. Tudo que quisesse, desde que não deixasse de beijá-la.

– Vou tocar você – disse ele –; não como gostaria, nem perto do que gostaria. Mas um pouco...

Os dedos dele deslizaram por sua blusa de caxemira, descendo, descendo...

Seu corpo estremeceu com força quando ele encontrou seus mamilos rijos.

– Tão pronta para mim – murmurou ele, agarrando-os. – Gostaria de tê-los em minha boca. Quero sugá-los, Mary. Vai me deixar fazê-lo?

As mãos abertas dele envolveram-lhe os seios, sopesando-os.

– Deixaria, Mary, se estivéssemos a sós? Se estivéssemos em uma cama confortável e quente? Se você estivesse nua para mim? Deixaria que eu os provasse? – quando ela assentiu, ele riu ferozmente. – Sim, deixaria. E onde mais você iria querer a minha boca?

Ao não receber resposta, ele a beijou com mais vontade

– Diga-me.

Ela exalou nervosamente. Não conseguia pensar, não conseguia falar.

Ele tomou-lhe a mão e a colocou em torno da sua.

– Então, mostre para mim, Mary – disse ele em seu ouvido. – Mostre-me onde quer que eu vá. Conduza-me. Vamos. Faça.

Incapaz de se conter, ela tomou sua palma e a colocou sobre seu pescoço. Deslizando-a lentamente, devolveu-a ao seio. Ele ronronou com aprovação e a beijou de um lado do queixo.

– Sim, ali. Sabemos que quer que vá ali. Onde mais?

Atordoada, fora de controle, conduziu a mão dele até a barriga. Então, desceu-a até o quadril.

– Bom. Muito bem. – quando ela hesitou, ele sussurrou – não pare, Mary. Continue. Mostre-me onde quer que eu vá.

Antes que perdesse a coragem, colocou sua mão entre as pernas. Sua saia ampla franqueou-lhe a entrada e ela deixou escapar um gemido quando lhe sentiu a palma contra seu sexo.

– Oh, sim, Mary. Isso – enquanto ele a friccionava, agarrou-se aos seus grossos bíceps, a cabeça pendendo para trás. – Meu Deus, está ardendo de tão excitada. Está molhadinha assim para mim, Mary? Acho que está. Acho que está completamente melada...

Precisando tocá-lo, ela enfiou as mãos sob seu casaco, em sua cintura, sentindo a força bruta e um tanto assustadora de seu corpo. Mas antes que pudesse ir mais fundo, ele afastou seus braços segurando-lhe os pulsos com uma só mão. Estava claro, entretanto, que ele não tinha intenção de parar. Empurrou-a para trás com o peito, até que ela sentiu uma sólida árvore contra suas costas.

– Mary, deixe-me lhe dar prazer – por baixo de sua saia, os dedos dele buscaram e encontraram o ponto de prazer. – Quero fazer você gozar. Aqui e agora.

Quando ela gritou, compreendeu que estava à beira do orgasmo, ao passo que ele permanecia alheio, um engenheiro manobrando o desejo dela, sem sentir coisa alguma ele próprio: sua respiração era serena, sua voz estável, seu corpo inalterado.

– Não – gemeu ela.

A mão de Hal parou de friccioná-la.

– O quê?

– Não.

– Tem certeza?

– Sim.

No mesmo instante, ele se afastou. E, enquanto ele ficou ali parado calmamente na sua frente, ela tentava recuperar o fôlego.

O fato de ele sequer protestar a magoou, mas se perguntou por que ele fizera aquilo. Talvez se satisfizesse estando no controle. Droga, fazer uma mulher se descontrolar de desejo devia ser uma fantasia de poder fenomenal. E isso explicaria por que ele queria estar com ela e não com mulheres sensuais. Uma mulher não-tão-atraente poderia tornar mais fácil manter-se à distância.

A vergonha confrangeu seu peito.

– Quero voltar – disse ela, prestes a começar a chorar –, quero ir para casa.

Ele suspirou fundo.

– Mary…

– Se está pensando em me pedir desculpas, vou vomitar...

De repente, Hal franziu a testa e ela começou a espirrar.

Deus, por alguma razão, seu nariz sentia uma terrível comichão. Havia algo no ar. Adocicado. Como sabão em pó. Ou, talvez, talco de bebê?

A mão de Hal agarrou-lhe o braço.

– Jogue-se no chão. Agora.

– Por quê? O que…

– Jogue-se no chão – ele a forçou a ficar de joelhos. – Mantenha sua cabeça protegida.

Girando ao seu redor, plantou-se diante dela, pés afastados, as mãos erguidas diante do peito. Pelo espaço entre as pernas dele, ela viu dois homens saírem de trás das árvores. Estavam vestidos com macacões negros, sua pele pálida e os cabelos claros brilhando à luz da lua. A ameaça fez com que ela se desse conta do quanto ela e Hal tinham avançado pelo parque.

Ela procurou em sua bolsa o telefone celular e tentou se convencer de que estava reagindo de uma forma exagerada.

Sim, claro.

Os homens se separaram e atacaram Hal por ambos os lados, correndo agachados. Ela gritou alarmada, mas Hal... Caramba, Hal sabia o que fazia. Moveu-se para a direita e agarrou um deles pelo braço, atirando o cara no chão. Antes que o homem pudesse se levantar, Hal pisou com força sobre seu peito, prendendo-o. O outro atacante foi segurado pelo pescoço por Hal e acabou sufocando, esperneando desesperadamente, lutando para respirar, em vão.

Sinistro, mortífero, Hal estava no controle, à vontade com a violência. E sua expressão, fria e tranquila, perturbava-a terrivelmente, mesmo que estivesse grata por ele tê-los salvo.

Encontrou o celular e começou a chamar o 911, pensando que era óbvio que ele poderia segurá-los enquanto a polícia chegava.

Ela ouviu um repugnante estalo.

Mary ergueu a vista. O homem que havia sido agarrado pela garganta caiu ao chão, a cabeça pendendo do pescoço em um ângulo totalmente absurdo. Não se movia.

Ela se levantou.

– O que você fez!

Hal tirou uma longa adaga negra de algum lugar e avançou sobre o homem que sentira o peso de sua bota. O cara se arrastava pelo solo para escapar.

– Não! – ela saltou diante de Hal.

– Saia da frente – sua voz estava assustadora. Sem emoção. Completamente indiferente.

Ela o agarrou pelo braço.

– Pare.

– Tenho de terminar...

– Não vou deixar que mate outro...

Alguém a agarrou rudemente pelos cabelos e arrancou-a dali. Bem no instante em que outro homem de preto atacou Hal.

A dor atravessou-lhe a cabeça e o pescoço como um raio e, então, ela caiu de costas, com violência. O impacto tirou-lhe o fôlego e estrelas pipocaram em sua vista, como fogos de artifício. Ela lutava para encher de ar os pulmões quando seus braços foram puxados para cima e arrastaram-na para longe. Rápido.

Seu corpo sacolejava contra o chão, seus dentes batiam. Ela ergueu a cabeça, mesmo que isso lhe causasse agulhadas de dor na espinha. O que viu foi um horrível alívio. Hal arremessava outro corpo sem vida sobre a grama e vinha atrás dela velozmente. Suas coxas venciam a distância com facilidade, o casacão tremulando atrás dele, a adaga estava na mão. Seus olhos eram de um azul gritante na noite, como faróis de xenônio, e seu corpanzil nada mais era do que a morte esperando uma chance de acontecer.

Graças a Deus.

Mas, então, outro homem se atirou sobre Hal.

Quando Hal se livrou do cara, Mary recorreu a seu treinamento de autodefesa, retorcendo-se até que seu atacante tivesse que se reposicionar para continuar a segurá-la. Quando ela sentiu que os dedos dele afrouxavam, deu um puxão com toda força que tinha. Ele se virou e a recapturou rapidamente, mas com menos segurança. Ela repetiu o esforço, forçando-o a parar e se virar.

Ela se debateu, preparada para ser golpeada, mas, esperava ao menos ter conseguido algum tempo para Hal alcançá-la.

Só que não houve golpe. Em vez disso, um uivo de dor saiu do homem e seu sequestrador desabou sobre ela, um fardo grande e sufocante. O pânico e o terror lhe deram forças para afastá-lo.

O corpo sem vida rolou para o lado pesadamente. A adaga de Hal atravessava o olho esquerdo do homem.

Muito horrorizada para gritar, Mary ficou de pé e correu tão rápido quanto pôde. Tinha certeza de que voltariam a agarrá-la, estava convencida de que iria morrer.

Mas, então, o brilho das luzes do restaurante finalmente entrou em seu campo de visão. Quando sentiu o asfalto do estacionamento sob os pés, quis chorar de gratidão.

Até que viu Hal diante dela. Como se tivesse aparecido do nada.

Parou bruscamente, ofegante, tonta, incapaz de compreender como ele conseguira chegar lá antes dela. Quando seus joelhos cederam, ela se apoiou no primeiro carro que viu.

– Venha, vamos – disse ele, com severidade.

As cenas se atropelavam: lembrou-se do pescoço do homem estalando. A adaga negra no olho do homem. E o controle tranquilo e cruel de Hal.

Hal era... a morte. A morte embrulhada para presente.

– Afaste-se de mim – ela tropeçou nos próprios pés e ele quis ajudá-la. – Não! Não me toque.

– Mary...

– Fique longe de mim – foi caminhando de costas na direção do restaurante, as mãos erguidas para mantê-lo afastado. Como se pudesse alguma coisa contra ele.

Hal a seguiu, deslocando-se com largos movimentos dos poderosos braços e pernas.

– Escute-me...

– Tenho de... – ela clareou a garganta – Tenho de chamar a polícia.

– Não, não tem.

– Fomos atacados! E você... matou aquelas pessoas. Várias. Você matou gente. Quero chamar...

– Trata-se de um assunto particular. A polícia não pode protegê-la. Eu posso.

Ela parou; a verdade desagradável colocava quem ele era de fato em foco. Tudo fazia sentido. A ameaça que ele escondia por trás do charme. A absoluta ausência de medo quando foram atacados. Sua determinação em não implicar a polícia. Meu Deus, o fato de que ele rachara a cabeça de um homem com tamanha facilidade, como se já tivesse feito aquilo antes.

Hal não queria que ela chamasse o 911 porque ele estava do outro lado da lei. Tão bandido quanto aqueles homens que os atacaram.

Ela baixou o braço para segurar a bolsa, determinada a fazer a ligação. Então, deu-se conta de que sua bolsa havia desaparecido.

Hal praguejou, rápido e forte.

– Perdeu a bolsa, não foi? – ele olhou ao redor. – Escute, Mary, você tem de vir comigo.

– Uma ova que eu vou.

Ela correu para o restaurante, mas Hal saltou diante dela, bloqueando-lhe o caminho, agarrando-a pelos braços.

– Vou gritar – ela olhou para os manobristas. Eles estavam provavelmente a 25 metros de distância –; gritarei feito louca.

– Sua vida está em perigo, mas posso protegê-la. Confie em mim.

– Não conheço você.

– Sim, conhece.

– Ah, tem razão. Você é lindo, então, não pode ser mau.

Ele apontou o dedo na direção do parque.

– Eu a salvei ali. Não estaria viva agora se não fosse por mim.

– Certo. Mil vezes obrigada. Agora, deixe-me em paz!

– Não quero fazer isso – resmungou ele –; realmente não quero!

– Fazer o quê?

Ele passou a mão diante do rosto dela.

E, de repente, ela não podia se lembrar por que estava tão zangada.

Capítulo 19

Parado diante de Mary, a memória dela à sua mercê, Rhage disse a si mesmo que tinha de terminar o trabalho. Só apagar a si mesmo da lembrança de Mary como se fosse uma mancha.

Sim, e do que isso iria adiantar para eles?

Tinha deixado um, talvez dois *redutores* vivos no parque para ir atrás dela. Se aqueles malditos pegassem a bolsa dela, como presumia que haviam feito, ela estava na mira deles. Se a Sociedade já estava sequestrando civis que não sabiam coisa alguma sobre a Irmandade, quanto mais ela que, na realidade, fora *vista* com ele.

Mas que diabos iria fazer agora? Não podia abandoná-la sozinha em casa porque seu endereço estava em sua carteira de motorista e lá seria o primeiro lugar que os *redutores* visitariam. Levá-la a um hotel não era uma opção, porque não podia ter certeza de que ela ficaria lá. Ela não entenderia por que teria de se manter afastada de sua casa porque não se lembraria do ataque.

O que ele queria fazer era levá-la à mansão, ao menos até que pudesse imaginar um meio de controlar aquela situação. O problema era que, cedo ou tarde, alguém descobriria que ela estava em seu quarto e isso seria péssimo para todo mundo. Mesmo se a ordem de Tohr para que apagasse a memória dela não se mantivesse, humanos estavam proibidos em seu mundo: representavam um enorme perigo. A última coisa que a Irmandade precisava é que a existência de sua raça e a guerra secreta com os *redutores* viessem ao conhecimento dos *Homo sapiens*.

Sim, mas ele era responsável pela vida de Mary. E as regras existiam para serem quebradas...

Talvez pudesse conseguir que Wrath consentisse em admiti-la entre eles. A *shellan* de Wrath era meio humana e, depois que os dois se uniram, o Rei Cego abrandara em relação às fêmeas. E Tohr não podia anular o que o Rei decidisse. Ninguém podia.

Só que, enquanto Rhage tentasse apresentar seu caso, Mary tinha de ser mantida a salvo.

Ele pensou em sua casa. Como ficava afastada da estrada, se tentassem atacá-la ele poderia defendê-la sem ter de se preocupar com a interferência da polícia humana. Tinha muitas armas em seu carro. Poderia levá-la até lá e protegê-la, se fosse necessário, e chamar Wrath.

Rhage libertou a mente dela, cortando de sua memória só a parte após eles terem saído do carro. Ela não se lembraria nem de seus beijos.

O que, no final das contas, era uma coisa boa. Droga. Ele a pressionara demais, muito rápido, e ele quase se arrebentara. Enquanto sua boca e mãos estavam sobre ela, o zumbido em seu corpo havia se elevado a um grito. Especialmente quando ela havia tomado sua mão e colocado entre as coxas.

– Hal? – Mary o olhava aturdida – O que está acontecendo?

Ele se sentiu horrível enquanto olhava naqueles grandes olhos e terminava de enterrar as imagens em sua mente. Havia apagado a memória de incontáveis mulheres humanas antes e nunca pensara duas vezes. Mas com Mary parecia que estava lhe roubando algo. Invadindo sua privacidade. Traindo-a.

Passou a mão pelo cabelo, pegando uma mecha e desejando arrancá-la da cabeça.

– Então, prefere que nós pulemos o jantar e voltemos para sua casa? Por mim, tudo bem. Curto programas tranquilos.

– Certo, mas... sinto como se houvesse alguma coisa que nós tínhamos de fazer – ela olhou a si mesma e começou a espanar uns pedaços de grama grudados na roupa. – Considerando o que fiz com essa saia quando deixamos a minha casa, provavelmente não deveria aparecer em público de qualquer modo. Sabe, pensava que eu havia limpado a grama de... Espere um minuto, onde está minha bolsa?

– Talvez você a tenha deixado no carro.

– Não, eu... Oh, meu Deus – ela começou a tremer de forma incontrolável, respirando rápida e superficialmente. Seus olhos tornaram-se frenéticos.

– Hal, sinto muito, eu... preciso... Ah, droga.

A adrenalina corria por seu organismo. Sua mente podia estar calma, mas seu corpo ainda estava cheio de medo.

– Venha aqui – disse ele, atraindo-a para si. – Deixe-me abraçá-la até que isso passe.

Enquanto murmurava para ela, mantinha as mãos dela à frente, de maneira que não encontrassem a adaga sob seu braço ou sua Beretta nove milímetros enfiada no cinto, atrás. Seus olhos vasculhavam a área em volta, sondando as sombras do parque à direita e o restaurante à esquerda. Estava desesperado para levá-la até o carro.

– Sinto-me tão envergonhada – disse ela, contra seu peito. – Há tempos eu não tinha um ataque de pânico.

– Não se preocupe com isso – quando ela parou de tremer, ele se afastou –, vamos.

Conduziu-a rapidamente para o GTO e sentiu-se melhor quando ligou o carro e deixou o estacionamento.

Mary procurou no carro inteiro.

– Que inferno. Minha bolsa não está aqui. Devo tê-la deixado em casa. Hoje estou esquecida – ela se recostou contra o assento e procurou em seus bolsos. – Ahá! Pelo menos estou com as minhas chaves.

A viagem para fora da cidade foi rápida, tranquila. Quando estacionou o GTO diante de sua casa, Mary disfarçou um bocejo e tentou abrir a porta. Ele colocou a mão em seu braço.

– Deixe-me ser um cavalheiro e fazer isso por você.

Ela sorriu e desviou o olhar como se não estivesse acostumada com gentilezas masculinas.

Rhage saiu. Enquanto farejava o ar, usava os olhos e ouvidos para perscrutar a escuridão. Nada. Nada vezes nada.

Enquanto contornava a traseira do carro, abriu o porta-malas, tirou dele uma grande sacola, e fez uma nova pausa. Tudo estava tranquilo, até seus sentidos ultra-aguçados.

Quando abriu a porta para Mary, ela olhou com a testa franzida o que estava pendurado em seu ombro.

Ele balançou a cabeça.

– Não estou achando que vou passar a noite ou algo assim. Só que acabei de notar que a fechadura de meu porta-malas está quebrada e não quero deixar essas coisas lá dando sopa. Ou simplesmente à vista.

Droga, odiava mentir para ela. Isso literalmente lhe revolvia o estômago.

Mary deu de ombros e caminhou até a entrada de casa.

– Deve haver algo importante dentro dessa coisa.

Sim, apenas o suficiente para pôr abaixo um edifício de dez andares. Mesmo assim, ele não achava o bastante para protegê-la.

Ela pareceu um pouco sem jeito quando abriu a porta da frente e entrou. Ele a deixou ir de cômodo em cômodo acendendo as luzes para controlar o nervosismo, mas estava bem atrás dela. Enquanto a seguia, verificava visualmente as portas e janelas. Todas fechadas. O lugar era seguro, ao menos no andar de baixo.

– Quer comer alguma coisa? – perguntou ela.

– Não, estou bem.

– Também não estou com fome.

– O que há lá em cima?

– Hum... o meu quarto.

– Quer me mostrá-lo? – ele precisava examinar o segundo andar.

– Talvez mais tarde. Quero dizer, você tem mesmo de vê-lo? Er... ah... droga – ela parou de andar de um lado para o outro e o encarou, as mãos nos quadris – Vou ser franca com você. Nunca tive um homem nesta casa. E estou com esse lance de hospitalidade enferrujado.

Ele largou a sacola. Embora estivesse concentrado para a batalha e tenso como um gato, ainda lhe restava bastante energia mental para ser atraído por ela. O fato de que outro homem não tivesse estado em seu espaço íntimo o alegrava tanto que sua alma dançou dentro do peito.

– Acho que você está indo muito bem – murmurou ele. Ele estendeu a mão e acariciou-lhe a face com o polegar, pensando no que queria fazer com ela naquele quarto.

No mesmo instante, seu corpo começou a se agitar, uma estranha queimação condensando-se ao longo da espinha.

Ele se obrigou a baixar a mão.

– Preciso fazer uma rápida ligação. Você se importa de eu usar o andar de cima para falar com privacidade?

– Não, fique à vontade. Vou... esperar aqui.

– Não demorarei muito.

Enquanto corria para o quarto, sacou o celular do bolso. A maldita coisa estava rachada por fora, provavelmente por um pontapé dos *redutores*, mas ainda funcionava. Ao cair no correio de voz de Wrath, deixou-lhe uma curta mensagem e rezou como um desesperado para que ele lhe retornasse logo.

Após um rápido reconhecimento do andar de cima, ele desceu. Mary estava no sofá, as pernas recolhidas por baixo dela.

– Então, o que vamos assistir? – perguntou ele, procurando faces pálidas em portas e janelas.

– Por que você fica olhando em volta como se este lugar fosse um beco escuro?

– Sinto muito. Um velho hábito.

– Deve ter estado em uma unidade militar infernal.

– O que quer assistir? – ele se aproximou da prateleira onde se encontravam alinhados os DVDs.

– Escolha você. Vou trocar de roupa... – ela corou. – Bem, para ser franca, vou colocar algo mais confortável. E que não tenha grama grudada.

Para se assegurar de que estava a salvo, esperou-a na parte inferior da escada enquanto ela se encaminhava para o quarto. Quando ela começou a descer a escada, ele voltou para perto da estante.

Bastou uma ligeira olhada na coleção de filmes para saber que estava com problemas. Muitos títulos estrangeiros, alguns independentes americanos. Uns poucos clássicos como *Tarde demais para esquecer*. Aquela porra de *Casablanca*.

Absolutamente nada de Sam Raimi ou Roger Corman. Será que ela nunca ouvira falar na série *Evil Dead*? Espere, havia uma esperança. Ele puxou um título. *Nosferatu, Eine Symphonie des Grauens*. O clássico filme alemão de vampiro, de 1922.

– Encontrou alguma coisa de que goste? – disse ela.

– Sim – olhou-a por cima do ombro.

Ah... caramba. Estava vestida para o amor, na opinião dele: calça de pijama de flanela estampada com estrelas e luas. Camiseta *babylook* branca. Mocassim macio de camurça branco.

Ela puxou a barra da camiseta, tentando baixá-la mais.

– Pensei em colocar jeans, mas estou cansada e isso é o que uso na cama... er, para dormir. Sabe, nada de rendas e tal.

– Eu gosto de ver você vestida assim – disse ele em voz baixa. – Parece estar confortável.

Que mentira deslavada. Ela estava *gostosa*, isso sim.

Uma vez escolhido o filme e posto para rodar, ele apanhou a sacola, levou-a para perto do sofá e sentou-se na extremidade oposta. Esticou-se, tentando fingir para o bem dela que cada músculo de seu corpo não estava tenso. A verdade era que estava no limite. Entre a expectativa de que um *redutor* irrompesse no local, rezar para que Wrath não demorasse a ligar e o desejo de abrir caminho a beijos por entre as coxas dela, transformara-se em um cabo de aço teso e vivente.

– Pode colocar os pés sobre a mesinha de centro, se quiser – disse ela.

– Estou bem – ele se esticou e apagou o abajur à sua esquerda, esperando que ela dormisse. Assim, poderia se mover e vigiar o exterior sem levantar suspeitas nela.

Aos quinze minutos de filme, ela disse:

– Sinto muito, mas estou caindo de sono.

Ele a olhou. Cabelos esparramados sobre os ombros e enroscada sobre si mesma. Sua pele, à luz da TV, era luminosa e um pouco corada, as pálpebras semicerradas.

Devia ter aquela mesma aparência quando acordava de manhã, pensou ele.

– Pode dormir, Mary. Vou ficar um pouco mais, está bem?

Ela se cobriu com uma leve manta creme.

– Sim, claro. Mas, hum, Hal…

– Espere. Por favor, poderia me chamar por meu... outro nome?

– Ok. Qual é?

– Rhage.

Ela franziu a testa.

– Rhage?

– Sim.

– Ah, certo. É um apelido ou algo assim?

Ele fechou os olhos.

– Sim.

– Bem, Rhage... obrigada por esta noite. Por ser tão flexível, quero dizer.

Ele praguejou silenciosamente, pensando que ela deveria esbofeteá-lo em vez de se sentir agradecida. Por culpa dele, ela quase morrera. Agora, ela se convertera em um alvo para os *redutores.* E se ela soubesse a metade das coisas que queria fazer com seu corpo, provavelmente se trancaria no banheiro.

– Está tudo certo, sabe? – murmurou ela.

– O quê?

– Sei que você quer que sejamos apenas amigos.

Amigos?

Ela riu com vontade.

– Quero dizer, não quero que pense que interpretei mal aquele beijo que aconteceu quando me pegou esta noite. Sei que não era... você sabe. De qualquer modo, não tem de se preocupar por achar que tirei a conclusão errada.

– O que a faz pensar que eu poderia estar preocupado?

– Está sentando tão rígido como uma tábua na outra ponta do sofá. Como se tivesse medo de que eu fosse saltar sobre você.

Ele ouviu um ruído do lado de fora e seus olhos se dirigiram para a janela da direita. Mas era somente uma folha que havia batido sobre o vidro da janela.

– Não queria que você ficasse sem graça – disse ela, sem pensar –, só queria... tranquilizá-lo, sabe?

– Mary, não sei o que dizer – *porque a verdade a aterrorizaria. E já havia lhe mentido bastante.*

– Não diga coisa alguma. Provavelmente, eu não deveria ter tocado no assunto. Tudo que queria era dizer que estou contente que você esteja aqui. Como um amigo. Eu realmente gostei do passeio no seu carro. E gosto de sair. Não preciso que me ofereça algo mais, palavra de honra. Você tem tudo que é preciso para ser um bom amigo.

Rhage deu um suspiro. Em toda sua vida adulta, jamais uma mulher o chamara de amigo. Ou valorizara sua companhia para outra coisa que não fosse o sexo.

No Antigo Idioma, ele sussurrou:

– Faltam-me as palavras, minha fêmea. Pois som algum de minha boca é digno de seus ouvidos.

– Que língua é essa?

– Minha língua materna.

Ela inclinou a cabeça, analisando-o.

– Lembra um pouquinho o francês, mas não exatamente. Tem algo de eslavo. É húngaro ou algo assim?

Ele assentiu.

– Basicamente.

– O que você disse?

– Também aprecio estar aqui com você.

Ela sorriu e deitou a cabeça.

Assim que ele teve certeza de que ela estava fora do ar, abriu o zíper da sacola e conferiu duas vezes se as armas estavam carregadas. Então, caminhou pela casa, apagando as luzes. Quando estava totalmente escuro, seus olhos se ajustaram e os sentidos se amplificaram ainda mais.

Sondou os bosques atrás da casa. E o terreno à direita. A sede da antiga fazenda ao longe. E a estrada em frente.

Prestou atenção, rastreando as passadas dos animais pela grama e reparando como o vento varria as tábuas de madeira do celeiro. Quando a temperatura exterior caiu, controlou os rangidos da casa, examinando-os, alerta contra um arrombamento. Inspecionou todo o lugar, de cômodo em cômodo, até que pensou que estava a ponto de explodir.

Verificou o celular. Estava ligado, com o timbre ativado. E captava sinal.

Praguejou. Perambulou pela casa um pouco mais.

O filme terminou. Ele o reiniciou caso ela despertasse e quisesse saber por que ele ainda estava ali. Então, deu outra volta pelo primeiro andar.

De volta à sala de estar, esfregou a testa e sentiu suor. A casa estava aquecida demais para o seu gosto, ou talvez ele só estivesse nervoso. De qualquer forma, sentia calor; por isso, tirou o casaco e colocou suas armas e o celular dentro da sacola.

Enquanto enrolava as mangas, ficou parado diante dela e a mediu lentamente, inclusive as respirações. Parecia tão pequena naquele sofá, e menor ainda já que aqueles olhos cinzentos e fortes de guerreiro encontravam-se ocultos atrás das pálpebras e pestanas. Sentou-se ao seu lado e, com cuidado, ajeitou-lhe a posição, de modo que ficasse recostada na dobra de seu braço.

Como era pequenina em contraste com seu braço musculoso!

Ela se mexeu, levantando a cabeça.

– Rhage?

– Volte a dormir – sussurrou ele, aconchegando-a contra o peito. – Deixe-me apenas abraçá-la. É só o que vou fazer.

Ele absorveu o suspiro dela pela pele e fechou os olhos quando o braço de Mary rodeou-lhe a cintura, a mão apoiada em seu flanco.

Tudo quieto.

Tudo muito quieto. Quieto na casa. Quieto lá fora.

Teve o estúpido impulso de despertá-la e reposicioná-la, apenas para senti-la outra vez se aconchegando nele.

Em vez disso, concentrou-se em sua respiração, ajustando a expansão e retração dos próprios pulmões ao ritmo dela.

Tão... sereno.

E quieto.

Capítulo 20

Quando John Matthew deixou o Restaurante do Moe, onde trabalhava como ajudante de garçom, estava preocupado com Mary. Ela não aparecera para prestar auxílio na linha direta na última quinta-feira, o que não era do feitio dela, e esperava que estivesse lá naquela noite. Como era meia-noite e meia, ainda tinha meia hora antes que ela saísse, então, com certeza ainda conseguiria vê-la. Caso ela tivesse aparecido por lá.

Caminhando o mais rápido que conseguia, cobriu os seis quarteirões de distância até o seu apartamento em aproximadamente dez minutos. E, embora no trajeto para casa não tivesse acontecido nada de especial, não se podia dizer o mesmo de seu prédio. Quando passou pela porta principal, ouviu alguns homens bêbados discutindo: uma troca de palavras incertas, vivas e incoerentes. Uma mulher gritou algo sobre o volume da música. A desbocada resposta masculina que obteve foi do tipo que ele associava a gente armada.

John passou como um relâmpago pelo vestíbulo e subiu as escadas desgastadas, trancando-se em seu estúdio com rapidez.

O lugar era pequeno e, provavelmente, dentro de uns cinco anos, o declarariam condenado. Uma parte do piso era linóleo e a outra, carpete, mas as duas pareciam estar trocando de identidade. O linóleo estava tão desgastado que se tornara esfiapado, e o carpete, de tão ensebado, convertera-se em algo duro como madeira.

As janelas estavam escurecidas pela sujeira, o que na realidade era bom, já que assim não precisava de persianas. O chuveiro e a pia do banheiro funcionavam, mas a da cozinha estava entupida desde o dia que mudara para lá. Tentara desentupi-la com um solvente, mas, como isso não funcionou, decidiu não mexer nos encanamentos. Era melhor não saber o que poderiam ter empurrado sifão abaixo.

Como sempre fazia ao chegar em casa nas sextas-feiras, abriu uma janela e olhou para o outro lado da rua. Os escritórios da Linha Direta para Prevenção de Suicídios estavam iluminados, mas Mary não estava na mesa que normalmente usava.

John franziu a testa. Talvez ela não estivesse se sentindo bem. Pareceu-lhe bastante esgotada quando fora à sua casa.

No dia seguinte, decidiu ele, iria de bicicleta até onde morava para ver como estava.

Meu Deus, ficara tão contente por finalmente ter tido coragem de se aproximar dela! Ela era tão agradável, ainda mais pessoalmente do que pelo telefone. E, ainda por cima, conhecia a LSA! Seria obra do destino?

Fechando a janela, aproximou-se da geladeira soltando o elástico que mantinha a porta fechada. Lá dentro, havia vinte e quatro garrafinhas de um suplemento alimentar sabor baunilha. Apanhou duas garrafinhas e depois recolocou o elástico no lugar. Imaginou que seu apartamento era o único do edifício que não estava infestado de baratas, mas só por que não tinha em casa "comida de verdade". Seu estômago não suportava.

Sentando em seu colchão, apoiou-se contra a parede. O restaurante estava movimentado, e seus ombros doíam horrivelmente.

Bebeu devagar, a princípio, dando tempo para o estômago se acostumar, esperando que não o incomodasse tanto aquela noite. Apanhou o mais recente exemplar da revista *Muscle&Fitness*, que já lera duas vezes.

Olhou fixamente para a capa. O cara na foto tinha a pele bronzeada, tórax desenvolvido e supertrabalhado, volumosos bíceps, tríceps, peitorais e abdominais. Para amplificar a aparência de machão, uma linda moça com um biquíni amarelo enlaçava-o como uma fita.

Por anos a fio, John lera sobre "puxar ferro" e economizara durante meses para comprar um pequeno conjunto de pesos. Exercitava-se seis dias por semana. Mas sem resultado. Não importava o duro que desse, nem sua vontade de ficar forte: não desenvolvera um só músculo.

Parte do problema era sua dieta. Aquele suplemento alimentar era praticamente tudo que conseguia ingerir sem ficar enjoado, e não era muito calórico. Entretanto, o seu problema não estava relacionado apenas com alimentação. Sua herança genética era uma droga. Aos vinte e três anos, media 1,67 e pesava um pouco mais de 46 Kg. Não precisava se barbear. Não tinha pelos no corpo. Jamais tivera uma ereção.

Era pouco viril. Fraco. E, o pior de tudo: não mudava. Tinha sido daquele tamanho e daquele jeito nos últimos dez anos.

A monotonia de sua existência o cansava, esgotava-o, exauria-o. Perdera a esperança de se converter em um homem e a aceitação da realidade o havia envelhecido. Sentia-se um ancião naquele corpo franzino, como se sua cabeça não pertencesse ao resto dele.

Mas conseguia um certo alívio. Gostava de dormir. Em seus sonhos, via-se lutando, era forte, sentia-se seguro, ele era... um homem. À noite, enquanto seus olhos estavam fechados, era assustador com uma adaga em punho, um assassino que era tão bom no que fazia por uma nobre razão. E não estava sozinho em seu trabalho. Tinha a companhia de outros homens como ele, guerreiros e irmãos, leais até a morte.

E, em suas visões, fazia amor com mulheres, lindas mulheres que produziam estranhos sons quando ele penetrava seus corpos. Às vezes, havia mais de uma com ele, e as tomava com força por que era assim que elas queriam, e ele também. Suas amantes agarravam suas costas, arranhando-lhe a pele quando estremeciam e se remexiam debaixo de seus quadris em vaivém. Com rugidos de triunfo, ele gozava, o corpo se contraindo e esguichando no calor úmido que elas lhe ofereciam. E, depois de saciado, em chocantes atos de depravação, bebia-lhes o sangue num frenesi selvagem que tingia de vermelho os alvos lençóis. Finalmente, quando as necessidades eram aplacadas e toda aquela fúria e ânsia chegavam ao fim, segurava-as delicadamente, e elas o olhavam com evidente adoração em seus olhos brilhantes. Paz e harmonia reinavam, recebidas como bênçãos.

Infelizmente, continuava despertando todas as manhãs.

Na vida real, como podia esperar derrotar ou defender alguém, com a constituição física que tinha? E sequer havia beijado uma mulher em sua vida. Nunca tivera oportunidade. O sexo oposto reagia a ele de duas maneiras: as mais velhas o tratavam como criança e as mais jovens olhavam através dele. Ambas as respostas lhe doíam, a primeira, porque sublinhava sua fraqueza; a segunda, porque lhe roubava qualquer esperança de encontrar alguém para cuidar.

Era por isso que queria uma mulher. Sentia uma tremenda necessidade de proteger, abrigar, guardar. Uma forte vocação sem uma forma possível de canalizá-la.

Além do mais, que mulher iria querê-lo? Não passava de um fracote. A calça jeans sobrava em suas pernas. A camiseta caía em pregas nas laterais côncavas formadas pelo final das costelas e quadris. Seus pés eram do tamanho dos de uma criança de dez anos.

John podia sentir a crescente frustração, mas não sabia a razão dela. Certo, gostava das mulheres. E queria tocá-las, por que sua pele parecia tão delicada e cheiravam tão bem. Mas não que ficasse excitado com elas, mesmo quando despertava no meio de um de seus sonhos. Era uma completa aberração. Preso em algum lugar entre um homem e uma mulher, não sendo nem um nem outro. Um hermafrodita sem o estranho equipamento.

No entanto, uma coisa era certa. Definitivamente não curtia homens. Ao longo dos anos, vários deles o perseguiram, tentando-o com dinheiro ou drogas ou ameaçando-o, tentando forçá-lo a fazer-lhes sexo oral em banheiros ou carros. De algum modo, sempre conseguira escapar.

Bem, *sempre* até o último inverno. Em janeiro, um cara o encurralou na escada do prédio onde morava antes, apontando-lhe uma pistola.

Depois disso, mudou-se e passou a andar armado.

E também ligou para a Linha Direta para Prevenção de Suicídios.

Isso tudo acontecera dez meses antes e ele ainda não conseguia suportar o contato do jeans contra a pele. Teria jogado fora as quatro calças que tinha, se tivesse mais dinheiro. Em vez disso, queimou a que usava naquela noite e acostumou-se a usar ceroulas debaixo das calças, mesmo no verão.

Então, não: não curtia homens.

Talvez essa fosse outra das razões pelas quais respondia às mulheres daquela maneira. Sabia como se sentiam, sendo um alvo, por que tinham algo que alguém mais poderoso queria tirar delas.

Não é que estivesse disposto a se unir a alguém só por causa da experiência que teve. Não tinha a menor intenção de compartilhar o que acontecera com ele naquela escada com quem quer que fosse. Sequer conseguia se imaginar contando.

Mas Deus, e se uma mulher lhe perguntasse se já havia estado com alguém antes? Não saberia como responder a isso.

Alguém bateu em sua porta com força.

John pôs-se de pé rapidamente, apanhando a arma que estava debaixo de seu travesseiro. Destravou-a com um ligeiro movimento do dedo.

Bateram novamente.

Apontando a arma para a porta, esperava que ela fosse forçada com o ombro e arrombada.

– John? – era uma voz masculina, grave e poderosa – John, sei que está aí dentro. Meu nome é Tohr. Conheceu-me há duas noites.

John franziu a testa e depois fez uma careta, quando suas têmporas lhe doeram. Subitamente, como se alguém tivesse aberto uma comporta, recordou que tinha ido a algum subterrâneo. E havia se reunido com um homem alto vestido de couro. Com Mary e Bella.

Enquanto tais lembranças voltavam, em seu íntimo algo se agitou. No nível de seus sonhos. Algo antigo...

– Estou aqui para conversar com você. Vai me deixar entrar?

Com a arma na mão, John foi até a porta e a abriu, mantendo a corrente no lugar. Esticou o pescoço para cima, para encarar os olhos azuis escuros do homem. Uma palavra lhe veio à mente, uma que não entendeu.

Irmão.

– Quer travar novamente essa arma, filho?

John negou com a cabeça, apanhado entre os ecos de uma estranha lembrança em sua cabeça e o que estava ali diante dele: um homem mortífero com roupa de couro.

– Tudo bem. Só tome cuidado para onde você a aponta. Não parece ter muita intimidade com essa coisa e não desejo a inconveniência de ter um buraco em mim – o homem olhou a corrente – Vai me deixar entrar?

Duas portas adiante, um bate-boca subiu de tom e terminou com o som de vidro quebrado.

– Vamos, filho. Um pouco de privacidade será bom.

John vasculhou o peito em busca de algum sinal de perigo concreto enviado por seus instintos. Nada encontrou, apesar de o homem ser grande e durão e, indubitavelmente, estar armado. Com aquela pinta, só poderia estar.

John retirou a corrente e se distanciou, abaixando a arma.

O homem fechou a porta atrás de si.

– Está lembrado de que nos encontramos, não é?

John assentiu, perguntando-se por que sua memória havia retornado tão depressa. E por que trouxera com ela aquela terrível dor de cabeça.

– E também se lembra a respeito do que conversamos, sobre o treinamento que lhe oferecemos?

John travou a arma. Lembrava-se de tudo e a curiosidade que sentira na ocasião, voltou. Assim como um feroz desejo.

– Então, gostaria de se juntar a nós e treinar? E, antes que me diga que não possui físico para isso, garanto que conheço muitos caras de seu tamanho. De fato, temos uma classe de rapazes exatamente como você.

Mantendo os olhos no estranho, John meteu a arma no bolso traseiro e se aproximou da cama. Pegou um bloco e uma esferográfica e escreveu: *Não tenho $.*

Quando mostrou o papel ao homem, escutou:

– Não precisa se preocupar com isso.

John rabiscou: *Sim, preciso*, e mostrou-lhe novamente o bloco.

– Dirijo o lugar e estou precisando de uma mãozinha na parte administrativa. Poderia trabalhar para cobrir os custos. Sabe mexer com computadores?

John negou com a cabeça, sentindo-se um idiota. Tudo o que sabia fazer era recolher pratos e copos e lavá-los. E aquele cara não precisava de um ajudante de garçom.

– Bem, temos um Irmão que manja muito dessas coisas. Ele poderá ensinar você – o homem sorriu um pouco. – Trabalhará. Treinará. Estará numa boa. E conversei com a minha companheira. Ela se sentiria muito feliz caso ficasse hospedado conosco enquanto estiver na escola.

John entrecerrou as pálpebras, desconfiado. Em todos os sentidos, aquilo parecia ser a sua salvação. Mas, por que aquele cara queria salvá-lo?

– Quer saber por que eu faço isso?

Quando John assentiu com a cabeça, o homem tirou o casaco e desabotoou a metade superior da camisa. Deixou-a aberta, expondo seu peitoral esquerdo.

Os olhos de John se fixaram na cicatriz circular que lhe era mostrada.

Enquanto colocava a mão sobre seu próprio peito, o suor escorria de sua testa. Tinha a estranha sensação de que algo de extraordinária importância se encaixava no lugar.

– Você é um de nós, filho. É hora de voltar para a casa, para a sua família.

John perdeu o fôlego, um estranho pensamento rondando sua cabeça: *Afinal, encontraram-me.*

Mas, então, caiu na realidade, e a alegria esvaiu-se em seu peito.

Milagres não aconteciam com ele. Sua sorte acabara antes mesmo de saber que a tinha. O mais provável é que jamais a houvesse tido. De qualquer forma, aquele homem vestido de couro negro, saído do nada, oferecendo-lhe uma saída para o inferno que era a sua vida, era muito bom para ser verdade.

– Quer mais tempo para pensar?

John negou com a cabeça e se distanciou, escrevendo: *Quero ficar aqui.*

O homem franziu a testa quando leu tais palavras.

– Escute, filho, está em um ponto perigoso de sua vida.

Não me diga. Convidara o cara para entrar, sabendo que ninguém viria em sua ajuda se gritasse. Apalpou sua arma.

– Está bem, acalme-se. Vou lhe dizer o que fazer. Consegue assobiar?

John confirmou com a cabeça.

– Aqui está o número em que pode me encontrar. Assobie no telefone e saberei que é você – o cara lhe deu um pequeno cartão. – Vou lhe dar uns dias. Ligue se mudar de ideia. Do contrário, não se preocupe. Não se lembrará de coisa alguma sobre isso.

Como John sequer soube o que pensar sobre esse comentário, ficou olhando fixamente os números negros impressos, perdido entre todas as possibilidades e improbabilidades. Quando ergueu os olhos novamente, o homem tinha ido embora.

Meu Deus, e ele nem chegara a ouvir a porta se abrindo e fechando.

Capítulo 21

Mary foi arrancada do sono com um tremendo sobressalto. Um grito gutural ecoou em sua sala de estar, quebrando o silêncio do alvorecer. Ela saltou do sofá como um raio, mas foi empurrada de volta. Então, o sofá inteiro foi afastado da parede.

Na cinzenta luz do amanhecer, viu a sacola de Rhage. Seu casaco.

E se deu conta de que ele havia saltado para trás do sofá.

– As venezianas! – gritou ele – Feche as venezianas!

A dor patente na voz dele a despertou do atordoamento e fez com que disparasse pelo cômodo. Cobriu cada janela até que só restou a luz que vinha da cozinha.

– E aquela porta, também... – disse ele, com um fiapo de voz.

Ela a fechou com rapidez. Não fosse pelo brilho da TV, a sala estaria totalmente escura.

– O banheiro tem janela? – perguntou ele, rouco.

– Não, não tem. Rhage, o que aconteceu? – ela começou a se inclinar sobre as costas do sofá.

– *Não se aproxime de mim* – as palavras soaram estranguladas. E foram seguidas por um pesado palavrão.

– Você está bem?

– Deixe-me apenas... recuperar o fôlego. Preciso que você me deixe sozinho, agora.

Ela contornou o sofá de qualquer maneira. No escuro, só conseguia distinguir vagamente a enorme silhueta dele.

– O que aconteceu Rhage?

– Nada.

– Sim, claro – droga, ela odiava aquele número de cara durão. – É por causa da luz do sol, não é? Você é alérgico a ela?

Ele riu asperamente.

– Pode-se dizer que sim. Mary, pare. Não venha aqui.

– Por que não?

– Não quero que me veja.

Ela esticou o corpo e acendeu o abajur mais próximo. Um chiado ressoou na sala.

Quando sua vista se adaptou, viu Rhage deitado de costas, um braço atravessado no peito, o outro sobre os olhos. Havia uma feia queimadura sobre a pele exposta pelas mangas enroladas. Ele fazia caretas de dor, os lábios repuxados sobre suas...

O sangue dela gelou.

Presas.

Dois longos caninos estavam alojados entre seus dentes superiores.

Ele tinha presas.

Certamente ela não conseguiu esconder seu assombro, porque ele resmungou:

– Eu lhe disse para não me olhar.

– Santo Deus – murmurou ela –; diga que são falsos.

– Não são.

Ela foi andando para trás até colidir com a parede. *Meu... bom Deus*.

– O que... é você? – engasgou.

– Nada de sol, presas – sua respiração era entrecortada –; adivinhe.

– Não... isso não é...

Ele gemeu e, depois, Mary escutou um ruído, como se ele houvesse virado de lado.

– Pode me fazer o favor de apagar aquele abajur? Minhas retinas torraram e necessitam de algum tempo para se recuperarem.

Ela se inclinou para frente e pressionou o interruptor. Envolvendo-se com os braços, ficou escutando o som rouco que ele fazia ao respirar.

O tempo passou. Ele nada mais disse. Não se sentou, riu ou tirou os dentes falsos. Não disse a ela que era o melhor amigo de Napoleão ou João Batista em pessoa, tampouco Elvis, ou outras coisas típicas de um louco.

Também não se ergueu no ar, nem tentou mordê-la ou matá-la. Não virou morcego.

Ora, vamos. Pensou ela. Não podia levá-lo a sério, não é?

Só que ele era diferente. Inquestionavelmente diferente de qualquer homem que ela tivesse conhecido. E se...

Ele gemeu baixinho. Com o brilho da TV, viu a ponta de sua bota aparecer por trás do sofá.

Não via sentido no que ele pensava que era, mas sabia com certeza que ele estava sofrendo naquele momento. Não ira abandoná-lo ali no chão em sua agonia se houvesse algo que pudesse fazer por ele.

– Como posso ajudá-lo? – disse ela.

Houve uma pausa. Como se ela o tivesse surpreendido.

– Pode me trazer sorvete? Sem nozes ou pedacinhos do que quer que seja, de preferência. E uma toalha.

Quando voltou com o sorvete, pôde escutar como ele lutava para se sentar.

– Posso ir até você? – disse ela.

Ele ficou imóvel.

– Não está com medo de mim agora?

Levando-se em conta que ele ou era uma ilusão ou um vampiro, deveria estar aterrorizada.

– A luz de uma vela seria muito para você? – perguntou ela, não fazendo caso de sua pergunta – Porque não serei capaz de enxergar aí atrás.

– Provavelmente não. Mary, não lhe farei mal. Prometo.

Deixou o sorvete de lado, acendeu uma de suas maiores velas votivas e a deixou sobre a mesa ao lado do sofá. Àquela luz fraca pôde ver-lhe o grande corpo. Conservava ainda o braço sobre os olhos. Viu as queimaduras. Já não fazia caretas, mas sua boca estava ligeiramente aberta.

Então, pôde observar as pontas de suas presas.

– Sei que não me fará mal – murmurou ela, enquanto apanhava o sorvete –; já teve várias chances antes e não fez.

Debruçada sobre o encosto do sofá, tirou uma colherada de sorvete e a estendeu para ele.

– Tome. Abra bem a boca. Häagen-Dazs de baunilha.

– Não é para comer. A proteína do leite e o frio ajudam a sarar as queimaduras.

Como daquela posição não dava para alcançar a parte onde ele havia se queimado, afastou o sofá para o mais longe possível e sentou-se ao lado dele. Mexendo o sorvete para que se convertesse em uma sopa espessa, usou os dedos para colocar um pouco sobre a pele inflamada e coberta de bolhas. Ele estremeceu, mostrando as presas, e ela fez uma pausa.

Ele *não* era um vampiro. Não podia ser.

– Sim, na verdade, sou – murmurou ele.

Ela perdeu o fôlego.

– Pode ler mentes?

– Não, mas sei que está me olhando fixamente e posso imaginar como me sentiria se estivesse na mesma situação. Olhe, somos de espécies diferentes, só isso. Não sou uma aberração... sou apenas diferente.

Bem, pensou ela, colocando mais sorvete sobre as queimaduras. *Vamos ver no que isso vai dar.*

Aqui estava ela com um vampiro. Um ícone do horror com 2,10 m de altura e 125 kg de peso, com os dentes de um dobermann.

Poderia ser verdade? E por que acreditava nele quando dizia que não lhe faria mal? Devia estar fora de si.

Rhage gemeu de alívio.

– Está funcionando. Graças a Deus.

Bem, em primeiro lugar, ele estava muito ocupado com suas feridas agora para ser uma ameaça. Levaria semanas até que se recuperasse daquelas queimaduras.

Ela mergulhou os dedos no sorvete e passou mais Häagen-Dazs em seu braço. Na terceira vez que o fez, teve de se inclinar para baixo para se certificar de que estava enxergando direito. A pele dele absorvia o sorvete como se fosse um bálsamo. Bem diante de seus olhos.

– Está muito melhor – disse ele suavemente. – Obrigado.

Ele retirou o braço dos olhos. A metade do rosto e do pescoço estavam intensamente vermelhos.

– Quer que passe também nessa parte? – disse ela, indicando a área queimada.

Seus fantásticos olhos azuis se abriram. Ele a olhou um tanto receoso.

– Por favor. Se não se importar.

Enquanto ele a olhava, Mary mergulhou os dedos no sorvete e os estendeu em sua direção. Suas mãos tremiam um pouco quando começou a espalhar a pasta fria em sua face.

Meu Deus, como suas pestanas eram grossas. Grossas e de um tom escuro de louro. Sua pele era macia, embora a barba já houvesse crescido um pouco da noite para o dia. O nariz era grande. Reto como uma flecha. E seus lábios eram perfeitos. Grandes o bastante para combinarem com o tamanho do rosto. Rosa escuro. O inferior era maior.

Retirou a mão para reabastecê-la e cobriu-lhe o queixo. Então, desceu para o pescoço, passando por cima dos grossos músculos que partiam dos ombros até a base do crânio.

Quando sentiu que algo lhe acariciava o ombro, deu uma olhada. Os dedos dele acariciavam as pontas de seu cabelo.

Ficou ansiosa. Afastou-se.

Rhage deixou cair a mão, sem se surpreender por ela rejeitá-lo.

– Sinto muito – resmungou ele, fechando os olhos.

Já que não podia mais vê-la, tornou-se extremamente consciente de seus delicados dedos movimentando-se por sua pele. E ela estava tão perto dele, que o seu perfume era o único cheiro que sentia. Enquanto a dor de sua exposição ao sol diminuía, seu corpo começava a arder de modo diferente.

Ele abriu os olhos, mantendo as pálpebras semicerradas. Olhando. Desejando.

Quando ela terminou, deixou o pote de lado e o encarou.

– Vamos supor que eu acredito que você é um... que é diferente. Por que não me mordeu quando teve oportunidade? Quero dizer, essas presas não são meros enfeites, não é?

Seu corpo estava tenso, como se estivesse preparada para fugir a qualquer momento, mas não sucumbia ao medo. E ela o havia ajudado quando precisara dela, embora estivesse apavorada.

Caramba, sua coragem era excitante.

– Alimento-me das fêmeas da minha própria espécie. Não de humanos.

Seus olhos arderam.

– Existem muitos como você?

– Muitos. Não tantos como no passado. Caçam-nos para nos extinguir.

O que o fez lembrar: estava separado de suas armas por cinco metros e um sofá. Tentou se levantar, mas a fraqueza em seu corpo tornava seus movimentos lentos e descoordenados.

Maldito sol, pensou ele. *Suga-nos a vida.*

– Do que você precisa? – perguntou ela.

– De minha sacola. É só trazê-la para perto, deixe-a aos meus pés.

Mary se levantou e desapareceu atrás do sofá. Ele escutou um ruído surdo e depois o som da sacola sendo arrastada pelo chão.

– Pelo amor de Deus, o que tem aqui dentro? – ela entrou em seu campo de visão. Quando ela largou as alças, elas caíram para os lados.

Ele torceu feito louco para que ela não olhasse dentro da sacola.

– Escute, Mary... temos um problema – ele forçou seu torso a se erguer do chão, apoiando-se nos braços.

A probabilidade de um ataque dos *redutores* à casa agora era baixa. Embora os assassinos pudessem sair à luz do sol, eles trabalhavam à noite e precisavam entrar em transe para recuperar as forças. Normalmente, ficavam quietos durante o dia.

Mas Wrath não lhe retornara. E a noite acabaria chegando.

Mary o encarou, séria.

– Precisa ficar no subsolo? Por que posso levá-lo para o antigo celeiro de grãos. A porta para lá é pela cozinha, mas eu posso pendurar mantas nos basculantes... droga! Tem uma claraboia. Poderíamos, talvez, cobri-la com alguma coisa. Provavelmente, estaria mais seguro lá.

Rhage deixou pender a cabeça para trás, de modo que tudo que podia ver era o teto.

Ali estava aquela fêmea humana, que não tinha nem a metade de seu peso, que estava doente, que acabava de saber que havia um vampiro em sua casa... e estava preocupada em protegê-lo.

– Rhage? – ela se aproximou e se ajoelhou ao seu lado – Posso ajudá-lo a descer...

Antes que pudesse pensar, tomou a mão dela, pressionou os lábios em sua palma e, em seguida, colocou-a sobre o próprio coração.

O medo nela formava redemoinhos no ar, espalhando um cheiro penetrante que se misturava ao seu delicioso perfume natural. Mas, dessa vez, ela não se afastou, e sua hesitação não durou muito.

– Não precisa se preocupar – disse ela ternamente –, não deixarei que ninguém se aproxime de você hoje. Está seguro.

Ah, inferno. Ela o deixava todo derretido. De verdade.

Ele clareou a garganta.

– Obrigado. Mas é por você que estou preocupado. Mary, ontem à noite nos atacaram no parque. Você perdeu a bolsa e suponho que meus inimigos a pegaram.

A tensão disparou por seu braço, viajou até sua palma e atingiu-o no peito. Como a inquietação dela crescia, desejou que houvesse uma forma de absorver o medo que ela sentia e suportá-lo em si mesmo.

Ela balançou a cabeça.

– Não me lembro de ataque algum.

– Apaguei sua memória.

– Como assim, "apagou"?

Ele entrou em sua mente e liberou os acontecimentos da noite anterior.

Mary engasgou e colocou as mãos na cabeça, piscando sem parar. Ele sabia que tinha de se explicar rapidamente. Não levaria muito tempo até Mary processar todos os acontecimentos e concluir que ele era um assassino do qual era melhor fugir.

– Mary, tive de trazê-la para casa para poder protegê-la enquanto espero notícias de meus Irmãos – *que ainda não haviam chegado, droga.* – Aqueles homens que nos atacaram não são humanos. E são muito bons no que fazem.

Ela se deixou cair sentada no chão sem a menor graciosidade, como se os joelhos houvessem cedido. Seus olhos estavam arregalados e perdidos enquanto sacudia a cabeça.

– Matou dois deles – disse ela, quase sem voz – Quebrou o pescoço de um deles. E o outro...

Rhage praguejou.

– Sinto muito tê-la envolvido em tudo isso. Sinto também que esteja em perigo agora. E sinto por ter apagado sua memória...

Ela o olhou com dureza.

– Não faça isso de novo.

Ele desejou que pudesse lhe fazer tal promessa.

– Não o farei a menos que seja preciso, para salvá-la. Sabe muito sobre mim agora, e isso a coloca em perigo.

– Apagou outras lembranças minhas?

– Nós nos conhecemos no centro de treinamento. Você foi até lá com John e Bella.

– Quanto tempo faz isso?

– Alguns dias atrás. Posso lhe devolver isso também.

– Espere um minuto – ela franziu a testa –, por que simplesmente não me faz esquecer tudo sobre você até agora? Por que você não apaga tudo?

Como se ela houvesse preferido essas palavras.

– Ia fazer isso. Ontem à noite. Depois do jantar.

Ela desviou o olhar.

– E não o fez devido ao que aconteceu no parque?

– E porque... – Deus, até onde ele queria chegar? Queria, de fato, que ela soubesse o que sentia? *Não*, pensou ele. Ela parecia chocada. Aquele simplesmente não era o momento para que lhe desse a boa nova de que um vampiro macho havia se apaixonado por ela. – Porque é uma invasão de sua intimidade.

No silêncio que se seguiu, podia vê-la refletir sobre os acontecimentos, as implicações, a realidade da situação. E logo seu corpo liberou o doce perfume de sua excitação. Ela estava se lembrando de como ele a beijara.

Súbito, ela estremeceu e franziu a testa. E a fragrância se foi.

– Ah, Mary, no parque, quando eu mantinha distância de você enquanto nós...

Ela ergueu a mão, interrompendo-o.

– Só quero falar do que vamos fazer agora.

Seus olhos cinzentos se encontraram com os dele e não vacilaram. Estava preparada para qualquer coisa, concluiu ele.

– Deus... você é assombrosa, Mary.

Ela arqueou as sobrancelhas.

– Por quê?

– Você está lidando com tudo isso admiravelmente bem. Sobretudo a parte sobre o que sou.

Ela colocou o cabelo atrás da orelha e estudou-lhe o rosto.

– Sabe de uma coisa? Não é uma grande surpresa. Bem, é, mas... eu sabia que era diferente desde o primeiro momento em que o vi. Eu não sabia que era um... Vocês se chamam de vampiros?

Ele assentiu.

– Vampiro – disse ela, como se estivesse testando a palavra. – Você não me fez mal, nem me assustou. Bem, não muito. E... sabe, estive clinicamente morta pelo menos duas vezes. Uma quando tive uma parada cardíaca enquanto fazia o transplante de medula óssea. Outra vez, quando tive uma pneumonia e meus pulmões estavam cheios de líquido. Eu, ah, não tenho certeza de onde fui ou por que voltei, mas havia algo do outro lado. Nada de céu com nuvens e anjos e tudo mais. Só uma luz branca. Eu não sabia o que era da primeira vez. Da segunda, eu simplesmente fui em direção a ela. Não sei por que voltei...

Ela corou e parou de falar, como se estivesse envergonhada pelo que havia contado.

– Você viu o Fade – murmurou ele, assombrado.

– O Fade?

Ele assentiu.

– Pelo menos é assim que chamamos.

Ela sacudiu a cabeça, claramente decidida a não se aprofundar mais no assunto.

– De qualquer modo, há muita coisa que desconhecemos sobre este mundo. Os vampiros existem? É só mais uma dessas coisas.

Como ele ficou bastante tempo em silêncio, Mary ergueu a vista.

– Por que está me olhando assim?

– Você é uma *viajante* – disse ele, sentindo que deveria se levantar e se inclinar perante ela, como era o costume.

– Uma *viajante*?

– Alguém que foi para o outro lado e voltou. De onde eu venho, esse é um título de distinção.

O telefone celular tocou e ambos viraram a cabeça. O som vinha de dentro da sacola.

– Poderia me passar a sacola? – pediu ele.

Ela se inclinou e tentou levantá-la. Não conseguiu.

– Por que não lhe dou só o celular?

– Não – ele lutou para ficar de joelhos. – Deixe-me só...

– Rhage, eu posso pegá-lo...

– *Mary, pare* – ordenou-lhe. – Não quero que abra a sacola.

Ela se afastou da coisa, como se estivesse cheia de serpentes. Com um impulso, ele enfiou a mão lá dentro. Assim que encontrou o telefone, pegou-o e o colocou no ouvido.

– Alô? – ele grunhiu, fechando parcialmente o zíper da sacola.

– Você está bem? – perguntou Tohr – E onde diabos está?

– Estou bem. Só não estou em casa.

– Não me diga! Quando não foi se encontrar com Butch no ginásio, e ele não o achou também na casa principal, ficou preocupado e me ligou. Precisa que alguém vá apanhá-lo?

– Não. Estou bem onde estou.

– E onde é isso?

– Liguei para Wrath na noite passada e ele não me retornou. Ele está por aí?

– Ele e Beth foram para o apartamento dele na cidade para poderem ficar um pouco sozinhos. Agora, onde você está? – quando não houve uma resposta rápida, a voz do Irmão baixou de tom.

– Rhage, que diabos está acontecendo?

– Apenas diga a Wrath que o estou procurando.

Tohr praguejou.

– Tem certeza de que não precisa que o busquemos? Posso enviar alguns *doggen* com uma caixa revestida de chumbo.

– Não, estou bem – ele não iria a parte alguma sem Mary. – Até mais tarde, cara.

– Rhage...

Desligou e o celular tocou instantaneamente. Depois de checar o identificador de chamadas, deixou a ligação de Tohr cair na caixa de mensagens. Estava largando o celular ao seu lado no chão quando seu estômago se queixou.

– Quer que eu lhe traga alguma coisa para comer? – perguntou Mary.

Ele a olhou por um momento, admirado. E, depois, teve de se lembrar que ela não tinha consciência da intimidade que estava oferecendo. Mesmo assim, a ideia de que o honrasse com comida preparada com as próprias mãos o deixava sem fôlego.

– Feche os olhos para mim – disse-lhe ele.

Ela ficou rígida. Mas baixou as pálpebras.

Ele se inclinou para frente e pressionou os lábios suavemente sobre os dela.

Aqueles olhos cinzentos se arregalaram, mas ele se afastou antes que ela o fizesse.

– Eu adoraria que você me alimentasse. Obrigado.

Capítulo 22

Ao nascer do sol, o Sr. O olhava os esboços da construção que cobriam a mesa da cozinha do Sr. U. Ele apanhou um.

– Isso é o que quero. Em que velocidade podemos tocar as obras?

– Rápido. O lugar fica no meio do nada, e a instalação não estará sujeita a qualquer exigência municipal; assim, não há necessidade da permissão para construir. Lançar as fundações e revestir o exterior com tábuas em um espaço de 140 metros quadrados não levará muito tempo. A instalação da área de aprisionamento não deverá ser problema. Quanto à água, podemos desviar facilmente um riacho próximo e instalar uma bomba para fornecer água corrente. As provisões de maquinário e ferramentas são todas genéricas e segui o comprimento padrão das tábuas para reduzir a necessidade de cortes. O gerador a gás local proporcionará a eletricidade para as serras e as pistolas de pregos. Também nos fornecerá luz, se quisermos.

– Quero um número de dias.

– Com uma equipe de cinco homens, garanto um teto sobre a sua cabeça em quarenta e oito horas. Contanto que possam trabalhar direto e as encomendas cheguem a tempo.

– Então, você tem dois dias.

– Começarei a comprar o que precisamos esta manhã. Dividirei a entrega do material em duas remessas. E vamos necessitar de uma pequena escavadeira. Sei onde podemos alugar uma.

– Certo. Está tudo muito bem.

O Sr. O se inclinou para trás para esticar os braços e, despreocupadamente, abriu as cortinas. A casa do Sr. U passava despercebida em uma área residencial de classe média. Naquela parte de Caldwell, as ruas tinham nomes como Elmwood, Spruce Knoll e Pine Notch, e as crianças andavam com suas bicicletas sobre as calçadas e o jantar estava sobre a mesa às seis horas em ponto, todas as noites.

Toda aquela felicidade burguesa fazia a pele do Sr. O se arrepiar. Queria atear fogo às casas. Salgar os gramados. Derrubar as árvores. O impulso foi tão intenso que o surpreendeu. Não via problema algum na destruição de propriedades, mas ele era um assassino, não um vândalo. Não podia crer que se importasse com toda aquela droga.

– Quero usar seu caminhão – disse-lhe o Sr. U –, alugarei um reboque com gancho. Com os dois, serei capaz de me encarregar do transporte das tábuas e do material para o telhado. O pessoal da loja não precisa saber onde estamos.

– E o material para as unidades de aprisionamento?

– Sei exatamente o que está procurando e onde encontrá-lo.

Ouviu-se um som eletrônico.

– Que diabos é isso? – perguntou o Sr. O.

– Um lembrete sobre o registro das 9 da manhã – o Sr. U tirou do bolso um BlackBerry. Seus grossos dedos voavam sobre o pequeno teclado – Quer que envie seu *status* por correio eletrônico?

– Sim – o Sr. O se concentrou no Sr. U. O *redutor* estava na sociedade há 175 anos. Era pálido como papel. Calmo e afiado como uma tachinha. Não tão agressivo como outros, mas firme.

– Você é um membro valioso, Sr. U.

O Sr. U deu um sorriso e ergueu os olhos do BlackBerry.

– Eu sei. E gosto de ser útil. Falando nisso, quem integrará a equipe?

– Vamos utilizar os dois esquadrões principais.

– Vai nos tirar da linha de frente por duas noites?

– E dois dias. Dormiremos em turnos no lugar.

– Certo – o Sr. U baixou a vista para o equipamento em sua mão, girando um comando no lado direito. – Ah... droga. O Sr. X não vai gostar disso.

O Sr. O estreitou os olhos.

– Ah, o que foi?

– Um e-mail do esquadrão Beta. Acho que ainda estou na lista deles.

– E?

– Um grupo do Beta caçava ontem à noite e encontrou um membro da Irmandade no parque. De cinco deles, três estão faltando. Agora, escute esta: o guerreiro estava com uma mulher humana.

– Às vezes fazem sexo com elas.

– Sim. Filhos da mãe sortudos.

Mary estava de pé na cozinha pensando na maneira como Rhage acabara de olhar para ela. Não podia entender por que se oferecer para lhe preparar o café da manhã fosse grande coisa, mas ele agira como se ela lhe houvesse dado um tremendo presente.

Virou a omelete e foi até a geladeira. Tirou de lá um recipiente plástico com frutas cortadas, e, com a ajuda de uma colher, depositou todo o conteúdo numa tigela. Não lhe pareceu suficiente; então, pegou uma banana, cortou-a em pedaços e os jogou por cima.

Quando largou a faca, tocou os lábios. Nada havia de sexual no beijo que ele lhe dera no sofá; fora só gratidão. E o lance boca a boca no parque havia sido intenso, mas a distância por parte dele havia sido a mesma. A paixão fora unilateral. Da parte dela.

Será que os vampiros dormiam com humanos? Talvez fosse por isso que ele se segurava, em vez de ser uma espécie de jogo de poder.

Mas, e a recepcionista do T.G.I. Friday's? Sem dúvida ele dera uma boa olhada no corpo daquela mulher, e não por que estivesse querendo lhe comprar um vestido. Então, era claro que a raça dele não tinha problemas para ficar com outra espécie. O que acontecia era que ele não tinha interesse de ficar com ela.

Amigos. Apenas amigos.

Quando terminou a omelete e passou manteiga na torrada, enrolou um garfo em um guardanapo, colocando-o debaixo do cotovelo, pegou o prato e a tigela e levou tudo para a sala de estar. Rapidamente fechou a porta atrás dela e se dirigiu para o sofá.

Uau.

Rhage havia tirado a camisa e estava encostado na parede, examinando as queimaduras. À luz da vela, ela deu uma boa olhada naqueles ombros musculosos, nos braços poderosos, no peito. Na barriga. A pele sobre todos aqueles músculos era dourada, sem pelos.

Tentando manter o autocontrole, depositou o que levara no chão ao lado dele e sentou-se a poucos centímetros. Para evitar ficar olhando fixamente para o corpo dele, desviou a vista para o seu rosto. Ele olhava a comida, sem se mexer, sem falar.

– Não sabia do que você gosta – disse-lhe ela.

Ele a encarou e mudou de posição para ficar de frente para ela. A vista frontal era ainda mais espetacular do que o perfil. Seus ombros eram largos o suficiente para preencher o espaço entre o sofá e a parede. E a cicatriz em forma de estrela sobre seu peitoral esquerdo era terrivelmente atraente, como se houvesse sido feita com ferro em brasa sobre a pele.

Ele ficou ali, olhando para ela, muito tempo. Mary fez menção de retirar o prato.

– Posso lhe trazer outra coisa.

Ele estendeu a mão e segurou-lhe o pulso, acariciando-lhe a pele com o polegar.

– Adoro isso.

– Não provou a...

– Foi feita por você. Isso basta – ele tirou o garfo do guardanapo, os músculos e tendões de seu antebraço trabalhando. – Mary?

– Hum?

– Gostaria de alimentar você agora – enquanto falava, seu estômago roncou.

– Não se preocupe. Posso preparar algo para mim... Ah, por que está franzindo a testa assim?

Ele esfregou as sobrancelhas, como se quisesse desanuviar a expressão.

– Sinto muito. Você não poderia saber.

– Saber o quê?

– De onde eu venho, quando um homem se oferece para alimentar uma mulher de sua mão, é uma maneira de mostrar respeito e... afeição.

– Mas você está faminto.

Ele trouxe o prato um pouco mais para perto e partiu a extremidade da torrada. Então, cortou um quadrado perfeito da omelete e o colocou em cima.

– Mary, coma de minha mão. Tome de mim.

Ele se inclinou para frente, estendendo o longo braço. Seus olhos eram hipnóticos, chamando-a, inclinando-a, abrindo sua boca. Quando ela colocou os lábios ao redor do alimento que havia cozinhado para ele, ele grunhiu com aprovação. E depois que havia engolido, ele voltou para ela outra vez, com outro pedaço de pão torrado suspenso entre as pontas de seus dedos.

– Você não deveria comer também? – disse ela.

– Não antes que você esteja saciada.

– E se eu comer tudo?

– Nada me daria mais prazer do que saber que você está bem alimentada.

Amigos, disse ela para si mesma. *Apenas amigos.*

– Mary, coma por mim – sua insistência conseguiu que abrisse a boca outra vez. Os olhos dele se demoraram sobre seus lábios depois que ela os fechou.

Jesus. Aquilo não parecia coisa de amigos.

Enquanto ela mastigava, Rhage escolhia uma fruta na tigela com as pontas dos dedos. Finalmente, pegou uma fatia de melão e a ofereceu a ela. Mary abocanhou o pedaço inteiro e um pouco de caldo escorreu pelo canto da boca. Ela tentou se limpar com as costas da mão, mas ele a parou, erguendo o guardanapo e esfregando-o na pele dela.

– Terminei.

– Não, não terminou. Posso sentir sua fome – desta vez, apresentou-lhe meio morango. – Abra a boca para mim, Mary.

Ele a alimentou com pedaços escolhidos, olhando-a com uma satisfação primordial que era diferente de tudo que ela já havia visto.

Quando ela já não aguentava outro pedaço, ele comeu rapidamente o que havia sobrado e, quando terminou, ela recolheu o prato e se dirigiu à cozinha. Fez-lhe outra omelete, encheu uma tigela com cereal, e serviu-lhe a última de suas bananas.

Seu sorriso foi radiante quando ela colocou tudo aquilo na frente dele.

– Como você me honra com isso.

Enquanto ele comia com aquela maneira metódica e ordenada que lhe era peculiar, ela fechou os olhos e apoiou a cabeça na parede. Cansava-se cada vez mais facilmente e sentiu uma punhalada de frio e terror, agora que sabia o porquê. Deus, tinha pavor de imaginar o que os médicos fariam depois de todos os exames.

Quando abriu os olhos, o rosto de Rhage estava diante dela.

Ela se assustou e bateu a cabeça na parede.

– Eu, ah, não cheguei a ouvir você se mover.

Estava agachado nos quatro membros como um animal preparado para saltar, um braço de cada lado das pernas dela, os maciços ombros sustentando o peso de seu torso. Assim de perto, era gigantesco. Estava seminu, e cheirava realmente bem, como exóticas especiarias.

– Mary, quero lhe agradecer, se me permitir.

– Como? – ela sussurrou.

Ele inclinou a cabeça para o lado e pousou os lábios sobre os dela. Quando ela abriu a boca, surpresa, a língua dele enfiou-se ali e procurou a sua. Ao se afastar para avaliar-lhe a reação, os olhos dele brilhavam com a promessa de êxtase, do tipo que ferveria a sua medula.

Ela limpou a garganta.

– De nada...

– Quero repetir, Mary. Você deixa?

– Um simples "obrigado" é suficiente. Verdade, eu...

Seus lábios a interromperam e depois sua língua assumiu o comando outra vez, invadindo-a, tomando-a, acariciando-a. Quando o calor rugiu em seu corpo, Mary deixou de lutar e saboreou o louco desejo, a palpitação em seu peito, a dor nos seios e entre as pernas.

Oh, Deus. Fazia tanto tempo. E nunca fora assim.

Rhage ronronava baixinho, como se captasse a sua excitação. Ela sentiu que a língua dele se retraiu e, em seguida, ele tomou-lhe o lábio inferior entre as suas...

Presas. Aquilo eram presas beliscando a sua carne.

O medo entremeou sua paixão e a engrossou, adicionando uma pontada de perigo que a excitou ainda mais. Colocou as mãos sobre os braços dele. Deus, era tão rijo, tão forte. Pesaria demais em cima dela.

– Deixará que eu me deite com você? – perguntou ele.

Mary fechou os olhos, imaginando os dois indo além dos beijos, para um lugar onde estariam nus juntos. Não ficava com um homem desde muito antes de adoecer. E seu corpo havia mudado muito desde então.

Ela também não sabia de onde vinha o desejo dele de estar com ela. Amigos não fazem sexo. Não em seu código de conduta, pelo menos.

Ela negou com a cabeça.

– Não tenho certeza.

A boca de Rhage caiu sobre a dela outra vez, brevemente.

– Só quero me deitar ao seu lado, ok?

Claro. Só que, enquanto ela o encarava, não podia ignorar as diferenças entre eles. Ela estava sem fôlego. Ele, tranquilo. Ela, tonta. Ele, lúcido.

Ela estava excitada. Ele... não.

Do nada, Rhage encostou-se contra a parede e puxou a manta pendurada no sofá para o seu colo. Ela se perguntou, por uma fração de segundo, se ele estaria ocultando uma ereção.

Sim, até parece. Provavelmente sentia frio por que estava seminu.

– Lembrou-se, de repente, de quem eu sou? – perguntou ele.

– O que disse?

– Foi isso que esfriou o seu desejo?

Ela se lembrou daquelas presas em seus lábios. A noção de que ele era um vampiro retornou.

– Não.

– Então, por que se fechou, Mary? – seus olhos mantinham-se presos aos dela. – Mary, diga-me o que está acontecendo?

Sua confusão enquanto olhava para ela era espantosa. Será que achava mesmo que não se importaria de ele fazer amor com ela por piedade?

– Rhage, aprecio até onde está disposto a chegar em nome da amizade, mas não me faça nenhum favor, certo?

– Você gosta do que eu faço com você. Posso sentir. Posso farejar.

– Caramba, você fica excitado em fazer com que eu me envergonhe? Porque vou lhe dizer uma coisa: ficar toda excitada com um homem enquanto ele bem poderia estar lendo um jornal não é a minha ideia de diversão. Meu Deus... você é um doente, sabia?

Aquele olhar de néon se estreitou, ofendido.

– Pensa que não a desejo.

– Oh, sinto muito. Imagino que eu não reparei em toda a sua excitação. Sim, *realmente* está louco de desejo por mim.

Ela não pôde acreditar na velocidade com que ele se moveu. Em um minuto, estava encostado na parede, olhando para ela. No seguinte, deitara-a no chão, por baixo dele. Sua coxa lhe abriu as pernas e depois seus quadris se encaixaram no meio delas. Foi então que ela percebeu a dura e grossa ereção.

A mão enredada em seu cabelo a puxou, arqueando-a contra ele. Ele aproximou a boca de seu ouvido.

– Agora sente isso, Mary? – ele esfregou sua ereção em apertados círculos, golpeando-a com ela, fazendo-a abrir-se para ele. – Sente isso? Sabe o que significa?

Mary ofegou. Estava tão molhada agora, com o corpo todo preparado para que ele a penetrasse fundo.

– Diga o que isso significa, Mary – quando ela não respondeu, ele chupou seu pescoço até doer e, em seguida, tomou o lóbulo de sua orelha entre os dentes. Pequenos castigos – Quero que você diga. Então, saberei que ficou claro para você como eu me sinto.

Sua mão livre baixou até o traseiro dela, aproximando-a mais e em seguida a empurrou contra sua ereção, atingindo o lugar exato. Ela podia sentir a sua ponta sondando através de suas calças de pijama.

– Diga, Mary.

Ele arremeteu outra vez e ela gemeu.

– Você me deseja...

– E vamos nos assegurar de que se lembre disso, certo?

Ele soltou seus cabelos e tomou seus lábios com vontade. Estava por toda parte, dentro de sua boca, sobre seu corpo; seu desejo, seu cheiro másculo e sua enorme ereção lhe prometiam uma cavalgada erótica alucinante.

Mas, então, ele rolou de lado por cima dela e voltou para o lugar onde estivera encostado na parede. Num piscar de olhos, estava outra vez controlado. Até sua respiração. O corpo, imóvel.

Ela lutou para se sentar, tentando se lembrar como usar os braços e as pernas.

– Não sou um homem, Mary, embora algumas partes minhas lembrem um. O que acabou de ter não é nada comparado ao que desejo fazer com você. Quero minha cabeça entre suas pernas, lambendo-a até que grite meu nome. Também quero montá-la como um animal e olhar seus olhos enquanto estiver dentro de você. E depois disso? Quero ter você de todas as formas possíveis. Quero tomá-la por trás. Quero tomá-la de pé, contra a parede. Quero que monte em meus quadris e cavalgue até eu perder o fôlego – o olhar dele era inabalável, brutal em sua honestidade –, mas nada disso vai acontecer. Se eu sentisse menos, seria diferente, mais fácil. Mas você provoca algo estranho em meu corpo, por isso, segurar-me totalmente é a única maneira de estar com você. Do contrário, posso me descontrolar e a última coisa que quero é apavorá-la. Ou pior, machucá-la.

As imagens dançavam em sua cabeça, visões de tudo o que ele descrevera e seu corpo se umedeceu de novo para ele. Ele suspirou fundo e grunhiu baixinho de satisfação, tendo captado o cheiro de seu sexo.

– Oh, Mary. Deixe-me lhe dar prazer? Deixe-me levar sua doce excitação aonde ela quer ir?

Ela queria lhe dizer que sim, mas a logística do que lhe sugeria era difícil: despir-se, diante dele, à luz de uma vela. Ninguém além dos médicos e enfermeiras sabia como tinha ficado seu corpo depois da doença. E não podia deixar de pensar nas belas mulheres que havia visto se jogarem em cima dele.

– Não sou como as mulheres com que está acostumado – disse ela com brandura. – Não sou... bonita – ele franziu a testa, mas ela balançou a cabeça. – Confie em mim, sei o que estou dizendo.

Rhage aproximou-se dela, engatinhando. Seus ombros fortes executavam movimentos leoninos.

– Permita-me lhe mostrar como você é linda. Gentilmente. Devagar. Sem violência. Serei um perfeito cavalheiro, prometo.

Seus lábios se apartaram e ela viu de relance as pontas de suas presas. Então, aquela boca pousou sobre a sua e, caramba, como ele era fantástico, movimentos hipnóticos de lábios e língua. Com um gemido, ela enlaçou o pescoço dele com os braços, cravando os dedos em seu couro cabeludo.

Quando ele a deitou no chão, ela se preparou para receber seu peso. Em vez disso, ele se deitou ao seu lado e alisou-lhe o cabelo para trás.

– Devagar – murmurou ele –, gentilmente.

Ele a beijou outra vez, um momento antes de seus longos dedos buscarem a barra de sua camiseta. Quando ele a levantou, ela tentou se concentrar no que ele fazia com a boca, obrigando-se a não pensar no que estava sendo exposto. Mas quando ele puxou o tecido por sua cabeça, o ar frio atingiu-lhe os seios. Ela os cobriu com as mãos e fechou os olhos, rezando para que estivesse escuro o bastante para que ele não pudesse enxergar claramente.

Uma ponta de dedo acariciou a base de seu pescoço, onde estava a cicatriz de sua traqueostomia. Depois, demorou-se sobre as marcas em seu peito onde os cateteres haviam sido inseridos. Ele baixou o cós de seu pijama até onde estavam as perfurações por onde foram introduzidos os tubos de alimentação. Então, ele encontrou o lugar da inserção de seu transplante de medula óssea, no quadril.

Ela não conseguiu suportar aquilo nem mais um segundo. Sentou-se e pegou a camiseta para se proteger.

– Oh, não, Mary. Não pare – ele tomou-lhe as mãos e as beijou. Então, ele tocou a camiseta – Não vai me deixar olhá-la?

Ela virou a cabeça quando ele removeu sua proteção. Seus seios nus arfaram sob o olhar dele.

Então, Rhage beijou todas as suas cicatrizes, uma por uma.

Ela tremia, não importava o quanto tentasse ficar quieta. Seu corpo havia sido bombardeado com veneno. Deixaram nela buracos, cicatrizes, pontos ásperos. Tornara-se estéril. E ali estava aquele lindo homem lhe rendendo homenagem como se tudo o que tinha fosse digno de reverência.

Quando ele ergueu os olhos e sorriu, ela começou a chorar. Os soluços lhe saíram como duros socos, rasgando-lhe o peito e a garganta, esmagando suas costelas. Ela cobriu o rosto com as mãos, desejando ter forças para fugir para outro cômodo.

Enquanto ela chorava, Rhage a segurou contra o peito, balançando-a para frente e para trás. Ela não tinha ideia de quanto tempo mais ainda continuaria a chorar daquele jeito, mas, afinal, seu pranto foi diminuindo e ela se deu conta de que ele falava com ela. As sílabas e a cadência lhe eram completamente desconhecidas e as palavras indecifráveis. Mas o tom... o tom era encantador.

E sua bondade era uma tentação da qual queria se preservar.

Não podia confiar nele para ser confortada, nem mesmo naquele momento. Sua vida dependia de manter seu autocontrole e lá estava ela numa poça escorregadia de lágrimas. Se começasse a chorar agora, não pararia nos dias e semanas seguintes. Deus era testemunha que sua fortaleza interior fora a única coisa que a sustentara na última vez em que estivera doente. Se perdesse aquela resolução, não teria poder absolutamente algum contra a enfermidade.

Mary enxugou os olhos.

Não outra vez, pensou ela. *Não se descontrolaria diante dele outra vez.*

Limpou a garganta e tentou sorrir.

– Então: que tal eu fechar essa torneirinha?

Ele disse algo em outro idioma e depois sacudiu a cabeça e se corrigiu.

– Chore tudo o que quiser.

– Não quero chorar – ela olhou seu peito nu.

Não, o que ela queria naquele exato momento era fazer sexo com ele. Quando a torrente de lágrimas cessou, seu corpo começou a responder a ele outra vez. E, considerando que ele já havia visto o pior de suas cicatrizes e não parecera desestimulado, sentiu-se mais confortável.

– Há alguma possibilidade de que queira me beijar depois de tudo isso? – perguntou ela.

– Sim.

Sem permitir-se pensar, ela o agarrou pelos ombros e puxou-o para sua boca. Ele se conteve durante um instante, como que surpreso por sua força, mas, então, beijou-a profunda e longamente, como se entendesse que ela precisava dele. Em questão de segundos, deixou-a totalmente nua, a calça de pijama desapareceu, as meias sumiram, a calcinha voou longe.

Ele a acariciou da cabeça às coxas, e ela se movia junto com ele, erguia-se, arqueava-se, sentindo a pele nua de seu peito contra seus seios e barriga, enquanto o macio tecido de suas calças caras se esfregava em suas pernas como um creme hidratante. Sentiu-se dolorida e zonza quando ele aninhou a cabeça em seu pescoço e mordiscou-lhe a clavícula, abrindo caminho até os seios. Ergueu a cabeça e observou como ele, com a língua, circulou seu mamilo antes de tomá-lo na boca. Enquanto a sugava, a mão dele deslizou para o interior de suas coxas.

E começou a tocar seu sexo. Ela se curvava para ele, respiração acelerada.

Ele gemeu, e o peito vibrou contra o dela quando ele emitiu aquele som.

– Doce Mary, é tal como imaginei. Macia... úmida – a voz dele estava rouca, pesada, dando-lhe uma ideia do esforço que fazia para se controlar. – Abra suas pernas para mim. Um pouco mais. Assim, Mary. Isso é tão... Oh, *sim*.

Ele deslizou um dedo e depois dois em seu interior.

Fazia tanto tempo, mas seu corpo sabia o que fazer. Ofegante, agarrando-se aos ombros dele com as unhas, Mary o olhou lamber seu seio enquanto movia a mão para dentro e para fora de seu corpo, e o polegar roçava o ponto certo. Ela explodiu em êxtase, a força de seu prazer lançando-a num vácuo onde só existia o prazer pulsante e ofuscador.

Quando ela voltou a si, o olhar de Rhage era sério; seu rosto, tenso e sombrio. Parecia um completo estranho, totalmente alheio a ela.

Ela buscou a manta atirada a um canto, calculando que a camiseta apenas não daria conta do serviço. O movimento a fez perceber que os dedos dele ainda a penetravam.

– Você é tão linda – disse ele, de repente.

A palavra "linda" a fez se sentir desconfortável.

– Deixe-me levantar.

– Mary...

– Isso é muito constrangedor – ela lutou e tudo que conseguiu foi que seu corpo o sentisse ainda mais.

– Mary, olhe para mim.

Ela o fulminou com o olhar, frustrada.

Em câmera lenta, ele retirou a mão do meio de suas pernas e levou os dois dedos reluzentes à boca. Seus lábios se separaram, e ele saboreou a prova de seu êxtase. Ao engolir, fechou os iridescentes olhos.

– Você é inacreditavelmente linda.

A respiração dela congelou. Em seguida, voltou com ímpeto redobrado, quando ele escorregou pelo corpo dela, colocando as mãos no interior de suas coxas. Retesou-se toda quando ele tentou separar-lhe as pernas.

– Não me peça para parar, Mary – ele beijou-lhe o umbigo e depois o quadril, afastando-lhe as pernas por completo. – Preciso sentir mais de você em minha boca, descendo pela minha garganta.

– Rhage, eu... Oh, *Deus*.

A língua dele aplicou-lhe um golpe quente direto em seu sexo, desbaratando seu sistema nervoso. Ele ergueu a cabeça e a olhou. Depois, abaixou novamente e voltou a lambê-la.

– Você acaba comigo – disse ele. Esfregou o rosto nela, e a barba por fazer a arranhou ligeiramente enquanto ele mergulhava em seu sexo.

Ela fechou os olhos, sentindo que iria alçar voo.

Rhage mordiscava, prendia aquela carne quente com os lábios, sugava, soltava, usava a língua. Quando ela se arqueou no chão, colocou uma das mãos por baixo dela e a outra em seu ventre. Sustentou-a enquanto a trabalhava, impedindo que o corpo dela se afastasse de sua boca quando ela se contorcia.

– Olhe para mim, Mary. Olhe o que estou fazendo com você.

Quando ela o fez, vislumbrou a sua língua rosada lambendo-a por cima da fenda de seu sexo. Seu prazer era-lhe quase insuportável já, mas ele não parava. Parecia não haver fim em sua concentração ou sua técnica.

Finalmente, ela estendeu a mão, necessitando da grossa ereção preenchendo-a. Ele resistiu e, depois, fez algo pecaminoso com as presas. Quando ela gozou outra vez, ele testemunhou seu orgasmo com os luminosos olhos azuis que a contemplavam do meio de suas pernas. Quando tudo terminou, ela pronunciou o nome dele como uma rouca pergunta.

Com um movimento fluido, ele se pôs de pé e se afastou dela. Ao se virar, ela não pôde conter um chiado de admiração.

Uma magnífica tatuagem, multicolorida, cobria completamente suas costas. O desenho era o de um dragão, uma assustadora criatura com cinco garras e um corpo contorcido e poderoso. Do seu lugar de descanso, a besta a olhava fixamente, como se de fato a espreitasse através de seus olhos brancos. E, enquanto Rhage caminhava, a coisa se movia com as ondulações de seus músculos e pele, mudando de posição, agitando-se.

Como se quisesse sair, pensou ela.

Sentindo um calafrio, Mary puxou a manta por cima do corpo. Quando ergueu a vista, Rhage estava do outro lado da sala.

E quieta, aquela tatuagem continuava a olhar para ela, fixamente.

Capítulo 23

Rhage caminhava de um lado para o outro da sala de estar, tentando controlar o que sentia. Já tinha sido bastante difícil manter seu corpo sob controle antes de colocar sua boca nela. Agora que sua língua conhecia seu sabor, sua coluna vertebral ardia, e tal ardência se espalhava para cada músculo do corpo. Sua pele toda pinicava, causando tamanha coceira que a vontade que tinha era passar uma lixa pelo corpo todo.

Enquanto esfregava os braços, suas mãos tremiam de modo incontrolável.

Deus, tinha de se afastar do cheiro de seu sexo. Do olhar dela. Da noção de que poderia tomá-la agora mesmo porque ela permitiria.

– Mary, preciso ficar sozinho um instante – ele deu uma olhada para a porta do banheiro –, vou entrar ali. Se alguém vier para cá ou se você escutar algo estranho, quero que me avise imediatamente. Mas não demorarei.

Ele não a olhou quando fechou a porta.

No espelho sobre a pia, suas pupilas brilharam na escuridão. Brancas.

Oh, Jesus, não podia se transformar. Se a besta se libertasse agora...

Temer pela segurança de Mary só piorou a situação.

Maldição. O que fazer? E por que aquilo estava acontecendo? Por que...

Pare. Apenas pare de pensar. Sem pânico. Acalme seu organismo. Então, poderá se preocupar com tudo que quiser.

Ele baixou a tampa do vaso e se sentou sobre ela, descansando as mãos sobre os joelhos. Obrigou seus músculos a relaxarem, concentrando-se em seus pulmões. Inspirando pelo nariz e expirando pela boca, concentrou-se em manter a respiração boa e lenta.

Inspire, expire. Inspire, expire.

O mundo retrocedeu até que todos os sons, visões e aromas foram excluídos e só existisse sua respiração.

Somente sua respiração.

Somente sua respiração.

Somente sua...

Quando se acalmou, abriu os olhos e ergueu as mãos. O tremor havia desaparecido. E uma olhada rápida no espelho mostrou que suas pupilas estavam negras outra vez. Apoiou os braços na pia.

Desde que fora amaldiçoado, o sexo tinha sido um instrumento útil que o ajudava a controlar a besta. Quando tomava uma mulher, ficava suficientemente estimulado para gozar, mas sua excitação nunca chegava ao ponto de provocar a besta. Nem de longe.

Com Mary, entretanto, nunca podia ter certeza. Não achava que conseguiria se controlar o suficiente para penetrá-la, que dirá chegar ao orgasmo. Aquela maldita vibração que ela lhe provocava impelia seu impulso sexual numa direção perigosa.

Suspirou fundo. A única coisa boa é que, aparentemente, podia se recuperar rápido. Se ele se afastasse dela, se fosse capaz de controlar seus nervos, então podia controlar a intensidade de seus sentimentos. *Graças a Deus.*

Rhage utilizou o vaso sanitário, depois lavou o rosto na pia e secou-se com uma toalha de mão. Quando abriu a porta, preparou-se psicologicamente. Tinha o pressentimento de que ao voltar a ver Mary, a sensação retornaria.

E retornou.

Ela estava sentada sobre o sofá vestindo calças cáqui e uma blusa de lã. A luz da vela acentuava a ansiedade em seu rosto.

– Oi – disse ele.

– Você está bem?

– Sim – ele esfregou o queixo –, sinto muito por tudo isso. Às vezes necessito de um tempo.

Os olhos dela se arregalaram.

– O que foi? – perguntou ele.

– São quase seis horas. Você ficou lá dentro durante quase oito horas.

Rhage praguejou. Tempo demais para uma "rápida recuperação".

– Eu não sabia que havia passado tanto tempo.

– Eu, ah, verifiquei algumas vezes. Estava preocupada... De qualquer modo, alguém ligou para você. Roth?

– Wrath?

– Isso. Seu celular não parou de tocar. Acabei atendendo – ela olhou para as mãos. – Tem certeza de que está bem?

– Agora estou.

Ela suspirou fundo e soltou o ar lentamente. A exalação não aliviou a tensão de seus ombros.

– Mary, eu... – droga, o que diria para não tornar as coisas mais difíceis para ela?

– Está tudo bem. Seja lá o que aconteceu, está tudo bem.

Ele foi até o sofá e se sentou ao seu lado.

– Escute, Mary. Quero que venha comigo esta noite. Quero levá-la a um lugar onde esteja a salvo. Os *redutores*, aquelas coisas do parque, provavelmente irão atrás de você e aqui será o primeiro lugar que visitarão. Agora você é um alvo porque estava comigo.

– Para onde vamos?

– Quero que fique comigo – supondo que Wrath consinta. – Ficar aqui é muito perigoso para você, e se os assassinos estiverem atrás de você, virão logo. Conversaremos esta noite. Fique comigo por alguns dias até que saibamos o que fazer.

Soluções a longo prazo lhe escapavam naquele momento, mas ele as encontraria. Ela se tornara responsabilidade sua quando ele deixou que se envolvesse com seu mundo e não a abandonaria.

– Confie em mim. Só por alguns dias.

Mary fez uma pequena mala, pensando que devia estar louca. Indo sabe Deus para onde. Com um vampiro.

Mas a verdade era que tinha fé em Rhage. Era muito honesto para mentir e muito inteligente para subestimar a ameaça. Além disso, suas consultas com os especialistas não começariam até quarta-feira à tarde. E havia tirado uma semana de férias do trabalho, e também fora dispensada da Linha Direta. Não havia nada a perder.

Quando retornou à sala de estar, Rhage se virou para ela, fazendo a sacola balançar em seu ombro. Ela olhou para seu casaco preto, reparando em protuberâncias que antes não julgara serem significativas.

– Está armado? – perguntou ela.

Ele assentiu.

– Com o quê? – quando ele apenas olhou para ela, sem responder, Mary sacudiu a cabeça – Tem razão. Provavelmente é melhor que eu não saiba. Vamos...

Dirigiram em silêncio pela Rota 22 pela área morta entre os limites rurais de Caldwell e o início da próxima cidade grande. Era uma região montanhosa, com florestas e ocasionais paradas. Não havia iluminação pública, poucos carros e muitos cervos.

Aproximadamente vinte minutos depois que eles deixaram a casa dela, ele seguiu por uma estrada mais estreita que os levou a uma subida gradual. Ela examinou o que os faróis dianteiros iluminavam, mas não pôde distinguir onde estavam. O estranho é que não parecia haver nenhum sinal marcante que pudesse ser reconhecido posteriormente, tanto na floresta como na estrada. De fato, a paisagem tinha algo de confuso, uma proteção que ela não podia explicar nem eliminar, não importava quantas vezes piscasse.

Do nada, surgiu um conjunto de portões de ferro negro.

Enquanto Mary sobressaltava-se em seu assento, Rhage acionou o controle remoto da garagem, e as pesadas portas se abriram pela metade, franqueando-lhes apenas espaço suficiente para passarem. Logo depois, depararam-se com outro conjunto de portões. Ele baixou sua janela e digitou um código em um intercomunicador. Uma agradável voz lhe deu as boas-vindas e ele olhou para cima e à esquerda, acenando com a cabeça para uma câmera de segurança.

O segundo conjunto de portões se abriu e Rhage acelerou por um longo caminho em declive. Quando viraram uma esquina, um muro de alvenaria de uns seis metros de altura se materializou diante deles, da mesma maneira que o primeiro portão. Depois de passarem sob uma arcada e atravessarem outro conjunto de barricadas, chegaram a um pátio com uma fonte no meio.

À direita, havia uma mansão de quatro andares erigida em pedra cinza, o tipo de lugar que aparece em filmes de terror: gótico, sinistro, opressivo, com sombras demais para que alguém se sentisse a salvo por ali. Do outro lado, uma casa menor, de um só andar, porém no mesmo estilo que Wes Craven adoraria.

Seis carros, quase todos de marcas europeias caras, estavam estacionados em ordem. Rhage estacionou o GTO entre um Escalade e uma Mercedes.

Mary saiu e ergueu o pescoço na direção da mansão. Sentia como se estivesse sendo observada, e estava mesmo. Do telhado, gárgulas a vigiavam, assim como as câmeras de segurança.

Rhage aproximou-se dela, carregando sua pequena mala. Tinha a boca apertada, olhos profundos.

– Vou cuidar de você. Sabe disso, não é? – quando ela concordou, ele sorriu um pouco – Tudo vai dar certo, mas quero que não saia de perto de mim. Não quero que nos afastemos. Está claro? Fique comigo aconteça o que acontecer.

Tranquilização combinada com uma ordem, pensou ela. Aquilo não iria dar nem um pouco certo.

Aproximaram-se de uma porta dupla de bronze envelhecido e ele abriu uma das pesadas folhas. Enquanto cruzavam o vestíbulo sem janelas, o grande painel se fechou com uma reverberação que ela sentiu através dos sapatos. Diretamente à frente, havia outro conjunto de portas colossais, só que de madeira, entalhada com símbolos. Rhage introduziu um código em um teclado numérico e escutou-se o som de uma tranca se abrindo. Ele segurou Mary pelo braço firmemente e abriu a segunda porta que dava para um vasto salão.

Mary engasgou. Que... *mágico!*

O lugar era colorido como um arco-íris, tão inesperado como um jardim que florescesse no interior de uma caverna. Verdes colunas de malaquita alternadas com outras de mármore cor de vinho, elevando-se a partir do piso de mosaico multicolorido. As paredes eram de um amarelo vivo, carregadas de espelhos emoldurados em ouro e arandelas de cristal. No teto, cujo pé-direito era da altura de três andares, pinturas extraordinárias ornadas a ouro representavam heróis, cavalos e anjos. E, à frente, no centro de toda aquela magnificência, havia uma ampla escadaria que conduzia aos balcões do segundo andar.

Ostentava o requinte das cortes dos antigos czares... mas os sons do lugar não eram propriamente formais e elegantes. Do salão da esquerda, um rap hardcore se misturava a grossas vozes masculinas. Bolas de bilhar atingiam umas às outras. Alguém gritou.

– Essa é sua, tira!

Uma bola de futebol americano voou pelo vestíbulo e um musculoso homem surgiu correndo atrás dela. Ele saltou para apanhá-la e justo quando a tinha entre as mãos, um cara ainda maior com uma juba leonina atirou-se sobre ele. Os dois desabaram no chão, num emaranhado de braços e pernas.

– Derrubei você, tira.

– Mas não pegou a bola, vampiro.

Grunhidos, risadas e pesados palavrões ecoavam sob o teto adornado enquanto os homens lutavam pela bola. Mais dois caras enormes, vestidos de couro preto, correram para verificar a ação. E, depois, foi a vez de um velhinho trajando um fraque chegar pelo lado direito, carregando um buquê de flores frescas em um vaso de cristal. O mordomo desviou-se dos lutadores com um sorriso indulgente.

Então, tudo ficou em silêncio quando todos eles a notaram ao mesmo tempo.

Rhage a protegeu com o próprio corpo.

– Filho da mãe – disse alguém.

Um dos homens partiu na direção de Rhage como um tanque. Seu cabelo negro era cortado à escovinha e Mary teve a estranha sensação de tê-lo visto antes.

– Que *diabos* está fazendo?

Rhage se posicionou em guarda, deixando cair a sacola e elevando os braços à altura do peito.

– Onde está Wrath?

– Eu lhe fiz uma pergunta – replicou o outro cara. – O que você pretende, trazendo-a aqui?

– Preciso falar com Wrath.

– Eu disse para você se livrar dela. Ou espera que algum de nós faça o trabalho?

Rhage ficou cara a cara com o homem.

– Cuidado, Tohr. Não me obrigue a machucá-lo.

Mary lançou um olhar para trás. A porta do vestíbulo ainda estava aberta. E, naquele momento, pareceu-lhe uma boa ideia esperar no carro de Rhage, enquanto as coisas eram resolvidas. Apesar da ordem de não sair de perto dele.

Enquanto se afastava, manteve os olhos nele. Até que se chocou com alguma coisa dura.

Ela se virou. Olhou para cima. E perdeu a voz.

O que obstruía sua passagem tinha o rosto coberto de cicatrizes, olhos negros e uma aura de frio ódio.

Antes que pudesse fugir apavorada, ele a agarrou pelo braço e a fez girar para longe da porta.

– Nem pense em correr – fazendo cintilar suas longas presas, avaliou-lhe o corpo. – Engraçado, você não faz o tipo habitual dele. Mas está viva e urinando nas calças de pavor. Então, para mim serve bem.

Mary gritou.

No vestíbulo, todas as cabeças se viraram. Rhage correu para ela, apertando-a forte contra o corpo. Ele falou rudemente, no idioma que ela não entendia.

O homem das cicatrizes estreitou os olhos.

– Calminha aí, Hollywood. Só estou cuidando para que seu brinquedinho não fuja da casa. Você vai compartilhá-la ou vai ser tão egoísta como costuma ser?

Rhage parecia prestes a partir para cima dele quando a voz de uma mulher o interrompeu.

– Oh! Pelo amor de Deus, meninos! Vocês a estão assustando.

Mary espiou por trás do peito de Rhage e viu uma mulher descendo a escadaria. Parecia completamente normal: cabelos longos escuros, jeans e blusa branca de gola rolê. Um gato preto ronronava como uma máquina de costura em seus braços. Quando ela se aproximou do grupo de homens, todos lhe abriram caminho.

– Rhage, estamos felizes que tenha voltado para casa são e salvo. Wrath descerá em um minuto – ela indicou o salão do qual os homens saíram. – O resto de vocês pode voltar para lá. Vamos, agora. Se alguém estiver a fim de queimar energia, que o faça na mesa de bilhar. O jantar estará servido em meia hora. Butch, leve a bola com você, está bem?

Ela os afugentou do vestíbulo com facilidade, ignorando o fato de se tratarem de uns durões mal-encarados. O único que ficou foi o do cabelo à escovinha.

Estava mais tranquilo agora, enquanto olhava para Rhage.

– Isso não ficará assim, meu Irmão, terá repercussões.

O rosto de Rhage se endureceu e puseram-se a falar em seu misterioso idioma.

A mulher do cabelo escuro se aproximou de Mary, sem parar de acariciar o pescoço do gato.

– Não se preocupe. Tudo ficará bem. A propósito, sou Beth. E esse é Boo.

Mary suspirou, instintivamente confiando naquele posto avançado solitário e feminino no meio de uma selva de testosterona.

– Mary. Mary Luce.

Beth lhe ofereceu a mão que acariciava o gato e sorriu.

Mais presas.

Mary sentiu o chão lhe fugir sob os pés.

– Acho que ela vai desmaiar – gritou Beth, com um movimento para frente – Rhage!

Braços fortes a rodearam pela cintura quando seus joelhos se dobravam.

A última coisa que escutou antes de perder os sentidos foi Rhage dizendo:

– Eu a levarei para o meu quarto.

Depois de deitar Mary em sua cama, Rhage acendeu uma luz suave. Oh, Deus, o que fizera, levando-a para a sede da Irmandade?

Quando ela se moveu e abriu os olhos, ele disse:

– Aqui você estará a salvo.

– Sim, claro.

– Farei com que aqui seja seguro para você; melhor assim?

– Agora acredito em você – ela sorriu um pouco. – Lamento ter desmaiado. Geralmente não sou tão frágil.

– É perfeitamente compreensível. Olhe, tenho de ir ver meus Irmãos. Está vendo a fechadura de aço que há na porta? Sou o único que tem a chave, por isso, estará segura aqui.

– Aqueles caras não ficaram muito felizes em me ver.

– Isso é problema deles – ele acariciou-lhe os cabelos, empurrando-os para trás das orelhas. Quis beijá-la, mas, em vez disso, levantou-se.

Ela parecia tão bem em sua enorme cama, aninhada na montanha de travesseiros com os quais ele insistia em dormir. Ele a queria ali no dia seguinte e depois e depois e...

Aquilo não era um erro, pensou ele. Ela estava bem, estava no lugar ao qual pertencia.

– Rhage, por que está fazendo tudo isso por mim? Quero dizer, você não me deve nada e mal me conhece.

Porque você é minha, pensou ele.

Guardando para ele tal pensamento, inclinou-se e acariciou-lhe a face com o dedo indicador.

– Não demoro.

– Rhage...

– Deixe-me cuidar de você. E não se preocupe com nada.

Ele fechou a porta quando saiu e a trancou, antes de descer o corredor. Os Irmãos o esperavam ao pé da escadaria, Wrath na frente do grupo. O Rei o olhou severamente, as sobrancelhas negras enterradas atrás dos óculos de sol.

– Onde quer que discutamos sobre isso? – perguntou Rhage.

– Em meu escritório.

Depois que se encaminharam em fila para o salão formal, Wrath foi para trás de sua mesa e sentou-se. Tohr o seguiu, colocando-se atrás dele, à sua direita. Phury e Z se apoiaram contra a parede revestida de seda. Vishous se sentou em uma das poltronas de braços ao lado da lareira e acendeu uma cigarrilha.

Wrath sacudiu a cabeça.

– Rhage, cara, estamos com sérios problemas. Você violou uma ordem direta. Duas vezes. Depois, arrastou uma humana para esta casa, sabendo que é proibido...

– Ela está em perigo...

Wrath bateu com o punho fechado sobre a mesa, fazendo com que tudo fosse ao chão.

– Você vai me interromper agora?

Rhage cerrou os dentes com força, apertando-os, mordendo. Ele se obrigou a dizer as palavras respeitosas que normalmente oferecia de boa vontade.

– Não tive a intenção de ofendê-lo, meu senhor.

– Como estava dizendo, desobedeceu a Tohr e agravou a ofensa aparecendo aqui com uma humana. Que diabos está pensando? Digo, que droga, você não é um idiota, apesar da maneira como vem se comportando. Ela é de outro mundo, e automaticamente nos expõe. E deve saber que depois de tanto tempo as lembranças dela agora já não podem ser apagadas e são traumáticas. Ela está permanentemente comprometida.

Rhage sentiu um grunhido se formando em seu peito e simplesmente não pôde suprimi-lo. O som permeou a sala como um odor.

– Ela não será morta por isso.

– Ora, isso já não é da sua conta. Fez com que se tornasse minha responsabilidade quando a trouxe para nosso terreno.

Rhage exibiu as presas.

– Então, irei embora. Partirei com ela.

As sobrancelhas de Wrath apareceram sobre os óculos escuros.

– Não é o momento para ameaças, meu Irmão.

– *Ameaças*? Estou falando muito a sério – ele se acalmou esfregando o rosto e tentando respirar. – Olhe, ontem à noite nós dois fomos atacados por vários *redutores*. Ela foi agarrada e eu deixei pelo menos um daqueles assassinos vivo enquanto tentava salvá-la. Ela perdeu a bolsa no processo e se qualquer um daqueles *redutores* sobreviveu, vocês sabem que deve ter apanhado a maldita bolsa. Mesmo se eu apagasse a memória dela, sua casa não é segura e não vou deixar que a Sociedade a leve. Se ela e eu não pudermos ficar aqui, e se o único modo que tenho de protegê-la é desaparecer com ela, então, é isso que vou fazer.

Wrath fechou a cara.

– Tem noção de que está escolhendo uma mulher em detrimento da Irmandade.

Rhage suspirou. *Nossa.* Não pensara que a situação chegaria àquele ponto. Mas chegara.

Incapaz de ficar parado, aproximou-se de uma das janelas, que iam do piso ao teto. Olhando para fora, viu os jardins escalonados, a piscina, o vasto gramado que os rodeava. Contudo, não se concentrava na paisagem. O que o interessava era a proteção que a área oferecia.

As luzes de segurança iluminavam a vista. Câmeras instaladas nas árvores registravam cada movimentação. Sensores de movimento fiscalizavam cada folha que caía ao chão. E se alguém tentasse escalar os muros, iria ser saudado e posto para dormir com 240 volts.

Aquele ambiente era o mais seguro para Mary. Sem dúvida.

– Ela não é só uma fêmea para mim – murmurou ele –; eu a teria como minha *shellan*, se pudesse.

Alguém praguejou enquanto os outros bufaram.

– Você não a conhece – ponderou Tohr – E ela é *humana*.

– E daí?

A voz de Wrath era baixa, insistente:

– Rhage, cara, não deixe a Irmandade por isso. Precisamos de você. A raça precisa de você.

– Então, parece que ela vai ficar aqui, não é mesmo?

Quando Wrath murmurou algo vil, Rhage se voltou para ele:

– Se Beth estivesse em perigo, permitiria que algo ficasse em seu caminho para protegê-la? Mesmo a Irmandade?

Wrath se levantou da cadeira e deu a volta na mesa, decidido. Parou quando estavam cara a cara.

– Minha Beth nada tem nada a ver com as escolhas que você fez ou a situação em que nos colocou. Contato com humanos tem de ser limitado e só no território deles, sabe disso. E ninguém vive nesta casa a não ser os Irmãos e suas *shellans,* se as tiverem.

– E quanto a Butch?

– Ele é a única exceção. E só é tolerado porque Vishous teve sonhos com ele.

– Mas Mary não ficará aqui para sempre.

– Como pode dizer isso? Acha que a Sociedade vai desistir? Crê que os humanos de repente irão tolerar nossa raça? Caia na real.

Rhage baixou a voz, mas não os olhos.

– Ela está doente, Wrath. Tem câncer. Quero cuidar dela e não só por causa desse pesadelo dos *redutores*.

Houve um longo silêncio.

– Droga, você criou um vínculo com ela – Wrath passou a mão pelo longo cabelo. – Pelo amor de Deus... você acabou de conhecê-la, meu Irmão.

– E quanto tempo você levou para marcar Beth como sua? Vinte e quatro horas? Ah, claro, esperou dois dias. Sim, ainda bem que levou um tempo pensando no assunto.

Wrath soltou uma risada curta.

– Você continua a meter minha *shellan* na história, não é?

– Olhe, meu senhor, Mary é... diferente para mim. Não vou fingir que entendo a razão disso. Tudo o que sei, é que ela faz meu peito palpitar de uma maneira que não posso ignorar... caramba, que não *quero* ignorar. Então, a ideia de abandoná-la à mercê da Sociedade simplesmente não é uma opção. No que se refere a ela, todo instinto protetor que tenho é acionado e não posso deixar isso de lado. Sequer pela Irmandade.

Rhage se calou e vários minutos se passaram. Horas. Ou, talvez, só algumas batidas do coração.

– Se permitir que ela fique aqui – disse Wrath –, será apenas porque você a vê como sua companheira, e com a condição de que ela conserve a boca fechada. E ainda temos de lidar com o fato de que você violou as ordens de Tohr. Não posso deixar isso passar em branco. Terei de relatar o incidente à Virgem Escriba.

Rhage cambaleou de alívio.

– Aceitarei quaisquer repercussões.

– Que assim seja – Wrath foi para trás da mesa e sentou-se.

– Temos outros assuntos a tratar, meus Irmãos. Tohr, fale.

Tohrment se adiantou.

– Más notícias. Fiquei sabendo por uma família civil. Um macho, com apenas dez anos desde a transição, desapareceu ontem à noite no centro da cidade. Enviei um e-mail bombástico à comunidade informando a todos que deverão ter cuidado redobrado ao saírem e que se alguém desaparecer é necessário que o fato nos seja comunicado imediatamente. Além disso, Butch e eu estivemos conversando. O tira tem a cabeça no lugar. Algum de vocês se opõe a que ele fique por dentro de nossos assuntos? – quando constatou que todos abanavam as cabeças, Tohr se concentrou em Rhage. – Agora, conte-nos o que aconteceu na noite passada no parque.

Depois que Rhage foi embora e quando se sentiu forte o suficiente para ficar de pé, Mary saiu da cama e verificou a porta. Estava trancada e era sólida; então, sentiu-se completamente a salvo. Ao perceber um interruptor na parede, acionou-o, iluminando o quarto.

Caramba, que palácio!

Nas janelas, cortinas de seda derramavam-se em cascatas de ouro e vermelho. Cetim e o veludo adornavam uma enorme cama em estilo jacobino, cujas pilastras deviam ter sido feitas de troncos inteiros de carvalho. Havia um tapete Aubusson no chão, telas a óleo em todas as paredes...

Deus do céu, aquela *Madona e criança* era um Rubens autêntico?

Entretanto, nem tudo lembrava a Sotheby's[1]. Havia uma TV de plasma, equipamento estereofônico suficiente para produzir o show do intervalo do Super Bowl, um computador digno da Nasa e um Xbox no chão.

Percorreu as estantes, nas quais volumes encadernados em couro em idiomas estrangeiros enfileiravam-se orgulhosos. Leu os títulos com aprovação até que entrou na coleção de DVDs...

Oh, ninguém é perfeito.

---

[1] Empresa mundialmente conhecida que realiza vendas por leilão. (N.T.)

O box de *Austin Powers*. *Aliens vs. Alien*. *Tubarão*. Os três *Corra que a polícia vem aí*. *Godzilla*. *Godzilla*. *Godzilla*... espere, o restante de toda aquela prateleira era de *Godzilla*. Olhou a inferior. *Sexta-feira 13*, *Halloween*, *A hora do pesadelo*. Bem, ao menos ele não havia se incomodado com a sequência desses. *Clube dos Pilantras*, a trilogia *Uma noite alucinante*.

Era de admirar que Rhage não houvesse ficado totalmente indiferente com toda aquela cultura pop.

Mary entrou no banheiro e acendeu as luzes. Uma jacuzzi do tamanho de sua sala de estar estava embutida no piso de mármore.

Isso sim é uma verdadeira obra-prima, pensou ela.

Ouviu a porta se abrindo e ficou aliviada quando Rhage chamou seu nome.

– Estou aqui olhando sua banheira – ela voltou para o quarto –, o que aconteceu?

– Está tudo bem.

Você tem certeza disso?, quis lhe perguntar. Porque ele estava tenso e preocupado quando foi para o *closet*.

– Não se preocupe, poderá ficar aqui.

– Mas...?

– Nada de "mas".

– Rhage, o que está acontecendo?

– Preciso sair com meus Irmãos esta noite – voltou sem seu casaco e a conduziu até a cama, sentando-a ao seu lado. – Os *doggen*, nossos servos, sabem que você está aqui. São incrivelmente leais e amistosos, não precisa ter medo. Fritz, quem dirige a casa, daqui a pouco lhe trará algo para comer. Se precisar de alguma coisa, é só pedir para ele. Voltarei antes do raiar do dia.

– Ficarei trancada aqui até lá?

Ele negou com a cabeça e se levantou.

– É livre para circular pela casa. Ninguém encostará um dedo em você. Ele pegou uma folha de papel de uma caixa de couro e escreveu algo nela – Aqui está o número do meu celular. Ligue-me se precisar e eu estarei aqui num piscar de olhos.

– Tem uma sala de teletransporte escondida por aqui?

Rhage olhou para ela e desapareceu.

Não foi só uma saída ultrarrápida. Ele simplesmente, *puf!*, desapareceu no ar.

Mary saltou da cama, reprimindo um grito de alarme com a mão.

Os braços de Rhage a abraçaram por trás.

– Num piscar de olhos.

Ela o agarrou pelos pulsos, apertando-os bem para se certificar de que não estava tendo uma alucinação.

– Esse é um truque infernal – disse, com voz sumida. – Que mais você tem na manga?

– Posso ligar e desligar as coisas de longe – o quarto mergulhou na escuridão –, posso acender velas – duas delas flamejaram sobre sua cômoda –, e tenho jeito com fechaduras e coisas do tipo.

Ela escutou o barulho do trinco da porta deslizando para frente e para trás e, em seguida, o armário se abriu e fechou.

– Oh, e posso fazer truques realmente espantosos com a língua.

Deu-lhe um beijo na lateral do pescoço e foi para o banheiro. A porta se fechou e ela ouviu o som do chuveiro.

Mary ficou congelada onde estava, sua mente saltava como uma agulha em um LP arranhado. Ao olhar a coleção de DVDs, concluiu que aquilo tinha muito a ver com escapismo. Especialmente para alguém com tantas peculiaridades, muitas reorientações da realidade, muito... de tudo.

Quando Rhage saiu um instante mais tarde, barbeado, cheirando a sabonete, com uma toalha ao redor dos quadris, ela estava aconchegada na cama, *Austin Powers e o homem do membro de ouro* na TV.

– Ei, esse é um clássico – ele sorriu e olhou para a tela.

Ela se esqueceu por completo do filme quando olhou aqueles ombros largos, os músculos de seus braços, a toalha moldando-lhe o traseiro. E a tatuagem. Aquela criatura de olhos brancos, feroz e contorcida.

– *Gêmeos, Basil, gêmeos* – Rhage disse com sincronia e entonação perfeitas.

Piscou um olho para ela e entrou no *closet*...

Mary não se segurou e o seguiu, inclinando-se no portal, tentando aparentar naturalidade. Rhage estava de costas para ela, vestindo calças cargo de couro preto. A tatuagem se moveu com ele quando fechou a braguilha.

Ela deixou escapar um suave suspiro. *Que homem. Vampiro. Seja lá o que for.*

Ele a olhou por cima do ombro.

– Você está bem?

Na realidade, ela se sentia muito acesa.

– Mary?

– Não podia estar melhor – desviando o olhar, demonstrou um interesse exagerado pela coleção de sapatos alinhados no chão. – Na verdade, vou tentar me automedicar com sua coleção de filmes até entrar em coma cultural.

Quando ele se inclinou para colocar as meias, seus olhos fixaram-se naquela pele. Toda nua, lisa, dourada...

– Sobre os acertos para dormir – disse ele –, ficarei no chão.

Mas ela queria estar naquela enorme cama com ele, pensou.

– Não seja tolo, Rhage. Somos adultos. E aquela coisa é grande o bastante para seis pessoas.

Ele hesitou.

– Bem. Prometo não roncar.

E que tal prometer também não ser tão cavalheiro e me agarrar?

Ele vestiu uma camiseta preta de manga curta e enfiou os pés num par de coturnos. Então, parou, olhando para um compartimento metálico que ia do chão ao teto na parede do armário.

– Mary, por que não volta para o quarto? Preciso de um minuto sozinho, está bem?

Ela corou e se virou, afastando-se.

– Sinto muito, não queria invadir sua privacidade...

Ele segurou-lhe a mão.

– Não é isso. É que você poderia não gostar do que veria.

Como se algo do que houvesse ali pudesse chocá-la depois daquele dia...

– Vá em frente – murmurou ela –, faça... o que tiver de fazer.

Rhage acariciou seu pulso com o polegar e, em seguida, abriu o compartimento metálico. Tirou de lá um coldre peitoral preto de couro e o colocou atravessado nos ombros, prendendo-o sob os músculos do peito. Depois, foi a vez de um largo cinturão, igual ao dos policiais, mas, assim como o coldre, vazio.

Ele a olhou. E, então, pegou as armas.

Duas longas adagas negras, que embainhou no peito, com os cabos para baixo. Uma brilhante pistola que conferiu para ver se estava carregada, com movimentos rápidos e seguros, antes de metê-la no cinturão. Reluzentes estrelas ninja, muita munição e outra faca menor, que ele escondeu em algum lugar, completaram o arsenal.

Ele tirou seu casacão de couro preto do cabide e o vestiu, apalpando-lhe os bolsos. Tirou outra pistola do compartimento de armas e a conferiu rapidamente antes de enterrá-la num deles. Espalhou mais estrelas de arremesso pelos bolsos do casaco. E outra adaga.

Quando voltou a encará-la, ela retrocedeu.

– Mary, não me olhe como se fosse um estranho. Sou eu mesmo, debaixo de tudo isso.

Ela não parou até estar novamente na cama.

– Você é um estranho – sussurrou ela.

O rosto dele endureceu e sua voz murchou.

– Voltarei antes da alvorada.

Partiu sem hesitar.

Mary não saberia dizer quanto tempo ficou ali sentada, olhando fixamente o tapete. Mas quando ergueu a vista, virou-se e pegou o telefone.

Capítulo 24

Bella abriu o forno, deu uma olhadinha no jantar e se rendeu.

Que desastre.

Pegou um par de luvas térmicas e tirou o bolo de carne. O coitado havia murchado nos cantos da travessa, queimado em cima e rachara de secura. Não dava para comer; teria mais utilidade como material de construção do que no prato. Mais uma dúzia como aquele e um pouco de argamassa e ela teria o muro que desejava em volta de seu terraço.

Quando fechou a porta do forno com o quadril, podia jurar que o fogão ultramoderno a olhava feio. A animosidade era mútua. Quando seu irmão reformara aquela casa grande de fazenda para ela, escolhera tudo do bom e do melhor, porque essa era a maneira de Rehvenge fazer as coisas. O fato de que ela preferisse a cozinha antiga, as portas que rangiam e o aprazível e aconchegante ar envelhecido do lugar não importaram. E ai dela se houvesse criado caso em relação às medidas de segurança. A única maneira de Rehvenge permitir que ela se mudasse para lá era se a casa fosse à prova de fogo, de balas e impenetrável como um museu.

Ah, as alegrias de ter um irmão mandão com uma mentalidade tacanha.

Ela pegou a travessa e se dirigia para a porta que dava para o quintal quando o telefone tocou.

Quando atendeu, torceu para que não fosse Rehvenge.

– Alô.

Houve uma pausa.

– Bella?

– Mary! Liguei para você hoje. Espere um segundo, tenho de alimentar os guaxinins – ela apoiou o telefone na mesa, saiu em disparada para o quintal, desfez-se da carga e voltou. Quando a travessa estava dentro da pia, ela pegou o fone.

– Como você está?

– Bella, preciso saber uma coisa – a voz da humana era tensa.

– Tudo que quiser, Mary. O que aconteceu?

– Você... é um deles?

Bella se afundou em uma cadeira ao lado da mesa da cozinha.

– Você está querendo saber se sou diferente de você?

– Aham.

Bella olhou o seu aquário. Tudo sempre parecia tão calmo ali, pensou.

– Sim, Mary. Sim, eu sou diferente.

A respiração do outro lado da linha acelerou.

– Oh, graças a Deus.

– Jamais imaginei que saber disso pudesse ser um alívio.

– Mas é. Eu... eu realmente preciso falar com alguém. Estou muito confusa.

– Confusa sobre... – *espere um minuto.* Por que elas estavam tendo aquela conversa? – Mary, como sabe sobre nós?

– Rhage me contou. Bem, mostrou-me, também.

– Isso significa que ele não apagou... Você se lembra dele?

– Estou com ele.

– Você *o quê*?

– Aqui. Na mansão. Com um punhado de homens, vampiros... – *Deus, aquela palavra...* a mulher limpou a garganta. – Estou aqui com uns cinco caras como ele.

Bella colocou a mão sobre a boca. Ninguém era hóspede da Irmandade. Ninguém ao menos sabia onde moravam. E aquela fêmea era *humana*.

– Mary, como você... como isso aconteceu?

Depois de ouvir toda a história, Bella estava estupefata.

– Alô? Bella?

– Sinto muito, eu... Você está bem?

– Eu acho que sim. Pelo menos, no momento. Escute, preciso saber. Por que você nos juntou? Rhage e eu?

– Ele a viu e... gostou de você. E me prometeu que não lhe faria mal, e só por isso concordei em arrumar aquele encontro.

– Quando ele me viu?

– Na noite em que levamos John ao centro de treinamento. Ou não se lembra disso?

– Não, não me lembro, mas Rhage me disse que eu havia estado lá. John... é um vampiro?

– Sim, é. Sua transição está próxima, foi por isso que eu me envolvi. Ele morrerá se não estiver com uma fêmea da nossa espécie quando chegar a hora da transição. Ele precisará beber o sangue dela.

– Então, naquela noite, quando o conheceu, você soube.

– Soube – Bella escolheu as palavras com cuidado. – Mary, o guerreiro a trata bem? Ele é... amável com você?

– Ele cuida de mim e me protege. Embora eu não faça a mínima ideia da razão por que faz isso.

Bella suspirou, pensando que sabia. Considerando a fixação do guerreiro pela humana, ele provavelmente havia criado um vínculo com ela.

– Mas voltarei para casa logo – disse a humana –; vou ficar aqui apenas alguns dias.

Bella não tinha tanta certeza disso. Mary estava muito mais envolvida no mundo deles do que imaginava.

O cheiro do escapamento era nauseabundo, pensou o Sr. O, enquanto manobrava o Toro Dingo na escuridão.

– Está bem. Já podemos começar – avisou o Sr. U.

O Sr. O desligou a máquina e inspecionou a área do bosque que havia derrubado. Um só andar, doze metros quadrados: tal era o planejamento para a área de persuasão mais espaçosa para que pudessem trabalhar.

O Sr. U entrou no trecho de terreno nivelado e falou aos *redutores* ali reunidos.

– Vamos começar a levantar as paredes. Quero três lados de pé. Deixem um aberto – o Sr. U os dispensou com gestos impacientes – Vamos. Movam-se.

Os homens apanharam as molduras pré-fabricadas e as levaram para o meio.

O som de um veículo que se aproximava imobilizou-os, embora os faróis apagados sugerissem se tratar de outro *redutor*. Com sua visão noturna aguçada, os membros da Sociedade eram capazes de transitar pela escuridão como se estivessem em pleno meio-dia; quem quer que estivesse por trás daquele volante, esquivando-se das árvores, tinha a mesma acuidade.

Quando o Sr. X saiu da minivan, o Sr. O se aproximou.

– Sensei – disse o Sr. O, inclinando-se. Sabia que o filho da mãe apreciaria o gesto e, de algum modo, instigá-lo deixara de ser divertido como costumava ser.

– Sr. O, vejo que estão fazendo progressos.

– Deixe-me lhe mostrar o que estamos fazendo.

Tinham de gritar mais alto do que os golpes dos martelos, mas não havia razão para se preocuparem com o barulho. Estavam trabalhando no meio de um terreno de trinta hectares, distante de Caldwell cerca de trinta minutos. A oeste da propriedade havia um pântano que servia como uma das zonas de inundação do Rio Hudson. Pegando o norte e o leste, ficava a montanha Big Notch, uma elevação rochosa que pertencia ao Estado, e que os escaladores não apreciavam devido aos ninhos de cascavel, e os turistas consideravam pouco atraente. O único ponto de exposição era o sul, mas os caipiras que viviam nas poucas fazendas aos pedaços não pareciam gostar de zanzar por ali.

– Isso está ficando bom – disse o Sr. X. – Agora, onde serão colocadas as instalações de aprisionamento?

– Aqui – o Sr. O se postou em determinado ponto do terreno. – Teremos os suplementos pela manhã. Devemos estar prontos para receber visitantes dentro de um dia.

– Está indo muito bem, filho.

Que inferno, o Sr. O detestava aquela história de "filho". Detestava de verdade.

– Obrigado, sensei – disse ele.

– Agora, acompanhe-me até o meu carro – quando estavam a certa distância do canteiro de obras, o Sr. X falou: – Diga-me uma coisa, você tem muito contato com os Betas?

O Sr. O se assegurou de continuar o contato visual.

– Não muito.

– Viu algum deles recentemente?

Meu Deus, onde o *Redutor Principal* queria chegar com aquilo?

– Não.

– Em nenhum momento desde a noite passada?

– Não, como lhe disse, não me misturo com os Betas – o Sr. O franziu a testa. Sabia que se exigisse uma explicação, só o olharia defensivamente, mas, que se lixasse.

– O que aconteceu?

– Aqueles Betas que perdemos no parque ontem à noite pareciam promissores. Lamentaria pensar que enviou para a morte seus competidores.

– Um Irmão...

– Sim, um membro da Irmandade os atacou. Certo. O estranho, entretanto, é que os Irmãos sempre se asseguram de apunhalar os *redutores* que matam para que os corpos se desintegrem. Mas, ontem à noite, aqueles Betas foram abandonados para que morressem. E gravemente feridos, pois não puderam responder às perguntas quando foram encontrados pelo esquadrão reserva. Por isso, ninguém sabe o que aconteceu.

– Eu não estava no parque e você sabe.

– Eu sei?

– Lógico que sabe, caramba!

– Veja lá como fala. E cuidado – os pálidos olhos do Sr. X se estreitaram como fendas –, sabe a quem recorrerei se tiver de apertar-lhe a coleira outra vez. Agora, volte ao trabalho. Espero você e seu esquadrão para a verificação à primeira hora do dia.

– Achei que usávamos e-mail para isso – disse o Sr. O, com os dentes cerrados.

– De agora em diante, será pessoalmente para você e sua equipe.

Quando a minivan se foi, o Sr. O ficou com os olhos perdidos na noite, escutando os sons da construção. Deveria estar fervendo de ódio. Em vez disso, estava apenas... cansado.

Deus, não tinha entusiasmo algum por seu trabalho. Sequer conseguia se irritar com as aporrinhações do Sr. X.

A emoção se fora.

Mary deu uma olhada no relógio digital: 1h56. A alvorada estava longe e dormir estava fora de cogitação. Tudo que ela imaginava quando fechava os olhos eram aquelas armas penduradas no corpo de Rhage.

Rolou e deitou-se de costas. A ideia de não voltar a vê-lo era tão perturbadora, que se recusava a examinar seus sentimentos muito de perto. Apenas os aceitava, suportava-os mal e rezava por algum alívio.

Deus, desejava poder voltar para o momento anterior à sua partida. Teria se abraçado a ele com força. E lhe teria advertido sobre segurança, mesmo que nada entendesse de lutas, enquanto ele, assim esperava, era um mestre no assunto. Só o queria a salvo...

De repente, a porta foi destrancada. E, ao ser escancarada, o cabelo louro de Rhage brilhou na luz proveniente do corredor.

Mary saiu da cama em disparada, cruzando o cômodo em uma louca carreira e se atirou em seus braços.

– Uau, o que... – seus braços a enlaçaram e suspenderam, mantendo-a assim enquanto ia até a porta e a fechava. Quando a soltou, ela deslizou por seu corpo.

– Você está bem?

Quando seus pés tocaram o chão, ela voltou à realidade.

– Mary?

– Ah, sim... sim, estou bem – deu um passo para o lado. Olhando ao seu redor. Ruborizada a valer – Só... sim, vou voltar para a cama agora.

– Pare aí mesmo, mulher – Rhage tirou o casaco, o coldre e o cinturão. – Volta aqui. Eu gosto da maneira como me recebe quando volto para casa.

Ele abriu os braços e ela correu para ele, abraçando-o com força, sentindo como respirava. Seu corpo era tão quente e cheirava maravilhosamente, como ar fresco.

– Não esperava que estivesse acordada – murmurou ele, acariciando suas costas de cima a baixo.

– Não consegui dormir.

– Eu lhe disse, aqui você está a salvo, Mary – seus dedos encontraram a base de seu pescoço e o massagearam com força. – Droga, está tensa. Tem certeza de que está bem?

– Estou bem. Mesmo.

Ele cessou a massagem.

– Alguma vez você respondeu a essa pergunta com sinceridade?

– Acabei de fazê-lo – mais ou menos.

Sua mão voltou a acariciá-la.

– Você me promete uma coisa?

– O quê?

– Me avisará quando não se sentir bem? – sua voz tornou-se provocadora – Quero dizer, sei que você é forte, por isso não ficarei preocupado por qualquer coisinha. Não precisa me poupar, achando que vai me matar de preocupação.

Ela riu.

– Eu prometo.

Ele ergueu-lhe o queixo com um dedo, olhando-a com ar sério.

– Vou obrigá-la a cumprir essa promessa – ele a beijou na face. – Escute, eu ia até a cozinha para pegar alguma coisa para comer. Quer vir comigo? A casa está tranquila. Os outros Irmãos ainda estão fora.

– Claro. Deixe-me apenas trocar de roupa.

– Basta vestir por cima um de meus casacos de lã – ele foi até a cômoda e tirou de lá uma coisa macia, negra, e do tamanho de uma lona de circo. – Gosto da ideia de você usando a minha roupa.

Ao ajudá-la a se vestir, o sorriso estampado no rosto dele era de grande satisfação. E de possessividade.

E estava pouco se incomodando se aquela cara de bobo não combinava com ele.

Quando terminaram de comer e voltaram para o quarto, Rhage estava com dificuldade de concentração. O zumbido voltara com força, pior do que nunca. E ele estava totalmente excitado, seu corpo tão quente que parecia que seu sangue iria secar em suas veias.

Quando Mary se aproximou da cama e se instalou, ele tomou uma rápida ducha e se perguntou se não deveria aliviar sua ereção antes de voltar para o quarto. A maldita coisa estava rija, ereta e doía como uma danada, e a água que lhe caía sobre o corpo fazia com que pensasse nas mãos de Mary sobre sua pele. Agarrou o seu membro e recordou como fora senti-la se contorcer em sua boca quando lhe dera prazer. Ele gozou em menos de um minuto.

Quando terminou, o orgasmo vazio só o enervou mais. Parecia que seu corpo sabia que o que realmente importava estava no quarto e não se deixaria enganar.

Praguejando, saiu e, secando-se com a toalha, dirigiu-se para o *closet*. Contando com a atenção aos detalhes de Fritz, vasculhou até encontrar – *obrigado, Deus* – um pijama que nunca usara na vida. Enfiou-se dentro dele e, em seguida, por precaução, vestiu por cima um roupão combinando.

Rhage fez uma careta, sentindo-se como se estivesse usando metade do maldito *closet*. Mas o objetivo era justamente esse.

– O quarto está muito quente para você? – perguntou Mary, enquanto acendia uma vela e apagava o abajur.

– Está perfeito.

Para ele, a sensação era a de que estava nos trópicos. E a temperatura aumentou ainda mais quando se aproximou da cama e sentou-se no lado oposto ao dela.

– Escute, Mary, em aproximadamente uma hora, às quatro e quarenta e cinco, escutará as persianas se fechando para o dia. Deslizam em trilhos nas janelas. Não que façam muito barulho, mas não quero que se assuste.

– Obrigada.

Rhage se deixou cair sobre o edredom e cruzou os pés. Tudo aquilo o irritava, o quarto quente, o pijama, o roupão. Agora sabia como os presentes se sentiam, amarrados com papel e fitas: comichando.

– Normalmente você usa tudo isso para dormir? – perguntou ela.

– Normalmente.

– Então, por que ainda tem a etiqueta no roupão?

– No caso de querer outro igual, saberei onde comprar.

Ele se virou para o outro lado, distanciando-se dela. Rolou sobre si mesmo novamente e ficou olhando fixo para o teto. Um minuto mais tarde, deitou-se de bruços.

– Rhage – sua voz era adorável na penumbra tranquila.

– O quê?

– Você costuma dormir nu, não é?

– Ah, normalmente.

– Olhe, pode tirar a roupa. Não vai me incomodar.

– Não queria que se sentisse... desconfortável.

– Fico mais desconfortável com você se revirando do seu lado da cama, porque me faz pular como panqueca aqui do meu lado.

Ele teria rido em silêncio pelo tom sério com que disse aquilo, mas a bomba quente que tinha entre as pernas sugava todo seu humor.

Ah, que inferno. Se ele pensava que aquela quantidade de roupas o ajudaria a se controlar, estava fora de si. De tal forma a desejava que o que estivesse vestindo não fazia a menor diferença.

Mantendo-se de costas para ela, levantou-se e despiu-se. Deu um jeitinho de se enfiar debaixo das cobertas de modo que ela não vislumbrasse o que tinha entre as pernas. Ela não tinha necessidade de saber daquela monstruosa excitação.

Deitou-se de costas para ela.

– Posso tocar isso? – perguntou ela.

Sua ereção estremeceu, como se estivesse voluntária para ser "isso".

– Tocar o quê?

– A tatuagem. Eu gostaria de... tocá-la.

Deus, ela estava tão perto dele e aquela sua voz – doce, bela – era mágica. Mas o zumbido em seu corpo fazia com que sentisse que tinha um misturador de tinta no estômago.

Como ele ficou quieto, ela murmurou.

– Deixe para lá. Não quis...

– Não. É só... – *droga*. Ele detestou a frieza no tom com que ela lhe falou – Mary, está bem. Faça o que tiver vontade.

Ouviu o roçar dos lençóis. Sentiu o colchão balançar um pouco. E, em seguida, as pontas dos dedos dela roçarem seu ombro. Ele tentou se controlar o melhor que pôde.

– Onde você a fez? – sussurrou ela, traçando o contorno da maldição. – O desenho é extraordinário.

Todo seu corpo se retesou enquanto sentia com precisão em que ponto ela estava sobre a besta. Agora, percorria com os dedos a parte inferior da perna esquerda do monstro, e sabia disso por que sentia o arrepio correspondente em seu próprio membro.

Rhage fechou os olhos, preso entre o prazer de ter a mão dela sobre ele e a realidade de que estavam brincando com fogo. A vibração, a queimação, tudo se amplificava em seu mais profundo e destrutivo âmago.

Ele inspirou por entre os dentes quando ela acariciou o flanco da besta.

– Sua pele é tão lisa – disse ela, deslizando a mão espalmada por sua coluna.

Congelado no lugar, incapaz de respirar, rezou por autocontrole.

– E... bem, não faz diferença – retirou a mão. – Eu acho a tatuagem linda.

Ele já estava em cima dela antes que percebesse que se movera. E não estava sendo um cavalheiro. Abriu-lhe as pernas com a própria coxa, prendeu-lhe os braços acima da cabeça, e procurou sua boca com a dele. Quando ela arqueou o corpo, ele agarrou a barra de sua camisola e a suspendeu com força. Ia possuí-la. Naquele exato momento e bem ali em sua cama, justamente como desejara.

E ela iria ser *perfeita*.

Suas coxas se renderam a ele, escancarando-se, e ela o puxou para si com desejo, pronunciando seu nome com um gemido rouco. Aquele som desencadeou nele um violento tremor que sacudiu todo o seu corpo, turvando-lhe a visão e enviando vibrações aos seus braços e pernas. O desejo de tomá-la o consumia, despojava-o de qualquer verniz de civilidade que recobria seus instintos. Ele era bruto, selvagem e estava... à beira da implosão abrasadora que era o cartão de visitas da maldição.

O terror lhe deu forças para saltar para trás e se afastar dela, tropeçando pelo quarto. Bateu em algo. A parede.

– Rhage!

Desabando no chão, ele colocou as mãos trêmulas sobre o rosto, sabendo que seus olhos estavam brancos. Seu corpo tremia tanto que suas palavras saíram em ondas.

– Estou descontrolado... isso é... droga, não posso... preciso me afastar de você.

– Por quê? Não quero que pare...

Ele foi direto.

– Estou alucinado de desejo por você, Mary. Estou tão... droga... fora de mim, mas não posso ter você. Não possuirei... você.

– Rhage – ela insistiu, como se tentasse ser ouvida por ele. – Por que não?

– Você não iria me querer. Confie em mim, desse jeito, você não iria me querer.

– Uma ova que não.

Ele não estava preparado para lhe dizer que era um monstro esperando para se revelar. Então, decidiu desgostá-la, em vez de apavorá-la.

– Só esta semana, tive oito mulheres diferentes.

Houve uma longa pausa.

– Santo Deus...

– Não quero mentir para você. Nunca. Então, deixe-me esclarecer umas coisas. Tive um bocado de sexo anônimo. Já tive tantas mulheres, mas jamais dei a mínima para nenhuma delas. E não quero que pense que seria capaz de usá-la do mesmo modo.

Agora que suas pupilas voltavam a ser negras, ele a olhou.

– Por favor, diga-me que pratica sexo seguro – murmurou ela.

– Quando as mulheres me pedem isso, sim.

Seus olhos chisparam.

– E quando elas não pedem?

– Eu não contrairia delas sequer um resfriado comum, muito menos o HIV, hepatite C ou qualquer doença sexualmente transmissível. Os vírus dos humanos não nos afetam.

Ela puxou as cobertas por cima dos ombros.

– Como sabe que não as deixa grávidas? Ou os humanos e os vampiros não podem...

– Casos de mestiços são raros, mas acontecem. E é óbvio para mim quando as mulheres estão férteis. Posso farejar. Se estiverem no período fértil, ou perto dele, não tenho sexo com elas, mesmo usando preservativo. Meus filhos, quando os tiver, nascerão em segurança, no meu mundo. E amarei a mãe deles.

Os olhos de Mary se desviaram, tornando-se vidrados, sombrios. Ele ergueu a vista para descobrir o que ela olhava fixamente. Era o quadro *Madona e criança* sobre a cômoda.

– Alegra-me que tenha me dito isso – disse ela, por fim –, mas por que tem de ser com estranhas? Por que não pode ser com alguém que você... Na verdade, não me responda. Isso não é da minha conta.

– Eu preferiria estar com você, Mary. Não estar dentro de você é uma tortura... eu a quero tanto que não posso suportar – ele bufou –, mas pode me dizer com sinceridade que você ainda me deseja, depois disso? Embora... droga, e mesmo se me quisesse, há ainda outra coisa. O que você significa para mim... é como lhe disse antes. Tenho medo de perder o controle. Você me afeta de uma maneira diferente das outras mulheres.

Houve outro longo silêncio. Ela o quebrou.

– Diga-me outra vez que você se sente péssimo porque não dormiremos juntos – disse ela, secamente.

– Sou um completo desgraçado. Dolorido. Com uma ereção que não passa. Transtornado e fulo da vida.

– Está bem – ela riu um pouco. – Cara, eu sou mesmo uma filha da mãe, não é?

– Nem um pouco.

O quarto ficou em silêncio. Por fim, ele se deitou no chão e se encolheu, descansando a cabeça sobre o braço.

Ela suspirou.

– Também, não precisa dormir no chão.

– É melhor assim.

– Pelo amor de Deus, Rhage, levante daí.

A voz dele baixou para um grunhido.

– Se eu voltar para essa cama, não conseguirei ficar afastado desse doce lugar entre as suas pernas. E desta vez não usaria apenas minhas mãos e minha língua. Voltaríamos para onde estávamos. Meu corpo em cima do seu, cada centímetro do meu sexo desesperado para entrar no seu.

Ele sentiu o delicioso perfume de sua excitação, e o ar ficou carregado de tensão sexual. E, por dentro, algo perigoso se agitou.

– Mary, é melhor eu sair daqui. Voltarei quando você estiver dormindo.

Ele foi embora antes que ela pudesse dizer qualquer coisa. Quando a porta se fechou atrás dele, Rhage se apoiou contra a parede do corredor. Estar fora do quarto ajudava. Era mais difícil sentindo seu cheiro.

Ele ouviu uma risada e viu Phury caminhando pelo corredor.

– Está fazendo hora extra, Hollywood? E, a propósito, está nu em pelo.

Rhage se cobriu com as mãos.

– Não sei como consegue aguentar.

O Irmão parou, agitando a caneca de cidra quente que levava com ele.

– Aguentar o quê?

– O celibato.

– Não me vá dizer que sua fêmea lhe deu cartão vermelho?

– Não é esse o problema.

– Então, o que o leva a ficar nesse corredor em "posição de sentido"?

– Eu, ah, não quero machucá-la.

Phury pareceu desconcertado.

– Você é grande, mas nunca feriu fêmea alguma. Pelo menos, não que eu saiba.

– Não, é só que... eu a desejo com tal intensidade que... Estou doido, cara.

Os olhos amarelos de Phury se estreitaram.

– Está falando da besta?

Rhage desviou os olhos.

– Sim.

O assobio que veio do Irmão foi sombrio.

– Bem... droga, é melhor ficar esperto. Se a deseja tanto assim, tudo bem, mas precisa segurar sua onda, ou irá machucá-la *pra valer*, entendeu? Procure uma briga, procure outras mulheres, mas arrume um jeito de se acalmar. E se precisar de um pouco de fumaça vermelha, fale comigo. Cedo-lhe um pouco da minha.

Rhage suspirou fundo.

– Por ora, vou dispensar o fumo. Mas, posso pegar emprestados uma roupa de corrida e um par de tênis? Vou tentar me esgotar fisicamente.

Phury deu-lhe um tapa nas costas.

– Vamos, meu Irmão. Fico mais do que feliz em poder ajudá-lo a cobrir essa sua bunda.

Capítulo 25

Ao cair da tarde, o Sr. O deu marcha ré no Toro, evitando o montão de terra que criara com ele.

– Está pronto para os canos? – gritou-lhe o Sr. U.

– Sim. Largue um lá. Vamos ver como se encaixa.

O tubo de esgoto em metal corrugado, de aproximadamente um metro de diâmetro e dois metros de comprimento, foi baixado até o buraco, até sua extremidade encontrar sustentação. A coisa se adaptava perfeitamente.

– Vamos colocar os outros dois ali – disse o Sr. O.

Vinte minutos mais tarde, as três seções de tubulação encontravam-se alinhadas. Usando o Dingo, o Sr. O empurrava a terra enquanto outros dois *redutores* mantinham os tubos no lugar.

– Está muito bom – disse o Sr. U, andando em volta – Está realmente muito bom. Mas como conseguiremos que os civis entrem e saiam?

– Roldanas – o Sr. O desligou o Dingo e se aproximou para olhar atentamente dentro de um dos canos – Podemos adquirir material para escalada no Dick's Artigos Esportivos. Somos bastante fortes para levantar os civis, mesmo como peso morto; e como eles estarão drogados, sentindo muita dor ou esgotados, não se debaterão muito.

– É uma grande ideia – murmurou o Sr. U – Mas como os fecharemos?

– As tampas serão telas metálicas com pesos no centro.

O Sr. O olhou para cima e viu o céu azul.

– Quanto tempo acha que levará até termos o teto pronto?

– Bom, ergueremos a última parede agora mesmo. Então, tudo que teremos de fazer é levantar as vigas e colocar as claraboias. As telhas não levarão muito tempo e as tábuas de revestimento já foram aplicadas nas três paredes que temos agora. Transferirei as ferramentas para cá, conseguirei uma bancada e amanhã à noite já estaremos "funcionando".

– Até lá já teremos as persianas para as claraboias?

– Sim. E serão automáticas; então, você poderá controlá-las de longe.

Cara, que prático. Um pouquinho de sol era a melhor faxineira que um *redutor* podia ter. Ele bate, ilumina o espaço e pronto: nem vestígios de vampiro.

O Sr. O indicou com a cabeça o seu caminhão.

– Devolverei o Toro à locadora. Precisa de alguma coisa da cidade?

– Não. Temos tudo.

A caminho de Caldwell, o Sr. O deveria estar de bom humor. A construção ia bem. Seu esquadrão aceitava seu comando. O Sr. X não repetira aquela história de Betas. Mas, em vez disso, sentia-se... morto. E isso não era um tanto irônico para alguém que já não estava vivo há três anos?

Já havia se sentido assim antes.

Lá em Sioux City, antes de virar *redutor*, odiava sua vida. Bem ou mal, completara o colégio e, como não havia dinheiro sequer para enviá-lo a uma universidade pública, as opções de carreira tinham sido limitadas. O serviço de leão de chácara que conseguira devido ao seu tamanho e mau temperamento não era muito divertido: os bêbados não conseguiam lutar e arrebentá-los quando estavam inconscientes tinha tanta graça quanto espancar uma vaca.

A única coisa boa que lhe aconteceu foi conhecer Jennifer. Ela o salvara do completo tédio e era por isso que a amava. Ela era o drama, o entusiasmo e a imprevisibilidade na paisagem monótona de sua vida. E sempre que tinha um de seus rompantes de fúria, ela revidava seus golpes, ainda que fosse pequena e sangrasse mais facilmente que ele. Ele nunca chegou a entender se ela revidava por que era muito tola para perceber que ele sempre ganhava no final ou por que ela já estava habituada a ser espancada pelo pai. Fosse qual fosse o caso, por estupidez ou por hábito, ele recebia todos os golpes que ela conseguia lhe acertar e depois a nocauteava. Cuidar dela depois, quando a fúria já havia se apagado, proporcionou-lhe os momentos mais ternos de sua vida.

Mas, como todas as coisas boas, ela também chegou ao fim. Deus, como sentia falta dela. Fora a única que compreendeu como o amor e o ódio batiam lado a lado em seu coração, a única que podia administrar ambos os sentimentos ao mesmo tempo. Pensando em seus longos cabelos negros e em seu corpo magro, sentia tanta falta dela que quase podia senti-la ao seu lado.

Quando entrou em Caldwell, pensou na prostituta que havia contratado na manhã anterior. No final das contas, ela acabara lhe dando o que precisava, embora, para tanto, fora obrigada a perder a vida. E, agora, enquanto dirigia, explorava as calçadas, procurando outra válvula de escape. Infelizmente, as morenas eram mais difíceis de achar naquele tipo de comércio do que as louras. Talvez pudesse comprar uma peruca e dizer às prostitutas para a colocarem.

O Sr. O pensou no número de pessoas que já matara. A primeira delas havia sido em legítima defesa. A segunda, por engano. A terceira, fora a sangue frio. Então, quando chegou à Costa Leste, fugindo da lei, já entendia um pouco de morte.

Naquela ocasião, com a recente partida de Jennifer, a dor em seu peito era tão viva, que mais parecia um cão raivoso precisando ser solto para não destruí-lo. Conhecer a Sociedade havia sido um milagre. Aquilo o salvara de um vazio torturante, dando-lhe concentração, objetivo e uma saída para a angústia.

Mas, agora, de certo modo, todas aquelas vantagens haviam desaparecido e ele se sentia vazio. Exatamente como estava há cinco anos, em Sioux City, antes de conhecer Jennifer.

Bem, quase exatamente, pensou ele, chegando à locadora.

Naquele tempo, ele ainda estava vivo.

– Já saiu da banheira?

Mary riu, trocando o telefone de ouvido, afundando-se mais nos travesseiros. Passava um pouco das quatro horas.

– Sim, Rhage.

Não podia se lembrar se alguma vez na vida fora tão paparicada. Dormindo até tarde. Comida na bandeja com livros e revistas. A jacuzzi.

Era como estar em um spa. Bem, um spa onde o telefone tocava constantemente. Perdera a conta de quantas vezes ele ligara.

– Fritz levou-lhe o que pedi?

– Como ele encontrou morangos maravilhosos assim em outubro?

– Temos nossos métodos.

– E as flores são tão lindas! – ela olhou o buquê de rosas, dedaleiras, esporas-de-cavalheiro e tulipas. Primavera e verão em um vaso de cristal. – Obrigada.

– Fico feliz que tenha gostado. Só lamento não ter podido sair e escolhê-las eu mesmo. Teria gostado de procurar para você as mais perfeitas. As mais vivas e cheirosas.

– Missão cumprida.

Vozes masculinas ecoavam ao fundo. Rhage baixou a voz.

– Ei, tira, importa-se que eu use seu quarto? Preciso de privacidade.

A resposta foi abafada e depois ela escutou uma porta se fechando.

– Alô – disse Rhage, com voz rouca –, você está na cama?

O corpo dela estremeceu, excitando-se.

– Sim.

– Sinto sua falta.

Ela abriu a boca. Não saiu coisa alguma.

– Ainda está aí, Mary? – ao ouvi-la suspirar, disse: – Isso não me pareceu nada bom. Estou apaixonado demais para o seu gosto?

Só esta semana, tive oito mulheres diferentes.

Oh, Deus. Ela não queria se apaixonar por ele. Não podia deixar isso acontecer.

– Mary?

– Só não... diga coisas assim para mim.

– É como me sinto.

Ela não respondeu. O que podia dizer? Que se sentia da mesma forma? Que sentia falta dele, mesmo ligando de hora em hora para ela ao longo do dia? Era verdade, mas não estava satisfeita com isso. Ele era incrivelmente bonito... e, droga, podia colocar Wilt Chamberlain no chinelo em se tratando de uma longa lista de conquistas. Então, ainda que ela estivesse perfeitamente saudável, ele era um passaporte para a infelicidade. E como não estava, a situação ficava ainda pior...

Ligar-se emocionalmente a ele seria um verdadeiro absurdo.

Quando o silêncio entre os dois se estendeu, ele praguejou.

– Temos muitos assuntos para resolver esta noite. Não sei quando voltarei, mas, se precisar de mim, já sabe como me encontrar.

Quando a ligação caiu, ela se sentiu horrível. E sabia muito bem que aquela conversa fiada de não se envolver, e de manter distância, não funcionava nem um pouco.

Capítulo 26

Rhage pisou firme com suas botas de combate e olhou o bosque ao seu redor. Nada. Nem sons, nem cheiro de *redutores*. Nenhuma evidência de que aquele ponto do bosque houvesse sido visitado em anos. Fora a mesma coisa com outros terrenos que eles inspecionaram.

– Que diabos estamos fazendo aqui? – resmungou ele.

Sabia a maldita resposta. Tohr avistara um *redutor* na noite anterior em um trecho isolado da Rota 22. O assassino usava uma moto de enduro e desapareceu no bosque, mas havia perdido um pedaço de papel no processo: uma lista de terrenos à venda nos limites de Caldwell.

Então, Butch e Vishous pesquisaram todas as propriedades vendidas nos últimos doze meses na cidade e arredores. Encontraram cerca de cinquenta. Rhage e Vishous haviam visitado cinco delas, enquanto os gêmeos faziam o mesmo, checando outras tantas. Enquanto isso, Butch estava no Buraco, reunindo os relatórios de campo, mapeando e procurando padrões. Iria levar mais umas duas noites para cobrir todos os terrenos, pois não podiam deixar de patrulhar. E, além disso, precisavam monitorar a casa de Mary.

Rhage sondava o bosque, esperando que alguma daquelas sombras se revelasse um *redutor*. Começava a odiar os ramos das árvores. Vários alarmes falsos provocados por simples lufadas agitando suas folhas.

– Onde estão aqueles filhos da mãe?

– Calma, Hollywood – V alisou o cavanhaque e tirou o gorro do Sox. – Cara, você está agitado esta noite.

Agitado não era bem a palavra. Estava quase elétrico. Esperava que ficar longe de Mary durante o dia o ajudaria e esperava arrumar um pouco de ação naquela noite. Também contava com o esgotamento resultante da privação do sono para acalmá-lo.

Bem, não tivera sorte em nenhuma dessas frentes. Desejava Mary com um crescente desespero, que parecia não estar vinculado à proximidade física. Não encontrara *redutores*. E estar acordado há quarenta e oito horas só o deixara mais agressivo.

Para piorar, já eram três horas da madrugada. O tempo estava se esgotando para arrumar o combate tão necessário. *Maldição*...

– *Rhage* – V. agitou a mão enluvada no ar –, está aqui comigo, meu. Irmão?

– Sinto muito, não entendi... – ele esfregou os olhos. O rosto. Os bíceps. Sua pele ardia tanto que parecia estar usando uma armadura feita de formigas.

– Você não está nem um pouco concentrado.

– Não, estou bem...

– Então, por que está agitando os braços dessa maneira?

Rhage deixou cair as mãos. Só para começar a esfregar as coxas.

– Temos de levá-lo ao One Eye – disse V., com brandura. – Está descontrolado. Precisa de sexo.

– Vá se ferrar.

– Phury me contou como o encontrou no corredor.

– Vocês são um bando de comadres fofoqueiras, fala sério!

– Se não pode fazer sexo com sua fêmea e não arrumar uma briga, qual será sua alternativa?

– Não precisa ser assim – ele girou a cabeça de um lado para o outro, tentando relaxar os ombros e o pescoço. – Não funciona mais. Eu mudei. Acabaram-se as noitadas para mim, suponho...

– Suposição em uma mão, catástrofe na outra, é questão de pesar as opções. Você está numa sinuca de bico, meu Irmão. E sabe muito bem o que precisa fazer para sair disso, não é mesmo?

Quando Mary ouviu a porta se abrindo, despertou um tanto grogue. Droga, outra noite febril.

– Rhage? – murmurou ela.

– Sim, sou eu.

A voz dele estava péssima, pensou. E tinha deixado a porta do quarto aberta, o que significava que não ficaria muito tempo. Talvez ainda estivesse zangado com ela por causa do último telefonema.

Vindo do *closet*, escutou o ruído de metal chacoalhando e o farfalhar de tecido, como se ele estivesse vestindo uma camisa limpa. Quando Rhage saiu de lá, foi direto para o corredor, com o casacão ondulando atrás dele. A ideia de que ele estivesse saindo sem se despedir foi um bocado chocante.

Ao segurar a maçaneta, ele parou. A luz do corredor iluminava-lhe os cabelos brilhosos e os ombros largos. Seu rosto estava em perfil, na escuridão.

– Aonde você vai? – perguntou ela, sentando-se.

Houve um longo silêncio.

– Sair.

Por que parecia tão culpado?, perguntou-se ela. *Ela não precisava de uma babá. Se ele tinha negócios a tratar...*

Oh... certo. Mulheres. Ele estava saindo para ir atrás de mulheres.

A cavidade de seu peito se convertia em um buraco frio e úmido, especialmente ao olhar para o buquê de flores que ele havia lhe dado. Deus, a ideia de ele tocar outro alguém da mesma maneira que a tocara lhe dava ânsia de vômito.

– Mary... sinto muito.

Ela pigarreou.

– Não sinta. Não há nada entre nós, por isso, não espero que mude seus hábitos por mim.

– Não é um hábito.

– Oh, certo. Sinto muito. Vício.

Houve outro longo silêncio.

– Mary, eu... se houvesse outra maneira...

– De fazer o quê? – ela balançou a mão. – Não responda a isso.

– Mary...

– Não, Rhage. Não é da minha conta. Vá.

– Deixarei meu celular ligado se você...

– Sim, claro. É *lógico* que ligarei.

Ele a olhou durante um instante, entre duas batidas do coração. E, então, sua silhueta negra desapareceu pela porta.

Capítulo 27

John Matthew caminhava para casa vindo do Restaurante do Moe, aproveitando o horário da ronda policial, às três e meia da madrugada. Temia as horas antes do amanhecer. Sentar-se em seu apartamento lhe pareceria estar enjaulado, mas era muito tarde para ficar na rua. Mesmo assim... Deus, andava tão inquieto que podia sentir o gosto da agitação em sua boca. E o fato de não haver alguém para poder conversar o exasperava ainda mais.

A verdade era que precisava de orientação. Depois que Tohrment fora embora, ficara remoendo a conversa deles, ponderando se de fato fizera a coisa certa. Tentou se convencer de que sim, mas a todo instante era assaltado pela dúvida.

Quem dera pudesse achar Mary. Fora à sua casa na noite anterior, mas a encontrara às escuras e fechada. E ela não estava indo à Linha Direta. Era como se tivesse desaparecido e sua preocupação com ela era uma razão a mais para estar nervoso.

Ao se aproximar de seu edifício, viu um caminhão estacionado em frente. A carroceria estava cheia de caixas, como se alguém estivesse de mudança.

Que estranho fazer isso durante a madrugada, pensou ele, olhando a carga.

Como percebeu que não havia ninguém tomando conta, esperou que o dono voltasse logo. Do contrário, suas coisas iriam desaparecer.

John entrou no edifício e subiu as escadas, não fazendo caso das pontas de cigarro, latas de cerveja vazias e sacos de batatas fritas amassados. Quando já estava quase no segundo andar, apertou os olhos, desconfiado. Havia algo derramado por todo o chão do corredor. Vermelho profundo...

Sangue.

Retrocedendo para a escada, olhou fixamente para sua porta. Havia uma mancha no centro, como se alguém tivesse batido a cabeça... Mas, então, viu a garrafa verde-escura quebrada. Vinho tinto. Era somente vinho tinto. O casal de bêbados que morava ao lado dele devia ter brigado novamente no corredor.

Seus ombros relaxaram.

– Com licença – disse alguém bem mais alto do que ele.

Ele saiu do caminho e olhou para cima.

O corpo de John se retesou.

O homenzarrão parado ali vestia calças de camuflagem negras e uma jaqueta de couro. Seu cabelo e pele eram completamente brancos e seus olhos desbotados tinham um brilho sinistro.

Maligno. Morto-vivo.

Inimigo.

Aquilo era um inimigo.

– Olhe só como está esse chão – disse o cara antes de estreitar seu olhar sobre John. – Há algo errado?

John sacudiu a cabeça com veemência e baixou os olhos. Seu primeiro impulso foi correr para o apartamento, mas não queria que o cara soubesse onde morava.

Escutou uma risadinha profunda.

– Parece um pouco pálido, meu camarada.

John desceu as escadas em disparada em direção à rua. Correu até a esquina, dobrou à esquerda e continuou correndo. Correu, correu, até ficar sem fôlego. Ofegante, enfiou-se entre a parede de tijolos de um edifício e uma caçamba.

Em seus sonhos, lutava contra homens pálidos. Homens pálidos com roupas negras cujos olhos não tinham alma.

Meus inimigos.

Tremia tanto que mal conseguiu meter a mão no bolso. Tirou dali uma moeda de vinte e cinco centavos e a apertou com tanta força que a cravou na palma da mão. Quando recuperou o fôlego, inclinou-se e examinou atentamente os dois lados do beco. Não havia ninguém por perto, nada de passadas pesadas no asfalto.

Seu inimigo não o reconhecera.

John abandonou o refúgio da lixeira e caminhou rapidamente para a esquina.

A cabine telefônica estava recoberta de pichações, mas sabia que funcionava porque costumava ligar para Mary de lá. Inseriu a moeda pela abertura e teclou os números do telefone que Tohrment havia lhe dado.

Após o primeiro toque, a secretaria eletrônica recitou roboticamente o número que havia chamado.

John esperou o bip. E assobiou.

Capítulo 28

Foi um pouco antes da alvorada que Mary finalmente escutou vozes masculinas no corredor. Quando a porta se abriu, seu coração saltou no peito. Rhage preenchia a soleira da porta enquanto falavam com ele.

– Cara, foi uma luta infernal quando deixamos o bar. Você estava um verdadeiro *demônio* lá fora.

– Eu sei – resmungou Rhage.

– Você foi incrível, Hollywood, e não só no corpo a corpo. Aquela mulher que você...

– Mais tarde, Phury.

A porta se fechou e a luz do *closet* foi acesa. Pelos estalidos e sons metálicos, devia estar se desarmando. Quando saiu, ele soltou um suspiro trêmulo.

Mary fingiu dormir quando os passos dele hesitaram ao pé da cama e logo se dirigiram para o banheiro. Quando escutou o barulho do chuveiro, ela imaginou tudo que estava sendo lavado fora: luta, sexo...

Especialmente sexo.

Ela cobriu o rosto com as mãos. Iria para casa hoje mesmo. Faria a sua mala e sairia pela porta. Ele não poderia obrigá-la a ficar; ela não era responsabilidade dele só por que ele dissera que era.

O barulho de água cessou.

O silêncio sugou todo o ar do quarto e ela perdeu o fôlego ali parada. Ofegante, asfixiando-se... lançou fora as cobertas e correu para a porta. Suas mãos agarraram a maçaneta e ela lutou para abrir a fechadura, sacudindo-a, puxando-a, até descabelar-se.

– Mary – disse Rhage, bem atrás dela.

Sobressaltou-se e lutou mais contra a porta.

– Deixe-me sair. Preciso ir embora... não posso ficar neste quarto com você. Não posso ficar aqui... com você – ela sentiu as mãos dele sobre seus ombros – *Não me toque.*

Ela vagou pelo quarto desorientada até chegar ao canto mais afastado e compreender que não havia para onde ir e que não havia modo de escapar. Ele estava diante da porta e ela tinha o pressentimento de que era ele que mantinha a tranca no lugar.

Acuada, cruzou os braços sobre o peito e se apoiou contra a parede para continuar de pé. Não sabia o que faria se ele voltasse a tocá-la.

Rhage nem tentou fazê-lo.

Sentou-se na cama, toalha enrolada nos quadris, cabelo úmido. Esfregou a mão no rosto, no queixo. Tinha um ar péssimo, mas seu corpo ainda era a coisa mais bela que ela já havia visto. Imaginou as mãos de outras mulheres sobre aqueles ombros fortes, tal como ela havia feito. E como ele dava prazer a outros corpos como havia dado ao seu.

Estava dividida entre dar graças a Deus por não ter dormido com ele e ficar furiosa por ele, mesmo tendo ficado com tantas mulheres, ter se recusado a fazer sexo com ela.

– Quantas? – quis saber ela, as palavras tão roucas que quase não lhe saíram. – E me diga, foi bom para você? Não preciso perguntar se elas gostaram. Conheço o seu talento.

– Minha doce... Mary – sussurrou ele –, se me deixasse abraçá-la. Deus, eu seria capaz de matar só para poder abraçar você agora.

– *Nunca* mais chegue perto de minha outra vez. Agora me diga: quantas foram hoje? Duas? Quatro? Uma embalagem de meia dúzia?

– Você quer realmente saber os detalhes? – sua voz era suave, tão triste que parecia que estava a ponto de arrebentar. Abruptamente, deixou a cabeça pender sobre o peito. Aparentemente, era um homem destroçado – Não posso... Não sairei dessa maneira outra vez. Encontrarei outro jeito.

– Outro jeito de quê? – explodiu ela. – Se você pode ter toda a certeza do mundo que em mim você não encosta um dedo, está pensando talvez em usar a mão?

Ele suspirou fundo.

– Sabe o desenho em minhas costas? Faz parte de mim.

– Não importa. Hoje eu vou embora daqui.

Virou a cabeça na direção dela.

– Não, não irá.

– Sim, irei.

– Você pode ficar com esse quarto só para você. Não precisará sequer me ver. Mas não vai a parte alguma.

– Como pretende me impedir? Trancando-me aqui?

– Se for preciso, sim.

Ela recuou.

– Não pode estar falando sério.

– Quando é a sua próxima consulta médica?

– Não é da sua conta.

– *Quando?*

A raiva fria que transpareceu na voz dele a fez mudar de tom.

– Ah... quarta-feira.

– Providenciarei para que você não a perca.

Ela o encarou.

– Por que está fazendo isso comigo?

Os ombros dele subiram e desceram.

– Porque eu amo você.

– *Como disse?*

– Eu amo você.

O autocontrole de Mary evaporou sob um acesso de fúria tão grande que ela emudeceu. Ele a *amava*? Nem mesmo a *conhecia*. E tinha estado com outras... Sua indignação ferveu quando o imaginou tendo sexo com outra.

De repente, Rhage saltou da cama e foi até ela, como se sentisse suas emoções e fosse estimulado por elas.

– Sei que está zangada, assustada, magoada. Atire tudo isso em mim, Mary – ele a agarrou pela cintura para impedir que escapasse, mas deixou que ela tentasse empurrá-lo. – Deixe-me ajudá-la a suportar sua dor. Deixe-me sentir na pele. Bata-me se tiver vontade, Mary.

Palavra de honra que ela estava tentada a fazê-lo. Socá-lo parecia o único recurso para aliviar sua revolta.

Mas ela não era um animal.

– Chega! Agora me solte!

Ele a agarrou pelo pulso e ela se debateu com toda a força que tinha, até quase deslocar o ombro. Rhage a controlou com facilidade.

– Use-me, Mary. Permita-me suportar isso por você – com um rápido movimento, ele arranhou o próprio peito com as unhas dela e, depois, segurou-lhe o rosto entre suas palmas abertas. – Faça-me sangrar por você... – sua boca acariciava a dela – Extravase a sua raiva.

Que Deus a ajudasse, mas ela o mordeu. Bem no lábio inferior. Simplesmente afundou os dentes em sua carne.

Enquanto algo pecaminosamente delicioso atingia a língua de Mary, Rhage gemeu de satisfação e pressionou o corpo contra o dela. Um zumbido, como se tivesse ingerido muito chocolate, atravessou-a.

Mary gritou.

Horrorizada pelo que tinha feito, assustada com o que seria capaz de fazer a seguir, lutou para escapar, mas ele a manteve no lugar, beijando-a, dizendo-lhe muitas vezes que a amava. Sua dura e quente ereção pressionava-lhe o ventre através da toalha, e ele continuou a se esfregar, seu corpo era uma promessa sinuosa e latejante de um sexo que ela não queria, mas necessitava de tal forma que suas entranhas estavam em cãibras.

Ela o desejava... mesmo sabendo que ele acabara de transar com outras mulheres.

– Oh, Deus... não... – ela afastou a cabeça para o lado, mas ele a segurou pelo queixo, forçando-a a ficar de novo de frente.

– Sim, Mary... – ele a beijava freneticamente, a língua em sua boca – Amo você.

Algo dentro dela se rompeu e ela o afastou, desvencilhando-se.

Mas, em vez de correr para a porta, ela o olhou impiedosamente.

Quatro arranhões atravessavam seu peito. Seu lábio inferior estava cortado. Estava ofegante, vermelho.

Ela estendeu a mão e retirou-lhe a toalha do corpo.

Rhage excitou-se ainda mais com a surpresa: sua ereção parecia que ia explodir de tão enorme.

E naquele indizível momento entre eles, ela odiou aquela pele perfeita e sem pelos, aqueles músculos contraídos, sua beleza de anjo caído. Sobretudo, odiou sua orgulhosa ereção, aquela ferramenta sexual que ele tanto usava.

E mesmo assim, ela o queria.

Se estivesse em seu juízo perfeito, fugiria de Rhage. Teria se trancado no banheiro. Que diabos, deveria se sentir intimidada pelo seu tamanho. Mas estava furiosa e fora de controle. Agarrou aquela carne tensa com uma mão e, com a outra, tomou-lhe os testículos, e de ambas o conteúdo transbordava. A cabeça dele pendeu para trás, os tendões do pescoço retesados, bufando pela boca.

Sua voz vibrou, enchendo o quarto.

– Faça o que quiser. Oh, Deus, como eu amo você.

Ela o conduziu para a cama sem se preocupar em ser gentil, soltando-o apenas para empurrá-lo sobre o colchão. Ele caiu sobre as cobertas reviradas, braços e pernas estendidos como se estivesse se oferecendo para ela sem pudores, sem restrições.

– Por que agora? – perguntou ela amargamente – Por que está disposto agora? Ou isso nada tem a ver com sexo, é só porque quer que eu o faça sangrar mais?

– Estou morrendo de vontade de fazer amor com você. E posso estar com você agora porque estou equilibrado. Estou... esgotado.

Oh, que coisa encantadora de se dizer.

Ela sacudiu a cabeça, mas ele a interrompeu.

– Você me quer. Então, aproveite. Não pense, só me curta.

Enlouquecida de desejo, de raiva e frustração, Mary suspendeu a camisola até os quadris e montou sobre as coxas dele. Mas, uma vez ali, olhando-o no rosto, hesitou. Ela realmente iria fazer aquilo? Tomá-lo? Usá-lo apenas para gozar e se vingar de algo que ele tinha todo direito de fazer?

Ela começou a se afastar.

Com um rápido movimento, as pernas de Rhage se ergueram, derrubando-a sobre seu peito. Quando ela caiu, os braços dele a prenderam.

– Sabe o que quer fazer, Mary – disse-lhe no ouvido. – Não pare. Faça comigo o que tem vontade. Use-me.

Mary fechou os olhos, desligou o cérebro e deixou o corpo assumir o controle.

Estendendo a mão para o que ele tinha entre as coxas, segurou-o e sentou-se com vontade sobre ele.

Ambos gritaram quando ela o recebeu por inteiro, chegando até o osso pubiano.

Ele era uma tremenda presença em seu corpo. Esticando-a de tal modo que pensou que fosse rasgá-la. Ela respirava fundo e não se movia, as coxas esticando-se enquanto seu interior lutava para se adaptar a ele.

– Você é tão apertada – gemeu Rhage, seus lábios revelando os dentes, as presas à mostra. – Oh... Deus, sinto você por todo o meu corpo. *Mary*.

Seu peito arfava e os músculos de seu abdômen se contraíam de tal maneira que as reentrâncias entre eles ficaram sombreadas. Enquanto suas mãos apertavam com força os joelhos dela, suas pupilas dilataram até quase já não restar azul. E, então, ficaram brancas.

O rosto de Rhage se contorceu numa careta de pânico. Mas, depois, ele sacudiu a cabeça como se quisesse clarear os pensamentos e assumiu uma expressão concentrada. Aos poucos, o centro de seus olhos voltou a escurecer, como se por meio de um esforço de vontade.

Mary deixou de prestar atenção nele e começou a pensar em si própria.

Não se preocupando com coisa alguma a não ser com o ponto onde os corpos se encontravam, plantou as mãos sobre os ombros dele e deslizou para cima. A fricção foi elétrica e a explosão de prazer que sentiu ajudou-a a aceitá-lo mais facilmente. Deslizou para baixo em sua ereção e depois subiu, repetindo o movimento várias vezes. Seu ritmo era lento, a cada descida sentindo-se arrebentar por dentro, e a cada subida, deixando-o lambuzado com a sedosa resposta de seu corpo.

Com crescente confiança ela o cavalgou, conseguindo o que queria, a espessura, o tamanho e o calor daquela ereção criando um nó de energia selvagem e enlouquecedor nas profundezas de seu ventre. Ela abriu os olhos e o olhou.

Rhage era a imagem do êxtase masculino. Uma fina e brilhante camada de suor cobria o seu peito largo e os ombros. A cabeça estava jogada para trás, o queixo para o alto, o cabelo louro esparramado sobre o travesseiro, lábios entreabertos. Ele a olhava com as pálpebras semicerradas, os olhos demorando-se em seu rosto, em seus seios e no ponto em que se uniam.

Como se estivesse enfeitiçado por ela.

Ela fechou os olhos com força e expulsou de sua mente aquela expressão de adoração ostentada por ele. Era isso ou perdia contato com o orgasmo que estava tão próximo, porque aquela visão quase a fez chorar.

Não demorou muito para ela explodir. Como uma rajada violenta, a liberação varreu todo seu corpo, privando-a da visão e da audição, suspendendo-lhe a respiração e os batimentos cardíacos, até que tudo o que pôde fazer foi desabar sobre ele.

Quando sua respiração se acalmou, deu-se conta de que ele acariciava suas costas suavemente enquanto lhe sussurrava palavras ternas.

Em seguida, sentiu-se envergonhada e as lágrimas brotaram-lhe dos olhos.

Não importava se havia estado com outras naquela noite: ele não merecia ser usado e fora exatamente isso que fizera com ele. Quando aquilo começou, estava zangada e, depois, ignorara-o antes de gozar, recusando-se a olhar para ele. Na verdade, ela o havia tratado como um brinquedo sexual.

– Sinto muito, Rhage. Eu... sinto muito...

Ela se moveu para descer de seus quadris e compreendeu que ele ainda estava muito grosso dentro dela. Ele não havia sequer terminado.

Oh, Deus, aquilo não estava certo. A coisa toda não estava certa.

As mãos de Rhage a seguraram firme nas coxas.

– Nem pense em se desculpar por termos ficado juntos.

Ela o encarou.

– Sinto como se tivesse acabado de estuprá-lo.

– Eu estava mais do que disposto. Mary, está tudo bem. Venha aqui, deixe-me beijá-la.

– Como você ainda me aguenta perto de você?

– A única coisa que não aguentaria é vê-la partir.

Ele a segurou pelos pulsos e a puxou para sua boca. Quando seus lábios se encontraram, ele deslizou os braços em torno dela, mantendo-a junto dele. A mudança de posição a tornou extremamente consciente de que ele estava a ponto de explodir, tão rijo que ela podia sentir as contrações involuntárias de sua excitação.

Ele movimentou os quadris suavemente contra ela, tirando-lhe o cabelo do rosto com suas enormes mãos.

– Não conseguirei me segurar por muito mais tempo. Você me deixa tão louco que nem sei como ainda estou resistindo. Mas, enquanto for capaz, enquanto puder me controlar, quero amar o seu corpo com o meu. Não importa quando comece. Não importa quando acabe.

Ele moveu os quadris para cima e para baixo, saindo, deslizando novamente para dentro. Ela sentiu-se derretendo em volta dele. O prazer era profundo, infinito. Aterrador.

– Beijou-as esta noite? – perguntou-lhe bruscamente – Aquelas mulheres?

– Não, não beijei as mulheres, nunca as beijo. E odiei ficar com elas. Não voltarei a fazer isso, Mary. Encontrarei outro modo de impedir que eu me descontrole enquanto você estiver em minha vida. Não quero ninguém mais, só você.

Permitiu que ele a rolasse para o lado. Quando ficou por cima dela, sentiu seu peso quente, pressionando-lhe o ventre e a região em que se aninhara. Ele a beijava ternamente, lambendo-a com a língua, acariciando-a com os lábios. Era tão delicado, embora o sentisse imenso dentro dela, e seu corpo armazenasse tamanha força que poderia parti-la ao meio.

– Não terminarei isso se você não quiser – sussurrou-lhe ele em seu pescoço. – Posso retirá-lo agora mesmo.

Ela o atraiu para si posando as mãos em suas costas, sentindo os músculos em movimento, e a expansão e retração de suas costelas ao respirar. Ela respirou profundamente e captou um perfume encantador, erótico, misterioso, picante, rico. Entre as pernas, sentiu que respondia àquele cheiro imediatamente com um aumento da lubrificação, como se a fragrância fosse um toque ou um beijo.

– De onde vem esse cheiro maravilhoso?

– De mim – murmurou ele contra sua boca. – É o que acontece quando um homem cria um vínculo. Não posso evitar. Se me deixa continuar, estará por toda a sua pele, em seu cabelo. E dentro de você, também.

Dito isso, penetrou-a fundo. Ela se arqueou de prazer, deixando o fluxo de calor percorrer todo o seu corpo.

– Não aguento passar de novo o que passei esta noite – gemeu ela, mais para si mesma do que para ele.

Ficando completamente imóvel, ele tomou-lhe a mão e a colocou sobre o coração.

– Nunca mais, Mary. Juro por minha honra.

Seu olhar era grave, e a promessa, solene. Mas o alívio que ela sentiu ao ouvi-la era um problema.

– Não me apaixonarei por você – disse ela. – Não posso permitir tal coisa. Não quero.

– Está bem. Amarei você o suficiente para nós dois – ele mergulhou nela, enchendo suas profundezas.

– Você não me conhece – mordiscou-lhe o ombro e depois lhe chupou a clavícula. O sabor de sua pele fez a alegria de sua língua, aquele aroma especial se condensou em sua boca.

– Conheço, sim – ele se retirou, olhando-a nos olhos com a convicção e a objetividade de um animal. – Sei que me manteve a salvo quando o sol nasceu e eu me encontrava indefeso. Sei que se preocupou por mim mesmo estando apavorada. Deu-me de comer. Sei que é uma guerreira, uma sobrevivente, uma *viajante*. E sei que a sua voz é o som mais adorável que já escutei – ele a beijou suavemente. – Sei tudo sobre você e tudo o que vejo é lindo. E tudo o que vejo é meu.

– Não sou sua – sussurrou ela.

A rejeição não o desconcertou.

– Bem. Se não posso tê-la, então, eu me dou inteiro para você. Pegue tudo de mim, uma parte, um pedacinho só, o que quiser. Mas, por favor, fique com alguma coisa.

Ela tocou-lhe a face, acariciando os planos e ângulos perfeitos de suas maçãs do rosto e de seu queixo.

– Não teme a dor? – perguntou ela.

– Não, mas lhe direi o que me assusta como o inferno. Perder você – ele olhou para os lábios dela. – Agora, quer que eu pare? Pois, se quiser, eu paro.

– Não. Continue – Mary manteve os olhos abertos e aproximou-lhe a boca da sua, deslizando a língua em seu interior.

Ele tremeu e pôs-se a se mover em um ritmo estável, penetrando e retirando-se, e, a cada vez, temendo interromper a conexão.

– Sinto-a... tão gostoso – disse ele, dividindo as frases conforme suas investidas. – Fui feito para... estar dentro de você.

O delicioso perfume proveniente de seu corpo se intensificou, até que ela se esqueceu do mundo e tudo que podia sentir era ele, tudo que podia cheirar era ele, tudo que podia provar era ele.

Pronunciou o seu nome quando chegou ao clímax, percebendo que ele também chegara lá ao mesmo tempo: sentiu-lhe o corpo estremecer com um gozo tão poderoso como haviam sido suas estocadas, e seu orgasmo derramando-se dentro dela.

Quando tudo terminou, ele fez com que os corpos deles rolassem de modo a ficarem de lado. Ele a puxou para si, tão perto que ela podia ouvir os batimentos do enorme coração em seu peito.

Ela fechou os olhos e dormiu, com uma exaustão que se assemelhava à morte.

Capítulo 29

Naquele mesmo dia, quando o sol se pôs e as persianas foram levantadas nas janelas, Mary decidiu que poderia se acostumar a ser mimada por Rhage. O que não podia tolerar era mais comida. Segurou-lhe o pulso com os dedos, detendo uma garfada de purê de batatas que vinha em sua direção.

– Não, estou empanturrada – disse ela, enquanto se reclinava sobre os travesseiros –; meu estômago vai estourar.

Com um sorriso, ele recolheu a bandeja com os pratos e a depositou na mesinha de cabeceira, voltando a se sentar ao lado dela. Ele desaparecera durante a maior parte do dia, trabalhando, imaginou ela, que apreciou a oportunidade de dormir. Seu esgotamento piorava a cada dia e podia sentir o avanço da enfermidade. Parecia que seu corpo lutava para manter seus processos regulares, pequenas dores lhe apareciam por toda a parte. E os hematomas retornaram: marcas arroxeadas que se multiplicavam em sua pele com uma rapidez alarmante. Rhage se horrorizou quando os viu, convencido de que a machucara durante o sexo. Levara muito tempo para persuadi-lo de que aquilo não era culpa dele.

Mary se concentrou em Rhage, não querendo pensar na enfermidade ou na próxima consulta médica. Deus, não parecia muito melhor do que ela. O pobrezinho não conseguia parar quieto. Quando se sentou ao seu lado na cama, esfregava as coxas com as palmas das mãos, parecendo que tinha um caso de urticária ou catapora. Estava a ponto de lhe perguntar o que havia de errado quando ele falou:

– Mary, você deixaria que eu fizesse uma coisa por você?

Embora sexo fosse a última preocupação em sua mente naquele momento, ela olhou os bíceps que esticavam as mangas de sua camiseta negra.

– Posso saber o que é?

Um suave grunhido saiu dele.

– Não deveria me olhar assim.

– Por que não?

– Porque fico com vontade de agarrar você quando faz isso.

– Não reprima os seus impulsos.

Suas pupilas brancas faiscaram. Aquilo era muito estranho. Num momento eram negras. No próximo, aquela pálida luz brilhava neles.

– Por que acontece isso? – perguntou ela.

Seus ombros se retesaram quando apoiou o peso do corpo nas coxas. Abruptamente, ele se levantou e pôs-se a andar de um lado para o outro. Ela podia sentir uma energia chegando até ela, emanando dele.

– Rhage?

– Não precisa se preocupar com isso.

– Esse tom bruto em sua voz me diz que talvez eu devesse.

Ele sorriu para ela e sacudiu a cabeça.

– Não. Não precisa. Sobre o favor. Nossa raça tem um médico, Havers. Permitiria que eu mostrasse a ele o seu histórico? Talvez a nossa ciência possa ajudar você.

Mary franziu a testa. Um médico vampiro. Isso sim era experimentar terapias alternativas.

Ora, o que exatamente tinha a perder?

– Está certo. Só não sei como conseguir cópias...

– Meu Irmão, V., é um deus dos computadores. Pode hackear qualquer lugar e a maior parte do seu material deve estar on-line. Tudo o que preciso são os nomes e lugares. Datas também, se as souber.

Após ele pegar papel e caneta, Mary lhe disse onde havia se tratado, bem como os nomes de seus médicos. Depois de anotar tudo, ele olhou fixamente a folha de papel.

– O que foi? – perguntou ela.

– São tantos – ele a encarou. – Foi muito grave, Mary?

Seu primeiro impulso foi lhe dizer a verdade: que ela passara por duas rodadas de quimioterapia, um transplante de medula óssea e por pouco não morrera. Mas, então, pensou na noite anterior, quando suas emoções saíram do controle. Naquele momento, ela era uma caixa de dinamite e não havia estopim melhor do que sua doença. A última coisa que precisava era desmoronar outra vez, porque Deus era testemunha que não saíra nada de bom das últimas vezes que se descontrolara. Da primeira vez, quase o afogara de tanto chorar. Da segunda, ela... Bem, morder o lábio dele tinha sido a coisa menos grave.

Encolhendo-se, mentindo, odiando-se, ela murmurou:

– Nem tanto. Fiquei feliz quando acabou.

Ele estreitou os olhos.

Então, alguém bateu na porta.

Rhage não desviou os olhos dela, apesar do som urgente.

– Algum dia aprenderá a confiar em mim.

– Eu confio em você de verdade.

– Que mentira! E aqui vai um toque: odeio que mintam para mim.

A pesada batida se repetiu.

Rhage se aproximou e abriu a porta, pronto para dizer a quem quer que fosse, que desaparecesse. Tinha a sensação de que Mary e ele estavam prestes a começar uma discussão e queria resolver logo aquilo.

Tohr estava do outro lado. Parecia que o haviam atingido com uma arma de choque.

– Que diabos lhe aconteceu? – perguntou-lhe Rhage, saindo para o corredor. Encostou a porta do quarto.

Tohr cheirou o ar que vinha de lá.

– Caraca. Você a marcou, não foi?

– Você tem algum problema com isso?

– Não; de certo modo, isso torna as coisas mais fáceis. A Virgem Escriba se pronunciou.

– Conte-me.

– Você deve se reunir com o restante dos Irmãos para escutar...

– Que se danem as regras. Quero saber agora, Tohr.

Quando o Irmão terminou de falar no Antigo Idioma, Rhage suspirou fundo.

– Dê-me dez minutos.

Tohr assentiu.

– Estaremos no escritório de Wrath.

Rhage retornou ao quarto e fechou a porta.

– Escute, Mary, tenho um negócio a tratar com meus Irmãos. Talvez não volte esta noite.

Ela ficou tensa e seus olhos se desviaram do rosto dele.

– Mary, não é por causa de mulheres, juro. Só me prometa que estará aqui quando eu retornar – como ela hesitou, ele se aproximou e acariciou-lhe a face. – Você me disse que não tem consulta médica até quarta-feira. Que diferença faz mais uma noite? Poderá passar mais tempo na banheira. Você me disse o quanto aprecia isso.

Ela deu um pequeno sorriso.

– Você é um manipulador.

– Prefiro me ver como um engenheiro de resultados.

– Se eu ficar mais um dia, você vai tentar me convencer a ficar mais outro e mais outro...

Ele se inclinou e a beijou brutalmente, desejando ter mais tempo, querendo ficar com ela, dentro dela, antes de ir. Mas, que inferno, mesmo se tivesse todo tempo do mundo, não poderia fazê-lo. O formigamento e o zumbido em seu interior estavam fortes demais e isso era um mau sinal.

– Amo você – disse ele. Então, afastou-se, tirou o relógio do pulso e colocou o Rolex na mão dela – Guarde-o para mim.

Foi até o *closet* e tirou a roupa. No fundo do armário, atrás de outros dois pijamas que nunca usaria, encontrou o seu traje cerimonial negro. Vestiu a pesada indumentária sobre a pele nua e a amarrou com uma grossa tira de couro trançado.

Quando saiu, Mary lhe disse:

– Parece que vai entrar para um monastério.

– Diga-me que estará aqui quando eu voltar.

Após um instante, ela assentiu.

Ele colocou o capuz de seu traje.

– Que bom. Muito bom.

– Rhage, o que está acontecendo?

– Só espere por mim; por favor, me espere – quando chegou à porta, lançou-lhe um último olhar.

Aquela era a primeira vez, desde que estavam juntos, que a despedida entre eles tinha um tom sombrio; dessa vez, a separação seria mais longa e ele passaria por uma terrível prova antes de estarem novamente reunidos. Ele sabia que aquela noite seria dura de atravessar. Só esperava que, uma vez ultrapassada, as sequelas de seu castigo não demorassem muito tempo. E que ela ainda estivesse com ele.

– Vejo você mais tarde, Mary – disse ele, fechando-a em seu quarto.

Quando entrou no escritório de Wrath, fechou atrás de si a porta dupla. Todos os Irmãos estavam ali e ninguém falava. O cheiro de inquietação impregnava o cômodo, como bebida velha.

Wrath saiu de trás da mesa, parecendo tão tenso quanto Tohr. Por trás daqueles óculos muito escuros, podia apenas adivinhar-lhe a gravidade do olhar.

– Irmão.

Rhage inclinou a cabeça.

– Meu senhor.

– Usa esse traje como se quisesse ficar conosco.

– Claro que quero.

Wrath assentiu uma vez.

– Então, eis aqui a sentença. A Virgem Escriba determinou que você ofendeu a Irmandade, tanto quando não acatou as ordens de Tohr, como quando trouxe uma humana para nosso refúgio. Serei honesto com você, Rhage, ela quer anular minha decisão sobre Mary. Deseja que a humana parta.

– Você sabe ao que isso leva.

– Disse-lhe que estava preparado para partir.

– Isso, provavelmente, deixou-a animada – Rhage sorriu com sarcasmo. – Há anos ela tenta se livrar de mim.

– Bem, agora a escolha é sua, Irmão. Se quiser permanecer conosco e que a humana continue protegida por estas paredes, a Virgem Escriba exige que ofereça um *rytho*.

Um sacrifício ritual como forma de reparar uma ofensa era uma punição lógica. Quando um *rytho* era oferecido e aceito, o ofensor permitia ao objeto de seu insulto a livre escolha de uma arma a ser usada contra ele, sem direito a defesa. O ofendido poderia escolher qualquer coisa, uma faca, um soco inglês, um revólver, com a condição de que a ferida infringida não fosse mortal.

– Ofereço o *rytho* – disse Rhage.

– Que deve ser executado por cada um de nós.

Houve um gemido coletivo no cômodo. Alguém murmurou "Que merda".

– Então, ofereço os *rythos*.

– Que assim seja, Irmão.

– Mas... – Rhage endureceu a voz – só os ofereço com a condição de que, se todo o ritual for observado, Mary possa permanecer aqui pelo tempo que eu quiser.

– Esse foi o meu acordo com a Virgem Escriba. E deve saber que ela só aceitou depois que lhe disse que queria tomar a humana como sua *shellan*. Penso que Sua Santidade ficou chocada só de você considerar esse tipo de compromisso – Wrath olhou sobre o ombro – Tohrment deve escolher a arma que todos nós usaremos.

– O chicote de três pontas – disse Tohr em voz baixa.

Oh, droga. Aquilo ia doer.

Houve mais murmúrios.

– Assim seja – disse Wrath.

– Entretanto, há ainda uma questão: e a besta? – perguntou Rhage. – Pode aparecer quando sinto dor.

– A Virgem Escriba estará lá. Disse que tem um modo de controlá-la.

Mas é claro que tinha. Se fora ela mesma que a criara!

– Faremos isso esta noite, certo? – Rhage olhou em torno. – Penso que não há razão alguma para esperar.

– Iremos à Tumba agora.

– Bom. Terminemos logo com isso.

Zsadist foi o primeiro a sair quando o grupo se levantou e resolveu a logística em voz baixa. Tohr precisava de um traje, alguém teria algum sobrando? Phury anunciou que levaria a arma. V. ofereceu o Escalade para levar a todos de uma vez.

A última proposição fora bem lembrada. Iriam necessitar de um meio de trazê-lo de volta para a casa quando o *rytho* houvesse terminado.

– Meus Irmãos? – disse ele.

Todos pararam de falar, deixaram de se mover. Ele olhou para cada um deles, notando a gravidade de seus rostos. Estavam odiando aquilo, e ele compreendia bem por quê. Ferir qualquer um deles teria sido insuportável para ele. Era muito melhor ser o receptor.

– Tenho um pedido, meus Irmãos. Não me tragam para cá depois, está bem? Quando tudo tiver terminado, levem-me para outro lugar qualquer. Não quero que Mary me veja assim.

Vishous falou:

– Pode ficar no Buraco. Butch e eu cuidaremos de você.

Rhage sorriu.

– Duas vezes em menos de uma semana. Depois disso, vocês já podem arrumar emprego de enfermeiras.

Vishous lhe deu uma batidinha no ombro e depois saiu. Tohr o seguiu, fazendo o mesmo. Phury lhe deu um abraço quando passou por ele.

Wrath deteve-se antes de sair.

Como o Rei permanecia em silêncio, Rhage lhe deu um apertão no ombro.

– Eu sei, meu senhor. Eu me sentiria da mesma maneira se estivesse em seu lugar. Mas sou duro na queda. Eu aguento o tranco.

Wrath enfiou as mãos no capuz e tomou o rosto de Rhage entre as mãos, inclinando-o para frente. Beijou a testa de Rhage e manteve o contato entre eles, em sinal de respeito do Rei para com o guerreiro, uma reafirmação do vínculo entre eles.

– Fico feliz que fique conosco – disse Wrath com brandura –; detestaria perdê-lo.

Aproximadamente quinze minutos depois, eles se reuniram novamente no pátio ao lado do Escalade. Estavam descalços e trajavam túnicas negras. Com os capuzes postos, era difícil saber quem era quem, exceto Phury. Seu pé protético e a sacola em seu ombro o denunciavam. Sem dúvida que, além da arma, levava ali ataduras e esparadrapo.

Mantiveram-se em silêncio enquanto V., ao volante, saiu pelos fundos da propriedade e enveredou-se pela densa floresta de pinheiros e cicutas que cobria a montanha. A estrada não passava de uma trilha no mato, cercado pelas árvores de folhagem perene.

No trajeto, Rhage não pôde suportar o tenso silêncio um minuto mais.

– Oh, pelo amor de Deus, meus Irmãos. Vocês não vão me matar. Vamos descontrair um pouco? – ninguém o olhou – V., coloque alguma coisa de Luda ou Fifty, ok? Esse ar de velório é muito chato.

A risada de Phury saiu do traje da direita.

– Só você mesmo para querer fazer disso uma festa.

– Bem, caramba, todos vocês já quiseram me pegar de jeito por alguma que aprontei, não é? Então, este é seu dia de sorte – ele deu um tapa na coxa de Phury – Diz aí, meu Irmão, há anos que sacaneio você por causa da ausência das mulheres em sua vida. Wrath, alguns meses atrás provoquei você a tal ponto que apunhalou uma parede. V., não faz muito tempo você queria me encher de porrada. Está lembrado? Quando lhe disse o que achava desse seu cavanhaque sinistro?

Vishous soltou uma risadinha.

– Tinha de fazer alguma coisa para você calar a boca. Desde que deixei o cavanhaque crescer, toda vez que nos encontrávamos você me perguntava se eu tinha beijado de língua o cano de descarga de um carro.

– E até hoje acho que você tava "pegando" o meu GTO, filho da mãe.

Aquilo desanuviou o clima. Todos tinham uma história sobre Rhage para contar e logo o tumulto de vozes era tão alto que ninguém entendia ninguém.

Enquanto seus Irmãos aliviavam a tensão, Rhage se recostou no assento, olhando a noite pela janela. Torcia desesperadamente para que a Virgem Escriba soubesse mesmo o que estava fazendo, porque se sua besta se manifestasse na Tumba, seus Irmãos estariam seriamente encrencados. E não teriam opção a não ser matá-lo.

Franziu a testa e olhou ao redor. Localizou Wrath atrás dele. Sabia que era ele porque o diamante negro do anel real brilhava em seu dedo médio.

Rhage inclinou-se para trás e sussurrou-lhe:

– Meu senhor, peço-lhe um favor.

Wrath se inclinou para frente e sua voz era grave e firme.

– Do que precisa?

– Se eu não conseguir... sobreviver, seja lá por que razão, peço-lhe que cuide de Mary.

O capuz assentiu. No Antigo Idioma, o Rei lhe disse: "*Segundo seu desejo, juro-lhe: eu a considerarei como minha própria Irmã de sangue e cuidarei dela como cuidaria de uma fêmea de minha própria família*".

Rhage suspirou.

– Que bom. Muito bom... saber disso.

Minutos depois, V. estacionou o Escalade em uma pequena clareira. Eles saíram e ficaram ali escutando, olhando, sentindo.

Apesar de tudo, estava uma noite agradável e aquele era um lugar sereno. A brisa serpenteava pelos incontáveis ramos e troncos do bosque, trazendo-lhes um delicioso aroma de terra e de pinho. Lá no alto, uma grande lua brilhava por entre leitosas nuvens.

Ao sinal de Wrath, caminharam uns cem metros em direção a um grupo de cavernas na montanha. O lugar parecia não ter coisa alguma de especial, mesmo lá dentro. Era preciso saber o que procurar para descobrir a pequena fenda na parede dos fundos. Se fosse acionada corretamente, uma laje de pedra deslizava, revelando uma abertura.

Ao passarem por ela, a rocha se fechou atrás deles com um murmúrio. As tochas presas às paredes tremeluziram com a corrente de ar, soprando e zunindo.

O caminho para o subterrâneo era um declive suave escavado no piso rochoso e frio sob seus pés. Ao chegarem ao fundo, desfizeram-se das túnicas e um par de portas de ferro fundido se abriu. Dava para um corredor de aproximadamente quinze metros de comprimento por seis de altura, coberto de prateleiras.

Nessas prateleiras, milhares de urnas de cerâmica de vários tamanhos e formas refletiam a luz. Cada uma delas continha o coração de um *redutor*, órgão que Ômega lhes tirava durante a cerimônia de iniciação na Sociedade. Durante a existência de um *redutor* como assassino, a urna era a sua única propriedade de fato, e, sempre que possível, a Irmandade a recolhia após uma matança.

No final do corredor, havia outro par de portas. Essas já estavam abertas.

O *sanctum sanctorum* da Irmandade havia sido esculpido no leito de rocha e revestido por mármore negro no princípio do século XVIII, quando os primeiros membros da raça cruzaram o oceano, vindos da Europa. O aposento era de bom tamanho e tinha um teto de estalactites brancas que pendiam como adagas. Velas gigantescas, com a grossura de um braço de um daqueles guerreiros e da altura de uma perna deles, repousavam em castiçais de ferro negro, suas chamas quase tão luminosas como as das tochas.

No fundo, havia uma plataforma alta, a qual se chegava por uma série de degraus rasos. O altar em seu topo fora construído com uma laje de calcário trazida do Antigo País, seu grande peso apoiado horizontalmente em dois pilares de pedra bruta. No centro da coisa havia uma caveira.

Atrás do altar, uma parede plana gravada com os nomes de todos os membros que a Irmandade já tivera, desde o primeiro, a quem pertencia o crânio sobre o altar. As inscrições cobriam cada centímetro da superfície, salvo uma faixa não gravada na área central. Essa parte lisa media aproximadamente um metro e oitenta de largura e corria o mármore de alto a baixo. No meio dela, a mais ou menos 1 metro e meio do chão, duas grossas estacas se projetavam, posicionadas de tal modo que um macho pudesse se segurar ali e manter-se no lugar.

O ar que se respirava era muito familiar: terra úmida e cera de velas.

– Saudações, Irmandade.

Todos se viraram para a voz feminina.

A Virgem Escriba era uma diminuta figura no canto mais distante, seu traje negro flutuando acima do chão. Nada dela era visível, sequer o rosto, mas por baixo daquelas negras pregas que a cobriam, uma luz se espalhava como água.

Ela flutuou até onde estavam, detendo-se diante de Wrath.

– Guerreiro.

Ele fez uma profunda reverência.

– Virgem Escriba.

Ela saudou cada um por vez, deixando Rhage por último.

– Rhage, filho de Tohrture.

– Virgem Escriba – ele inclinou a cabeça.

– Como vai?

– Vou bem – ou estaria, assim que tudo aquilo houvesse terminado.

– Você andou ocupado, não é? Continuando a abrir novos precedentes, como é de seu feitio. É uma pena que não sejam em direções mais louváveis – ela riu. – De certo modo, não chega ser surpresa que acabemos com você aqui. Tem consciência de que esse é o primeiro *rytho* que acontece dentro da Irmandade, não tem?

Não exatamente, pensou ele. Tohr havia declinado do que Wrath lhe oferecera em julho último. Mas isso não era coisa que pudesse dizer a ela.

– Guerreiro, está preparado para aceitar o que ofereceu?

– Estou – ele escolheu as palavras seguintes com muito cuidado, porque não se podia fazer pergunta alguma à Virgem Escriba. A não ser que quisesse comer seu próprio traseiro. – Imploro à senhora que eu não machuque meus Irmãos.

O tom de voz dela endureceu.

– Está perigosamente perto de perguntar.

– Não tive intenção de ofendê-la.

A risadinha baixa e suave retornou.

Cara, poderia apostar que ela estava adorando aquilo. Nunca gostara dele, embora não pudesse culpá-la. Ele lhe dera muitos motivos para aumentar sua antipatia.

– Não teve intenção de ofender, guerreiro? – sua túnica se moveu como se ela estivesse sacudindo a cabeça. – Ao contrário, você nunca hesitou em ofender para conseguir o que deseja, e esse sempre foi o seu problema. E é por isso também que estamos aqui esta noite – ela se virou – Está com a arma?

Phury arriou a sacola, abriu-a e tirou dela o chicote de três pontas. O cabo de sessenta centímetros de comprimento era feito de madeira e forrado de couro marrom, que estava escurecido pelo suor de muitas mãos. De sua ponta, três longas correntes de aço enegrecidas se balançavam no ar. No final de cada uma delas havia um pingente perfurante, como uma pinha com espinhos.

O chicote de três pontas era uma arma antiga, cruel, mas Tohr o escolhera sabiamente. Para que o ritual fosse considerado satisfatório, os Irmãos não podiam poupar Rhage: nem quanto ao tipo de arma que usariam, nem quanto à forma de aplicá-la à pele dele. Serem indulgentes seria aviltar a integridade da tradição, o arrependimento que ele oferecia e a possibilidade de uma verdadeira purificação.

– Que assim seja – disse ela. – Dirija-se à parede, Rhage, filho de Tohrture.

Ele se adiantou, subindo os degraus de dois em dois. Ao passar pelo altar, olhou o crânio sagrado: as chamas que brilhavam em suas órbitas e as longas presas. Posicionando-se contra o mármore negro, agarrou os apoios de pedra e sentiu a superfície fria e lisa em suas costas.

A Virgem Escriba flutuou até ele e ergueu o braço. A manga de seu traje escorregou ligeiramente e um brilho intenso como o de um maçarico de soldador foi revelado, a ofuscante luz lembrando vagamente o formato de uma mão. Um zumbido elétrico de baixa frequência o atravessou e ele sentiu que algo mudava em seu torso, como se seus órgãos internos houvessem sido reorganizados.

– Podem começar o ritual.

Os Irmãos se alinharam, corpos nus exibindo sua tremenda força, rostos graves. Wrath pegou o chicote de três pontas das mãos de Phury e foi o primeiro. Enquanto se deslocava, os elos das correntes produziram um som tão doce como o canto de um passarinho.

– Irmão – disse o Rei suavemente.

– Meu senhor.

Rhage olhou fixamente para aqueles óculos escuros enquanto Wrath começava a balançar o açoite em um amplo círculo para obter impulso. O som de um zumbido inicialmente baixo cresceu até que a arma avançou, cortando o ar. As correntes atingiram o peito de Rhage e, então, os espinhos cravaram-se nele, arrancando-lhe o ar dos pulmões. Agarrado aos apoios, manteve a cabeça erguida enquanto sua visão se obscureceu e logo retornou.

Tohr foi o seguinte: seu golpe fez Rhage perder o fôlego e seus joelhos vacilaram antes de aceitarem seu peso outra vez. Vishous e Phury foram os próximos.

A cada vez, procurava os olhos aflitos de seus Irmãos com a esperança de aliviar sua angústia, mas quando Phury terminou e se virou, Rhage não aguentou sustentar a cabeça. Deixou-a pender sobre o ombro e, dessa forma, viu como o sangue escorria por seu peito, coxas e pés. Uma poça se formava no chão, refletindo a luz das velas, e olhar para aquilo o deixou tonto. Decidido a ficar de pé, apoiou-se sobre os cotovelos de modo que foram suas articulações e ossos, não seus músculos, que o mantiveram no lugar.

Ao perceber uma trégua, tomou consciência vagamente de uma espécie de discussão. Piscou várias vezes antes que sua visão clareasse o suficiente para enxergar.

Phury oferecia o açoite a Zsadist, que se afastava da coisa – ao que parecia – aterrorizado. As mãos fechadas de Zsadist estavam levantadas e os piercings de argola em seus mamilos reluziam à luz do fogo enquanto ele respirava com dificuldade. O irmão estava pálido como névoa, sua pele acinzentada e brilhando de uma forma anormal.

Phury falava-lhe com brandura e tentou pegar o braço de Zsadist. Z. desviou-se violentamente, mas Phury não o largou. Enquanto se deslocavam naquela dança sinistra, as marcas de chicotadas nas costas de Zsadist moviam-se com os seus músculos.

Daquele jeito não iriam conseguir nada, pensou Rhage. Zsadist estava muito perto do pânico, como um animal encurralado. Tinha de haver outra maneira de abordá-lo.

Rhage respirou fundo e abriu a boca. Nada saiu. Tentou novamente.

– Zsadist... – sua voz trêmula atraiu todos os olhares para o altar – Termine, Z... não posso... não poderei me sustentar de pé durante muito mais tempo.

– Não...

Phury cortou Zsadist.

– Você precisa...

– Não! Saia de perto de mim, caramba!

Zsadist correu para a porta, mas a Virgem Escriba chegou lá primeiro, obrigando-o a parar para não atropelá-la. Impedido pela pequenina figura, suas pernas começaram a tremer e seus ombros a sacudir. Ela conversou com ele baixinho, e suas palavras não chegaram longe o bastante para que Rhage as pudesse decifrar em meio ao aturdimento causado pela dor.

Finalmente, a Virgem Escriba gesticulou para Phury, que levou a arma para ela. Tomando-a, estendeu a mão, segurou a mão de Zsadist e colocou o cabo revestido de couro em sua palma. Indicou-lhe o altar e Zsadist deixou a cabeça pender. Logo em seguida, ele se adiantou com passos vacilantes.

Quando Rhage olhou para o Irmão, teve vontade de sugerir que alguém tomasse o lugar de Zsadist. Aqueles olhos negros estavam tão arregalados, qua a parte branca aparecia ao redor das íris. E Zsadist engolia em seco sem parar, sua garganta trabalhava como se estivesse segurando um grito em seu peito.

– Tudo bem, meu Irmão – murmurou Rhage –; mas precisa terminar. *Agora.*

Zsadist ofegava e tremia, suor escorrendo por seus olhos e pela cicatriz em seu rosto.

– *Faça.*

– Irmão – sussurrou-lhe Z., levantando o açoite sobre o ombro.

Não o balançou para dar impulso, provavelmente não conseguia coordenar o movimento do braço tão bem naquele estado. Mas era forte e a arma zuniu enquanto atravessava o ar. As correntes e pingentes rasgaram o ventre de Rhage como milhares de agulhas.

Seus joelhos cederam e ele tentou se segurar com os braços, só para constatar que eles também se recusavam a sustentá-lo. Caiu de joelhos, e suas mãos aterrissaram sobre seu próprio sangue.

Mas, pelo menos, aquilo havia terminado. Inspirou fundo várias vezes, determinado a não perder os sentidos.

Abruptamente, um som penetrante ecoou pelo santuário, algo como metal contra metal. Não deu muita importância. Estava ocupado demais com seu estômago, tentando convencê-lo a não vomitar.

Quando estava pronto, contornou o altar engatinhando, respirando fundo antes de enfrentar os degraus. Quando olhou para frente, viu que seus Irmãos se alinhavam outra vez. Rhage esfregou os olhos tentando enxergar melhor o que tinha diante de si, manchando o rosto com sangue.

Isso não faz parte do ritual, pensou ele.

Cada um dos Irmãos levava uma adaga negra na mão direita. Wrath iniciou o cântico e os outros se juntaram a ele, elevando o tom em uníssono, suas vozes reverberando pelo *sanctorum*. A escalada vocal não parou até que estivessem quase berrando e, então, interromperam-se bruscamente.

Como se fossem um só, rasgaram o próprio peito com as adagas.

O corte de Zsadist foi o mais profundo.

Capítulo 30

Mary estava lá embaixo, na sala de bilhar, conversando com Fritz sobre a história da casa, quando os ouvidos do *doggen* captaram um som que ela não percebeu.

– Creio que os senhores voltaram.

Ela foi para uma das janelas justo quando um par de faróis apontava no pátio.

O Escalade parou, suas portas se abriram e os homens saíram. Com os capuzes de seus trajes abaixados, ela os reconheceu da noite em que havia chegado à mansão. O cara de cavanhaque e das tatuagens nas têmporas. O homem do cabelo espetacular. O da terrível cicatriz e o do corte à escovinha. O único que ela não havia visto antes era um homem com o cabelo longo e negro e de óculos escuros.

Deus, suas expressões eram sombrias. Talvez alguém tivesse sido ferido.

Ela procurou por Rhage, tentando controlar o pânico.

O grupo se juntou e foi atrás do carro quando alguém saiu da casa da guarda e segurou a porta aberta. Mary reconheceu esse cara como aquele que vira jogando futebol no vestíbulo.

Com todos aqueles corpanzis reunidos em um apertado círculo na traseira do Escalade, era difícil dizer o que estavam fazendo. Mas, pareceu-lhe que carregavam algo pesado...

Vislumbrou uma cabeleira loura.

Rhage. Inconsciente. E seu corpo estava sendo carregado para aquela porta aberta.

Mary já estava fora da mansão antes de se dar conta de que estava correndo.

– Rhage! Parem! Esperem! – o ar frio enchia os seus pulmões – Rhage!

Ao escutá-la, ele se virou, erguendo a mão debilmente para ela. Os homens pararam. Alguns deles amaldiçoaram.

– Rhage! – ela parou de repente, fazendo as pedrinhas do caminho saltarem.

– O que... Oh... *Meu Deus*!

Havia sangue no seu rosto e seu olhar estava transtornado pela dor.

– Rhage...

Ele abriu a boca. Moveu-a, mas não saiu som algum.

Um dos homens disse:

– Droga, agora nós podemos levá-lo para o seu próprio quarto.

– É claro que vão levá-lo para lá! Feriu-se lutando?

Ninguém respondeu. Eles apenas mudaram de direção e levaram Rhage pelo vestíbulo da mansão, subindo a escada. Depois que o deixaram sobre a cama, o cara do cavanhaque e das tatuagens no rosto alisou o cabelo de Rhage para trás.

– Irmão, quer algo para a dor?

A voz de Rhage soou incerta.

– Nada. É melhor não. Conhece as regras. Mary... Onde está Mary?

Ela foi para perto dele e segurou-lhe a mão frouxa. Ao beijá-la, percebeu que o traje dele estava em perfeitas condições, sem rasgões ou buracos. O que significava que não o vestia quando havia se machucado. E alguém o vestira novamente.

Com uma horrível intuição, buscou o nó da tira de couro trançado amarrada ao redor de sua cintura. Afrouxou-o, afastou as bordas e abriu o traje. Das clavículas até os quadris estava coberto por ataduras brancas. E o sangue havia fluído através delas, vermelho vivo, chocante.

Com medo de olhar, mas precisando saber, com muito cuidado levantou uma ponta.

– Santo Deus – ela cambaleou e um dos Irmãos a sustentou. – Como isso aconteceu?

Como o grupo permaneceu em silêncio, ela empurrou quem quer que fosse que a sustentava, e olhou para eles. Estavam imóveis, olhos fixos em Rhage...

E com tanta dor como ele. *Meu Jesus, eles não podem...*

O do cavanhaque a procurou com o olhar.

Sim, haviam feito.

– Vocês fizeram isso – falou, transbordando de raiva. – Vocês fizeram isso a ele!

– Sim – disse o que usava óculos escuros. – E isso não é da sua conta.

– Seus *filhos da mãe.*

Rhage emitiu um som e depois clareou a garganta.

– Deixem-nos.

– Voltaremos para ver como está, Hollywood – disse o cara do cabelo longo e multicolorido – Precisa de alguma coisa?

– Além de um enxerto de pele? – Rhage sorriu um pouco e depois fez uma careta de dor quando se mexeu na cama.

Enquanto os homens saíam pela porta, ela fulminou-os com o olhar pelas costas. *Malditos... animais...*

– Mary? – murmurou Rhage – *Mary.*

Ela tentou se recompor. Exaltar-se pelo que aqueles criminosos haviam lhe feito não iria ajudar Rhage naquele momento.

Ela o olhou, dominando sua fúria e lhe disse:

– Posso chamar o médico do qual você me falou? Qual era mesmo o nome dele?

– Não.

Quis lhe dizer para deixar de lado aquele número de cara-durão--suportando-a-dor-nobremente. Mas sabia que protestaria e discutir era a última coisa que precisava naquele estado.

– Quer ficar com o traje ou posso tirá-lo? – perguntou-lhe ela.

– Tire. Se puder suportar a visão.

– Não se preocupe com isso.

Ela soltou a tira de couro e despiu-lhe a seda negra, com vontade de chorar quando ele rolou para um lado e para o outro para ajudá-la, grunhindo de dor. Quando terminaram tal manobra, o sangue escorria por seu flanco.

Aquele lindo edredom ficaria arruinado, pensou ela, não se importando de fato com isso.

– Você perdeu muito sangue – ela dobrou o pesado traje.

– Eu sei – ele fechou os olhos, afundando a cabeça no travesseiro. Seu corpo nu experimentava uma série de intermitentes espasmos, o tremor em suas coxas, ventre e peitorais fazendo o colchão trepidar.

Ela colocou o traje na banheira e voltou.

– Eles limparam as feridas antes de enfaixá-lo?

– Não sei.

– Talvez eu devesse ter perguntado.

– Dê-me uma hora. Até lá, o sangramento terá parado – ele respirou fundo e fez uma careta. – Mary... eles tinham de fazê-lo.

– O quê? – ela se inclinou para ele.

– Eles tinham de fazer tudo isso. Eu não... – outra respiração e mais um gemido – Não fique com raiva deles.

Que se danem. Isso sim.

– Mary – disse ele com força, concentrando nela seus olhos mortiços –, não lhes deixei outra opção.

– O que você fez?

– Já acabou. E não deve ficar com raiva deles – seu olhar se tornou vago outra vez.

No que dizia respeito a ela, tinha o direito de pensar o que bem entendesse daqueles filhos da mãe.

– Mary?

– Não se preocupe – acariciou-lhe a face, desejando poder lavar todo o sangue que tinha no rosto. Quando ele estremeceu pelo ligeiro contato, retirou a mão. – Por favor, deixe-me fazer alguma coisa para ajudá-lo...

– Apenas fale comigo. Leia para mim...

Havia uns livros contemporâneos nas prateleiras ao lado dos DVDs, e ela procurou entre os livros de capa dura. Apanhou um Harry Potter, o segundo volume da série, e puxou uma cadeira para perto da cama. No princípio, foi difícil se concentrar porque ela continuava controlando sua respiração, mas, aos poucos, ela encontrou o ritmo e ele também. A respiração dele se acalmou e os espasmos cessaram.

Quando adormeceu, ela fechou o livro. Ele tinha a testa enrugada e os lábios pálidos e contraídos. Odiou o fato de ele continuar a sentir dor mesmo em repouso.

Mary voltou no tempo.

Visualizou o quarto amarelo de sua mãe. Sentiu o cheiro de desinfetante. Escutou sua penosa e desesperada respiração.

Ali estava ela outra vez, pensou. *Em outra cabeceira. Presenciando outro sofrimento. Impotente.*

Olhando o quarto em volta, seus olhos pousaram sobre a *Madona com criança* em cima da cômoda. Só que naquele contexto a pintura era arte, não um ícone, parte de uma coleção digna de um museu e encarada apenas como decoração.

Por isso ela não precisava odiar a maldita coisa. Tampouco sentir-se assustada.

Com a imagem da virgem no quarto de sua mãe havia sido diferente. Mary a tinha desprezado e, assim que o corpo de Cissy Luce deixou a casa, aquela peça de gesso foi parar na garagem. Mary não teve coragem de quebrá-la, embora fosse essa a sua vontade.

Na manhã seguinte, ela pegou a coisa e a levou para a igreja. Fez o mesmo com o crucifixo. Quando deixou o estacionamento do lugar, o triunfo que sentiu, o verdadeiro *vá se ferrar, Deus*, havia sido embriagador, o único sentimento bom em muito tempo. Entretanto, a alegria durou pouco. Quando voltou para casa, tudo o que podia ver era a marca na parede que a cruz deixara e o ponto livre de pó onde a imagem costumava ficar, no chão.

Dois anos mais tarde, no mesmo dia em que havia abandonado aqueles objetos de devoção, foi diagnosticada com leucemia.

É claro que sabia que não fora amaldiçoada por ter se livrado daquelas coisas. Havia 365 dias no calendário e, como uma bolinha numa roleta, o anúncio de sua enfermidade tinha de cair em qualquer um deles. Em seu íntimo, entretanto, algumas vezes acreditava que não fora mera coincidência. O que fazia com que odiasse Deus ainda mais.

Que inferno... Para fazer um milagre por sua mãe, que fora uma fiel devota, Ele não tinha tempo. Mas Ele fez um esforço extraordinário para castigar uma pecadora como ela. *Vai entender...*

– Você me alivia – disse Rhage.

Seus olhos encontraram os dele. Ela esqueceu tais pensamentos ao segurar-lhe a mão.

– Como você está?

– Melhor. Sua voz me acalma.

Pensou que com a mãe dela acontecera a mesma coisa. Sua mãe também gostava do som de sua voz.

– Quer beber alguma coisa? – perguntou ela.

– No que estava pensando agora?

– Em nada.

Ele fechou os olhos.

– Quer que eu lave você? – disse-lhe ela.

Como ele deu de ombros, ela foi até o banheiro e voltou com uma esponja embebida em água morna e uma toalha de banho seca. Limpou-lhe o rosto e, com cuidado, trabalhou ao redor das bordas das ataduras.

– Vou lhe tirar isso, está bem?

Ele assentiu e Mary removeu delicadamente todo o esparadrapo. Em seguida, foi a vez da gaze e das compressas.

Mary estremeceu e a bílis lhe subiu até a boca.

Havia sido chicoteado. Era a única explicação para aquelas marcas.

– Oh... Rhage – as lágrimas lhe nublaram os olhos, mas não permitiu que rolassem. – Só vou trocar as ataduras. As feridas... estão muito recentes para serem lavadas. Você tem...

– No banheiro. No armário grande à direita do espelho.

Parada diante do armário, ficou pasma com o estoque que ele tinha à mão. Estojos cirúrgicos. Gesso para as fraturas. Ataduras de todos os tipos. Esparadrapo. Pegou o que julgou necessário e voltou para o quarto. Abrindo os pacotes de compressas de gazes esterilizadas de trinta centímetros, colocou-as sobre seu peito e barriga e achou melhor deixá-las ali em cima, sem prendê-las. Não havia jeito de levantar seu torso do colchão para enfaixá-lo; além do mais, toda aquela movimentação o sacrificaria ainda mais.

Ao colocar uma compressa na parte inferior esquerda da região ferida, Rhage se retesou. Ela o olhou.

– Machuquei você?

– Que pergunta estranha.

– Como disse?

Os olhos dele se abriram, encarando-a firme.

– Você não faz ideia mesmo, não é?

Claro que não.

– Rhage, do que você precisa?

– Que fale comigo.

– Está certo. Deixe-me terminar.

Assim que o fez, abriu o livro. Ele praguejou.

Confusa, segurou-lhe a mão.

– Não sei o que você quer.

– Não é tão difícil de imaginar – sua voz era fraca, mas indignada. – Pelo amor de Deus, Mary, ao menos por uma vez poderia me deixar entrar?

Bateram na porta. Ambos olharam na direção dela.

– Já volto – disse ela.

Quando abriu a porta, o homem do cavanhaque estava do outro lado. Trazia uma bandeja de prata carregada de comida, equilibrando-a em uma mão.

– A propósito, sou Vishous. Ele está acordado?

– Oi, V. – disse Rhage.

Vishous passou direto por ela e colocou a comida sobre a cômoda. Quando ele se dirigiu para a cama, Mary desejou ser tão grande como ele para poder expulsá-lo do quarto.

O cara apoiou o quadril na cama.

– Como você está, Hollywood?

– Estou bem.

– A dor já está passando?

– Sim.

– Então está sarando rápido.

– Não rápido o suficiente para o meu gosto – Rhage fechou os olhos, esgotado.

Vishous o contemplou um instante, com os lábios apertados.

– Voltarei mais tarde, meu Irmão. Certo?

– Valeu, Irmão.

O cara se virou e cruzou o olhar com o dela, o que não podia ter sido mais fácil. Naquele momento, ela desejava que ele sentisse o gosto da dor que havia infligido. E ela sabia que seu desejo de vingança estava estampado em seu rosto.

– Garota durona, não é mesmo? – murmurou Vishous.

– Se ele é seu *Irmão*, por que o machucaram?

– Mary, não faça isso – Rhage a interrompeu com voz rouca. – Eu lhe disse...

– *Você não me disse coisa alguma* – ela apertou bem os olhos. Não era justo gritar com ele quando estava ali deitado com o peito todo cortado.

– Talvez devêssemos deixar que ela saiba de tudo – disse Vishous.

Mary cruzou os braços sobre o peito.

– Isso sim é uma boa ideia. Por que você não me conta toda a maldita história? Ajude-me a entender por que fizeram isso com ele.

Rhage falou:

– Mary, não quero que você...

– *Então, me diga você.* Se não quer que eu os odeie, explique-me tudo.

Vishous olhou para a cama e Rhage deve ter assentido ou dado de ombros, porque o homem disse:

– Ele traiu a Irmandade por sua causa. Precisava se retratar se quisesse permanecer conosco e mantê-la aqui.

Mary perdeu o fôlego. Tudo aquilo por ela? Por causa dela?

Oh, Deus. Ele se deixara chicotear barbaramente por ela...

Farei com que fique segura, que tal?

Não sabia absolutamente o que pensar sobre um sacrifício como aquele.

Sobre a dor que ele estava suportando por ela. Sobre o que havia sido feito pelas pessoas que supostamente se preocupavam com ele.

– Não posso... Sinto-me um pouco zonza. Com licença...

Sem se virar, ela recuou, esperando chegar ao banheiro, mas Rhage lutou para tentar se erguer na cama, como se estivesse indo atrás dela.

– Não, fique onde está, Rhage – ela foi até ele, sentando-se na cadeira e acariciando seus cabelos – Fique onde está. Shh... Calma, grandão.

Quando ele relaxou um pouco, ela olhou para Vishous.

– Não entendo nada disso que aconteceu.

– E por que deveria?

Os olhos do vampiro a encararam com firmeza, um tanto assustadores em sua profundidade prateada. Ela se concentrou na tatuagem em sua têmpora por um instante e depois olhou para Rhage. Ela acariciou-lhe os cabelos com as pontas dos dedos e murmurou coisas até que ele caiu novamente no sono.

– Você sofreu por fazer isso com ele? – perguntou ela suavemente, sabendo que Vishous não havia ido embora – Diga-me que sofreu.

Ela escutou o roçar de tecido. Quando o olhou por cima do ombro, Vishous havia tirado a camisa. Sobre seu musculoso peito havia uma ferida fresca, um corte, como se uma lâmina houvesse lhe cortado a pele.

– Isso acabou com todos nós.

– Que bom.

O vampiro riu, um tanto feroz.

– Entende-nos melhor do que pensa. E essa comida não é só para quando ele a quiser. Trouxe-a para você também.

Pois sim, ela não queria nada deles.

– Obrigada. Farei com que ele coma.

Vishous fez uma pausa antes de sair.

– Você contou para ele sobre o seu nome?

Ela virou a cabeça com rapidez.

– O quê?

– Rhage. Ele sabe?

Sentiu um calafrio na espinha.

– É claro que ele sabe o meu nome.

– Não, refiro-me à razão dele. Deveria lhe contar – Vishous franziu a testa. – E não, não descobri isso na Internet. Como poderia?

Santo Deus, parecia que podia enxergar através dela...

– Você lê mentes?

– Quando quero e, às vezes, quando não tenho escolha – Vishous foi embora, fechando a porta silenciosamente.

Rhage tentou se virar de lado e despertou gemendo.

– Mary?

– Estou bem aqui – segurou a mão dele entre as suas.

– O que aconteceu? – quando ele a olhou, seus olhos azuis estavam ainda mais alarmados do que antes – Mary, por favor. Só por uma vez, me diga o que se passa na sua cabeça.

Ela hesitou.

– Por que você não me deixou para trás simplesmente? Tudo isso... não teria acontecido.

– Não há nada que eu não fizesse por sua segurança, por sua vida.

Ela balançou a cabeça.

– Não entendo como pode sentir tanto por mim.

– Sim, sabe de uma coisa? – ele sorriu um pouco – Precisa deixar de lado essa sua mania de querer entender as coisas.

– Isso é melhor do que ter fé – sussurrou ela, estendendo a mão e acariciando-lhe as madeixas louras. – Volte a dormir, grandão. Cada vez que o faz, parece despertar com um progresso incrível no processo de cura.

– Eu prefiro olhar para você – mas ele fechou os olhos. – Eu adoro quando você brinca com o meu cabelo.

Ele esticou o pescoço e virou a cabeça para o lado, de maneira que ela pudesse ter acesso a uma parte maior da cabeleira.

Até suas orelhas eram lindas, pensou ela.

O peito de Rhage subiu e desceu com um grande suspiro. Ao fim de certo tempo, ela se reclinou na cadeira e elevou as pernas, apoiando os pés sobre um dos maciços suportes da cama.

Conforme passavam as horas, os Irmãos o visitaram para saber dele e apresentarem-se. Phury, o da exuberante cabeleira, chegou com cidra quente, que ela acabou tomando. Wrath, o cara de óculos escuros e Beth, a mulher diante da qual desmaiara, também fizeram uma visita. Butch, o jogador de futebol, passou por lá, e o mesmo fez Tohrment, aquele que tinha o corte de cabelo à escovinha.

Rhage dormiu muito, mas continuava despertando sempre que tentava mudar de posição. Ele a olhava enquanto se movimentava, como se a visão dela lhe desse forças; e ela lhe dava água, acariciava sua face, alimentava-o. Não falavam muito. O toque era suficiente.

As pálpebras dela estavam fechadas e sua cabeça pendera para trás quando bateram outra vez na porta, suavemente. Provavelmente era Fritz com mais comida.

Ela se espreguiçou e foi ver quem era.

– Entre – disse, enquanto abria a porta.

O homem das cicatrizes estava parado no corredor. A luz acentuava suas feições, destacando seus olhos fundos, o crânio sob seu cabelo cortado com máquina, a cicatriz sinuosa, seu queixo duro. Usava um pulôver folgado de gola rolê e calças largas. Ambos eram pretos.

Ela imediatamente se aproximou da cama para proteger Rhage, mesmo que fosse estúpido pensar que ela poderia com algo tão grande como o vampiro parado na soleira.

O silêncio se prolongou. Ela disse a si mesma que provavelmente só queria saber como estava Rhage, como os outros haviam feito, e não tinha a intenção de machucar seu Irmão novamente. Só que... ele estava totalmente tenso, sua postura sugeria que podia saltar para frente a qualquer momento. E o mais estranho era o fato de que o vampiro não olhava para ela e tampouco parecia olhar para Rhage. Os olhos negros e frios daquele cara não olhavam para parte alguma.

– Quer entrar para vê-lo? – perguntou ela, afinal.

Aqueles olhos focaram-se nela.

Obsidiana, pensou ela. Pareciam obsidiana. Brilhantes. Sem fundo. Sem alma.

Ela segurou a mão de Rhage. O vampiro da porta sorriu com sarcasmo.

– Está me olhando com um ar feroz, mulher. Pensa que estou aqui para arrancar outro pedaço dele? – a voz dele era grave, monocórdia. Sonora, na verdade. E tão distante e pouco reveladora como suas pupilas.

– Você vai machucá-lo?

– Pergunta tola.

– Por quê?

– Se você não acreditaria na minha resposta, então, não deveria perguntar.

Houve mais silêncio e ela o avaliou com calma. Ocorreu-lhe que talvez ele não fosse apenas agressivo. Era também desajeitado.

Talvez.

Ela beijou a mão de Rhage e obrigou-se a se afastar.

– Eu ia tomar um banho. Poderia ficar com ele enquanto isso?

O vampiro piscou como se tivesse sido pego de surpresa.

– Você vai se sentir à vontade nua no banheiro comigo por perto?

Não mesmo.

Ela deu de ombros.

– A opção é sua. Mas tenho certeza de que se ele acordar, preferirá ver você a estar só.

– Vai parar de me examinar, então?

– Você vai ficar ou vai embora?

Como ele não respondeu, Mary disse:

– Esta noite deve ter sido um inferno para você.

Seu lábio superior deformado se retesou com um grunhido.

– Você foi a única pessoa até hoje que presumiu que eu não me divirto machucando os outros. É do tipo Madre Teresa? Dedicada a enxergar o bem que há em todas as criaturas e todo esse papo?

– Não se ofereceu como voluntário para a cicatriz que tem no rosto, não é? E sou capaz de apostar que há outras mais. Então, como lhe disse, esta noite deve ter sido um inferno.

Seus olhos se apertaram em duas fendas e uma fria rajada soprou pelo quarto, como se partisse dele.

– Cuidado, mulher. A coragem pode ser perigosa.

Ela caminhou diretamente para ele.

– Quer saber de uma coisa? A história do banho era mentira. Tentava lhe dar um tempo a sós com ele, porque é óbvio que se sente mal ou não ficaria parado na porta com esse ar miserável. Aceite a oferta ou vá embora, mas, de um jeito ou de outro, eu apreciaria que não tentasse me assustar.

A essa altura, já não se preocupava que ele a atacasse. Mas é que agia movida pelo nervosismo e esgotamento, e provavelmente já não pensava com clareza.

– Então, o que vai ser? – quis saber ela.

O vampiro deu um passo para dentro e fechou a porta, e o frio no quarto aumentou com ele. Sua ameaça era uma coisa tangível, que se projetava e roçava o corpo dela como se tivesse mãos. Quando o trinco deslizou para seu lugar com um estalo, ela ficou com medo.

– Não estou tentando – disse ele, com voz aveludada.

– O quê? – engasgou ela.

– Assustar você. Você *já* está assustada – ele sorriu. Suas presas eram muito longas, mais longas que as de Rhage – Posso cheirar seu medo, mulher. É como tinta fresca, formiga no nariz.

Como Mary recuou, ele avançou, seguindo-a.

– Hum... e eu gosto de seu perfume. Gostei dele desde a primeira vez que a vi.

Ela se moveu mais rápido, tateando com a mão, esperando sentir a cama a qualquer momento. Em vez disso, enredou-se entre as pesadas cortinas de uma janela.

O vampiro das cicatrizes a encurralou. Não era tão musculoso como Rhage, mas, sem dúvida, era mortal. Seus olhos frios disseram a ela tudo que precisava saber sobre a sua capacidade de matar.

Com uma maldição, Mary abaixou a cabeça e se rendeu. Não poderia fazer coisa alguma se ele quisesse lhe fazer mal e tampouco Rhage, naquele estado. Que droga, detestava se sentir impotente, mas, às vezes, é nessa posição que a vida nos coloca.

O vampiro se inclinou para ela e Mary se encolheu de medo.

Ele aspirou profundamente e depois exalou num longo suspiro.

– Vá tomar seu banho, fêmea. Se eu não tinha vontade de machucá-lo mais cedo, esta noite, não seria agora que mudaria de ideia. E também não tenho a intenção de lhe fazer mal. Se algo lhe acontecesse, a agonia dele seria ainda maior do que é agora.

Ela vacilou quando ele se virou, mas viu que ele fez uma careta quando olhou para Rhage.

– Como você se chama? – murmurou ela.

Ele arqueou uma sobrancelha e depois voltou a olhar fixamente o seu Irmão.

– Sou o cara mau, no caso de você ainda não ter concluído isso.

– Quero saber o seu nome, não a sua vocação.

– Ser um filho da mãe não é vocação, é compulsão, na verdade. E é Zsadist. Meu nome é Zsadist.

– Bem... prazer em conhecê-lo, Zsadist.

– Que educada – caçoou ele.

– Está certo, que tal isso: obrigada por não matá-lo ou a mim neste momento. É bastante verdadeiro para você?

Zsadist olhou por cima do ombro. Suas pálpebras pareciam persianas cerradas que só permitiam que um pouquinho da noite fria brilhasse através das frestas. E com seu cabelo cortado rente e aquela cicatriz, ele era a personificação da violência: agressão e dor encarnadas. Só que, enquanto ele a olhava sob a luz de um castiçal, um leve indício de calor atravessou seu rosto. Era tão sutil que ela não podia definir bem como sabia que aquilo estava ali.

– Você... – disse ele, suavemente – é extraordinária. Antes que Mary pudesse dizer mais alguma coisa, ele segurou sua mão – Vá. Agora. Deixe-me com meu Irmão.

Sem mais palavras, Mary entrou no banheiro. Ficou no chuveiro até os dedos enrugarem e o vapor no ar ficar espesso como um creme. Quando saiu, vestiu-se com a mesma roupa de antes, já que havia se esquecido de levar uma muda de roupa com ela. Então, abriu a porta do quarto silenciosamente.

Zsadist estava sentado na cama, com seus ombros largos encurvados, os braços ao redor da cintura. Tão inclinado sobre o corpo adormecido de Rhage que quase o tocava. Enquanto se balançava para frente e para trás, havia uma delicada melodia no ar.

O vampiro estava cantando, sua voz subia e descia, saltando oitavas, indo das notas mais agudas às mais graves. Lindo. Verdadeiramente lindo. E Rhage estava relaxado, descansando com uma serenidade que até então não experimentara.

Ela cruzou o quarto rapidamente e saiu para o corredor, deixando os dois homens a sós.

Capítulo 31

Rhage só despertou na tarde do dia seguinte. A primeira coisa que fez foi estender a mão às cegas na direção de Mary, mas, deteve-se, não querendo ser tomado pela queimação. Não se sentia com forças para combatê-la.

Abrindo os olhos, virou a cabeça. Ela estava ali ao seu lado na cama, adormecida de bruços.

Deus, mais uma vez ela havia cuidado dele quando precisara. Tinha sido inflexível. Forte. Disposta a enfrentar seus Irmãos.

O amor encheu seu coração, dilatando-o de tal forma que sua respiração parou.

Colocou a mão no peito e sentiu as ataduras que ela havia colocado. Trabalhando com cuidado, tirou-as uma a uma. As feridas estavam com bom aspecto. Haviam fechado e já não doíam. No dia seguinte, não passariam de linhas rosadas e, no outro, teriam desaparecido.

Pensou no estresse físico que vinha suportando nos últimos tempos. A transformação. A queimação provocada por Mary. A exposição ao sol. As chicotadas. Precisaria beber sangue em breve e queria fazê-lo antes que a fome o atingisse.

Era muito escrupuloso com respeito à alimentação. A maioria dos Irmãos esticava a fome enquanto podiam suportar, só porque não queriam se incomodar com intimidade. Ele não, tinha consciência. A última coisa que precisava era deixar a besta sedenta por sangue.

Espere um minuto.

Rhage respirou fundo. Havia um vazio... assombroso nele. Nenhum zumbido de fundo. Nenhuma comichão. Nenhuma queimação. E isso, mesmo estando deitado ao lado de Mary.

Era... só ele em seu corpo. Apenas ele mesmo. A maldição da Virgem Escriba se fora.

Mas é claro, pensou ele. Ela a tinha retirado temporariamente para que pudesse atravessar o *rytho* sem se transformar. E, obviamente, estava lhe dando um prazo para que pudesse se curar, também. Perguntou-se por quanto tempo duraria o indulto.

Rhage exalou devagar pelo nariz. Enquanto se afundava em sua pele, deleitou-se na perfeição da paz. O divino silêncio. A ausência do rugido.

Já fazia um século.

Santo Deus, queria chorar.

No caso de fazê-lo e de Mary despertar, colocou as mãos sobre os olhos.

Será que as outras pessoas sabiam como eram afortunadas por terem momentos como esse? Momentos de ressoante tranquilidade? Antes da maldição ele não lhes dava importância, sequer os notava. Droga, naquele tempo, se fosse abençoado com um, provavelmente apenas rolaria para o lado e dormiria.

– Como está se sentindo? Posso lhe trazer algo?

Com o som da voz de Mary, ele se preparou para uma rajada de energia. Nada aconteceu. Tudo o que sentiu foi um calorzinho gostoso em seu peito. Amor sem restrições, livre do caos de sua maldição.

Esfregou o rosto e olhou para ela. Adorando-a tão intensamente na tranquila escuridão que teve medo dela.

– Preciso de você, Mary. Já. Preciso estar dentro de você.

– Então me beije.

Ele atraiu o corpo dela para o seu. Ela usava apenas uma camiseta e ele deslizou as mãos por baixo dela, abraçando-a. Já estava ereto, pronto para tomá-la, mas, como nada tinha a controlar, demorar-se nas carícias era um prazer delicioso.

– Preciso fazer amor com você – disse ele, atirando fora as cobertas e mantas da cama. Desejava ver cada parte dela, tocar cada centímetro e não queria coisa alguma em seu caminho.

Retirou-lhe a camiseta pela cabeça e depois acendeu as velas pelo quarto. Ela estava resplandecente naquela luz dourada, a cabeça virada para o lado enquanto olhava para ele com aqueles olhos cinzentos. Os bicos dos seios já estavam duros, e ele contemplou as cremosas elevações arrematadas por mamilos rosados. Seu ventre era plano, um pouco plano demais, pensou ele, preocupando-se com ela. Mas seus quadris eram tão perfeitos quanto suas belas pernas.

E a conjunção abaixo do umbigo, que doçura...

– Minha Mary – sussurrou ele, pensando em todos os lugares que queria explorar nela.

Ao afastar as pernas dela, seu membro assanhou-se: pesado, orgulhoso, exigente. Mas antes que pudesse inclinar-se sobre a pele dela, as mãos de Mary encontraram sua ereção e ele estremeceu, banhando-se de suor. Olhando-a tocá-lo, abandonou-se àquela sensação um instante, dando rédea solta à genuinidade de seu desejo, o êxtase puro.

Ao vê-la sentar-se, não sabia o que ela pretendia.

– Mary?

Os lábios dela se apartaram e ela o tomou na boca.

Rhage perdeu o fôlego e apoiou-se nos braços.

– Oh, meu... *Deus.*

Jamais permitira tal coisa a nenhuma das mulheres que tivera desde a maldição, e foram muitas. Não quisera: se não gostava que elas o tocassem acima da cintura, que dirá abaixo dela.

Mas essa era Mary.

A sucção e o calor de sua boca, mas, principalmente saber que era ela, tirou-lhe a força, colocando-o à sua mercê. Ela ficava olhando para cima, vendo como nadava no prazer que lhe proporcionava. Quando ele desabou para trás sobre o colchão, ela avançou lentamente sobre suas coxas. Ele segurou-lhe a cabeça entre as mãos, arqueando-se para sua boca enquanto ela encontrava o ritmo certo.

Quando ele estava prestes a gozar, retirou-se, desejando prolongar o prazer.

– Venha aqui – disse ele, esticando-a sobre a barriga e o peito, fazendo-a rolar sobre as costas. – Quero estar dentro de você quando eu gozar.

Beijando-a, ele colocou a mão sobre a base de seu pescoço e a deslizou para o centro, parando sobre o coração. Batia rapidamente, e ele se abaixou, pressionando os lábios sobre seu ombro e, depois, buscando-lhe os seios. Sugou-os enquanto deslizava o braço por baixo de suas costas e a levantava aproximando-a mais de sua boca.

Ela produziu um ruído incrivelmente profundo em sua garganta, que o fez erguer a cabeça para olhá-la. Tinha os olhos fechados, os dentes cerrados. Abriu caminho a beijos até seu umbigo, onde se demorou um pouco, lambendo-o, antes de se mover para o quadril. Fazendo-a virar de bruços, separou-lhe as pernas e esfregou a palma contra o sexo dela. A sedosa umidade que lhe cobriu a mão fez com que estremecesse, enquanto beijava seu quadril e a base das costas.

Deslizando um dedo em seu interior, deixou as presas à mostra e as correu pela espinha de Mary.

Ela gemeu, seu corpo se retorcendo para encontrar seus dentes.

Na altura do ombro, ele parou para tirar o cabelo dela do caminho. E grunhiu quando olhou seu pescoço.

Quando ela se retesou, ele sussurrou.

– Não se assuste, Mary. Não lhe farei mal.

– Não tenho medo – ela moveu seus quadris e apertou seu calor úmido ao redor da mão dele.

Rhage chiou de prazer. Começou a ofegar, mas não se incomodou. Nada de vibração, nada de zumbido. Apenas ela e ele. Juntos. Fazendo amor.

Embora tivesse fome de algo mais nela.

– Mary, perdoe-me.

– Por quê?

– Quero beber de... você – disse-lhe ele ao ouvido.

Ela tremeu, mas ele sentiu seu calor onde a penetrou e sabia que os tremores eram de prazer.

– É sério que quer... fazer isso? – disse ela.

– Oh, sim, e como quero – sua boca se fechou na lateral da garganta de Mary. Sugou-lhe a pele, louco para fazer algo mais. – Eu gostaria de pegar a sua veia.

– Nem imagino qual seria a sensação – a voz dela era rouca, excitada. Caramba! Ela iria deixar? – Dói?

– Só um pouco no princípio, mas, é como sexo... sentirá meu prazer quando eu a tomar. E serei muito cuidadoso. Muito delicado.

– Sei que sim.

Uma onda erótica varreu seu corpo e suas presas à mostra. Podia imaginá-las afundando no pescoço dela. Ele sugando. Engolindo. O sabor de seu sangue. E depois, em perfeita comunhão, seria a vez dela fazer o mesmo. Ele a alimentaria bem, permitiria que tomasse tanto quanto quisesse...

Seria a vez dela fazer o mesmo?

Rhage se retirou. Onde *diabos* estava com a cabeça? Ela era humana, pelo amor de Deus. Não se alimentava de sangue.

Ele apoiou a testa no ombro dela. E lembrou-se de que ela não só era humana, mas estava doente. Lambeu os lábios, tentando persuadir suas presas a se retraírem.

– Rhage? Você não vai... você sabe.

– Creio que é melhor não.

– Francamente, não estou assustada.

– Oh, Mary, eu sei. Você não tem medo de coisa alguma – e a coragem dela em parte era a razão pela qual se vinculara a ela –; mas eu prefiro amar o seu corpo em vez de lhe tomar algo que não está em condições de me dar.

Em uma série de rápidos movimentos, ele se ergueu sobre ela, levantou seus quadris do colchão, e penetrou-a fundo por trás. O calor rugiu através dele quando ela se arqueou com a invasão e ele colocou um dos braços entre os seios dela, conservando seu corpo levantado. Com a mão, virou-lhe o queixo para que pudesse beijá-la.

O hálito era quente e desesperado em sua boca quando ele lentamente deslizou para fora dela. Quando retornou, ambos gemeram. Ela era tão incrivelmente apertada, espremendo-o com força. Ele deu algumas estocadas mais controladas e depois seus quadris assumiram o controle, movendo-se por vontade própria até que já não pôde manter o contato com os lábios dela. Seu corpo a castigava sem dó, e ele mudou as mãos para a cintura dela enquanto a segurava.

O peito dela se apoiou sobre a cama e o rosto virou para um lado. Seus lábios estavam afastados, os olhos fechados. Ele soltou seu torso e apoiou os punhos fechados sobre o colchão de cada lado dos ombros dela. Era tão pequena debaixo dele, menor ainda se comparada à grossura de seus antebraços, mas ela o recebeu por inteiro, da ponta à base, muitas vezes, até ele se perder.

Do nada, ele sentiu uma maravilhosa ardência em sua mão. Olhou para baixo e viu que ela havia se enroscado ao redor de um de seus braços e fechara a boca sobre a base do polegar, mordendo-o.

– Mais forte, Mary – disse ele com voz rouca. – Oh, *sim*. Morda... com força.

A pequena explosão de dor que sentiu quando ela lhe cravou os dentes elevou seu prazer às alturas, deixando-o muito próximo do orgasmo.

Só que ele não queria que aquilo terminasse.

Saiu de dentro dela e virou-a rapidamente. Quando ela aterrissou sobre as costas, suas pernas se abriram como se não tivesse força para sustentá-las. A visão dela daquele jeito, toda aberta para ele, brilhando para ele, inchada para ele, quase fez com que gozasse ali mesmo sobre as suas coxas. Baixou a cabeça e a beijou onde antes havia estado, provando um pouco dele mesmo, um pouco daquele aroma que estava deixando por todas as partes daquele corpo.

Ela gritou como louca quando chegou ao clímax. E antes que seus espasmos se desvanecessem, ele se inclinou sobre ela e fincou-a fundo.

Ela chamou o seu nome, as unhas arranhando suas costas.

Finalmente, ele se permitiu gozar, enquanto olhava naqueles olhos grandes e desvairados. Sem motivo para se refrear, gozou vezes seguidas, bombeando seus fluidos para o corpo dela. O orgasmo se prolongou e ele surfava naquelas ondas que queriam afogá-lo. O êxtase parecia não ter fim e não havia nada que o detivesse.

E, mesmo se tivesse ao seu alcance detê-lo, quem disse que iria querer tal coisa?

Mary se agarrou a Rhage enquanto ele estremecia uma vez mais, o corpo convulso, a respiração descontrolada. Ele gemeu profundamente e ela sentiu como se retesava e se liberava outra vez dentro dela.

Era um tipo arrasador de intimidade, ela tão tranquila, ele convulsionando em uma espécie de orgasmo múltiplo. Com a concentração não obscurecida pela paixão, ela sentia cada mínima reação no próprio corpo assim como cada dura investida. Sabia exatamente quando a liberação acontecia, podia sentir como tremiam seu ventre e suas coxas. Estava acontecendo novamente, seu fôlego suspenso, os peitorais e ombros retesando-se junto com seus quadris enquanto ele gozava outra vez.

Ele levantou a cabeça dessa vez, os lábios descobrindo as suas presas, olhos fechados com força. O corpo contraído, todos seus músculos tensos, e, então, ela sentiu o profundo movimento em seu interior.

Os olhos dele se abriram. Estavam vidrados.

– Sinto muito, Mary – outro espasmo lhe chegou e ele fez todo o possível para continuar falando, apesar disso – Nunca... aconteceu... antes. Não posso parar. *Caramba!*

Ele produziu um som gutural, uma mistura de pedido de desculpas e êxtase.

Ela sorriu e levou as mãos às suas costas lisas, sentindo cada grosso músculo sobre seus ossos enquanto se introduzia nela outra vez. Estava saturada entre as pernas e deliciosamente aquecida por todo o calor que se derramava dele. Aquele maravilhoso aroma produzido por seu vínculo com ela enchia o ar, a misteriosa fragrância a envolvia.

Ele se ergueu apoiado nos braços, parecendo que ia se afastar.

– Aonde você vai? – ela o enlaçou com as pernas.

– Estou esmagando você... – sua respiração foi sugada por um chiado de prazer.

– Estou perfeitamente bem.

– Oh, Mary... eu... – ele se arqueou outra vez, levando seu peito para frente, retesando o pescoço, os ombros saltando. Santo Deus, ele era magnífico.

Abruptamente, ele vacilou, o corpo totalmente mole sobre o dela. Seu peso morto era imenso, mais do que ela podia suportar e respirar ao mesmo tempo. Por sorte, ele rolou para o lado, levando-a junto. Seu coração trovejava dentro do peito e ela escutou quando começava a se acalmar.

– Machuquei você? – perguntou ele, de repente.

– Não mesmo.

Ele a beijou e se levantou, cambaleando para o banheiro. Voltou com uma toalha, com a qual ele a secou entre as pernas.

– Quer que eu ligue o chuveiro para você? – disse ele – Eu, ah, parece que fiz uma sujeirada em você.

– Que nada. E não, quero ficar mais um pouco aqui.

– Não posso explicar como isso aconteceu – ele franziu a testa quando jogou as cobertas sobre a cama novamente e cobriu a ambos. – Embora... bem, talvez eu saiba.

– Independentemente da razão, você é incrível – ela pressionou os lábios sobre o queixo dele. – Absolutamente incrível.

Ficaram ali juntos em silêncio por um tempo.

– Escute, Mary, meu corpo tem passado por duras provas ultimamente.

– Tenho certeza disso.

– Preciso... terei de recuperar minhas forças.

Havia uma certa amargura no tom de sua voz, e ela ergueu a vista em sua direção. Ele olhava fixamente para o teto.

Um calafrio a atravessou como um relâmpago.

– Como assim?

– Terei de me alimentar. De uma fêmea. Da minha espécie.

– Oh – ela pensou em como havia sentido suas presas em sua coluna vertebral. Lembrou-se do tremor de antecipação quando ele mordiscara o seu pescoço. E de como se sentiu quando ele passou a noite fora. Não podia passar por aquilo outra vez. Esperando em sua cama, sabendo que estava com outra mulher.

Ele tomou as mãos dela nas dele.

– Mary, tenho de me alimentar agora para não perder o controle. E quero que esteja comigo quando o fizer. Se for muito difícil para você assistir, pelo menos pode ficar no mesmo recinto. Não quero que haja dúvida alguma em sua mente sobre o que acontece entre mim e a fêmea.

– Quem vai... – ela clareou a garganta – lhe dar de beber?

– Pensei nisso. Não quero que seja alguém com quem já estive.

Então, as opções devem ser bem poucas: cinco mulheres? Talvez seis?

Ela sacudiu a cabeça, sentindo-se cruel.

– Chamarei uma das Escolhidas.

Diga-me que são bruxas desdentadas, pensou ela.

– Quem são?

– Sua função primordial é servir à Virgem Escriba, nossa divindade, mas houve um tempo em que alimentavam os membros solteiros da Irmandade. Hoje em dia, não se faz mais isso, mas vou contatá-las e ver se consigo.

– Quando?

– O mais rápido possível. Talvez amanhã à noite.

– Já terei ido, então – como a expressão dele se fechou, não lhe deu chance de falar. – Já é hora de eu partir.

– Uma ova que é.

– Rhage, seja realista. Espera sinceramente que eu fique aqui para sempre?

– É isso mesmo o que quero. Então, sim.

– Já lhe ocorreu que sinto falta de minha casa, das minhas coisas, de meu...

– Trarei tudo para cá. Tudo.

Ela sacudiu a cabeça.

– Tenho de ir para casa.

– Não é seguro.

– Então, teremos de fazer com que seja seguro. Instalarei um sistema de segurança, aprenderei a atirar, não sei. Mas preciso voltar à minha vida.

Ele fechou os olhos.

– Rhage, olhe para mim. Olhe para mim – ela apertou a mão dele –; tenho coisas que preciso fazer. Em meu mundo.

Seus lábios estavam apertados em uma linha.

– Deixará que Vishous instale o sistema de segurança para você?

– Sim.

– Então, permanecerá uns dias aqui comigo.

Ela suspirou fundo.

– E se eu disser não?

– Então, eu vou com você.

– Penso que não seria...

– Já lhe disse: pare de pensar tanto.

Seus lábios encontraram os dela, mas, antes que usasse sua língua para lhe roubar a capacidade de ser racional, ela o empurrou para trás.

– Rhage, sabe que isso não tem futuro. Isso... o que há entre nós, seja lá o que for. Não dá. Não é viável.

Ele se virou sobre as costas e colocou um braço atrás da cabeça. Com o queixo contraído, os tendões do pescoço se destacaram.

Ela odiava aquilo; odiava de verdade. Mas era melhor falar tudo.

– Agradeço tudo o que tem feito por mim. O sacrifício para me manter segura...

– Por que a noite em que saí a transtornou tanto?

– Como disse?

– Por que se incomodou por eu estar com outras? Ou só precisava de um pouco de sexo selvagem e precisava ocultar sua verdadeira intenção inventando um pretexto? – seus olhos se dirigiram para ela. O azul era néon intenso, quase brilhante demais para olhá-los – Escute, a próxima vez que quiser ser pegada de jeito, tudo o que precisa fazer é pedir. Posso providenciar num instante.

Oh, Deus. Não pretendia provocar tamanha raiva.

– Rhage...

– Sabe, eu gostei de verdade daquilo tudo. Gostei daquela história de dominação que partiu de você. Gostei da parte sádica, também. Provar o meu sangue em seus lábios, então, depois que você mordeu a minha boca me deixou ligadão.

O tom frio de sua voz era horrível. Mas seu olhar imperturbável e brilhante era pior ainda.

– Sinto muito – disse ela –, mas...

– De fato, estou ficando com tesão agora mesmo, só de pensar nisso. É mesmo surpreendente, considerando como passei os últimos vinte minutos.

– O que você supõe que o futuro nos reserva?

– Nunca saberemos, não é? Mas, ficará até que a noite caia, certo? Mesmo que seja só por precisar que eu a leve para casa. Então, deixe-me ver se consigo disposição para outra transa. Detestaria desperdiçar seu tempo – ele levantou as cobertas. – Caramba, você é boa. Estou duro como um bastão de beisebol.

– Sabe como serão os próximos seis meses para mim?

– Não e não vou saber, não é? Então, que tal um pouco de sexo? Já que é tudo o que quer de mim, e como sou um perdedor patético que só serve para isso, acho que é melhor colocarmos mãos à obra.

– Rhage! – gritou ela, tentando chamar sua atenção.

– Mary! – zombou ele. – Desculpe-me, estava falando demais? Preferiria que minha boca estivesse ocupada com outra coisa, não é? Gostaria dela sobre a sua? Não, em seus seios. Espere, mais para baixo. Sim, você gostaria que estivesse mais para baixo, não é? E sei como fazer isso muito bem.

Ela colocou a cabeça entre as mãos.

– Não quero deixá-lo assim. Brigando.

– Mas isso não a irá retardar, não é? Não, não a intrépida Mary, a Mary durona. Não, nada a impedirá de sair por aquela porta e cair no mundo...

– *Para adoecer*, Rhage! Estou deixando você porque vou ficar doente, está bem? Tenho *consulta* amanhã. Não há uma grande festa me esperando quando voltar para casa.

Ele a olhou fixamente.

– Acredita que sou tão indigno de cuidar de você?

– O quê?

– Não vai deixar que eu cuide de você quando adoecer?

Ela pensou em como fora difícil para ela vê-lo sofrendo e não ser capaz de fazer a dor dele sumir.

– Por que você iria querer fazê-lo? – sussurrou ela.

Rhage abriu a boca frouxamente, como se ela o tivesse golpeado. Saiu disparado da cama.

– Sim, vá se ferrar, Mary.

Ele vestiu as calças de couro e tirou uma camisa da cômoda.

– Prepare a mala, querida. Não terá mais que aguentar este vira-lata aqui – enfiou os braços nas mangas da camisa e a passou pela cabeça. – Pedirei a V. que coloque o sistema de segurança em sua casa o quanto antes.

Não levará muito tempo para fazê-lo, e, até ele terminar, poderá dormir em outro lugar. Um dos *doggen* lhe mostrará seus novos aposentos.

Ela saltou do colchão, mas, antes de conseguir alcançá-lo, ele a olhou tão duramente que Mary parou repentinemente.

– Sabe Mary, mereço isso. De verdade. Fiz o mesmo com tantas mulheres, apenas saí fora, sem ligar a mínima – abriu a porta –; embora elas tenham tido sorte. Pelo menos, nunca se lembrarão de mim. E cara, o que eu não daria para poder esquecê-la agora mesmo.

Ele não bateu a porta. Apenas a fechou com firmeza.

Capítulo 32

O Sr. O se inclinou sobre o macho civil e apertou o parafuso do torno. Sequestrara o vampiro no beco ao lado do Screamer's e, até agora, o centro de persuasão recém-construído funcionava perfeitamente. Ele também fazia progressos com o cativo. Verificou que o cara tinha uma conexão tangencial com a Irmandade.

Em circunstâncias normais, tal descoberta provocaria uma ereção no Sr. O., se ainda as tivesse. Em vez disso, enquanto observava os espasmos do vampiro e seu olhar vidrado, alucinado, viu a si mesmo com Ômega. Debaixo daquele pesado corpo. Impotente. Sem controle. Em agonia.

As lembranças lhe obstruíram os pulmões com um pavor sufocante até que precisou desviar os olhos. Quando o vampiro gemeu, o Sr. O se sentiu um covarde.

Santo Deus, precisava se acalmar.

O Sr. O clareou a garganta. Tomou um pouco de ar.

– E, ah... como é que sua irmã conhece a Irmandade?

– Ela... transa... com eles.

– Onde?

– Não sei.

– Você vai ter que fazer melhor do que isso – o Sr. O aumentou um pouco mais a pressão.

O civil gritou e revirou os olhos. Estava prestes a desmaiar novamente, por isso, o Sr. O afrouxou o pino.

– Onde eles se encontram?

– Caith vai a todos os bares – o homem tossiu fracamente. – Zero Sum. Screamer's. Ela esteve ontem à noite no One Eye.

– One Eye? – estranho. Isso fica no meio do campo.

– Por favor, posso ir para casa agora? Meus pais vão ficar...

– Tenho certeza de que estão preocupados. E deveriam estar – o Sr. O balançou a cabeça –; mas não posso deixá-lo partir. Ainda não.

Nunca, mas o vampiro não precisava saber.

O Sr. O voltou a aplicar pressão no parafuso do torno.

– Agora me diga outra vez como se chama sua irmã.

– Caith.

– E com qual dos Irmãos ela transa?

– Sei com certeza... o da cavanhaque. Vishous. Ela gosta do guerreiro louro... mas, ele não a quer.

O Irmão louro com a besta?

– Quando foi a última vez que ela viu o louro?

A resposta foi um som confuso.

– O que foi? Não consigo ouvi-lo – o jovem macho lutou para falar, mas, de repente, seu corpo se retesou e sua boca se abriu como se estivesse se asfixiando. – Ora, vamos – resmungou o Sr. O –; isso não machuca tanto assim.

Droga, o torno era fichinha; ainda não haviam chegado a nada mortal. De qualquer modo, dez minutos mais tarde o vampiro estava morto e o Sr. O, parado ao lado do corpo, perguntava-se o que diabos tinha acontecido.

A porta do centro de persuasão se abriu e o Sr. U entrou.

– Como estamos indo esta noite?

– Esse civil morreu, mas, não sei por quê. Eu mal havia começado.

O Sr. O soltou o torno da mão do vampiro e atirou a coisa onde estavam os outros instrumentos. Quando olhou o corpo sem vida sobre a mesa, descobriu-se, de repente, terrivelmente enjoado.

– Se você lhe quebrou um osso, talvez tenha produzido um coágulo.

– O quê? Oh, sim. Mas, de um dedo? Se ainda fosse o osso da coxa, poderia ser, mas estava trabalhando em sua mão.

– Não importa. Pode surgir em qualquer parte. Se ele chegar aos pulmões e se alojar, fim de jogo.

– Lutava para respirar.

– Provavelmente, foi o que aconteceu.

– E em má hora. A irmã dele transa com os membros da Irmandade, mas não consegui extrair outras informações.

– Nem o endereço dele?

– Não. Roubaram a carteira do idiota antes de eu o encontrar. Tinha bebido e o assaltaram em um beco. Citou alguns lugares, entretanto. Os habituais clubes noturnos do centro da cidade, mas também um bar de caipiras, One Eye.

O Sr. U franziu a testa enquanto pegava sua arma e checava o tambor.

– Tem certeza de que não falava só para que você parasse? O One Eye não fica longe daqui e aqueles malditos Irmãos são urbanos até a medula, não é mesmo? Pelo menos, sempre os encontramos na cidade.

– É onde *eles nos permitem* encontrá-los. Só Deus sabe onde vivem – o Sr. O sacudiu a cabeça na direção do corpo. – Droga, ele disse algo antes de morrer. Não entendi as palavras.

– Essa língua deles é uma chateação. Gostaria que tivéssemos um tradutor.

– Só você?

O Sr. U olhou em volta.

– Então, como é trabalhar neste lugar?

Tanto faz, pensou o Sr. O.

– Perfeito – disse ele –, mantive o cativo em um dos buracos por um tempo, esperando trazê-lo para cá. O sistema de roldanas funciona muito bem – o Sr. O lançou o braço do vampiro sobre seu peito e tocou a superfície de aço inoxidável onde estava o corpo. – E essa mesa é um presente do céu. Os furos para drenagem, as tiras de contenção.

– Sim, achei que gostaria disso. Roubei-a de um necrotério.

– Que legal.

O Sr. U caminhou até o armário à prova de fogo onde costumavam guardar a munição.

– Importa-se se eu pegar um pouco?

– Estão aí para isso.

O Sr. U tirou uma caixa de papelão pequena, onde se lia "Remington". Depois de carregar a arma, disse:

– Então, ontem escutei que o Sr. X o colocou no comando deste lugar.

– Ele me deu a chave, sim.

– Que bom, será bem dirigido.

Entretanto, houve uma condição para o privilégio. O Sr. X havia requerido que o Sr. O se mudasse para lá, mas por uma razão concreta. Se eles iriam manter os vampiros ali durante dias, alguém precisaria vigiar os prisioneiros.

O Sr. O apoiou o quadril contra a mesa.

– O Sr. X anunciará uma nova orientação para os esquadrões de elite. Dentro de cada esquadrão serão formadas parcerias, e eu serei o primeiro a escolher. Quero você.

O Sr. U sorriu quando fechou a caixa das balas.

– Eu era caçador no Canadá, sabia? Na década de 1820. Eu gosto do campo. De capturar coisas.

O Sr. O assentiu, pensando que antes de se perder a motivação, ele e o Sr. U teriam formado uma dupla e tanto.

– Então, é verdade tudo isso sobre você e o Sr. X? – perguntou o Sr. U.

– O que é verdade?

– Que você teve um encontro recente com Ômega? – quando os olhos do Sr. O piscaram ao ouvir aquele nome, o Sr. U notou a reação, mas, graças a Deus, entendeu-a errado – Santo Deus, realmente o viu. Vai ser o segundo em comando? É para isso que as coisas estão caminhando?

O Sr. O engoliu, a despeito da náusea que sentia.

– Você terá de perguntar ao sensei.

– Ah, claro. *Realmente* vou fazer isso. Embora, não sei por que precise fazer segredo disso.

Como o Sr. O sabia tanto quanto o outro *redutor*, não tinha opção.

Jesus. Não fazia muito tempo, a ideia de ser o segundo Redutor Principal o teria deixado eufórico.

O Sr. U se dirigiu para a porta.

– Então, onde e quando você me quer?

– Aqui. Agora.

– O que tem em mente?

– Voltaremos para o centro. Queria chamar os outros para lhes dar uma aula, mas parece que perdi meu manual.

O Sr. U inclinou a cabeça.

– Então, vamos à biblioteca. E consigamos outro.

Rhage rezava para encontrar uma válvula de escape enquanto perambulava furioso pelos becos dos bares do centro. Sob a fria chuva, estava nervoso, colérico e a agonia confrangia seu peito. Vishous havia desistido de falar com ele duas horas antes.

Quando voltaram para a Rua Trade outra vez, pararam ao lado da entrada do Screamer's. Impaciente, uma multidão tremia de frio enquanto esperava poder entrar no clube e havia quatro machos civis entre os humanos.

– Vou tentar pela última vez, Hollywood – V. acendeu uma cigarrilha e ajustou o boné dos Sox na cabeça. – Qual a razão de todo esse silêncio? Não pode ser dor ainda devido à noite de ontem, ou é?

– Não, estou bem.

Rhage checou um canto escuro do beco.

Sim, uma ova que estava bem. Sua visão noturna havia ido para o inferno, perdera sua acuidade visual, por mais que piscasse. E seus ouvidos tampouco funcionavam como deveriam. Normalmente, podia escutar sons a quase um quilômetro e meio de distância, mas, agora, precisava se concentrar para captar o bate-papo da fila de espera do clube.

Certamente estava alterado pelo que havia acontecido com Mary; levar um fora da fêmea que ama deixava um macho assim. Mas eram mudanças fisiológicas, nada de fundo emocional e todo esse blá-blá-blá.

E ele sabia qual era o problema: a besta não estava com ele naquela noite.

Isso deveria ser um alívio. Ter-se livrado da maldita besta temporariamente deveria ter sido uma grande bênção. Só que, ao que parece, ele se acostumara a confiar nos instintos da besta. Caramba, a ideia de que tinha uma espécie de relação simbiótica com sua maldição era uma grande surpresa, e o mesmo podia ser dito da vulnerabilidade que ora apresentava. Não era que duvidasse de sua técnica de luta corpo a corpo ou de sua habilidade com as adagas. Mas sua besta lhe proporcionava informação extra sobre o ambiente e ele havia se habituado a contar com isso. Além disso, aquela coisa medonha era um trunfo fabuloso. Se todo o resto falhasse, sempre se podia contar com ela para liquidar os inimigos.

– Bem, o que você acha? – disse Vishous, indicando com a cabeça o lado direito.

Um par de *redutores* descia pela Rua Trade, seus cabelos brancos brilhando aos faróis dos carros que passavam. Como marionetes comandadas pelo mesmo cordão, suas cabeças giraram ao mesmo tempo de Vishous para ele. Os dois reduziram o passo. Pararam.

Vishous deixou cair a cigarrilha, esmagando-a com a bota.

– Muitas testemunhas para uma briga.

Os membros da Sociedade pareceram compreender isso também, pois não fizeram menção de atacá-los. Naquela inimizade mortal sem a menor chance de entendimento, o que funcionava naquele instante era a estranha etiqueta na guerra entre a Irmandade e os *redutores.* A discrição diante dos *Homo sapiens* era fundamental para conservar o segredo da existência tanto de um grupo, quanto de outro. A última coisa de que precisavam seria um confronto diante de uma multidão de testemunhas humanas.

Enquanto os Irmãos e os *redutores* se encaravam, as pessoas em volta não faziam ideia do que acontecia. Entretanto, o mesmo não era verdade para os machos civis da fila. Foram saindo fora de fininho, com a óbvia intenção de fugir dali. Rhage cravou os olhos neles com dureza e, lentamente, fez que não com a cabeça. O melhor lugar para aqueles garotos era ali, em público, e ele rezava para que tivessem entendido a mensagem.

Mas, claro, os quatro saíram.

Aqueles malditos *redutores* sorriram. E, então, correram atrás de suas presas como estrelas de atletismo.

Rhage e Vishous, por sua vez, também dispararam, iniciando uma corrida mortal.

Tolamente, os civis correram para um beco. Talvez esperassem se desmaterializar. Talvez o medo os impedisse de agir com inteligência. De um jeito ou de outro, haviam aumentado drasticamente a probabilidade de morrer. Ali atrás, não havia humanos por causa da chuva fria; e sem iluminação pública ou janelas dando para o beco, nada havia que impedisse os *redutores* de fazer seu trabalho.

Rhage e V. correram ainda mais rápido, suas pesadas botas chapinhavam as poças d'água. Ao diminuírem a distância dos assassinos, parecia que iriam derrubá-los antes que eles apanhassem os civis.

Rhage estava a ponto de agarrar o *redutor* da direita quando uma caminhonete preta atravessou o beco na frente dele, derrapando no asfalto molhado e logo recuperando a tração. A coisa reduziu a velocidade ao mesmo tempo em que os *redutores* agarravam um dos civis. Com um movimento rápido, os dois assassinos jogaram o homem na parte traseira e viraram-se, prontos para lutar.

– Eu alcanço a caminhonete – gritou Rhage.

V. avançou na direção dos assassinos enquanto Rhage corria velozmente. A caminhonete reduzira a velocidade para recolher o civil e seus pneus ratearam, fazendo com que Rhage ganhasse um ou dois segundos. Mas, justamente quando ia alcançá-la, a F-150 conseguiu acelerar, deixando-o para trás. Com um extraordinário impulso, lançou-se no ar, agarrando a borda da caçamba no último segundo.

Mas sua mão escorregou no metal molhado. Tentava subir para conseguir um apoio melhor quando a janela traseira baixou e uma arma foi apontada para ele. Abaixou-se rapidamente, esperando escutar o penetrante ruído do tiro. Em vez disso, o civil, que tentava saltar, agarrou o próprio ombro. O macho olhou atordoado ao seu redor e depois caiu, em câmera lenta, na caçamba.

Os dedos de Rhage escorregaram da caminhonete, mas, ao cair, ele se virou, aterrissando com o rosto para cima. Seu casaco de couro evitou que ralasse a pele no asfalto.

Levantou-se e olhou a caminhonete virar uma esquina ao longe. Xingando feito um desesperado, não se conformou, contudo, em ficar lamentando o fracasso, e voltou correndo para onde estava V. A luta estava em curso e era das boas, os assassinos confiantes em suas habilidades e experiência. V., por sua vez, também se garantia: adaga em punho, dava trabalho aos assassinos.

Rhage caiu sobre o primeiro *redutor*, furioso por ter perdido o civil para aquela caminhonete, revoltado com o mundo por causa de Mary. Esmurrou o filho da mãe como um alucinado, quebrando-lhe os ossos, arrebentando a pele. Sangue negro espirrava em seu rosto, em seus olhos. Mas, não parou até que Vishous o afastou e o empurrou contra a parede do beco.

– O que você está fazendo, caramba! – Rhage quase atacou V. por bloquear seu acesso ao assassino.

Vishous o segurou pelas lapelas do *trench-coat* e acertou-lhe um bom tapa, tentando fazer com que recuperasse a razão.

– O *redutor* já não se move. Olhe para mim, Irmão. Está no chão e ali vai ficar.

– Não me importo! – lutava para se desvencilhar, mas Vishous o mantinha no lugar. Com dificuldade.

– Rhage? Vamos, fale comigo. O que está acontecendo? Onde está com a cabeça, Irmão?

– Só preciso matar essa coisa... preciso... – do nada, sua histeria transpareceu em sua voz – Pelo que eles fazem... Os civis não podem se defender... preciso matar... – estava desmoronando, mas não conseguia se controlar – Oh, meu Deus, Mary! Eles a querem... vão pegá-la como pegaram aquele civil, V. Ah, que merda, meu irmão... O que vou fazer para salvá-la?

– Shh. Sossegue, Hollywood. Fique calmo.

Vishous segurou o pescoço de Rhage com uma mão e massageou sua jugular com o polegar. O movimento hipnótico o relaxou: a princípio, muito lentamente, mas, depois, com bastante eficácia.

– Está melhor? – perguntou-lhe Vishous.

– Sim, melhor.

Rhage suspirou fundo e deu uns passos aleatoriamente. Então, retornou para o corpo do *redutor*. Remexeu-lhe os bolsos, encontrando uma carteira, algum dinheiro vivo, uma arma.

Oh, aquilo sim era bom:

– Olhe o que consegui – murmurou ele. – Diga olá para o Sr. *BlackBerry*.

Ele atirou o aparelho para Vishous, que assobiou de satisfação.

– Legal.

Rhage desembainhou uma de suas adagas e enterrou a lâmina negra no peito do assassino. Com um pequeno estouro e um clarão, a coisa se desintegrou, mas não se satisfez. Ainda tinha vontade de rugir e chorar ao mesmo tempo.

Vishous e ele fizeram uma rápida patrulha pela vizinhança. Tudo estava tranquilo. Com um pouco de sorte, os outros três civis a essa hora estavam em suas casas em segurança, ainda trêmulos com a sobrecarga de adrenalina.

– Quero as urnas desses *redutores* – disse Rhage. – Descobriu alguma coisa do que você matou?

Vishous agitou uma carteira no ar.

– A licença de motorista diz Rua LaCrosse, 195. E a sua?

Rhage procurou.

– Nada. Nenhuma licença. Por que diabos ele carrega... hum. Isso é interessante.

Uma ficha de cartolina dobrada ao meio cuidadosamente. No interior, um endereço não muito longe dali.

– Vamos verificar esse lugar primeiro, antes de irmos para a Rua LaCrosse.

Capítulo 33

Mary arrumava sua mala sob o olhar vigilante de Fritz. O mordomo morria de vontade de ajudar, irrequieto por vê-la fazer o que claramente sentia ser seu trabalho.

– Estou pronta – disse ela finalmente, mesmo que não estivesse.

Fritz sorriu, agora que tinha um propósito, e a conduziu pelo balcão a um quarto de onde se viam os jardins atrás da mansão. Ela tinha de lhe dar crédito: era incrivelmente discreto. Se pensava que era estranho ela se mudar do quarto de Rhage, não demonstrou, e a tratou com a mesma cortesia de sempre.

Quando ficou sozinha, pensou em suas opções. Queria ir para casa, mas não era estúpida. Aquelas *coisas* no parque eram letais e, por mais que necessitasse de seu espaço, não estava disposta a morrer por sua independência. Além disso, quanto tempo poderia levar a instalação do sistema de segurança? Talvez, o tal do Vishous estivesse trabalhando nisso naquele mesmo instante.

Pensou em sua consulta médica no dia seguinte à tarde. Rhage havia lhe dito que a deixaria ir, e, embora ele estivesse muito zangado quando foi embora, sabia que não a impediria de ir ao hospital. Fritz provavelmente a levaria, pensou. Quando lhe mostrara a casa toda, havia lhe explicado que podia sair à luz do dia.

Mary olhou sua bagagem. Já que estava pensando em ir embora para sempre, não podia sair brigada com Rhage. Talvez, passar a noite fora o acalmasse. Ela certamente se sentia mais racional agora.

Abriu a porta do quarto o suficiente para poder ouvir quando ele voltasse para casa. Então, sentou-se na cama e esperou.

Não demorou muito para ficar ansiosa; por isso, pegou o telefone. Quando Bella atendeu, foi um alívio escutar a voz da amiga. Não conversaram sobre nada em especial durante um tempo. Então, quando se sentiu preparada, disse-lhe que voltaria para casa assim que o sistema de segurança estivesse instalado. Agradeceu por Bella não lhe exigir mais detalhes.

Ao fim de um momento, houve uma longa pausa entre elas.

– Ah, Mary, posso lhe perguntar uma coisa?

– Claro.

– Você viu algum dos outros guerreiros?

– Sim, alguns. Mas não sei se conheci todos.

– Encontrou com um que... tem o rosto cheio de cicatrizes?

– É Zsadist. O nome dele é Zsadist.

– Oh. Ah, ele é...

– O quê?

– Bem, ouvi certas coisas sobre ele. Tem uma péssima reputação.

– Sim, posso imaginar. Mas, sabe, não tenho certeza de que seja tão mau. Por que pergunta?

– Oh, por nada, não, é sério.

À uma da madrugada, John Matthew saiu do Restaurante do Moe e foi para casa. Tohrment não dera as caras. Talvez o homem não viesse. Talvez tivesse perdido a oportunidade de escapar com ele.

Caminhando pela noite fria, John estava frenético, sua necessidade de sair de seu edifício chegara ao máximo.

O medo era tamanho, que permeava seus sonhos. Tirara um cochilo antes de ir trabalhar e seus pesadelos foram pavorosos, povoados de homens de cabelos brancos que o perseguiam, agarravam-no e o levavam para um lugar escuro e subterrâneo.

Quando se aproximou da porta de seu estúdio, tinha a chave na mão e não demorou. Entrou rapidamente e se fechou, trancando tudo: os dois ferrolhos, a corrente. Desejaria ter dispositivos de segurança mais poderosos.

Sabia que deveria comer, mas não tinha energia sequer para pegar o suplemento alimentar, então, sentou-se em seu colchão, esperando que suas forças magicamente retornassem. Iria precisar. No dia seguinte, teria de sair e começar a procurar outro lugar para morar. Teria de se salvar sozinho.

Mas, Deus, desejaria ter ido com Tohrment quando tivera a...

Uma batida na porta. John ergueu a vista, esperança e medo trançando-se como uma corda em seu peito.

– Filho? Sou eu. Tohrment. Abra.

John atravessou o quarto como uma flecha, abriu os ferrolhos e quase se atirou nos braços do homem.

As sobrancelhas de Tohrment baixaram sobre os seus olhos azuis escuros.

– O que está acontecendo, John? Algum problema?

Não tinha muita certeza quanto a contar sobre o homem pálido que encontrara na escada e, por fim, decidiu se calar. Não iria se arriscar a que Tohrment mudasse de ideia sobre acolher um rapaz que julgasse ser esquizofrênico paranoico.

– Filho?

John pegou o bloco e a caneta, enquanto Tohrment fechava a porta.

Estou contente por ter vindo. Obrigado.

Tohrment leu as palavras.

– Sim, teria vindo mais cedo, mas, ontem à noite, tive... um compromisso de negócios que não podia faltar. Então, você pensou...

John assentiu e rabiscou rapidamente.

Quero ir com você.

Tohrment sorriu um pouco.

– Está bem, filho. Tomou uma decisão acertada.

John suspirou fundo, aliviado.

– Eis o que vamos fazer. Voltarei amanhã à noite para pegá-lo. Não posso levá-lo para casa agora porque ficarei fora até a alvorada.

John engoliu em seco, tomado de pânico. *Mas, qual é o problema*, disse a si mesmo. O que era um dia a mais?

Duas horas antes do nascer do dia, Rhage e Vishous foram à entrada da Tumba. Rhage esperou no bosque enquanto V. levava para dentro a urna que haviam encontrado na casa do *redutor* em LaCrosse.

Descobriram que o outro endereço era um centro de tortura abandonado. No porão acanhado daquele pardieiro barato, encontraram ferramentas e instrumentos cobertos de pó, bem como uma mesa e amarras. O lugar era um brutal testemunho da mudança de estratégia operada pela Sociedade na luta contra a Irmandade, sequestrando e torturando civis. Tanto ele como Vishous saíram de lá com um desejo de vingança entalado na garganta.

Na volta para a mansão, pararam na casa de Mary para que Vishous pudesse estudar os cômodos e calcular o que seria necessário para que o lugar ficasse bem protegido. Estar ali foi um verdadeiro inferno. Ver as coisas dela. Recordar a primeira noite em que fora procurá-la. Não foi capaz de olhar o sofá porque o lembrava do que ele fizera ao corpo dela no chão atrás do móvel. Tudo aquilo parecia ter acontecido há tanto tempo, em outra vida.

Rhage praguejou e continuou a vigiar o bosque ao redor da entrada da caverna. Quando Vishous saiu de lá, os dois se desmaterializaram para pátio da mansão.

– Ei, Hollywood, Butch e eu iremos até o One Eye para um último gole. Você quer vir?

Rhage olhou para as escuras janelas de seu quarto.

Embora uma viagem até o One Eye não o animasse nem um pouco, sabia que não deveria ficar só. Do jeito que se sentia, corria o risco de procurar Mary e fazer um papelão suplicando para voltarem. O que seria apenas uma inútil humilhação. Ela tinha deixado bem claro em que pé as coisas entre eles estavam e não era o tipo de fêmea que ele pudesse persuadir. Além disso, estava bancando o idiota apaixonado. Na maior parte do tempo.

– Sim. Irei com vocês, caras.

Os olhos de Vishous brilharam, como se tivesse feito o convite apenas para ser educado e não esperasse, de fato, um sim.

– Certo. Mandou bem. Vamos sair em quinze minutos. Preciso de uma chuveirada.

– Eu, também – queria tirar o sangue do *redutor* de cima dele.

Enquanto atravessava o vestíbulo em direção à escada, Fritz saiu da sala de jantar.

O mordomo fez uma profunda reverência.

– Boa noite, *sir*. Sua convidada está aqui.

– Convidada?

– A Escolhida Principal. Ela deu a entender que o senhor a tinha chamado.

Droga. Havia se esquecido da solicitação e parecia que já não iria precisar de seus serviços. Se Mary não estava mais em sua vida, não necessitaria de nenhum arranjo especial para se alimentar. Era livre para transar e também para beber de quem bem entendesse. *Que felicidade...*

Deus, a ideia de estar com outra qualquer que não Mary, fazia com que se encolhesse dentro das calças.

– *Meu senhor?* Irá recebê-la?

Esteve a ponto de dizer que não, mas calculou que não seria muito educado de sua parte. Considerando seu histórico com a Virgem Escriba, não seria inteligente ofender as fêmeas consagradas a ela.

– Diga-lhe que estarei com ela em um instante.

Correu para o seu quarto, abriu a ducha para que esquentasse e ligou para Vishous. O Irmão não pareceu surpreso em saber que desistira da ida ao bar.

Pena que não fosse pela razão que Vishous obviamente havia presumido.

Mary despertou quando escutou o som de gente conversando no vestíbulo. Era Rhage. Reconheceria aquele vozeirão em qualquer parte.

Descendo da cama, foi até a abertura que havia deixado na porta.

Rhage subia a escada. Seu cabelo estava úmido, como se houvesse acabado de tomar uma ducha, e vestia uma camisa preta larga e calças folgadas, pretas. Prestes a sair para o corredor, viu que ele não estava só. A mulher que o acompanhava era alta e tinha uma longa trança loura que lhe caía pelas costas. Trajava um vestido longo, branco e transparente, e, juntos, eles dois pareciam o noivo e a noiva de um casamento gótico. Quando chegaram ao topo da escada, a mulher fez uma pausa, como se não soubesse para onde ir. Rhage amparou-lhe pelo cotovelo e a olhou solicitamente, como se fosse tão frágil que pudesse quebrar algum osso só por ter chegado ao segundo andar.

Mary os olhou entrar no quarto. A porta se fechou atrás deles.

Ela voltou para cama. As imagens giravam em sua cabeça. Rhage por todas as partes de seu corpo com a boca e as mãos. Rhage lhe agradecendo por alimentá-lo. Rhage olhando-a enquanto dizia que a amava.

Sim, lógico que ele a amava. Tanto que estava dormindo com outra mulher do outro lado do corredor.

Assim que tal pensamento lhe ocorreu, soube que era irracional. Ela o repelira. Ele pegara a deixa. Não tinha direito em absoluto de culpá-lo por ter sexo com alguém mais.

Ela tinha obtido exatamente o que pedira.

Ele a estava deixando sair de sua vida.

Capítulo 34

No finalzinho da tarde seguinte, justo antes do cair da noite, Rhage foi até o ginásio mais pelo bem dos outros do que de si mesmo. Quando terminou com os pesos, subiu na esteira e pôs-se a correr. Os primeiros oito quilômetros voaram. Por volta dos dez quilômetros, já estava suando. Quando chegou aos quinze quilômetros, o "bicho pegou".

Ele aumentou a inclinação e continuou. Suas coxas gritavam, tensas, queimando. Seus pulmões ardiam. Os pés e os joelhos doíam.

Pegou a camiseta que havia tirado e pendurado sobre o painel e a utilizou para limpar o suor dos olhos. Calculou que estava desidratado como uma uva passa, mas não ia parar para beber água. Tinha a intenção de prosseguir até cair.

Para continuar mantendo aquele ritmo cruel, perdeu-se na música que saía dos alto-falantes. Marilyn Manson, Nine Inch Nails, Nirvana, tocando alto o suficiente para abafar o ruído da esteira na sala de musculação: canções vis, agressivas, transtornadas. Exatamente como seu estado de ânimo.

Quando o som foi cortado, não se incomodou em olhar ao redor. Imaginou que o estéreo quebrara ou que alguém queria lhe falar, e ele não estava interessado em nenhuma das duas coisas.

Tohr parou diante da máquina. Sua expressão era tal que fez com que Rhage tirasse a correia e apertasse o botão de *stop*.

– O que é? – respirava forte e passou outra vez a camisa pelo rosto.

– Mary. Ela se foi.

Rhage congelou com a camiseta molhada sob o queixo.

– O que quer dizer com "se foi"?

– Fritz a esperou diante do hospital por três horas. Quando entrou, disseram que o setor que ela consulta estava fechado. Ele dirigiu até a casa dela. Como não estava lá, retornou e procurou-a por todo o centro médico.

Com as têmporas latejando com força devido ao medo, em vez do esforço, Rhage falou:

– Algum sinal de arrombamento ou de violência em sua casa?

– Não.

– O carro dela estava na garagem?

– Sim.

– Quando ele a viu pela última vez?

– Eram três horas quando ela foi à consulta. Para sua informação, Fritz lhe telefonou repetidamente, mas só caía no correio de voz.

Rhage consultou seu relógio. Passava um pouco das seis horas. Presumindo que a consulta médica tenha levado uns sessenta minutos mais ou menos, ela estava desaparecida há duas horas.

Achava difícil imaginar que os *redutores* a tivessem capturado na rua. O mais provável era que ela houvesse ido para casa e a tivessem encontrado ali. Mas, sem sinais de luta na casa, havia uma possibilidade de que não estivesse ferida.

Ou, talvez, fosse só a esperança cega falando.

Rhage saltou da máquina.

– Tenho de me armar.

Tohr lhe empurrou uma garrafa de água na mão.

– Beba isso agora. Phury está trazendo seu equipamento. Encontre-o no vestiário.

Rhage saiu correndo.

– A Irmandade o ajudará a encontrá-la – gritou-lhe Tohr.

Bella subiu a escada no começo da noite, escancarando a porta da cozinha com triunfo. Agora que os dias estavam se tornando mais curtos, ela tinha mais tempo para aproveitar o ar livre. Eram somente seis horas, mas já estava escuro. Que delícia.

Estava na dúvida entre preparar torradas ou cozinhar umas panquecas quando viu que havia luzes no outro lado do terreno. Alguém estava na casa de Mary. Provavelmente, eram os guerreiros que estavam instalando o sistema de segurança para ela.

O que significava que se aproximava o momento que poderia ver o homem das cicatrizes outra vez.

Zsadist não lhe saíra da cabeça desde que haviam se encontrado, até o seu diário estava cheio de especulações sobre o macho. Ele era tão... rude. E depois de ser mimada durante anos por seu irmão, morria de vontade de sair e experimentar algo louco.

E, sem dúvida, a bruta sexualidade de Zsadist preenchia o requisito.

Vestiu o casaco e trocou as sapatilhas por um par de tênis. Correndo pelo gramado, reduziu a velocidade quando passou pelo quintal da casa de Mary. A última coisa que precisava era encontrar um *redutor*...

– Mary! O que está fazendo aqui?

A humana parecia atônita quando ergueu a vista da espreguiçadeira onde se encontrava. Embora estivesse frio, usava apenas um suéter e jeans.

– Oh... olá. Como está?

Bella sentou-se ao lado da mulher.

– Vishous terminou?

– Com o quê? – Mary se movia com rigidez quando se sentou. – Oh, o sistema de segurança. Acho que não. Pelo menos, ninguém me disse nada sobre isso e lá dentro está tudo igual.

– Quanto tempo faz que está aqui fora?

– Não muito – ela esfregou os braços e, em seguida, soprou nas mãos fechadas –; estava só apreciando o pôr do sol.

Bella lançou um olhar para a casa, estremecendo.

– Rhage a virá pegar logo?

– Rhage não virá me pegar.

– Então, um dos *doggen*?

Mary fez uma careta quando se levantou.

– Nossa, como está frio.

Quando ela entrou em casa como um zumbi, Bella a seguiu.

– Mary, ah... realmente não deveria ficar aqui sozinha.

– Eu sei. Calculei que estaria a salvo porque era dia.

– Rhage ou algum dos Irmãos lhe disseram que os *redutores* não podem sair ao sol? Porque, não tenho certeza, mas acho que podem.

Mary deu de ombros.

– Eles não me incomodaram até agora, mas não sou estúpida. Vou para um hotel. Só preciso pegar umas coisas.

Só que, em vez de subir, ela vagou pelo primeiro andar de sua casa com um estranho tipo de transtorno.

Ela parece estar em choque, pensou Bella. Mas, fosse qual fosse o caso, a questão era que as duas *realmente* precisavam sair dali o mais rápido possível.

– Mary, por que não vem jantar comigo? – ela olhou para a porta dos fundos. – E, sabe, você pode ficar comigo até que Vishous acabe. Meu irmão protegeu a casa com um sistema de segurança completo. Tem até uma rota de fuga subterrânea. Estou bastante segura lá e minha casa fica longe o bastante, de modo que se eles vierem procurá-la, não pensarão que está comigo.

Ela se preparou para discutir, alinhando os argumentos em sua cabeça.

– Está certo, obrigada – disse Mary – Dê-me um minuto.

A mulher foi para o andar de cima e Bella caminhou de um lado para o outro impaciente, desejando ter uma arma e saber usá-la.

Quando a humana desceu com uma sacola de lona cinco minutos mais tarde, Bella suspirou aliviada.

– Que tal vestir um casaco? – disse ela, vendo que Mary se dirigia à porta sem nenhum.

– Sim, um casaco – Mary deixou cair a sacola, caminhou até um armário e tirou de lá uma parca vermelha.

Enquanto atravessavam juntas o terreno, Bella tentou apressar seu passo.

– A lua está quase cheia – disse Mary, com a grama rangendo sob seus pés.

– Sim, está.

– Escute, quando chegarmos à sua casa, não quero que ligue para Rhage nem nada. Ele e eu... separamos nossos caminhos. Então, não o incomode por minha causa.

Bella engoliu sua surpresa.

– Ele não sabe que você foi embora?

– Não. E vai descobrir isso sozinho, está bem?

Bella só concordou para que Mary continuasse a andar.

– Posso lhe perguntar uma coisa?

– Claro.

– Quem terminou? Ele ou você?

Mary caminhou em silêncio por um momento.

– Eu.

– Hum, vocês por acaso... Os dois ficaram íntimos?

– Se nós fizemos sexo? – Mary trocou a sacola de lona de uma mão para a outra – Sim. Fizemos.

– Quando fizeram amor, notou uma espécie de fragrância que lembra especiarias saindo da pele dele?

– Por que me pergunta isso?

– Sinto muito. Não queria bisbilhotar.

Estavam quase na casa de Bella quando Mary murmurou:

– Foi o melhor cheiro que já senti.

Bella guardou uma maldição para si. Não importava o que Mary pensasse, o guerreiro louro viria atrás dela. Um homem vinculado não deixava sua companheira partir. Nunca. E isso se apoiava em sua experiência com civis.

Só podia imaginar o que um guerreiro faria se sua fêmea fugisse.

Rhage caminhou por todos os aposentos da casa de Mary. No banheiro de cima, encontrou o armário embaixo do lavatório aberto. Lá dentro, artigos de higiene estocados: sabonetes, pastas de dente, desodorantes. Havia vãos nas fileiras, como se tivesse pegado alguns.

Estava em outro lugar, pensou ele, olhando pela janela. Se tivesse ido para um hotel, ele provavelmente estava ferrado, porque ela seria bastante inteligente para se registrar com um nome diferente. Talvez pudesse tentar em seu trabalho...

Concentrou-se na casa do outro lado do terreno. As luzes estavam acesas lá.

Teria ido à casa de Bella?

Rhage desceu e trancou a casa. Uma fração de segundo mais tarde, materializou-se na varanda da frente da casa de Bella e bateu na porta. Quando ela veio atender, a fêmea se limitou a lhe dar passagem como se estivesse esperando por ele.

– Ela está lá em cima.

– Onde?

– No quarto da frente.

Rhage subiu os degraus de dois em dois. Uma vez diante da porta, nem bateu, abriu-a direto. A luz do corredor iluminou todo o cômodo.

Mary estava profundamente adormecida sobre uma enorme cama de bronze, usando um suéter e uma calça jeans que ele conhecia. Uma colcha de retalhos havia sido colocada sobre suas pernas e estava meio de bruços, meio de lado. Parecia completamente esgotada.

Seu primeiro instinto foi pegá-la nos braços.

Ficou de pé onde estava.

– Mary – manteve um tom de voz neutro. – Mary. Acorde.

Suas pestanas se moveram, mas apenas suspirou e mexeu um pouco a cabeça.

– Mary.

Oh, droga.

Aproximou-se da cama e sacudiu o colchão com as mãos. Isso conseguiu chamar sua atenção. Sentou-se assustada, com os olhos vidrados, até que o viu.

Então, só pareceu confusa.

– O que você está fazendo aqui? – ela afastou o cabelo do rosto.

– Não seria melhor você responder primeiro?

– Não estou em casa.

– Não, não está. Tampouco está onde deveria.

Ela se recostou nos travesseiros e foi quando ele tomou consciência de suas escuras olheiras, da palidez de seus lábios contraídos... e do fato de que ela não lutava contra ele.

Não pergunte, disse a si mesmo.

Ah, que inferno.

– O que aconteceu esta tarde?

– Só precisava ficar sozinha um tempo.

– Não estou falando de como fugiu de Fritz. Falaremos disso mais tarde. Quero saber sobre a consulta médica.

– Oh, sim. Isso.

Ele a olhou fixamente enquanto ela brincava com a barra da colcha de retalhos. Como ela permanecia calada, ele quis gritar. Atirar as coisas longe. Pôr fogo em algo.

– E então? – ele a forçou.

– Não que eu pensasse que fosse você indigno.

Do que diabos ela estava falando? Ah, sim, daquela adorável discussãozinha sobre "cuidar-dela-quando-estivesse-doente". Cara, ela estava se desviando do assunto descaradamente.

– Qual é a gravidade do caso, Mary? E nem pense em mentir para mim.

Seus olhos encontraram os dele.

– Querem que na próxima semana eu inicie a quimioterapia.

Rhage expirou lentamente. Que balde de água fria.

Sentou-se ao pé da cama e fechou a porta com a mente.

– Vai funcionar?

– Acredito que sim. Minha médica e eu vamos nos encontrar em alguns dias, depois que ela conversar com alguns de seus colegas. A questão mais importante é quanto mais do tratamento posso tolerar; então, tiraram uma amostra de sangue para checar meu fígado e meus rins. Disse-lhes que tomarei o máximo que for possível me dar.

Ele esfregou o rosto com a palma da mão.

– Caramba.

– Eu vi como minha mãe morreu – disse ela suavemente. – Foi horrível. Ver como perdia suas faculdades em meio a tanta dor. No final, já não era ela, não agia como ela. Já havia partido, restara apenas seu corpo, que se recusava a abandonar suas funções básicas. Não digo que seja isso que vai acontecer comigo, mas vai ser muito duro.

Droga, o peito dele doía.

– E não quer que eu passe por isso?

– Não, não quero. Não quero isso para nenhum dos dois. Preferiria que você se lembrasse de mim como sou agora. Preferiria que nos lembrássemos de nós como fomos. Vou precisar dessas boas lembranças para me refugiar nelas.

– Mas eu quero enfrentar isso com você.

– E eu não preciso disso. Não vou ter energia para manter uma fachada. E o sofrimento... o sofrimento transforma as pessoas.

Ele tinha certeza disso. Parecia ter envelhecido um século desde que a conhecera.

– Oh, Rhage... – quando sua voz vacilou, ela limpou a garganta imediatamente. E ele a desprezou por querer ficar no controle – Eu vou... sentir saudade de você.

Olhou-a sobre o ombro. Sabia que se tentasse abraçá-la ela sairia do quarto, por isso, agarrou a beirada do colchão. E o espremeu.

– O que estou fazendo? – ela sorriu, sem jeito. – Sinto muito por preocupá-lo com tudo isso. Sei que já seguiu em frente e tudo.

– Segui em frente? – ele se irritou – De onde tirou isso?

– A mulher de ontem à noite. Mas, não importa...

– Que fêmea?

Quando ela sacudiu a cabeça, ele perdeu as estribeiras.

– Meu Deus, mas que *inferno*, não pode responder a uma pergunta sem relutar? Experimente uma vez, por compaixão, por curiosidade. De qualquer forma, partirei em alguns instantes, não terá de se preocupar em fazê-lo outra vez.

Quando viu que os ombros dela tremiam, ele se lamentou amargamente por ter gritado com ela.

Mas, antes que pudesse pedir perdão, ela disse:

– Estou falando da mulher que levou para a cama ontem à noite... Eu esperei por você. Queria lhe dizer que estava arrependida... E vi você entrar em seu quarto com ela. Olhe, não toquei nisso para culpá-lo nem nada disso.

Não, certamente que não. Ela não queria nada dele. Não queria seu amor. Não queria seu apoio. Não queria seu sentimento de culpa. Não queria nem sexo.

Ele sacudiu a cabeça, com a voz cansada. Estava tão exausto de se explicar, mas o fez, pela força do hábito.

– Era a Escolhida Principal. Nós conversamos sobre minha alimentação, Mary. Não fiz sexo com ela.

Ele olhou para o chão. Então, largou o colchão e colocou a cabeça entre as mãos.

Houve um silêncio.

– Sinto muito, Rhage.

– Sim. Eu também.

Ele ouviu um soluço e abriu os dedos de maneira que pôde ver o rosto dela por uma fresta. Mas ela não chorava. Não, não Mary. Era muito forte para isso.

Ele, entretanto, não era. Tinha lágrimas nos olhos.

Rhage clareou a garganta e piscou muitas vezes. Quando voltou a olhá-la, ela o encarava com tanta ternura e tristeza que o transtornou.

Oh, que maravilha. Agora ela sentia pena dele por ser tão emotivo. Cara, se não a amasse tanto, a odiaria naquele momento.

Levantou-se. E se certificou de que sua voz soasse tão forte como ela ao falar:

– O sistema de segurança de sua casa estará conectado conosco. Se for ativado, eu... – ele se corrigiu – um de nós virá correndo. Vishous entrará em contato com você aqui quando começar a funcionar.

Quando o silêncio se estendeu, ele deu de ombros.

– Então... adeus.

Saiu pela porta e não se permitiu olhar para trás.

Quando chegou lá embaixo, encontrou Bella na sala de estar. No instante em que a fêmea viu-lhe rosto, seus olhos se arregalaram. Com certeza a sua aparência demonstrava como estava devastado por dentro.

– Obrigado – disse ele, embora não soubesse o que estava agradecendo – E já sabe, a Irmandade fará rondas por sua casa. Mesmo depois que ela sair daqui.

– Muito gentil de sua parte.

Ele assentiu e saiu de lá o mais rápido que pôde. Temia não conseguir chegar à porta antes de desmoronar e chorar como um bebê.

Enquanto se afastava da casa e descia o terreno gramado, não tinha ideia do que fazer ou aonde ir. Provavelmente, deveria ligar para Tohr, descobrir onde os outros Irmãos estavam, e unir-se a eles.

Em vez disso, deteve-se bruscamente. Diante dele, a lua se elevava por cima das silhuetas das árvores e era cheia: um disco brilhante e gordo na noite fria, sem nuvens. Estendeu o braço para ela e a olhou com um olho fechado. Ajustando sua linha de visão, posicionou o luminoso astro sobre a palma da mão e a segurou com cuidado.

Ao longe, escutou um ruído insistente que vinha da casa de Bella. Uma espécie de batida rítmica.

Como aumentava de intensidade, Rhage olhou para trás.

A porta principal da casa se abriu e Mary saiu correndo por ela, saltando da varanda, sem se importar onde pisava. Correu sobre a grama gelada com os pés descalços e se lançou nos braços dele, agarrando-se ao seu pescoço com ambos os braços. Ela o abraçou tão forte que a coluna dele estalou.

Soluçava. Gritava. Chorava tanto que todo seu corpo tremia.

Ele não lhe fez perguntas, abraçou-a apenas.

– Não estou bem – disse ela com voz rouca e respiração entrecortada –, Rhage... eu não estou bem.

Ele fechou os olhos e abraçou-a forte.

Capítulo 35

O Sr. O levantou a grade que cobria a tubulação de esgoto e acendeu uma lanterna para iluminar o buraco. O macho jovem aprisionado ali dentro era aquele que fora capturado com a caminhonete na noite anterior. Continuava vivo, resistira ao dia ali. O sistema de aprisionamento havia funcionado maravilhosamente.

A porta do centro se abriu de repente. O Sr. X entrou, botas pesadas, olhos penetrantes.

– Está vivo?

O Sr. O assentiu e recolocou a grade no lugar.

– Sim.

– Bom.

– Eu ia tirá-lo dali outra vez.

– Agora não. Quero que visite esses membros – o Sr. X entregou uma folha de papel com sete endereços nela. – Os registros de e-mail são eficientes, mas as confirmações não são muito confiáveis. Recebo confirmações desses Betas, mas, quando contato seus esquadrões, sou informado de que ninguém os vê há dias.

O instinto disse ao Sr. O que fosse cuidadoso. Primeiro, o Sr. X praticamente o acusara de matar Betas no parque, e, agora, o *Redutor Principal* queria que os verificasse?

– Algum problema, Sr. O?

– Não. Nenhum problema.

– E outra coisa. Tenho três novos recrutas. Eu os trouxe. Suas iniciações ocorrerão ao longo da próxima semana e meia. Gostaria de vir? Assistir de longe proporciona um verdadeiro espetáculo.

O Sr. O negou com a cabeça.

– É melhor eu me concentrar aqui.

O Sr. X sorriu.

– Teme que Ômega se distraia com seus encantos?

– Ômega não se distrai com nada.

– Você está muito equivocado. Não para de falar de você.

O Sr. O sabia que havia uma boa possibilidade de que o Sr. X estivesse brincando com sua cabeça, mas seu corpo não tinha a mesma confiança. Seus joelhos afrouxaram e começou a suar frio.

– Começarei a verificar a lista agora – disse ele, indo pegar sua jaqueta e as chaves.

Os olhos do Sr. X brilharam.

– Faça isso, filho, vá agora mesmo. Vou brincar um pouco com nosso visitante.

– Como quiser, sensei.

– Então, esta agora é a minha casa – Mary murmurou quando Rhage fechou a porta do quarto deles.

Ela sentiu os braços dele ao redor de sua cintura, e ele a apertou contra seu corpo. Ao olhar para o relógio, compreendeu que só fazia uma hora e meia desde que deixaram a casa de Bella, mas toda sua vida havia mudado.

– Sim, esta é sua casa. Nossa casa.

As três caixas alinhadas contra a parede estavam cheias com as suas roupas, seus livros favoritos, alguns DVDs, algumas fotos. Com Vishous, Butch e Fritz dando-lhe uma mãozinha, não havia demorado muito tempo para encaixotar umas coisas, metê-las no Escalade de Vishous e voltarem à mansão. Mais tarde, ela e Rhage retornariam para finalizar o trabalho. E, pela manhã, ligaria para a firma de advocacia e pediria demissão. Também procuraria um corretor e venderia o celeiro.

Meu Deus, realmente fizera aquilo. Fora morar com Rhage, desistindo de sua antiga vida.

– Eu preciso desempacotar minhas coisas.

Rhage lhe segurou as mãos e levou-a em direção à cama.

– Quero que descanse. Parece cansada demais até para estar de pé.

Enquanto ela se deitava, tirou o *trench coat*, o coldre com as adagas e o cinturão. Deitou-se ao lado dela, criando um declive no colchão que fez com que ela rolasse para ele. Todos os abajures se apagaram ao mesmo tempo, e o quarto mergulhou na escuridão.

– Tem certeza de que está preparado para tudo isso? – disse ela, depois que seus olhos se acostumaram à suave iluminação que contornava as janelas. – Para tudo que... vou passar?

– Não me faça repetir aquela cena novamente.

Ela riu.

– Não vou fazer. É só que...

– Mary, amo você. Estou mais que preparado para tudo que for relacionado a você.

Ela colocou a mão sobre o rosto dele e ficaram calados um momento, apenas respirando juntos.

Mary estava quase dormindo quando ele disse:

– Mary, sobre os arranjos da minha alimentação. Enquanto estávamos na sua casa, contatei as Escolhidas. Agora que voltou para mim, terei de usá-las.

Ficou tensa. Mas, droga, se ela iria morar com um vampiro e ele não podia viver de seu sangue, teriam de tratar do problema de algum modo.

– Quando irá se alimentar?

– Uma fêmea virá esta noite e, como já lhe disse, gostaria que você estivesse comigo. Se estiver à vontade com a ideia.

Como seria o procedimento?, perguntou-se ela. *Ele iria segurar a mulher em seus braços e beberia de seu pescoço?* Deus, mesmo que não fizesse sexo com ela, Mary não tinha muita certeza de que conseguiria olhar.

Ele beijou-lhe a mão.

– Confie em mim. Será melhor assim.

– Ah, mas se não puder lidar com...

– Não a obrigarei a assistir. É só... que há uma intimidade inevitável nisso e acredito que ambos estaremos mais confortáveis se você estiver lá. Dessa maneira, saberá exatamente no que consiste o ato. Não há nada sinistro ou vergonhoso nisso.

Ela concordou.

– Tudo bem.

Ele respirou fundo.

– Esse é um fato da vida que não posso mudar.

Mary correu a mão sobre o peito dele.

– Sabe, mesmo que me pareça um pouco assustador, queria que fosse eu.

– Oh, Mary, eu também.

John consultou seu relógio. Tohrment combinara de pegá-lo em cinco minutos, por isso era hora de descer para esperá-lo. Pegou sua mala com ambas as mãos e foi até a porta. Rezou para não dar de cara com o homem pálido no caminho ou enquanto esperava, mas queria encontrar com Tohrment lá fora. Dessa forma, não se sentiria tão diferente.

Quando se aproximou do meio-fio, olhou para cima, na direção das duas janelas que observara fixamente durante tantas horas. Estava deixando para trás seu colchão e o jogo de halteres, assim como seu depósito de garantia e o aluguel do mês anterior por quebra de contrato. Teria de retornar para pegar sua bicicleta depois que Tohrment chegasse, porém, nada mais o prendia àquele lugar.

Espiou ao longo da rua, perguntando-se por qual direção o homem chegaria. E que tipo de carro dirigia. E onde devia morar. E com quem era casado.

Tremendo de frio, John consultou novamente o relógio. Eram nove horas em ponto.

Uma solitária luz brilhou à sua direita. Tinha quase certeza de que Tohrment não usaria uma moto para buscá-lo. Mas a fantasia de se imaginar rodando numa possante motocicleta pela noite era boa.

Quando a Harley passou por ele rugindo, olhou outra vez para os escritórios da Linha Direta de Prevenção de Suicídios. Mary havia faltado na sexta-feira e no sábado também, e esperava sinceramente que ela apenas estivesse de férias. Depois de instalado, iria procurá-la outra vez para se assegurar de que estava bem.

Só que... caramba, não fazia a mínima ideia de onde iria morar. Estava presumindo que ficaria na região, mas, o que sabia? Poderia muito bem estar se mudando para longe. Imagine só, sair de Caldwell. Meu Deus, gostaria de começar de novo. E sempre encontraria um jeito de encontrar Mary, mesmo se tivesse de viajar de ônibus para vê-la.

Passaram mais dois carros e um caminhão.

Fora tão fácil deixar para trás sua patética existência. Ninguém no Restaurante do Moe se incomodou por ele estar saindo sem aviso prévio, já que ajudantes de garçons havia aos montes. Ninguém em seu prédio sentiria falta dele. Da mesma forma, seu caderninho de telefones estava vazio como seus bolsos, nenhum amigo, nenhum familiar para quem ligar.

Na realidade, sequer tinha um caderninho de telefones. Não era deplorável?

John se olhou, pensando em como devia parecer miserável. Seus tênis estavam tão sujos que as partes brancas tornaram-se cinzentas. Sua roupa estava limpa, mas os jeans já contavam dois anos e a camisa, que era a melhor que tinha, parecia saída da caixa de doações do Exército da Salvação. Nem ao menos possuía um casaco, pois sua parca fora roubada na semana anterior no Restaurante do Moe e iria ter de economizar muito antes de poder comprar outra.

Gostaria de estar mais apresentável.

Faróis viraram velozmente a esquina da Rua Trade e, então, aumentaram ainda mais a velocidade, parecendo que o motorista estava pisando fundo o acelerador. O que não era bom. Naquela vizinhança, qualquer um que voasse daquele jeito geralmente estava fugindo da polícia ou coisa pior.

John recuou e escondeu-se atrás de uma caixa de correio amassada, tentando passar despercebido, mas o Range Rover negro freou derrapando diante dele. Vidros escuros. Todo cromado. E dentro dele, a todo volume, o rap de G-Unit: alto o bastante para ser ouvido por todo o quarteirão.

John pegou sua mala e se dirigiu para o seu prédio. Mesmo se desse de cara com o homem pálido, estaria mais seguro na portaria do que à mercê do traficante de drogas que devia estar dirigindo aquele Rover. Estava lutando com a porta quando a música cessou.

– Está pronto, filho?

John se virou ao ouvir a voz de Tohrment. O homem estava contornando o capô e, nas sombras, parecia uma completa ameaça, uma figura colossal da qual as pessoas com o juízo perfeito deviam se afastar.

– Filho? Está pronto para irmos?

Quando Tohrment foi banhado pela fraca iluminação pública, os olhos de John puderam examinar o rosto do homem. Deus, tinha esquecido como o cara parecia assustador com aquele corte de cabelo militar e o queixo forte.

Talvez fosse uma má ideia, pensou John. Uma decisão precipitada, baseada no medo, e que só o enterraria mais fundo, em outro tipo de problema. Sequer sabia para onde estava indo. E rapazes como ele que entravam em carros assim podiam acabar boiando no rio.

Como se percebesse a indecisão de John, Tohrment se apoiou contra o Rover e cruzou o pé sobre o tornozelo.

– Não quero que se sinta forçado, filho. Mas, uma coisa lhe digo: minha companheira está preparando um jantar delicioso e estou com fome. Você pode comer conosco, olhar a casa, nos conhecer. Se preferir, nem precisa levar suas coisas já. O que você acha?

Seu tom de voz era calmo, inalterado. Nada ameaçador. Mas o cara realmente mostraria o seu lado mau se quisesse que John entrasse no carro?

Um celular tocou. Tohrment o buscou na jaqueta de couro e atendeu.

– Alô. Oi, não, estou com ele agora – um pequeno sorriso quebrou a linha dos lábios do homem. – Ainda estamos resolvendo. Sim, eu direi a ele. Aham. Certo. Já vou. Sim, farei isso também. Wellsie, eu... eu sei. Olhe, eu apenas esqueci de levar para dentro, não faço de novo. Prometo. Não... Sim, na verdade... Aham. Sinto muito, *leelan*.

Era a esposa dele, pensou John. E parecia estar passando um sabão naquele cara durão. E o homem aceitava numa boa.

– Está bem. Amo você! Tchau – Tohrment fechou o celular e o meteu no bolso. Quando se concentrou em John outra vez, ficou claro que respeitava sua esposa o suficiente para não revirar os olhos nem dar uma de machão, fazendo comentários grosseiros sobre a chatice das mulheres – Wellsie pediu para lhe dizer que está louca para conhecê-lo. E que espera que fique conosco.

Bem... está certo, então.

Escutando seus instintos, que lhe diziam que Tohrment significava segurança, apesar do que aparentava, John arrastou sua mala até o carro.

– Isso é tudo que tem?

John corou e assentiu.

– Não deve se envergonhar de nada, filho – disse Tohrment com brandura. – Não quando estiver comigo.

O homem estendeu a mão e ergueu a mala como se fosse uma pluma, jogando-a casualmente no assento traseiro.

Quando Tohrment foi para o lado do motorista, John se deu conta de que se esquecera de sua bicicleta. Deu uma batidinha na capota do Rover, para chamar a atenção do homem; então, apontou para o edifício e mostrou o dedo indicador erguido.

– Precisa de um minuto?

John assentiu e correu até seu apartamento. Pegou a bicicleta e estava deixando as chaves sobre o balcão da pia, quando parou e olhou em volta. A iminência de abandonar de vez sua quitinete fez com que reconhecesse a miséria do lugar. Mas, de qualquer forma, aquilo tinha sido seu durante um curto tempo, o melhor que podia ter com o pouco que ganhava. Obedecendo a um impulso, tirou a caneta do bolso traseiro, abriu um dos ordinários armários e escreveu seu nome e a data no lado de dentro.

Então, conduziu sua bicicleta pelo corredor, fechou a porta e desceu a escada rapidamente.

Capítulo 36

– Mary? Mary, acorde. Ela já chegou – Mary sentiu um toque insistente em seu ombro e, quando abriu os olhos, Rhage a encarava. Ele havia vestido uma espécie de bata branca, de mangas longas, e calças folgadas.

Ela sentou-se na cama, tentando despertar por completo.

– Tenho um minuto?

– Com certeza.

Entrou no banheiro e lavou o rosto. Com a água fria gotejando de seu queixo, olhou fixamente seu reflexo. Seu amante estava a ponto de beber sangue. Diante dela.

E essa não era a parte mais estranha. Sentia-se deslocada porque não era ela quem o alimentaria.

Não querendo se entregar àquela agonia mental, pegou uma toalha e secou-se vigorosamente. Não havia tempo para trocar seu jeans e suéter. E, francamente, era com aquela roupa mesmo que queria ficar.

Quando saiu, Rhage estava tirando o relógio.

– Quer que eu guarde para você? – perguntou ela, lembrando-se da última vez em que tinha guardado o Rolex.

Rhage caminhou até ela e colocou o pesado objeto sobre a palma de sua mão.

– Beije-me.

Ela ficou nas pontas dos pés enquanto ele se inclinava. Suas bocas se encontraram durante um momento.

– Vamos – ele lhe tomou a mão e a conduziu para o corredor. Como ela pareceu surpresa, ele disse: – Não quero fazer isso em nosso quarto. Esse é o nosso espaço.

Levou-a pelo balcão a outro quarto de hóspedes. Quando abriu a porta, entraram juntos.

Primeiro, Mary sentiu o perfume de rosas; depois, viu a mulher no canto. Seu corpo viçoso estava coberto por um vestido branco amarrado na cintura e trazia o cabelo louro avermelhado preso no alto da cabeça. Devido ao decote, amplo e profundo, e àquele penteado, seu pescoço encontrava-se o mais exposto possível.

Ela sorriu e se inclinou, falando naquela língua desconhecida.

– Não – disse Rhage –, não usaremos o Antigo Idioma.

– Como quiser, guerreiro – a voz da mulher era alta e cristalina como o canto de um pássaro. Seus lindos olhos, verdes-claros, demoraram-se sobre o rosto de Rhage.

– Estou contente em poder servi-lo, meu senhor.

Mary se mexeu, tentando reprimir o impulso de defender seu terreno. *Servi-lo?*

– Como se chama, Escolhida? – perguntou-lhe Rhage.

– Sou Layla – fez nova reverência. Ao se endireitar, seus olhos percorreram o corpo de Rhage.

– Essa é Mary – colocou o braço em torno de seus ombros. – Ela é minha...

– Namorada – adiantou-se Mary.

Os lábios de Rhage se contraíram.

– É minha companheira.

– Certamente, guerreiro – a mulher voltou a se inclinar, desta vez, para Mary. Quando ergueu o rosto, sorria calorosamente – Minha senhora, será um prazer servi-la também.

Ah, que ótimo, pensou Mary. Então, que tal dar o fora daqui e certificar-se de ser substituída por uma bruxa gorda, desdentada e mal vestida.

– Onde me quer? – perguntou Layla.

Rhage olhou ao redor do quarto antes de se concentrar na luxuosa cama com dossel.

– Ali.

Mary reprimiu uma careta. Oh, aquela não seria sua primeira opção.

Layla obedeceu e foi até a cama, o vaporoso vestido esvoaçando atrás dela. Sentou-se sobre a colcha de cetim, mas quando ergueu as pernas, Rhage acudiu a cabeça.

– Não. Permaneça sentada.

Layla franziu a testa, mas não discutiu. Voltou a sorrir quando ele deu um passo à frente.

– Vamos – disse ele, puxando a mão de Mary.

– Já estou bem perto.

Ele a beijou e se aproximou da fêmea, ficando de joelhos diante dela. Quando ela fez menção de tirar o vestido, Rhage a deteve.

– Beberei do pulso – disse ele –, e você não deverá me tocar.

A decepção transpareceu nas feições de Layla, que arregalou os olhos. Desta vez, quando inclinou a cabeça, foi por vergonha, não em sinal de respeito.

– Fui adequadamente limpa para o seu uso. Pode me inspecionar, se desejar.

Mary cobriu a boca com as mãos. Era espantoso que aquela mulher se visse apenas como um objeto pronto para o uso.

Rhage sacudiu a cabeça, claramente incomodado com a resposta, também.

– Deseja que outra de nós me substitua? – perguntou-lhe Layla suavemente.

– Não quero nada disso – resmungou ele.

– Mas, por que procurou as Escolhidas se não tem intenção de se servir?

– Não pensei que isso seria tão difícil.

– Difícil? – a voz de Layla se tornou mais grave. – Desculpe-me, mas não percebo o que o incomodou.

– Não é isso, e não quis ofendê-la. Minha Mary... é humana, e não posso beber dela.

– Então, ela se juntará a nós apenas nos prazeres da cama. Seria uma honra servi-la dessa forma.

– Bem, não... ela não está aqui para... ah, nós três não vamos... – santo Deus, Rhage estava ficando ruborizado – Mary está aqui por que não terei outra fêmea, mas preciso me alimentar, entende? – Rhage praguejou e se levantou – Isso não vai funcionar. Não me sinto bem com essa situação.

Os olhos de Layla brilharam.

– Você diz que precisa se alimentar, mas não pode beber dela. Estou aqui. Estou disposta. Terei prazer em lhe dar o que necessita. Por que se sente desconfortável? Ou, quem sabe, queira esperar mais? Até que a fome o consuma e coloque em perigo sua companheira?

Rhage passou a mão pelo cabelo nervosamente.

Layla cruzou as pernas e o vestido revelou-lhe a coxa. Parecia uma foto de revista, ali sentada naquela suntuosa cama, tão compenetrada e ao mesmo tempo tão sensual.

– Será que esqueceu as tradições, guerreiro? Sei que há muito tempo caíram em desuso, mas como pode se sentir desconfortável com minha assistência? Esse é um de meus deveres, que muito me honra – Layla sacudiu a cabeça –, ou melhor: honrava. A todas *nós*. As Escolhidas já não são como eram há séculos. Ninguém da Irmandade nos procura, não somos mais necessárias, tornamo-nos inúteis. Quando você nos procurou, ficamos muito contentes.

– Sinto muito – Rhage lançou um olhar para Mary –, mas não posso...

– Ela é sua maior preocupação, não é mesmo? – murmurou Layla. – Preocupa-se com o que ela pensará se o vir bebendo de meu pulso.

– Ela não está acostumada com os nossos costumes.

A fêmea estendeu a mão para Mary.

– Minha senhora, sente-se aqui comigo para que ele possa olhá-la enquanto bebe, para que possa sentir seu toque e cheirá-la, de forma que também participe. Do contrário, ele me rechaçará e o que será de vocês? – como o silêncio continuou e Mary não se mexeu, a fêmea gesticulou para ela com impaciência. – Com certeza compreende que de outra forma ele não beberá. Deve fazer isso por ele.

– Então, é aqui – disse Tohrment, quando estacionou o Rover em sua moderna casa.

Estavam em uma zona da cidade que era desconhecida para John, onde as casas ficavam recuadas da rua e afastadas umas das outras. Havia muitos portões de ferro negro, gramados extensos e as árvores não eram apenas carvalhos e bordos, mas variadas, de nomes que desconhecia.

John fechou os olhos, desejando não estar usando uma camisa da qual faltava um botão. Talvez, se mantivesse seu braço cobrindo a barriga, a esposa de Tohrment não repararia.

Meu Deus... e se tivessem filhos? Iriam caçoar dele...

Tem filhos?, John gesticulou sem pensar.

– O que quer dizer, filho?

John buscou em seus bolsos umas folhas de papel dobradas. Quando encontrou a caneta, escreveu rapidamente e virou o papel.

Tohrment ficou quieto e olhou para sua casa, o rosto tenso e duro como se estivesse com medo do que havia lá dentro.

– Poderemos ter uma criança. Em pouco mais de um ano. Minha Wellsie está grávida, mas nossas fêmeas passam muito mal durante o parto – Tohrment sacudiu a cabeça, seus lábios se apertaram. – Quando for mais velho, aprenderá a temer a gravidez, porque perdemos muitas companheiras assim. Sinceramente, preferiria não ter filhos a perdê-la – o homem clareou a garganta – Mas, vamos entrar. Comeremos e depois o levarei ao centro de treinamento.

Tohrment pressionou o controle da porta da garagem. Enquanto John pegava a mala no banco traseiro, o homem tirou a bicicleta de dez marchas do bagageiro. Entraram andando na garagem e Tohrment acendeu as luzes.

– Vou deixar sua bicicleta aqui, encostada na parede, está bem?

John assentiu e olhou em volta. Havia um Volvo e... um Corvette Sting Ray conversível da década de 1960.

John não conseguiu desgrudar os olhos do carro.

Tohrment riu baixinho.

– Por que não o examina mais de perto?

John deixou cair sua mala e se aproximou do Vette, deslumbrado. Estendeu a mão, querendo acariciar o metal liso, mas conteve-se.

– Pode tocá-lo. Ele gosta de atenção.

Oh, era um lindo carro. Brilhante, azul metálico. E a capota estava arriada, por isso, podia ver-lhe o interior. Os assentos brancos eram magníficos, o volante brilhava, o painel, repleto de mostradores. Podia apostar que o motor soava como um trovão quando ligado e que, provavelmente, cheirava a óleo novo quando ligava o aquecimento.

Olhou para Tohrment, com os olhos muito arregalados. Desejaria poder falar, só para dizer ao homem como o carro era especial.

– Sim, é uma beleza, não é mesmo? Eu mesmo o restaurei. Ainda não está pronto para o inverno, mas talvez possamos dar uma volta pelo centro com ele esta noite, o que acha? Está frio, mas podemos nos agasalhar bastante.

John irradiava alegria. E continuou sorrindo de orelha a orelha quando o pesado braço do homem lhe rodeou os ombros magros.

– Hora de se alimentar, filho.

Tohrment apanhou a mala e se dirigiram para a porta ao lado da qual estava a bicicleta de John. Quando entraram na casa, foram saudados pelo cheiro de comida mexicana, variada e picante.

O nariz de John comemorou. Mas seu estômago se contorceu. Caramba, não iria conseguir comer nada daquilo. E se a esposa de Tohrment se ofendesse...?

Uma ruiva deslumbrante apareceu na frente deles. Media fácil um metro e oitenta, sua pele lembrava porcelana fina e usava um vestido amarelo largo. Seu cabelo era simplesmente incrível, uma cascata de ondas que se derramavam pelas costas.

John colocou o braço sobre a barriga, ocultando a falta do botão.

– Como está o meu *hellren*? – disse a mulher, erguendo a boca para receber o beijo de Tohrment.

– Bem, *leelan*. Wellsie, esse é John Matthew. John, essa é minha *shellan*.

– Bem-vindo, John – ela lhe estendeu a mão. – Estou muito feliz de tê-lo conosco.

John cumprimentou-a e rapidamente recolocou o braço no lugar.

– Vamos, meninos. O jantar está pronto.

Todos os armários da cozinha eram cor de cereja, os balcões de granito e os eletrodomésticos negros. Uma mesa redonda de vidro e metal estava posta para três. Tudo parecia novinho em folha.

– Sentem-se os dois – disse Wellsie – , trarei a comida.

Ele olhou para a pia. Era de porcelana branca com uma elegante torneira de latão.

– Quer lavar as mãos? – disse ela – Vá em frente.

Havia um sabonete numa delicada saboneteira, e ele se lavou cuidadosamente, até mesmo debaixo das unhas. Depois que ele e Tohrment se acomodaram em seus lugares, Wellsie levou as travessas e tigelas transbordando de comida. Enchiladas. Quesadillas. E voltou para pegar mais.

– Era disso que lhe falava – disse Tohrment, enquanto se servia, amontoando a comida em seu prato. – Wellsie, isso aqui está com uma aparência fantástica.

John olhou para a comida. Nada havia que seu estômago pudesse tolerar. Pensou em lhes dizer que já comera mais cedo...

Wellsie colocou uma tigela diante dele. Estava cheia de arroz branco coberto por um molho claro. O aroma era delicado, mas atraente.

– Isso aliviará seu estômago. Leva gengibre – disse ela. – O molho é rico em gordura, o que o ajudará a ganhar peso. De sobremesa, fiz pudim de banana. Desce bem e tem muitas calorias.

John olhou fixamente para a comida. Ela sabia. Sabia exatamente o que ele não podia comer. E o que podia.

A tigela que tinha diante de si ficou embaçada. Ele piscou rapidamente. Depois, freneticamente.

Contraiu os lábios, apertando as mãos em seu colo até que os nódulos perderam a cor. *Não* iria chorar como uma criança. Recusava-se a fazer esse papelão.

A voz de Wellsie soou tranquila:

– Tohr? Quer nos dar licença um minuto?

Escutou-se o som de uma cadeira deslizando para trás e depois John sentiu uma sólida mão sobre seu ombro. Depois, o peso foi aliviado e ele escutou as pesadas passadas se afastando do recinto.

– Pode chorar agora. Ele já foi.

John fechou os olhos e soluçou, as lágrimas rolaram por suas faces.

Wellsie puxou a cadeira para perto dele. Com movimentos vagarosos e fluidos, ela esfregou as costas dele.

Sentia-se abençoado por Tohrment tê-lo procurado e encontrado a tempo. Aquela casa em que ia ficar era tão legal e limpa. Wellsie havia preparado algo especial para ele, algo que seu estômago poderia tolerar.

Ambos tiveram a consideração de não deixá-lo sentir-se humilhado.

John sentiu que o puxavam para o lado. Depois, foi abraçado. E acalentado. Recebeu aquela bondade como um pergaminho seco absorve água: avidamente.

Um pouco depois, ergueu a cabeça e sentiu que lhe colocavam um guardanapo na mão. Enxugou o rosto, endireitou os ombros e olhou para Wellsie.

Ela sorriu.

– Está melhor?

Ele assentiu.

– Vou chamar Tohr, está bem?

John assentiu outra vez e apanhou seu garfo. Quando experimentou o arroz, gemeu. Não tinha muito gosto, mas quando chegou ao seu estômago, em vez de espasmos sentiu uma maravilhosa descontração. Era como se o prato houvesse sido calibrado especificamente para o que seu sistema digestivo necessitava.

Não suportou erguer a vista quando Tohrment e Wellsie voltaram a se sentar e sentiu-se aliviado quando começaram a falar de coisas normais. Diligências. Amigos. Projetos.

Terminou todo o arroz e olhou para o fogão, perguntando-se se haveria mais. Antes que conseguisse perguntar, Wellsie tomou sua tigela e a devolveu cheia. Comeu três. E um pouco de pudim de banana. Quando largou a colher, deu-se conta de que era a primeira vez em sua vida que havia se sentido saciado.

Suspirou fundo, recostou-se na cadeira e fechou os olhos, escutando o tom profundo da voz de Tohrment e as doces respostas de Wellsie.

Parecia uma canção de ninar, pensou ele. Especialmente quando falavam em uma língua que ele não reconhecia.

– John? – disse Tohrment.

Tentou sentar-se direito, mas estava tão sonolento que mal conseguia manter os olhos abertos.

– Que tal eu levar você para o seu quarto para que possa descansar? Vamos deixar a ida ao centro para outro dia, está bem? Precisa de um tempo para se adaptar.

John assentiu, pensando que não se sentia apto para coisa alguma que não uma boa noite de sono.

Mesmo assim, levou seu prato para a pia, raspou-o e colocou-o na máquina de lavar pratos. Quando foi ajudar a tirar a mesa, Wellsie sacudiu a cabeça.

– Não, deixe isso comigo. Vá com Tohr.

John tirou do bolso caneta e papel. Quando terminou de escrever, virou as palavras para Wellsie.

Ela riu.

– De nada! E pode deixar que eu lhe ensino a prepará-lo.

John assentiu. E depois estreitou os olhos.

O sorriso de Wellsie era tão amplo que ele reparou em seus dentes. Dois deles eram muito longos.

Ela fechou a boca, como se estivesse se corrigindo.

– Agora, vá dormir, John, e não se preocupe com nada. Haverá muito tempo para pensar amanhã.

Olhou para Tohrment, cujo olhar estava distante.

E foi quando soube. Soube sem que lhe dissessem. Sempre fora consciente de ser diferente, e, finalmente, saberia o porquê: aquelas duas pessoas encantadoras iriam lhe dizer o que era.

John pensou em seus sonhos. De mordidas e sangue.

Tinha o pressentimento de que não eram apenas fruto de sua imaginação.

Eram suas lembranças.

Capítulo 37

Mary olhou para a mão estendida da Escolhida e depois para Rhage. Seu rosto estava sombrio; o corpo, tenso.

– Não vai ajudá-lo? – perguntou-lhe Layla.

Respirando fundo, Mary deu um passo à frente e estendeu a mão para ela.

Layla a puxou para baixo e sorriu ligeiramente.

– Sei que está nervosa, mas, não se preocupe, isso terminará rápido. Então, irei embora e serão apenas você e ele. Poderão se abraçar e me tirar de seus pensamentos.

– Como pode suportar... ser usada desse modo? – disse Mary.

Layla franziu a testa.

– Proporciono o que é necessário, não sou usada. E como me negar à Irmandade? Eles nos protegem para que possamos viver. Eles nos dão nossas filhas para que as tradições possam continuar... ou, pelo menos, costumavam fazê-lo. Ultimamente, nosso número vem minguando, porque os Irmãos não nos procuram mais. Precisamos desesperadamente de descendentes, mas, por lei, só podemos nos reproduzir com os membros da Irmandade – ela olhou para Rhage – É por isso que fui selecionada para esta noite. Estou perto do cio e esperávamos que me tomasse.

– Não dormirei com você – disse Rhage, com brandura.

– Eu sei. Mesmo assim, eu o servirei.

Mary fechou os olhos, imaginando o tipo de criança que Rhage poderia dar a uma mulher. Enquanto sua mão tocava o ventre plano, imaginou-o crescendo e tornando-se pesado. A alegria seria inexprimível; tinha certeza disso, porque a dor de saber que isso nunca aconteceria era tremenda.

– Então guerreiro, o que vai fazer? Tomará o que estou contente em dar? Ou correrá o risco de machucar sua companheira?

Enquanto Rhage hesitava, Mary compreendeu que a única solução que tinham estava diante deles. Ele precisava fazer aquilo.

– Beba – ordenou-lhe ela.

Ele a olhou.

– Mary?

– Quero que se alimente. Agora.

– Tem certeza?

– Sim.

Durante uma fração de segundo, fez-se um pesado silêncio. Então, ele voltou a se ajoelhar diante de Layla. Quando se inclinou para frente, a mulher levantou a manga e pousou o braço sobre a coxa. As veias no interior de seu pulso eram azuis-claras por baixo da pele branca.

Rhage procurou a mão de Mary enquanto abria a boca. Suas presas se estenderam, tornando-se três vezes mais longas do que o habitual. Com um leve chiado, inclinou-se e colocou a boca sobre Layla. A mulher se retesou e depois relaxou.

O polegar de Rhage acariciava o punho de Mary, sua mão quente contra a dela. De onde estava, não dava para ver exatamente o que ele fazia, mas o sutil movimento de sua cabeça indicava que sugava. Quando ele apertava sua palma, Mary retornava o gesto debilmente. A experiência toda era muito estranha e ele tinha razão: havia uma espantosa intimidade naquilo.

– Acaricie-o – sussurrou Layla. – Ele está a ponto de parar e é muito cedo. Não bebeu o suficiente.

Entorpecida, Mary estendeu a outra mão e a colocou sobre a cabeça dele.

– Está tudo certo. Eu estou bem.

Quando Rhage fez menção de erguer a cabeça, como se soubesse que ela estava mentindo, Mary pensou em tudo o que ele estava disposto a passar por ela, tudo o que ele *tinha sido* capaz de fazer por ela.

Mary sustentou a cabeça dele no lugar, forçando-a para baixo.

– Não se apresse. De verdade, está tudo certo.

Quando ela apertou a mão dele, seus ombros relaxaram e ele se mexeu, procurando aproximar o corpo do dela. Ela afastou as pernas para que ele pudesse colocar-se entre elas, seu peito descansando sobre sua coxa. Ela percorreu a mão por seu cabelo louro, as ondas largas e lisas escorrendo sedosamente por entre seus dedos.

E, de repente, tudo deixou de ser tão estranho.

Ainda que ela pudesse sentir os estremecimentos dele enquanto sugava a veia de Layla, o corpo de Rhage contra o seu lhe era familiar e a carícia que fazia em sua mão lhe dizia que pensava nela enquanto se alimentava. Olhou para Layla. A mulher o observava, mas a concentração em seu rosto era clínica.

Mary recordou o que ele lhe dissera sobre beber: se a mordesse, ela sentiria o prazer dele. Era óbvio que nada havia entre ele e a Escolhida. Seus corpos estavam separados, tranquilos. Sem as convulsões de qualquer tipo de paixão.

Layla ergueu a vista e sorriu.

– Ele está indo bem. Só mais um minuto ou dois.

Quando acabou, Rhage levantou a cabeça ligeiramente e se aconchegou no corpo de Mary, colocando os braços em torno de seus quadris. Ele descansou o rosto sobre a coxa dela e, embora Mary não pudesse ver-lhe a expressão, seus músculos estavam relaxados, e sua respiração profunda e regular.

Ela olhou de relance o pulso de Layla. Havia duas pequenas perfurações e uma leve vermelhidão, e um fiozinho de sangue escorrendo.

– Ele necessitará de algum tempo para se recompor – disse Layla, enquanto se lambia e depois baixava a manga. Ficou de pé.

Mary acariciou as costas de Rhage enquanto olhava a mulher.

– Obrigada.

– Não há de quê.

– Virá outra vez quando ele necessitar?

– Vocês dois me querem? A mim, especificamente?

Mary não esperava tanta emoção por parte da mulher.

– Sim, eu, ah, acho que sim.

Layla simplesmente resplandecia, seus olhos cheios de felicidade.

– Minha senhora, isso seria uma honra – ela se inclinou. – Ele sabe como me convocar. Chame-me a qualquer momento.

A mulher deixou o quarto com passos ligeiros.

Quando a porta se fechou, Mary se inclinou e beijou o ombro de Rhage. Ele se mexeu. Levantando a cabeça um pouco. Então, esfregou a boca com a mão, como se não quisesse que ela visse nenhum vestígio de sangue nele.

Quando elevou o olhar para ela, suas pálpebras estavam pesadas, seu olhar um pouco embaçado.

– Oi – disse ela, acariciando-lhe o cabelo para trás.

Ele sorriu daquele seu jeito especial, que o fazia parecer um anjo.

– Oi.

Ela tocou seu lábio inferior com o polegar.

– O gosto dela é bom? – quando ele hesitou, ela disse: – Seja franco comigo.

– Sim. Mas preferiria que fosse você e pensei em você o tempo todo. Imaginava que fosse você.

Mary se inclinou para frente e lambeu sua boca. Quando seus olhos cintilaram com surpresa, ela deslizou a língua em seu interior e captou uma amostra do persistente sabor: vinho tinto doce.

– Acho bom – murmurou contra os lábios dele. – Quero que pense em mim quando o fizer.

Ele colocou as mãos em volta do pescoço dela, os polegares diretamente sobre suas veias.

– Sempre.

Sua boca encontrou a dela e Mary o agarrou pelos ombros, aproximando-o mais. Quando ele levantou a barra de seu suéter, ela ergueu os braços para ajudá-lo a tirá-lo e, depois, deixou-se cair na cama. Ele tirou-lhe a calça e a calcinha e, em seguida, a própria roupa.

Ele ergueu-se sobre ela, levantando-a com um braço e a levou mais para o meio da cama. A coxa dele enfiou-se entre as pernas dela e depois seu corpo pressionou o dela contra o colchão, roçando-lhe o sexo com a pesada ereção. Ela serpenteava por baixo dele, tocando-se, tocando-o.

A boca de Rhage se movia cheia de urgência enquanto se beijavam, mas penetrou-a devagar, separando-a com cuidado, abrindo-a mais, unindo seus corpos. Ele era grosso, duro, divino e se movia languidamente, profundamente. E aquele aroma delicioso saía de sua pele, saturando-a.

– Não terei nenhuma outra – disse ele contra sua garganta. – Não tomarei ninguém mais a não ser você.

Mary enlaçou-lhe os quadris com as pernas, tentando aprofundá-lo em seu interior de tal forma que ele pudesse ficar com ela para sempre.

John seguiu Tohrment pela casa. Havia muitos cômodos e todos os móveis e objetos de decoração eram belos e antigos. Parou diante de um quadro com a pintura de uma montanha. Uma pequenina placa de latão na moldura dourada dizia “Frederic Church”. Perguntou-se quem era e decidiu que o cara era terrivelmente bom no que fazia.

No final do corredor, Tohrment abriu uma porta e acendeu a luz.

– Já coloquei a sua mala aqui.

John entrou. As paredes e o teto eram pintados de azul-escuro e havia uma grande cama com a guarda lisa e muitos travesseiros grandes. Havia também uma escrivaninha e uma estante. Portas de correr envidraçadas davam para o terraço.

– O banheiro é aqui – Tohrment acendeu outra luz.

John meteu a cabeça para olhar e viu que tudo era em mármore azul-escuro. O box tinha porta de vidro e... uau: a água saía de quatro duchas ao mesmo tempo.

– Se precisar de alguma coisa, Wellsie estará aqui e eu retornarei por volta das quatro da manhã. Costumamos estar lá embaixo nesse horário todas as noites. Se precisar de nós durante o dia, é só pegar qualquer telefone e teclar o número um. Ficaremos muito felizes em vê-lo a qualquer momento. Ah! e temos dois *doggen*, ou serviçais, que nos dão uma mão por aqui, Sal e Regine. Ambos sabem que está aqui conosco. Eles se levantam por volta das cinco horas. Se tiver de sair, é só pedir a eles para o levar.

John se aproximou da cama e tocou a fronha do travesseiro. Era tão macia, que quase não podia senti-la.

– Ficará bem aqui, filho. Poderá custar a se acostumar, mas ficará bem.

John o olhou através do quarto. Enchendo-se de coragem, caminhou até Tohrment e abriu a boca. Então, apontou-a para o homem.

– Tem certeza de que quer fazer isso, agora? – murmurou Tohrment.

Quando John assentiu, Tohrment separou os lábios devagar. E revelou um par de presas.

Oh... cara. Oh...

John engoliu em seco e colocou os dedos sobre a própria boca.

– Sim, você também as terá. Em algum momento nos próximos dois anos – Tohrment atravessou o quarto e sentou-se na cama, apoiando os cotovelos nos joelhos. – Passamos pela transformação por volta dos vinte e cinco anos. Depois disso, é preciso beber para sobreviver. E não falo de leite, filho.

John arqueou as sobrancelhas, imaginando de quem beberia.

– Arranjaremos uma fêmea para ajudá-lo a atravessar a transição, e vou lhe dizer o que esperar. Não será nem um pouco divertido, mas, uma vez concluída a mudança, você será tão forte, que achará que tudo valeu a pena.

Os olhos de John brilharam quando avaliou o tamanho de Tohrment. Abruptamente, estendeu as mãos horizontal e verticalmente, e depois colocou o polegar sobre o próprio peito.

– Sim, também será do meu tamanho.

John simulou as palavras *fala sério.*

– É sério. E a transição é terrível, pois seu corpo sofrerá tal mudança em poucas horas. E, depois, terá de reaprender tudo, como andar, como se mover – Tohr olhou para si mesmo –; estes nossos corpos são difíceis de controlar, no princípio.

Capítulo 38

Rhage dormiu até tarde, muito tarde, e o que despertou não foi bom. A agitação e a horrível aflição estavam vivas dentro dele outra vez. O indulto da Virgem Escriba havia terminado. A besta retornara.

Abriu os olhos e viu o cabelo de Mary no travesseiro. E a curva de seu pescoço. E suas costas nuas.

Começou a suar, uma ereção surgindo num piscar de olhos.

Pensou no que fizeram juntos depois de se alimentar. E depois outra vez, quando retornaram ao quarto deles. Duas vezes mais durante o dia, sentindo-se mal por suas exigências, por não dar sossego a ela. No entanto, em todas as vezes ela sorrira e o recebera com satisfação em seu interior, mesmo devendo estar esgotada e, provavelmente, um pouco dolorida.

E ele a queria outra vez, agora, mas com uma necessidade premente que era diferente da que sentira antes. Era uma fome selvagem, como se nunca a houvesse possuído antes, ou não a visse há meses. Enquanto lutava para se controlar, suas mãos se contraíram, os dedos formigaram, sentia a pele esticar. Estava totalmente subjugado, cada osso seu vibrava.

Saiu da cama e foi para o chuveiro. Quando retornou, recuperara o controle parcialmente, mas, então, viu que Mary afastara de si as cobertas. Estava esplendorosa, deitada de bruços, nua, seu lindo traseiro era uma tentação que o enlouquecia.

– Quer que lhe traga algo da cozinha? – perguntou ele, com voz rouca.

– Apenas dormir... – murmurou ela, virando-se. Seu rosados mamilos enrijeceram ao contato com o ar.

Oh, meu Deus... Espere, algo estava errado. Ela tinha as faces vermelhas como se esfoladas pelo frio, e suas pernas tremiam em cima do colchão.

Ele se aproximou e sentiu a testa dela. Estava quente e seca.

– Mary, acho que está com febre.

– Febre baixa. É comum no meu estado.

O medo esfriou seu desejo.

– Quer que eu lhe traga uma aspirina?

– Só preciso dormir até passar.

– Quer que eu fique com você?

Ela abriu os olhos. Rhage detestou constatar a aparência enfermiça deles.

– Não, isso passa. Sério, estou bem. Só preciso dormir.

Rhage ficou com ela um pouco mais e depois vestiu uma calça preta de nylon e uma camiseta. Antes de ir, olhou-a fixamente. Se quase não conseguia suportar vê-la com uma febre leve, como seria quando estivesse realmente doente?

Havers, o doutor, ainda não lhe retornara e já estava com o histórico médico de Mary há bastante tempo para estudá-lo. Rhage pegou seu celular e saiu para o corredor.

A conversa com Havers não durou muito tempo, por que o homem lhe disse que não havia nada que pudesse fazer por ela. Como os vampiros não sofriam de câncer, não havia se concentrado nessa enfermidade e esse também era o caso de seus colegas.

Rhage estava prestes a desligar quando o outro macho disse:

– Desculpe-me, meu senhor, não desejo bisbilhotar. Mas estaria por dentro... saberia me dizer a intensidade do tratamento que ela recebeu?

– Sei que foram muitos.

– Tem noção, então, de que a leucemia foi duramente combatida. Se houver retornado, suas opções podem ser limitadas...

– Obrigado por avaliar o histórico dela. Agradeço-lhe muito – como se necessitasse de uma confirmação de como a situação era grave...

– Espere... Por favor, saiba que estou aqui para ajudar em tudo que puder. Ainda que não possa auxiliar com respeito à quimioterapia, temos condições de receitar remédios para o alívio da dor e várias outras coisas que talvez vá necessitar. Posso ajudar a aliviá-la e cuidá-la. Mesmo que ela receba seu tratamento em um hospital humano, deve me chamar.

– Farei isso. E... obrigado, Havers.

Depois de desligar, foi ao escritório de Wrath, mas, como o cômodo estava vazio, desceu. Talvez Wrath e Beth estivessem comendo.

Do nada, uma muralha de couro negro encimada por uma cabeça de longos cabelos também negros se materializou diante dele. Os óculos escuros naquele dia tinham armação prateada.

– Estava me procurando? – disse-lhe o Rei.

– Oi. Sim. Mary ficará. Permanentemente.

– Foi o que eu soube. Fritz me disse que trouxe algumas coisas com ela.

– Aham. Escute, importa-se se eu preparar uma reunião aqui, esta noite? Quero que Mary veja sua amiga Bella e pensei que a Irmandade pudesse colaborar. Sabe, arrumando-se para a ocasião e tudo mais. Quem sabe Wellsie possa vir, também. Mary tem a mim, mas acho que deve conviver com outras pessoas. Não quero que fique isolada.

– Excelente ideia. Beth queria que fôssemos à cidade esta noite, mas...

– Não mude seus projetos. Será algo totalmente informal.

– Bem, minha *shellan* estava louca por essa saída. Acho que ela curte me ter só para ela, para variar. E eu, ah, eu adoro esses momentos só nossos, entende?

Rhage sorriu um pouco quando o corpo de Wrath liberou uma rajada de calor.

– Sim, entendo.

Houve uma pausa. O Rei disse:

– Meu Irmão, algo mais?

– Ah, sim. Mary logo estará muito doente. Sairei todas as noites com os Irmãos enquanto puder, mas quando as coisas ficarem difíceis...

– Claro. Faça o que tiver de fazer.

– Obrigado, cara.

Wrath balançou a cabeça.

– Sabe de uma coisa? Você é um homem de valor. De verdade.

– Sei. Bem, só peço que não comente isso com ninguém. Tenho uma reputação de cretino egocêntrico a manter.

– Tohr é um cara de quem eu esperaria uma atitude como a sua. Phury, com toda certeza. Vishous, talvez.

Rhage franziu a testa.

– Faz com que soe como um sacrifício, pelo amor de Deus. Eu a amo.

– Esse é o sacrifício. Você a ama embora saiba que ela está partindo para o *Fade*.

– Ela *não está indo* a parte alguma – Rhage apertou os dentes com força. – Ela vai ficar bem. Será duro, mas *ficará* bem.

– Perdoe-me – Wrath inclinou a cabeça –, é claro que sim.

Rhage baixou o olhar. Não sabia o que fazer como receptor de um pedido de desculpas: normalmente, era ele quem as pedia. Além disso, todas as vezes em que pensava que Mary poderia morrer, sentia-se como se tivesse um maçarico dentro do peito.

– Até mais tarde, meu senhor – disse ele, querendo ir embora antes que fizesse um papelão, tornando-se muito emotivo.

Só que, ao erguer a vista novamente, foi a primeira vez que viu os olhos de Wrath. O Rei nunca tirava os óculos escuros. Jamais.

Rhage perdeu o fôlego, concentrando-se nas íris verdes-claras e iridescentes, que o olhavam de volta. Praticamente não havia pupilas, só dois pequenos pontos negros. E a ternura naqueles olhos cegos e brilhantes era chocante.

– Sinto orgulho em chamá-lo de Irmão – disse-lhe Wrath.

Rhage sentiu pesados braços o envolverem, enquanto era comprimido contra um peito sólido. A princípio, seu corpo se enrijeceu, mas, depois, entregou-se ao abraço de Wrath.

– Wrath?

– Sim?

Rhage abriu a boca para falar, mas perdeu a voz.

Wrath respondeu ao seu silêncio.

– Tenha a certeza de que pode contar com todos nós. Então, se precisar de auxílio, peça. E, se o momento chegar, ela será lamentada com todas as honras, numa cerimônia tradicional do *Fade*, como a *shellan* de um guerreiro merece.

Rhage fechou os olhos com força.

– Obrigado... meu senhor.

Naquela noite, mais tarde, Mary estava de pé no banheiro deles, fazendo escova com o secador. Ao terminar, olhou-se no espelho e alisou as madeixas morenas. Eram macias sob seus dedos e, sob aquela luz, tinham um pouco de vermelho e dourado.

Recusou-se a pensar em ficar careca outra vez. Simplesmente removeu o pensamento de sua mente. Já bastava ter de lidar com aquilo quando realmente acontecesse.

– Está tão linda como estava ontem – disse Rhage, saindo do banho. Enquanto se secava, aproximou-se e mandou um beijo para o reflexo dela no espelho.

Ela sorriu.

– Muito obrigada por convidar Bella e John. Ela é uma boa amiga e estive preocupada com ele.

– Não quero que perca o contato com as pessoas só porque está aqui. Além disso, a Irmandade tem de ser civilizada de vez em quando. É bom para nós.

– Sabe, Tohrment e Wellsie são muito amáveis por hospedarem John.

– Os dois são maravilhosos.

Quando Rhage saiu do banheiro, os olhos da tatuagem a olharam fixamente. O efeito era sinistro, pensou ela, mas não exatamente desagradável. Parecia que estava sendo observada por um feroz cão de guarda que, na verdade, só queria um pouco de carinho.

Foi para o quarto e sentou-se na beirada da cama.

– Ei, sinto muito ter acordado você esta manhã. Eu me reviro muito na cama quando tenho febre.

Rhage saiu do *closet*, fechando o zíper das calças pretas.

– Não me incomodou nem um pouco. Mas, podemos fazer alguma coisa a respeito?

– Na verdade, não. Se isso o incomodar, posso ir para outro quarto – ela sorriu com o olhar que ele lhe lançou. – Bem, não farei isso, então.

– Sobre Havers; eu esperava que houvesse algo que pudéssemos fazer por você.

– Não se preocupe. Agradeço a tentativa.

– Quando voltará a ver seu oncologista?

– Em breve, mas não falemos mais disso, ok? Esta noite, é tudo vida. Sinto-me bem e não desperdiçarei um só minuto disso.

A boca de Rhage se elevou nos cantos, seus olhos brilharam com aprovação, com respeito.

E ela pensou em como fora idiota em chegar a pensar em deixá-lo.

Ela lhe devolveu o sorriso, com vontade de que a noite terminasse logo, para poderem estar a sós, no escuro, sem coisa alguma entre eles.

Quando ele desapareceu no *closet*, ela foi atrás dele, pensando que tinham alguns minutos antes que a reunião começasse, de maneira que poderiam ter uma prévia. Enquanto ele olhava as camisas alinhadas nos cabides, ela colocou a mão sobre suas costas, diretamente sobre o ombro da besta.

Rhage estremeceu e se afastou.

– Está machucado nessa parte? – perguntou ela.

Quando ela o rodeou, ele continuou mantendo distância, e isso se repetiu algumas vezes.

– Rhage...

– Temos de nos apressar ou vamos chegar tarde – sua voz era um pouco rouca, o peitoral estava contraído.

– O que há com suas costas?

Ele tirou uma camisa do cabide e a vestiu, abotoando-a rapidamente.

– Minhas costas estão bem.

Rhage lhe deu um beijo na bochecha e rapidamente passou por ela. No quarto, abriu a porta que dava para o corredor e depois apanhou o relógio sobre a cômoda e o colocou no pulso. Seus dedos tremiam enquanto o fechava.

Justo quando ela ia lhe perguntar o que estava errado, Phury apareceu na porta.

– Oi, meu Irmão; oi, Mary – disse o cara com um sorriso. – Querem descer comigo?

Mary disfarçou sua frustração. E decidiu que, se era para haver uma interrupção, não podia pensar em outra melhor. Phury estava magnífico: sua juba multicolorida caía sobre os ombros largos e ele estava vestido para matar. No sentido figurado. Seu terno era um discreto risca de giz negro azulado e sua camisa rosa-claro deixava à mostra o pescoço grosso e seu tom de pele absurdamente lindo. Seus mocassins brilhavam, seus punhos franceses estavam presos por pesadas abotoaduras e usava um anel de diamante no dedo mínimo.

O Irmão parecia saído da capa da revista Vogue. Bella e ele ficariam fantásticos juntos, pensou ela.

– Diga-me, Phury, já conhece Bella?

O cara ajeitou o lenço do bolso do peito, mesmo que não estivesse fora do lugar.

– Sim, conheci-a na noite em que o rapaz e você vieram ao centro.

– Ela virá esta noite.

– Eu, ah, eu sei.

– E ela não está saindo com ninguém atualmente.

Caramba, ele realmente ficou vermelho, pensou ela. Phury era adorável.

– Ele não está interessado – disse Rhage, enfiando uma pequena pistola no cós da calça, nas costas.

Mary olhou feio para Rhage, coisa que ele nem percebeu, ocupado em vestir o paletó.

– Mas você também é solteiro, não? – disse ela a Phury.

– Oh, ele é solteiro, sim.

– Rhage, você vai deixar que ele responda? Então, Phury, se os dois estão livres, por que não a convida para sair e jantar qualquer dia?

Phury alisou as lapelas, corando ainda mais.

– Bem, quanto a isso, não sei.

– Ela é realmente fabulosa...

Rhage sacudiu a cabeça e a apressou para o corredor.

– Deixe isso para lá, Mary. Vamos.

Na metade da escada, ela fez com que Rhage parasse. Quando Phury os ultrapassou, ela sussurrou.

– Quer fazer o favor de não atrapalhar? Bella e ele poderiam se dar bem.

– A única coisa que Bella terá de Phury é uma agradável conversa.

– O que o...

– Ele não sai com mulheres.

– É gay?

– Não, mas não empurre Bella para ele, está bem? Não é justo para nenhum dos dois.

Os olhos de Mary pousaram em Phury, que acabava de atingir o piso de mosaico do vestíbulo. A despeito de sua leve claudicação, tinha o ar de um homem inteiro e em perfeito funcionamento. Mas, talvez fosse apenas ilusão. Quem sabe ele se machucara seriamente em alguma luta?

– Ele é... você sabe... impotente?

– Até onde sei, não. É celibatário.

Meu Deus, que desperdício, pensou ela, observando-o caminhar.

– Então, pertence a alguma espécie de ordem religiosa?

– Não.

– Então, por quê?

– Com Phury, todos os caminhos levam ao seu irmão gêmeo, Zsadist. Já sei: eles não se parecem nada um com o outro – Rhage lhe fez um sinal e ela começou a descer as escadas outra vez.

– Por que Phury manca?

– Usa uma prótese. Perdeu a metade da perna esquerda.

– Santo Deus, como?

– Atirou em si mesmo.

Mary parou.

– *O quê?* Por acidente?

– Não, com intenção. Mary, vamos, podemos terminar essa conversa mais tarde – pegou-a pela mão e fez com que avançasse.

Bella entrou pelo vestíbulo da mansão com o *doggen* que a fora buscar de carro. Quando olhou ao seu redor, sentiu-se atordoada. Sua família possuía uma magnífica casa, mas, nem se comparava ao que via. Aquilo era como vivia a... nobreza. E fazia mesmo sentido, por que o Rei Cego e sua rainha fizeram dali sua residência.

– Bem-vinda, Bella – disse uma profunda voz masculina.

Ela se virou e viu o Irmão do cabelo multicolorido, que havia interrompido o seu encontro com Zsadist naquela noite, no centro de treinamento.

– Sou Phury. Já nos conhecemos; no ginásio.

– Guerreiro – disse ela, fazendo uma profunda reverência. Era difícil não se intimidar com os Irmãos, especialmente um como aquele. Tão grande. Tão... Aquela cabeleira toda era natural?

– Estamos contentes que tenha vindo – sorriu para ela, com calorosos olhos amarelos. – Permita-me guardar o seu casaco.

Ela o retirou e colocou-o sobre seu braço.

– Não posso acreditar que estou aqui, para ser sincera. Mary! Olá!

As duas se abraçaram e depois conversaram com Phury. Pouco depois, Bella estava completamente à vontade perto do guerreiro. Ele transmitia tranquilidade e confiança, e aqueles olhos eram de matar. Eram genuinamente amarelos.

Embora fosse muito atraente, quem ela procurava mesmo era o Irmão dele, o das cicatrizes. Continuava a conversar, mas discretamente explorava o vistoso salão. Nada de Zsadist. Talvez nem desse as caras na festa. Não parecia ser um tipo sociável: isso era certo.

Quando Mary a deixou para ficar com Rhage, Bella estava determinada a não se sentir frustrada. Pelo amor de Deus, não tinha o menor sentido ficar perseguindo alguém como Zsadist.

– Então, Phury – disse ela –, eu poderia... eu sei que é um pedido um tanto grosseiro, mas gostaria de tocar seu cabelo – ela o tocou antes que ele pudesse dizer qualquer coisa e capturou algumas madeixas louras e avermelhadas, esfregando-as na mão. – Que espetáculo! A cor é assombrosa. E... oh, e é tão cheiroso. Que tipo de xampu você usa?

Ela o olhou nos olhos, esperando que fizesse algum comentário frívolo. Em vez disso, ficou congelado. Sequer piscou enquanto a encarava.

E, de repente, deu-se conta de que Rhage a olhava de longe com uma expressão de choque no rosto. Assim como o outro guerreiro de cavanhaque. E também o macho humano grande. E...

Bem, ela acabara com a festa?

Deixou cair a mão e sussurrou:

– Sinto muito. Devo ter feito algo terrivelmente impróprio, não?

Phury saiu do transe no qual havia estado.

– Não. Está tudo bem.

– Então, por que todos estão me olhando?

– Não estão acostumados a me ver com... com nenhuma mulher... ah... – Phury segurou-lhe a mão e a apertou. – Bella, não fez nada de errado; palavra de honra. E não se preocupe com meus Irmãos, está certo? Estão enciumados por que querem que você toque o cabelo deles.

Contudo, ainda havia algo estranho com ele, e Bella não se surpreendeu quando ele lhe pediu licença pouco depois.

Um *doggen* se dirigiu a ela.

– Perdoe-me, senhora, eu deveria ter recolhido seu casaco antes.

– Oh, obrigada.

Depois que ela o deixou cair nas mãos do criado, percebeu que a festa havia migrado para o que parecia ser uma sala de bilhar. Estava a ponto de entrar quando sentiu uma corrente de ar frio que lhe chegava de algum lugar atrás dela. Seria possível que as portas da mansão houvessem se escancarado com uma rajada de vento frio?

Ela se virou.

Zsadist estava em um canto escuro do vestíbulo, olhando-a fixamente das sombras. Estava vestido com o mesmo tipo de pulôver de gola alta e calças folgadas negras que usava na última vez que o vira, e, exatamente como antes, seus olhos negros como a noite eram selvagens. Sensuais.

Oh, sim, pensou ela, corando. Era por isso que viera. Tinha de voltar a ver aquele macho.

Respirou fundo e foi até ele.

– Olá – como ele nada disse, ela forçou um sorriso. – Que noite encantadora, não é mesmo?

– Você gostou de tocar meu gêmeo?

Aquele era seu *gêmeo*? Como era possível que os dois fossem... Bem, havia uma certa semelhança. Se imaginasse Zsadist sem a cicatriz e com o cabelo comprido.

– Eu lhe fiz uma pergunta, fêmea. Você gostou de tocar o cabelo dele? – os olhos escuros viajaram por seu corpo, traçando as linhas de sua blusa de seda e a saia justa que usava. Quando voltou para seu rosto, o olhar dele se demorou em sua boca – Vai me responder, fêmea?

– Bella – murmurou automaticamente. – Por favor, meu nome é Bella.

Zsadist semicerrou os olhos.

– Acha meu irmão bonito?

– Ah... ele é atraente, sim.

– Atraente. Sim, essa é a palavra. Diga-me uma coisa, você o quer o bastante para dormir comigo?

O desejo aflorou nela, um fogo aceso pelas palavras que ele lhe dizia e o modo como a olhava: com sexo nos olhos. Mas, então, deu-se conta do que ele dissera.

– Sinto muito, não entendo...

– Meu gêmeo é celibatário da língua aos pés. Temo ser o mais perto que chegará de Phury – estalou a língua –, mas sou um pobre substituto, não é?

Bella colocou a mão no pescoço, afogando-se nas imagens de seu corpo sob o de Zsadist, enquanto ele a penetrava.

Como ela se sentiria? Em ser tomada por ele? Certas partes dela estavam loucas para saber.

Oh, Deus. Só de pensar naquilo, tremia.

Zsadist riu com tranquilidade.

– Eu a deixei chocada? Sinto muito. Só tentava ajudá-la a sair de uma situação difícil. Desejar uma coisa que não pode ter deve ser horrível – os olhos dele fixaram-se na garganta dela. – Eu mesmo, nunca tive esse problema.

Enquanto ela engolia em seco, ele observou o movimento.

– “Problema”? – sussurrou ela.

– O que eu quero, eu pego.

Sim, pensou ela. *É claro que você faz isso, não é mesmo...*

Cheia de desejo, Bella o imaginou olhando para ela enquanto seus corpos se fundiam, o rosto dele a poucos centímetros do seu. Tal fantasia a fez erguer o braço. Queria passar a ponta do dedo por toda a cicatriz até a boca. Só para saber o que ele sentiria.

Com um rápido movimento, Zsadist se esquivou do contato, os olhos chispando, como se ela o tivesse chocado. A expressão foi rapidamente suprimida.

Com voz inabalada e fria, ele disse:

– Cuidado, fêmea. Eu mordo.

– Nunca dirá o meu nome?

– Que tal uma bebida, Bella? – Phury interveio. Pegou-a pelo cotovelo – O bar fica na sala de bilhar.

– Sim, leve-a daqui – disse Zsadist arrastando as palavras. – Você é tão heroico, meu irmão. Sempre salvando alguém. E fique sabendo que ela o acha atraente.

O rosto de Phury ficou tenso, mas ele não disse coisa alguma enquanto a conduzia pelo vestíbulo.

Quando ela se virou, Zsadist havia desaparecido.

Phury deu-lhe um toque no braço para chamar sua atenção.

– Precisa se manter afastada dele – quando ela não lhe respondeu, o guerreiro a empurrou para um canto e a agarrou pelos ombros. – Meu gêmeo não está triste ou confuso. Ele está destruído. Entende a diferença? Se ele estivesse uma das duas coisas talvez você pudesse dar um jeito nele, mas, destruído? Tudo o que se pode fazer é esperar para enterrá-lo.

A boca de Bella se abriu ligeiramente.

– Isso é... insensível.

– Essa é a realidade. Se ele morrer antes de mim, ficarei arrasado. Mas isso não muda o que ele é.

Ela se afastou do macho enfaticamente.

– Manterei isso em mente. Obrigada.

– Bella...

– Você não ficou de conseguir uma bebida para mim?

Capítulo 39

O Sr. O estacionou diante do alto edifício de apartamentos. A monolítica aberração, uma das construções mais altas de Caldwell, possuía instalações ostentosas, uma tentativa de revitalizar a outra margem do rio. O apartamento do Sr. C era no vigésimo sexto andar, de frente.

Pretensioso. Pretensioso até não poder mais.

A maior parte dos *redutores* vivia em pardieiros porque a Sociedade acreditava que o dinheiro devia ir para onde estava a guerra. O Sr. C escapava à regra com padrões elevados porque podia se permitir tais luxos. Havia sido um filhinho de papai rebelde antes de se juntar à Sociedade na década de 1970, e dera um jeito de conservar o seu dinheiro. O cara era uma combinação insólita: um assassino em série por vocação.

Como passava das dez da noite, não havia porteiro, e o remédio era burlar a tranca eletrônica. O Sr. O tomou o elevador de aço e vidro e subiu até o vigésimo sétimo andar e desceu as escadas, mais por hábito do que por necessidade. Não havia razão para pensar que alguém ligaria a mínima para quem era ou para onde ia. Além disso, o edifício ficava deserto àquela hora da noite, pois os moradores – lixo europeu – estariam consumindo êxtase e cocaína no Zero Sum, no centro da cidade.

Bateu na porta do Sr. C.

Aquele era o quinto endereço visitado da lista preparada pelo Sr. X com os membros que não responderam ao chamado por e-mail e a primeira incursão daquela noite. No final da tarde anterior, obtivera êxito. Um dos assassinos saíra do Estado tendo decidido por conta própria ajudar um colega na capital. Dois dos ausentes, que eram companheiros de quarto, tinham-se ferido numa briga um com o outro; estavam se recuperando e estariam novamente on-line em alguns dias. O último *redutor* era um filho da mãe perfeitamente saudável que apenas ficara assistindo TV e dormindo. Bem, perfeitamente saudável antes de sofrer um lamentável acidente pouco antes de o Sr. O ir embora. Levaria uma boa semana antes de poder se levantar e andar outra vez, mas a visita certamente esclareceu suas prioridades.

Engraçado como um par de joelhos quebrados ajudava um cara a refletir.

O Sr. O bateu novamente na porta do Sr. C e, depois, forçou a fechadura. Quando abriu a porta, retrocedeu. Oh, droga. O lugar cheirava mal. Como lixo podre.

Dirigiu-se à cozinha.

Não, não era o lixo. Era o Sr. C.

O *redutor* estava caído de cara no chão, sobre uma poça de sangue escuri. Ao alcance de sua mão estavam, ataduras, agulha e fio de sutura, como se tivesse tentado cuidar de si. Ao lado do material de primeiros-socorros estava seu BlackBerry, e o teclado numérico estava coberto de sangue. A bolsa de uma mulher, também manchada, estava do outro lado.

O Sr. O fez o Sr. C rolar. O pescoço do assassino havia sido rasgado, havia um corte bem profundo. E, levando-se em conta a maneira como a pele estava cauterizada, o corte havia sido feito por uma das temíveis adagas negras da Irmandade. Cara, seja lá o que tinham naquele metal, parecia ácido de bateria na ferida do *redutor*.

A garganta do Sr. C funcionava, emitindo sons guturais, demonstrando que, de fato, estava apenas um pouquinho morto. Quando ergueu-lhe a mão, havia uma faca nela. Uns cortes marcavam sua camisa, como se tivesse tentado apunhalar-se no peito, mas faltara-lhe a força necessária para finalizar o trabalho.

– Está em má forma, meu caro – disse o Sr. O, pegando a lâmina. Sentou-se sobre os calcanhares, observando o cara se agitar em câmera lenta. Deitado de costas daquele jeito, braços e pernas se mexendo inutilmente, parecia um besouro que não conseguia se desvirar.

O Sr. O olhou para a bolsa.

– Experimentando um modo de viver alternativo, Sr. C? – recolheu a coisa e examinou-lhe o conteúdo. Frascos de remédios. Lenços de papel. Absorvente higiênico. Telefone celular.

Olá, carteira.

Tirou a licença de motorista: cabelo castanho, olhos cinzentos. Impossível saber se era uma vampira ou uma humana. O endereço era Rota 22, no campo.

– Deixe-me ver se entendi – disse o Sr. O –, você e um dos Irmãos se enfrentaram. O guerreiro estava com uma mulher. Você escapou depois de ser esfaqueado e pegou a bolsa para poder acabar com a mulher mais tarde. O problema foi que suas feridas eram muito graves e ficou caído aqui desde que chegou em casa. Como estou indo?

O Sr. O colocou a carteira na bolsa e olhou o homem. Os olhos do Sr. C giravam nas órbitas, em agonia.

– Sabe, Sr. C, se dependesse de mim, simplesmente o abandonaria aqui. Não sei se tem consciência disso, mas quando abandonamos nossa existência, nos voltamos para Ômega. Creia-me, o que vai encontrar no outro lado, com ele, vai fazer com o que está sentindo agora lhe pareça umas férias – o Sr. O olhou em volta. – Infelizmente, faz com que este lugar cheire mal. Algum humano virá averiguar e teremos problemas.

O Sr. O recolheu a faca, segurando o cabo com força. Quando o ergueu acima do ombro, o Sr. C pareceu aliviado e parou de lutar.

– Na verdade, você não deveria sentir-se melhor com isso – disse o Sr. O suavemente.

Afundou a lâmina no peito do *redutor*. Houve um clarão e o som de estouro. E o Sr. C desapareceu.

O Sr. O recolheu a bolsa e saiu.

Mary caminhou até Rhage, mantendo a mão em suas costas enquanto esperava o momento oportuno. Ele estava na metade de um jogo de bilhar: ele e Butch estavam dando uma surra em Vishous e Phury.

Enquanto os olhava jogar, decidiu que realmente gostava dos Irmãos. Até de Zsadist, sempre de cara feia. Eles eram tão bons para ela, tratando-a com tanto respeito e reverência que ela nem sabia o que fizera para merecer aquilo tudo.

Rhage lhe piscou um olho enquanto se inclinava sobre a mesa e alinhava seu taco.

– É pela maneira como você se preocupa com ele – disse alguém no seu ouvido.

Ela sobressaltou-se. Vishous estava bem atrás dela.

– Do que você está falando?

– É por isso que a adoramos. E antes que me diga que deixe de ler sua mente, não tive a intenção de captar seu pensamento. Só que ele foi muito "alto" – o vampiro tomou um gole de vodca. – Por isso que nós a aceitamos. Quando o trata bem, honra a cada um de nós.

Rhage olhou e franziu a testa. E assim que fez sua jogada, deu a volta na mesa para ficar perto de Mary e usou o próprio corpo para tirar Vishous do caminho.

Vishous sorriu.

– Relaxe, Hollywood. Ela só tem olhos para você.

Rhage grunhiu e puxou-a para perto.

– É só se lembrar disso que seus braços e pernas permanecem exatamente onde estão.

– Sabe, você nunca fez o gênero possessivo antes.

– É porque nunca tive nada que quisesse manter. É sua vez na mesa, Irmão.

Quando Vishous deixou sua bebida de lado e resolveu levar o jogo a sério, Mary tirou a mão das costas. Das pontas de seus dedos, pendia uma cereja.

– Você me disse que fazia coisas espantosas com a língua, quero ver seus outros truques – disse ela. – O que pode fazer com uma cereja?

Ele riu.

– Ora, vamos...

– O quê? Nenhum truque?

Ele sorriu lentamente.

– Fique prestando atenção, fêmea.

Olhando-a com as pálpebras semicerradas, Rhage inclinou-lhe a mão. Pôs a língua para fora e capturou a cereja, colocando-a entre os lábios. Mastigou e sacudiu a cabeça enquanto engolia.

– Nem se compara – murmurou ele.

– O quê?

– Seus segredos são muito mais doces.

Corada, ela cobriu os olhos com a mão.

Oh, certo. Agora vai se tornar todo sensual, pensou ela.

Quando respirou fundo, sentiu a fragrância erótica e misteriosa que emanava dele sempre que queria estar dentro dela. Ela tirou a mão dos olhos e ergueu a vista para ele.

Ele a encarava enlevado. E o centro de seus olhos eram tão brancos e brilhantes como neve fresca.

Mary perdeu o fôlego.

Havia algo mais ali dentro, pensou ela. Havia... algo mais observando-a através dos olhos dele.

Phury passou, sorrindo.

– Vão para um quarto, Hollywood, se pretende prosseguir com isso. O restante de nós não precisa ser lembrado da sorte que você tem.

Ele bateu no ombro de Rhage com a mão espalmada.

Rhage se virou tentando morder a mão do Irmão. O som de seus maxilares se fechando com força foi suficientemente ruidoso para interromper a conversa no recinto.

Phury saltou para trás, retirando bruscamente o braço.

– Caramba, Rhage! Qual é a... *Droga.* Seus olhos, cara. Mudaram.

Rhage empalideceu e cambaleou, revirando os olhos e piscando.

– Sinto muito. Que droga, Phury, eu nem sabia que estava...

Todos os homens na sala deixaram de lado o que tinham nas mãos e foram até ele, rodeando-o.

– A que ponto está de se transformar? – perguntou-lhe Phury.

– Tire as mulheres daqui – alguém ordenou. – Levem-nas para cima.

Quando o som de pessoas abandonando o lugar encheu o ar, Vishous apertou o braço de Mary.

– Venha comigo.

– Não – debateu-se ela. – Pare. Quero ficar com ele.

Rhage olhou para ela e obteve de volta um olhar estranho e firme. Então, seus olhos brancos se voltaram para Vishous. Rhage lhe arreganhou os dentes e rugiu, alto como um leão.

– V., cara, solte-a. *Já* – disse Phury.

Vishous largou o braço de Mary, mas lhe sussurrou:

– Você precisa sair daqui.

Uma ova, pensou ela.

– Rhage? – disse ela, suavemente – Rhage, o que está acontecendo?

Ele sacudiu a cabeça e quebrou o contato visual, apoiando-se contra a lareira de mármore. O suor brilhava em seu rosto enquanto se agarrava à pedra e se contraía, como se tentasse levantá-la da parede.

O tempo se arrastou em câmara lenta enquanto ele lutava contra si ofegante, braços e pernas tremendo. Levou muito tempo até que, por fim, ele cambaleou, livre da tensão no corpo. Qualquer que tivesse sido aquela batalha, vencera. Mas por pouco.

Quando ergueu a vista, seus olhos haviam voltado ao normal, mas estava lívido como um fantasma.

– Sinto muito, meus Irmãos – balbuciou ele. Então, olhou para Mary e abriu a boca. Em vez de falar, baixou a cabeça como se estivesse envergonhado.

Mary caminhou por entre a barreira de corpos masculinos e colocou as mãos no rosto dele.

Enquanto ele abria a boca, atônito, ela o beijou.

– Vamos ver o lance da cereja. Vamos.

Os homens parados ao redor ficaram pasmos; ela podia sentir isso no olhar deles. Rhage também estava mexido. Mas, quando ela o olhou de maneira significativa, ele começou a mastigar, trabalhando o cabinho da cereja com os dentes.

Ela se virou para olhar os guerreiros.

– Ele está bem. Nós estamos bem. Voltem a fazer o que estavam fazendo, ok? Ele precisa de um minuto para se recompor e vocês não estão ajudando olhando para ele dessa forma.

Phury riu um pouco e caminhou para a mesa de bilhar.

– Querem saber de uma coisa? Ela é fabulosa.

Vishous apanhou seu taco e o copo.

– Sim. É verdade.

Enquanto a festa prosseguia, e Bella e Wellsie retornavam, Mary acariciava o rosto e o pescoço de Rhage. Parecia que ele tinha dificuldade em olhá-la nos olhos.

– Você está bem? – disse ela suavemente.

– Sinto tanto...

– Corte essa história de desculpas. Seja lá o que for isso, você não consegue evitar, não é?

Ele assentiu.

– Então, não há nada do que se desculpar.

Ela queria saber o que acabara de acontecer, mas não ali, nem naquele momento. Às vezes, fingir ser normal era o melhor antídoto para a estranheza. E isso não era conversa fiada ou psicologia de meia tigela.

– Mary, não quero que tenha medo de mim.

Por um momento, ela ficou olhando enquanto ele mordiscava o cabinho da cereja.

– Não tenho medo. V. e Phury podem ter corrido perigo, mas você não teria me machucado. De jeito nenhum. Não tenho certeza de como eu sei disso, simplesmente sei.

Ele respirou fundo.

– Meu Deus, como eu amo você. Eu a amo de verdade. Mesmo.

Então, ele sorriu.

E ela gargalhou de maneira tão ruidosa que fez com que cada pessoa na sala se virasse.

O cabinho da cereja estava perfeitamente enrolado em torno de uma das presas dele.

Capítulo 40

Bella o estava encarando sem parar e aquilo não podia continuar daquele jeito. Mas não conseguia evitar. Só tinha olhos para Zsadist.

Não que ele estivesse envolvido com a festa para valer. Mas, quando aconteceu o episódio com o Rhage, Zsadist se afastou de todos. Não falava com ninguém. Não bebia nada. Era como uma estátua apoiada em uma das grandes janelas e sua calma era fascinante. Parecia até que não respirava. Só os olhos se moviam.

E sempre para se esquivarem dos dela.

Bella deu uma folga para ambos indo pegar mais vinho. A sala de bilhar era um espaço escuro, luxuoso, forrado de seda verde-escuro e adornado com cortinas de cetim negro e dourado. No canto onde ficava o bar, as sombras eram ainda mais espessas, e se refugiou nelas.

Talvez pudesse ser mais discreta se o olhasse dali.

Nos últimos dias, andara perguntando sobre Zsadist e ouvira todo tipo de histórias. Os boatos eram espantosos, especialmente os relativos a ele e às mulheres. As pessoas diziam que as matava por esporte, mas era difícil não se perguntar quanto daquilo era folclore. Um macho com uma aparência tão perigosa como ele, despertava comentários. O irmão dela se encontrava na mesma situação. Ouvira murmúrios sobre Rehvenge durante anos e Deus era testemunha que não havia verdade neles.

Não tinha como todas aquelas conversas sobre Zsadist terem fundamento. Pelo amor de Deus, as pessoas diziam que ele vivia do sangue de prostitutas humanas. Isso não era fisiologicamente possível, a não ser que bebesse todas as noites. E como poderia ser forte daquele jeito com uma alimentação tão pobre?

Bella deu a volta no bar e explorou a sala. Zsadist havia ido embora.

Olhou no vestíbulo. Ela não o tinha visto sair. Talvez houvesse se desmaterializado...

– Estava me procurando?

Ela estremeceu e virou a cabeça. Zsadist estava atrás dela, lustrando uma maçã na camisa. Enquanto levava a fruta à boca, olhou a garganta de Bella.

– Zsadist...

– Sabe, para uma mulher da aristocracia, você é um bocado rude – desnudou as presas e cravou os dentes na fruta provocando um estalo. – Sua mãe não lhe ensinou que não é educado encarar?

Ela o olhou mastigar, as mandíbulas movendo-se em círculos. Deus, ficava sem fôlego só de olhar os lábios dele.

– Não quis ofendê-lo.

– Mas ofendeu. E creio que aborrece meu irmão ao fazê-lo.

– O quê?

Os olhos de Zsadist se demoraram sobre o rosto dela; depois, foi a vez dos cabelos. Tirou outro naco da maçã.

– Phury gosta de você. Acredito até que está atraído por você. O que a torna a primeira, pelo menos, desde que eu o conheço. Ele não se distrai com mulheres.

Engraçado, ela não tinha essa sensação, absolutamente. Mas como poderia ter certeza, se só se concentrara em Zsadist?

– Não creio que Phury...

– Ele não tira os olhos de você. Enquanto você me olha, ele a olha fixamente. E não é porque esteja preocupado com você. Está de olho no seu corpo, fêmea – Zsadist inclinou a cabeça para o lado. – Sabe, talvez tenha me equivocado. Talvez você seja aquela que o tirará do celibato. Caramba, você é muito linda e ele não está morto.

Ela corou.

– Zsadist, deveria saber que, ah, eu acho você...

– Repugnante, não é mesmo? Como um bom acidente de carro – ele mordeu a maçã outra vez. – Posso entender a fascinação, mas precisa parar de me olhar. Olhe para Phury de agora em diante, falou?

– Quero olhar para você. Eu gosto de olhar você.

Ele estreitou os olhos.

– Não, não gosta.

– Sim. Eu gosto.

– Ninguém gosta de me olhar. Sequer eu mesmo.

– Você não é feio, Zsadist.

Ele riu, deslizando a ponta do dedo deliberadamente pela cicatriz.

– Maravilha: não contente em mentir descaradamente, você ainda confirma?

– Você me hipnotiza. Não consigo tirá-lo da minha cabeça. Quero ficar com você.

Zsadist franziu a testa, paralisado.

– Ficar comigo de que maneira, exatamente?

– Você sabe. Ficar com você – ela ficou vermelha como um tomate, mas calculou que não tinha nada a perder. – Quero... transar com você.

Zsadist deu um passo atrás tão rápido que se chocou com o bar. E, enquanto as garrafas de bebida sacudiam, soube que as histórias sobre ele eram falsas. Não era nenhum assassino de mulheres. Na verdade, parecia petrificado por pensar que se sentia sexualmente atraída por ele.

Ela abriu a boca, mas ele a cortou.

– Fique longe de mim, fêmea – disse ele, lançando ao lixo a maçã parcialmente comida. – Se não o fizer, não sei o que serei capaz de fazer para me defender.

– Do quê? Não sou uma ameaça para você.

– Não, mas posso lhe garantir que sou perigoso para a sua saúde. Há uma boa razão para as pessoas se manterem afastadas de mim.

Ele se retirou da sala.

Bella olhou para as pessoas ao redor da mesa de bilhar. Todas concentradas no jogo. O que era perfeito. Não queria que lhe viessem tentar dissuadir do que estava a ponto de fazer.

Deixou de lado a taça de vinho e saiu devagar da sala de bilhar. Quando chegou ao vestíbulo, Zsadist subia a escada. Depois de lhe dar algum tempo para que se adiantasse, caminhou rapidamente, movendo-se silenciosamente em direção ao segundo andar. Ao chegar lá em cima, viu o calcanhar da bota desaparecer por trás de uma esquina. Correu rapidamente pelo tapete, mantendo certa distância enquanto ele enveredava por um corredor, afastando-se do balcão e do vestíbulo lá embaixo.

Zsadist deteve-se. Ela se escondeu atrás de uma escultura de mármore.

Quando espiou, ele já tinha ido. Ela caminhou para onde o tinha visto e encontrou uma porta entreaberta. Meteu a cabeça pela abertura. O quarto estava um breu, a luz vinda do corredor era insuficiente para desafiar tamanha escuridão. E fazia frio, não como se houvessem esquecido de ligar a calefação por uma noite apenas, e sim, desde o final do verão.

Seus olhos se adaptaram. Havia uma cama larga e suntuosa, com cortinado de pesado veludo carmesim. O restante da mobília era igualmente luxuoso, embora houvesse algo estranho em um canto no chão. Um catre de cobertores. E um crânio.

Bella foi puxada para dentro pelo braço.

A porta se fechou com um estrondo e o quarto mergulhou na completa escuridão. Num piscar de olhos, ela foi girada, rosto na parede. Velas se acenderam.

– Que *diabos* está fazendo aqui?

Ela tentou tomar fôlego, mas com o antebraço de Zsadist pressionando suas costas, não podia colocar muito ar nos pulmões.

– Eu, ah, eu... achei que poderíamos conversar.

– Não diga! É isso o que quer fazer aqui? Conversar?

– Sim, pensei...

A mão dele prendia-lhe pela nuca.

– Não falo com fêmeas que são idiotas o suficiente para irem atrás de mim. Mas lhe mostrarei o que faço com elas.

Colocou o forte braço ao redor do ventre dela, afastando-lhe os quadris da parede e empurrando sua cabeça para baixo. Desequilibrada, ela procurou se segurar numa moldura.

Foi então que ela sentiu-lhe a ereção contra seu sexo. O ar escapou violentamente de seus pulmões.

Enquanto o desejo crescia entre as suas pernas, o peito dele roçava-lhe as costas. Ele puxou-lhe a blusa para fora da saia e escorregou a mão por seu ventre, espalmando-o.

– Uma mulher como você deveria estar com outro aristocrata. Ou será que as cicatrizes e a minha reputação são o que a atraem? Como ela não respondeu, por estar sem fôlego, ele resmungou – Sim, claro que são.

Com um rápido movimento, ele empurrou seu sutiã para cima e agarrou seu seio. Invadida por um desejo violento, ela se contorceu e chiou de prazer. Ele sorriu um pouco.

– Rápido demais? – ele tomou-lhe o mamilo entre os dedos e o apertou, combinando prazer e dor. Ela gritou – Muito bruto para você? Tentarei me controlar, mas, você sabe que sou um selvagem. É por isso que me quer, não é?

Mas não era rápido demais nem bruto. Bem que ela estava gostando, na verdade. Queria ardentemente fazer sexo ali e agora, e tinha de ser com ele. Queria quebrar as regras, queria o perigo e a emoção, queria o desejo e a força selvagem dele. E já estava preparada, sobretudo quando ele levantou-lhe a saia sobre os quadris. Tudo o que ele precisava fazer era baixar-lhe a minúscula calcinha e mergulhar fundo.

Só que ela queria vê-lo enquanto a penetrava. E queria tocar o corpo dele também. Começou a se erguer, mas ele a conteve, abaixando-lhe o pescoço, mantendo-a no lugar.

– Sinto muito, sou um cavalo que só conhece um truque. Só faço desse jeito.

Ela lutou, morrendo de vontade de beijá-lo.

– Zsadist...

– É tarde para se arrepender – sua voz era um grunhido sensual em seu ouvido. – Por alguma razão, quero sexo com você; quero muito. Por isso, faça um favor para ambos e aguente o tranco. Não vou demorar muito.

Sua mão soltou-lhe o seio, meteu-se entre as pernas dela e encontrou-lhe o sexo.

Zsadist congelou.

Instintivamente, ela moveu os quadris, esfregando-se em seus dedos, sentindo uma maravilhosa fricção...

Ele saltou para trás.

– Saia daqui.

Desorientada, ferozmente excitada, cambaleou um pouco enquanto se levantava.

– O quê?

Zsadist se aproximou da porta, abriu-a e olhou fixamente para o chão. Como ela não se moveu, ele rugiu.

– Saia daqui!

– Por quê...?

– Caramba, você me *enoja*.

Bella sentiu o sangue deixar sua face. Abaixou a saia e ajeitou a blusa e o sutiã. Depois, saiu do quarto, rápida como um raio.

Zsadist bateu a porta e correu para o banheiro. Levantou a tampa da privada, inclinou-se e vomitou a maçã que havia comido.

Quando puxou a descarga, desabou no chão, trêmulo e enjoado. Tentou respirar fundo, mas tudo que conseguia cheirar era Bella. Sua adorável, inexplicável excitação estava em seus dedos. Tirou o pulôver e o enrolou na mão, necessitando abafar aquele cheiro.

Meu Deus, aquela acetinada lubrificação. A magnífica fragrância de sua paixão. Aquela deliciosa torrente.

Por cem anos, fêmea alguma havia se excitado umidamente por ele. Não desde seu tempo como escravo de sangue. E mesmo naquele tempo... ele não o tinha querido, tinha aprendido a temer a excitação.

Tentou se concentrar no presente, tentando manter a imagem do banheiro, mas as lembranças do passado o arrastaram...

Viu-se novamente na cela, seu corpo que não lhe pertencia, acorrentado. Sentiu as mãos de sua Ama, sentiu o cheiro do bálsamo que ela lhe aplicara para conseguir a ereção que necessitava. E, então, ela o cavalgando, bombeando-o até que gozasse. Depois, a mordida e a sucção, enquanto se alimentava de suas veias.

Tudo retornou: as violações; a humilhação; as décadas de abuso até que perdeu a noção do tempo, até quase perder a identidade, quase morto exceto pelo incessante batimento de seu coração e o funcionamento mecânico de seus pulmões.

Escutou um estranho som. Compreendeu que estava gemendo.

Oh... Bella.

Enxugou a testa em seu bíceps. Bella. Meu Deus, ela o fazia se envergonhar de suas cicatrizes e de sua feiura, de sua aparência devastada e de sua desagradável natureza.

Na festa, ela havia conversado com seus Irmãos e com as fêmeas, sem esforço, sorrindo, gargalhando. Tinha um encanto e um desembaraço que traíam a vida confortável que levava. Provavelmente, jamais conhecera uma palavra maliciosa ou um fato pouco desagradável. Com toda certeza, nunca fora cruel ou dura com outra pessoa. Era uma mulher de valor, muito diferente daquele lixo humano revoltado do qual ele costumava beber.

Não acreditara nela quando havia lhe dito que queria dormir com ele, mas era verdade. Era o que dizia sua sedosa umidade. As fêmeas podiam mentir sobre muitas coisas, mas não sobre isso. Nunca.

Zsadist estremeceu. Quando a tinha inclinada e tocava seus seios, planejava deter-se, apesar do que havia lhe dito. Acreditara que conseguiria apavorá-la a fim de ser deixado em paz, perturbando-a um pouco antes de despachá-la.

Só que ela, na verdade, queria-o, assim mesmo.

Rememorou o que havia sentido ao mergulhar entre suas coxas. Tinha sido tão... macio. Tão incrivelmente quente, suave e preparada. A primeira fêmea que tocara que ficara daquele jeito por causa dele. Não tinha a mínima ideia do que fazer e, no auge de sua confusão, a imagem da Ama lhe retornou. Viu-lhe o rosto e o corpo dela sobre o seu.

A Ama sempre o procurava muito excitada e esforçava-se bastante para se assegurar de que ele sabia disso, embora nunca o deixasse colocar as mãos nela. Era esperta. Depois de tudo que ela lhe fizera, se ele tivesse tal oportunidade a estraçalharia, e ambos tinham consciência disso. E o que a excitava era precisamente a ameaça enjaulada que ele representava.

Pensou na atração de Bella por ele. Será que não estaria apoiada nos mesmos motivos? Uma fantasia sexual de poder. O selvagem acorrentado usado para o prazer.

Ou, no caso de Bella, o macho perigoso usado para uma aventura.

Seu estômago se revolveu outra vez e ele se inclinou sobre o vaso sanitário.

– Achei que você só estivesse sendo cruel – disse Bella atrás dele. – Não fazia ideia de que eu o deixei realmente enjoado.

Droga. Não havia fechado a porta.

Jamais imaginou que ela pudesse voltar.

Bella se encolheu, apertando os braços. Aquilo superava qualquer coisa que pudesse ter inventado. Zsadist seminu, ao lado do vaso sanitário, com seu pulôver ao redor da mão, a ânsia de vômito fazendo com que se contorcesse.

Enquanto ele praguejava, olhou fixamente seu corpo. *Santo Deus, suas costas.* A larga superfície estava sulcada por cicatrizes altas, evidenciando chicotadas que, assim como seu rosto, não sararam como deveriam. Ainda que não pudesse adivinhar como aquilo acontecera.

– Por que está no meu quarto outra vez? – perguntou-lhe ele, a voz reverberando no sanitário de porcelana.

– Eu, ah, queria gritar com você.

– Você se importa se primeiro eu terminar de vomitar? – a água sumiu num redemoinho quando ele deu a descarga.

– Você está bem?

– Sim, isso é muito divertido.

Ela entrou no banheiro e teve a impressão de que era muito limpo, muito branco e totalmente impessoal.

Em um abrir e fechar de olhos, Zsadist estava diante dela, encarando-a.

Ela engoliu em seco.

Seus músculos poderosos destacavam-se em alto relevo. Embora, para um guerreiro, para um macho, era magro, magro demais. Praticamente subnutrido. Tinha cicatrizes na frente também, embora só em dois lugares; sobre seu peitoral esquerdo e no ombro direito. Tinha piercings nos dois mamilos, nos quais argolas de prata arrematadas por pequenas esferas refletiam a luz quando ele respirava.

Mas nada disso a deixou estupefata como as grossas marcas negras tatuadas em seu pescoço e pulsos.

– Por que usa as marcas de um escravo de sangue? – sussurrou ela.

– Conclua.

– Mas é que...

– Supõe que não pode acontecer a alguém como eu?

– Bem, sim. Você é um guerreiro. Um nobre.

– O destino prega peças cruéis.

Ela sentiu o coração abrir-se para ele e tudo o que havia pensado sobre ele mudou. Já não era uma aventura emocionante, mas um macho que ela queria aliviar. Reconfortar. Num impulso, deu um passo em direção a ele.

Seus escuros olhos se estreitaram.

– Não creio que deva se aproximar, fêmea. Especialmente agora.

Não deu bola. Enquanto encurtava a distância entre os dois, ele recuou até ser encurralado entre a porta de vidro do box e a parede.

– Que diabos você está fazendo?

Ela não lhe respondeu, por que não tinha certeza.

– Afaste-se – disse ele, ríspido. Abriu a boca, alongando as presas como as de um tigre.

Isso fez com que ela parasse.

– Mas talvez eu possa...

– Salvar-me ou alguma droga assim? Ah, lógico. É a sua fantasia, essa é a parte em que eu deveria ser subjugado pelo seu olhar. Desistir de minha natureza selvagem entregando-me aos braços de uma virgem.

– Não sou virgem.

– Que bom para você.

Ela estendeu a mão, querendo colocá-la sobre o peito dele. Bem sobre o coração.

Ele se encolheu, apertando-se contra o mármore. Enquanto o suor irrompia por todo seu corpo, esticou o pescoço afastando o rosto dela, com a face contorcida em uma careta. Seu peito movia-se, ele ofegava, fazendo brilhar as argolas dos mamilos.

Então, falou com um fiapo de voz:

– Não me toque. Não posso... não aguento ser tocado, está bem? Dói.

Bella se deteve.

– Por quê? – disse ela ternamente – Por que isso...

– Saia daqui, caramba! *Por favor!* – quase não conseguiu pronunciar as palavras. – Estou a ponto de destruir algo. E não quero que seja você.

– Não me machucaria.

Ele fechou os olhos.

– Mas que inferno! O que acontece com os aristocratas? São criados para torturar as pessoas?

– Santo Deus, não! Só quero ajudá-lo.

– *Mentirosa* – cuspiu-lhe ele, abrindo os olhos de repente. – É tão mentirosa. Não quer me ajudar, só quer cutucar uma cascavel com uma vara para ver o que ela faz.

– Isso não é verdade. Pelo menos... não agora.

O olhar dele se tornou gelado, sem alma. E sua voz perdeu toda entonação.

– Você me quer? Muito bem. Então, pode me ter, caramba.

Zsadist se atirou sobre ela. Jogou-a no chão, deitando-a de bruços e prendendo-lhe as mãos às costas. O mármore era frio contra o seu rosto quando ele afastou-lhe as pernas. Escutou o som de algo se rasgando. Sua calcinha.

Sentiu-se anestesiada. Seus pensamentos não acompanhavam suas ações. Suas emoções também não. Mas seu corpo sabia o que queria. Zangada ou não, ela o acolheria.

O peso dele a abandonou brevemente e ela escutou o som de um zíper. Então, lá estava ele deitado novamente sobre ela, sem coisa alguma entre sua enorme ereção e o sexo dela. Mas ele não a penetrou. Congelou, ofegante, enquanto ela podia escutar sua respiração rápida e ruidosa... *Estava soluçando?*

Ele deixou pender a cabeça sobre a nuca dela. Então, rolou para o lado, cobrindo-a enquanto abandonava seu corpo. Deitando-se de costas, cobriu o rosto com os braços.

– Oh, Deus – gemeu ele. – Bella...

Ela quis lhe estender a mão, mas estava tão tenso que não se atreveu. Com movimentos incertos, ela ficou de pé e olhou para ele. As calças de Zsadist estavam arriadas até as coxas; seu membro já não estava ereto.

Meu Deus, seu corpo estava em péssimas condições. Sua barriga era côncava. Os ossos do quadril espetavam a pele. Era verdade que devia beber só das humanas, pensou ela. E também não comia muito.

Ela se concentrou nas tatuagens que lhe cobriam os pulsos e o pescoço. E nas cicatrizes.

Destruído. Não alquebrado.

Embora ela se envergonhasse de admitir agora, sua aura sinistra havia constituído a maior parte de seu encanto para ela. Era tão anômala, tão contrastante com tudo que ela conhecera na vida... Tornava-o perigoso, excitante, atraente. Mas tudo fora uma fantasia. Aquilo era a realidade.

Ele sofria. E nada havia de atraente ou emocionante nisso.

Ela pegou uma toalha e se aproximou dele, colocando-a com cuidado sobre o seu corpo nu. Ele estremeceu e agarrou o pano. Quando ergueu a vista para ela, seus olhos estavam injetados, mas não chorava. Talvez houvesse se enganado sobre os soluços.

– Por favor... deixe-me sozinho – disse ele.

– Eu desejo...

– Vá. Agora. Sem desejos ou esperança. Sem coisa alguma. Apenas vá. E nunca mais se aproxime de mim outra vez. Jure. *Jure.*

– Eu... eu prometo.

Bella se apressou em sair do quarto dele. Quando já estava suficientemente longe no corredor, parou e penteou o cabelo com os dedos, tentando arrumá-lo. Podia sentir a calcinha ao redor da cintura e a deixou ali. Não haveria lugar onde colocá-la se a tirasse.

Lá embaixo, a festa ainda estava em pleno vapor, mas ela se sentiu deslocada, esgotada. Foi até Mary, despediu-se e procurou um *doggen* para que a levasse para casa.

Mas, então, Zsadist entrou. Havia colocado um traje de corrida de nylon branco e levava uma bolsa negra na mão. Sem olhá-la em absoluto, aproximou-se por trás de Phury, que estava a alguns passos de distância.

Quando Phury se virou e viu a bolsa, recuou.

– Não, Z. Não quero...

– Ou você faz, Irmão, ou encontrarei alguém que faça.

Zsadist lhe estendeu a bolsa.

Phury olhou para a coisa fixamente. Quando a segurou, sua mão tremia.

Os dois saíram juntos.

Capítulo 41

Mary deixou a travessa vazia perto da pia e passou a Rhage uma bandeja para que eles pudessem recolher os utensílios usados. Agora que a festa havia terminado, todos ajudavam a limpar.

Quando saíram para o vestíbulo, ela disse:

– Estou contente que Wellsie e Tohr tenham acolhido John. Teria gostado de vê-lo esta noite, mas estou feliz em saber que se encontra em boas mãos.

– Tohr me disse que o pobre rapaz não conseguiu sair da cama, está esgotado. Tudo o que faz é comer e dormir. Ah, a propósito, acho que tinha razão. Phury gostou de Bella. Passou muito tempo olhando-a. Nunca o vi fazer isso antes.

– Mas depois do que me disse sobre...

Ao passarem pela escadaria, uma porta oculta debaixo dela se abriu.

Zsadist saiu. Seu rosto estava machucado, sua camiseta em frangalhos. Estava ensanguentado.

– Oh, droga – murmurou Rhage.

O Irmão passou por eles sem notá-los, os olhos escuros e vidrados. Seu pequeno sorriso de satisfação parecia totalmente fora de contexto, como se tivesse desfrutado de uma boa comida ou talvez feito sexo em vez de ter apanhado como um condenado. Subiu a escada devagar, pois não conseguia dobrar direito uma das pernas.

– Melhor que eu vá limpar Phury – Rhage entregou a bandeja para Mary e beijou-a ligeiramente. – Eu posso demorar um tempo.

– Porque Phury... Oh... Meu Deus.

– Só porque foi obrigado. Essa é a única razão, Mary.

– Bem... fique com ele o tempo que for preciso.

Mas antes que entrasse pela passagem secreta, Phury saiu de lá, trajando roupa de ginástica. Estava tão esgotado como Zsadist, embora, quase sem marcas. Tinha os nós dos dedos roxos e rachados. E tinha manchas de sangue no peito.

– Ei, cara – disse Rhage.

Phury olhou em volta e pareceu sobressaltado por se encontrar onde estava.

Rhage parou diante dele.

– Meu Irmão?

Seus olhos esbugalhados focaram-se nele.

– Ei.

– Quer subir? Relaxar um pouco?

– Oh, não. Estou bem – seus olhos saltaram para Mary. Desviaram-se – Eu, ah, estou bem, sim, de verdade. Parece que a festa já terminou...

Rhage pegou a bolsa. A camiseta rosa-claro de Phury estava saindo dela, presa no zíper.

– Vamos, subamos juntos.

– Deveria ficar com sua mulher.

– Ela entende. Vamos juntos, meu Irmão.

Os ombros de Phury se encolheram.

– Sim, certo. Sim, eu não... eu preferiria não estar sozinho nesse momento.

Quando Rhage finalmente voltou para o quarto seu e de Mary, sabia que ela estaria adormecida, por isso fechou a porta silenciosamente.

Havia uma vela acesa sobre a mesinha de cabeceira e, àquela luz, viu que a cama era uma bagunça. Mary havia empurrado o edredom e espalhado os travesseiros. Estava de costas, usando uma linda camisola bege retorcida ao redor da cintura, subindo pelas coxas.

Ele nunca vira aquela peça de seda antes, por isso, sabia que ela a estava usando porque desejava que aquela noite fosse especial. Tal visão o animou, mas, ainda que a excitação o queimasse, ajoelhou-se no chão ao lado dela. Precisava ficar perto de Mary.

Não sabia como Phury conseguia seguir adiante, especialmente em noites como aquela. Seu único e amado irmão desejara sangrar, exigindo dor e castigo. Então, Phury fizera o que lhe fora pedido, aceitando a transferência do sofrimento. Zsadist sem dúvida estava dormindo em paz naquele instante. Phury, entretanto, passaria dias e dias atormentado.

Era um macho muito bom, leal, forte, devotado a Zsadist. Mas lidar com a culpa do que havia acontecido a Zsadist estava acabando com ele.

Meu Deus, como alguém poderia concordar em machucar a quem amava porque era isso que a pessoa queria?

– Que cheiro bom – murmurou Mary, aconchegando-se ao lado dele e olhando-o. – Você está com cheiro de café torrado.

– É por causa da fumaça vermelha. Phury acendeu um bem forte, mas não o culpo – Rhage pegou-lhe a mão e franziu a testa. – Está com febre outra vez.

– Nada sério. Sinto-me muito melhor – beijou-lhe o punho. – Como está Phury?

– Um desastre.

– Zsadist o obriga a fazer isso com frequência?

– Não. Não sei o que provocou isso esta noite.

– Sinto muito por ambos. Principalmente por Phury.

Sorriu para ela, amando-a pela maneira como ela se preocupava com seus Irmãos.

Mary sentou-se devagar, posicionando as pernas de forma que ficassem penduradas da cama. Sua camisola tinha um corpete de renda e, através do padrão, ele podia ver-lhe os seios. As coxas dele se retesaram e ele fechou os olhos.

Que inferno. Desejava estar com ela. Mas tinha medo do que seu corpo poderia fazer. E não estava pensando só em sexo. Precisava abraçá-la.

As mãos de Mary se ergueram até o rosto dele. Quando seu polegar acariciou-lhe a boca, os lábios dele se abriram por vontade própria, um convite subversivo que ela aceitou. Ela se inclinou e o beijou, sua língua penetrando, tomando o que ele sabia que não deveria estar oferecendo.

– Hum. Que gosto bom.

Havia fumado com Phury, esperando que, ao voltar para junto dela, pudesse estar um pouco mais relaxado. Não poderia passar por uma reprise do que acontecera na sala de bilhar.

– Quero você, Rhage – ela mudou de posição, abrindo as pernas, atraindo o corpo dele para si.

Redemoinhos de energia condensavam-se ao longo de sua coluna e irradiavam para fora, perfurando-lhe as mãos e os pés, fazendo com que suas unhas cantassem de dor e o cabelo arrepiasse.

Ele se jogou para trás.

– Escute, Mary...

Ela sorriu e tirou a camisola pela cabeça, atirando-a longe de tal maneira que caiu no chão formando um redemoinho. Sua pele nua à luz da vela o hipnotizou. Não podia se mover.

– Faça amor comigo, Rhage – ela lhe tomou as mãos e as colocou sobre os seios. Mesmo dizendo a si mesmo para não tocá-la, ele encheu as mãos com o volume deles, seus polegares alisando-lhe os mamilos. Ela arqueou as costas – Oh, sim. Assim.

Ele buscou-lhe o pescoço, lambendo a veia. Queria tanto beber dela! Especialmente quando ela inclinava a cabeça como se também o quisesse. Não que precisasse se alimentar. Queria-a em seu corpo, em seu sangue. Queria ser sustentado com a força vital dela, viver dela. Desejava que ela pudesse fazer o mesmo com ele.

Ela colocou os braços em torno de seus ombros e o puxou, tentando deitá-lo no colchão. Que Deus o ajudasse, pois consentiu. Ela estava agora por baixo dele, liberando o cheiro da excitação que tinha por ele.

Rhage fechou os olhos. Não podia negá-la. Não podia sufocar o desejo dentro de si. Preso entre os dois, beijou-a e rezou.

Algo não estava bem, pensou Mary.

Rhage estava fora de alcance. Quando quis lhe tirar a camisa, não deixou chegar aos botões. Quando tentou tocar sua ereção, afastou os quadris. Mesmo quando sugou seus seios e passou a mão entre suas pernas, era como se fizesse amor com ela à distância.

– Rhage... – a voz dela falhou quando sentiu os lábios dele sobre seu umbigo. – Rhage o que está acontecendo?

Suas mãos grandes separaram-lhe as pernas totalmente, sua boca dirigindo-se ao interior das coxas dela. Mordiscou-a, provocou-a com as presas, mas sem machucá-la.

– Rhage, pare um minuto...

Colocou a boca sobre o seu sexo, tomando-a entre os lábios, chupando-a, movendo-se para frente e para trás, saboreando-a. Ela se dobrou sobre a cama para ver sua cabeça loura abaixada, seus ombros largos debaixo dos joelhos dela, as próprias pernas tão pálidas e finas contra aquele tremendo pano de fundo.

Mais um segundo e estaria totalmente perdida.

Agarrando um tufo de cabelo dele, puxou-o, afastando-o dela.

Os intensos olhos azuis de Rhage brilharam de luxúria enquanto respirava pela boca aberta, molhada. Deliberadamente, tomou o lábio inferior entre os dentes e o chupou. Depois, passou a língua longa e lentamente sobre o superior.

Ela fechou os olhos, intumescida, úmida.

– Qual é o problema? – ela sussurrou.

– Não sabia que havia um – ele esfregou o sexo dela com os nós dos dedos, friccionando-lhe a pele sensível. – Você não gosta disso?

– Lógico que sim.

O polegar dele começou a descrever círculos.

– Então, deixe-me voltar ao que estava fazendo.

Antes que ele deixasse a cabeça pender e a penetrasse com a língua outra vez, ela fechou as pernas ao redor de sua mão o melhor que pôde.

– Por que não posso tocá-lo? – perguntou-lhe ela.

– Estamos nos tocando – ele moveu os dedos. – Estou bem aqui.

Oh, Deus, teria como ela ficar mais excitada?

– Não, não está.

Ela tentou se afastar e sentar-se direito, mas ele estendeu o braço livre. Sua palma aterrissou sobre o peito dela, forçando suas costas sobre a cama.

– Não terminei – disse ele, com voz rouca.

– Quero tocar o seu corpo.

Seu olhar faiscou intensamente. Mas, num átimo de segundo o brilho se desvaneceu e uma rápida emoção atravessou-lhe o rosto. Medo? Não saberia dizer, porque ele abaixou a cabeça. Beijou-a sobre a coxa, esfregando nela a bochecha, o queixo e a boca.

– Não há nada como seu calor, seu sabor, sua maciez. Deixe-me lhe dar prazer, Mary.

Tais palavras lhe provocaram um calafrio. Ela já as escutara. No começo.

Os lábios dele se moveram pelo interior de sua perna, perto de casa.

– Ei. Pare, Rhage – ele obedeceu. – Sexo unilateral não me atrai muito. Não quero ser servida. Quero estar *com* você.

Os lábios de Rhage se apertaram e ele desceu da cama repentinamente. Iria abandoná-la?

Mas ele apenas se ajoelhou no chão, braços sobre o colchão, a cabeça pendendo sobre os ombros. Acalmando-se.

Ela esticou a perna, tocando seu antebraço com o pé.

– Não me diga que você vai me dizer não – murmurou ela.

Ele ergueu a vista para ela. Naquela posição, os olhos eram meras fendas em seu rosto, irradiando brilhantes raios de néon azul.

Arqueando o corpo, ela moveu a perna, franqueando-lhe uma rápida visão do que ela sabia que ele tanto queria.

Conteve a respiração.

Com um poderoso e fluido movimento, Rhage saltou do chão sobre ela, aterrissando entre suas coxas. Desfez-se das calças e...

Oh, obrigado, Deus.

Gozou imediatamente, em ondas. Quando o arrebatamento passou, sentiu-o tremendo sobre ela, dentro dela. Estava a ponto de lhe dizer que deixasse de lado o autocontrole quando compreendeu que esse não era o problema. Ele estava tendo uma espécie de miniconvulsão, cada músculo de seu corpo sofria espasmos.

– Rhage? – ela o olhou no rosto.

Seus olhos estavam brancos e brilhantes.

Em uma tentativa de acalmá-lo, colocou as mãos sobre suas costas, mas sentiu algo em sua pele, em relevo. Quase um traçado.

– Rhage, há algo em suas...

Ele se afastou dela e foi em direção à porta.

– Rhage? – ela pegou a camisola e a vestiu enquanto ia atrás dele.

No corredor, ele parou para colocar as calças e Mary quase gritou. A tatuagem estava viva. A coisa havia se erguido sobre suas costas, tão alto que projetava sombras.

E se movia mesmo que ele estivesse parado. O grande dragão parecia ferver enquanto a olhava fixamente, cabeça e olhos dirigidos para ela enquanto seu corpo ondulava.

Procurando uma saída.

– Rhage!

Ele saiu em disparada, descendo até o vestíbulo e desaparecendo pela porta oculta sob a escada.

Rhage não parou de correr até estar dentro das instalações de treinamento. Ao chegar ao vestiário, esmurrou as portas até abrirem e foi para o chuveiro coletivo. Abriu uma das duchas, sentou-se no piso de lajotas e se deixou ficar sob o jato de água fria.

Era tudo tão terrivelmente claro: as vibrações, os murmúrios. Sempre perto de Mary, especialmente se ela estivesse excitada.

Deus, não sabia como não havia entendido antes. Talvez só quisesse evitar a verdade.

Estar com Mary era diferente porque... ele não era o único que queria fazer amor com ela. A besta a queria também. A besta queria sair para poder tomá-la.

Capítulo 42

Quando Bella chegou em casa não podia se acalmar. Após escrever em seu diário por uma hora, vestiu um jeans, uma camiseta e sua parca. Lá fora, a nevasca caía de forma desorganizada, formando redemoinhos no ar frio.

Fechando o zíper da parca, caminhou sobre a grama alta e áspera do prado.

Zsadist. Quando fechava os olhos só conseguia vê-lo deitado de costas naquele banheiro.

Destruído. Não alquebrado.

Parou e olhou a neve.

Tinha dado sua palavra de que não voltaria a incomodá-lo, mas não queria manter a promessa. Que Deus a ajudasse, mas, queria tentar outra vez com ele...

À distância, notou que alguém rondava a casa de Mary. Bella ficou paralisada de medo, mas, então, viu a cabeleira escura, e concluiu que não era um *redutor*.

Obviamente, Vishous estava trabalhando na instalação do sistema de segurança. Saudou-o com a mão e foi até lá.

Conversara com Vishous na festa, havia gostado tremendamente dele. Tinha o tipo de inteligência que, em geral, prejudicava as habilidades sociais de um vampiro, mas, aquele guerreiro era um pacote completo. Era atraente, inteligente, culto, forte, o tipo de macho que provocava o desejo de procriação, só para não se perder um DNA como o dele.

Ela se perguntou por que ele usava aquela luva de couro negro. E as tatuagens de um lado do rosto. Quem sabe lhe perguntaria sobre tais coisas, se parecesse oportuno.

– Pensava que não teria de terminar agora – gritou-lhe quando chegou mais perto. – O que aconteceu com Mary...

A figura de cabelo escuro que surgiu diante dela não era Vishous. E não estava viva.

– Jennifer? – disse-lhe o *redutor* maravilhado.

Por uma fração de segundo, Bella congelou. Então, virou-se e correu, deslocando-se velozmente pelo terreno. Não tropeçou; não vacilou. Era rápida e segura enquanto cruzava o prado, mesmo aterrorizada. Se pudesse chegar em casa, poderia se trancar e deixar o *redutor* de fora. Quando ele finalmente conseguisse entrar pela janela, ela já estaria no porão, onde ninguém podia chegar. Chamaria Rehvenge e pegaria o túnel subterrâneo que levava ao outro lado da propriedade.

O *redutor* estava atrás dela, podia escutar o som de suas passadas e o roçar de sua roupa, mas não conseguira se aproximar enquanto atravessavam a grama gelada. Guiando-se pelas alegres luzes de sua casa, forçou seus músculos por mais velocidade.

A primeira pontada de dor atingiu-a na coxa. A segunda, no meio das costas, através da parca.

Suas pernas ficaram mais lentas e pareceu-lhe correr com enormes pés de pato. Então, a distância que tinha a percorrer ficou maior, estendeu-se ao infinito, mas continuou, assim mesmo. Ao alcançar a porta dos fundos, cambaleava. Deu um jeito de entrar, mas foi uma luta para acionar a fechadura eletrônica com dedos que pareciam desprovidos de ossos.

Quando se virou e foi cambaleando para o porão, o som das portas sendo chutadas era de certa forma estranhamente tranquilo, como se viesse de algum lugar muito distante.

Uma mão a segurou pelo ombro.

O impulso de lutar foi forte e ela acertou um murro na cara do *redutor* com o punho fechado. Ele ficou momentaneamente atordoado e depois revidou, lançando-a ao chão. Virou-a e acertou novo golpe, a mão espalmada atingindo-a na maçã do rosto, fazendo sua cabeça bater no chão.

Ela não sentiu coisa alguma. Nem a bofetada, nem a pancada no crânio. O que foi bom por que não estava distraída quando o mordeu no braço.

Atracados, chocaram-se com a mesa da cozinha, derrubando as cadeiras. Libertou-se agarrando uma delas e atingindo-o no peito. Desorientada, arquejando, ela se arrastou para longe.

Ao pé da escada do porão, seu corpo cedeu.

Estendida ali, estava consciente, mas incapaz de se mover. Tinha a vaga noção de que algo gotejava sobre seus olhos. Provavelmente, seu próprio sangue; talvez, o do *redutor*.

Sua visão girava quando ela foi virada.

Examinou o rosto do *redutor*. Cabelo escuro, olhos castanhos desbotados.

Santo Deus.

O assassino estava chorando quando a ergueu do chão e a embalou em seus braços. A última coisa que distinguiu antes de apagar foram as lágrimas dele caindo sobre o seu rosto.

Ela não sentia absolutamente nada.

O Sr. O tirou a mulher da cabine da caminhonete cuidadosamente. Desejava tanto não ter concordado em deixar sua casa para ir morar no centro de persuasão... Teria preferido mantê-la longe dos outros *redutores*, mas, por outro lado, se ficasse lá, seria mais fácil se certificar de que não escaparia. E se qualquer outro assassino se aproximasse dela... bem, utilizaria as facas.

Enquanto carregava a mulher através da porta, olhou seu rosto. Parecia-se com sua Jennifer. Olhos de cor diferente, mas o rosto em forma de coração. A espessa cabeleira escura. O corpo delgado, perfeitamente proporcional.

Na realidade, era ainda mais linda do que Jennifer havia sido. E batia mais forte, também.

Colocou a mulher sobre a mesa e tocou o machucado em sua bochecha, o lábio partido, as marcas na garganta. A luta tinha sido dura: na base do vale-tudo e sem trégua até ele vencer e ter seu corpo inerte em seus braços.

Olhando fixamente a vampira, recordou o passado. Sempre tivera medo de ser ele quem mataria Jennifer, que em uma noite qualquer todos aqueles golpes ultrapassariam os limites. Em vez disso, acabara assassinando o motorista que batera de frente com o carro dela. O filho da mãe já estava bêbado antes das cinco horas da tarde e ela voltava para casa do trabalho.

Matar seu assassino tinha sido fácil. Descobrira onde o cara vivia e esperou que chegasse em casa. Então, o havia golpeado na cabeça com um pedaço de ferro e o empurrara pela escada. Enquanto o corpo esfriava, o Sr. O dirigira a nordeste, atravessando o país.

E caiu na Sociedade.

Um carro estacionou lá fora. Rapidamente, recolheu a fêmea e a levou para um dos buracos. Depois de prender a corda ao redor de seu peito, abriu a tampa de um deles e a deixou cair em seu interior.

– Você capturou mais um? – perguntou-lhe o Sr. U, ao entrar.

– Sim – o Sr. O fez uma encenação, espiando o outro buraco, com o macho no qual o Sr. X trabalhara na noite anterior. O civil se agitou na tubulação, produzindo pequenos ruídos de pavor.

– Então, vamos trabalhar na presa fresca – disse o Sr. U.

O Sr. O colocou a bota sobre a tela do tubo da fêmea.

– Essa é minha. Eu esfolo com os dentes quem a tocar.

– Ela? Excelente. Sensei não caberá em si de satisfação.

– Você não lhe dirá nada sobre isso. Estamos entendidos?

O Sr. U franziu a testa, depois deu de ombros.

– Claro. Como quiser, homem. Mas você sabe que cedo ou tarde ele irá descobrir. Quando acontecer, só quero que saiba que não fui eu a contar.

O Sr. O pôde perceber que o Sr. U manteria o segredo e, num impulso, deu ao assassino o endereço do celeiro adaptado que tinha invadido. Um pequeno favor em troca da discrição do *redutor*.

– O nome da mulher que vive lá é Mary Luce. Foi vista com um membro da Irmandade. Vá pegá-la, meu caro.

O Sr. U assentiu.

– Assim o farei, mas está perto da alvorada e preciso dormir. Há duas noites que fico acordado até muito tarde, e estou debilitado.

– Então, amanhã. Agora deixe-nos.

O Sr. U inclinou a cabeça e lançou um olhar para o buraco.

– Nós?

– Dê o fora daqui, U.

O Sr. U saiu e o Sr. O prestou atenção no som do carro do *redutor* se distanciando.

Satisfeito, olhou para a tela usada como tampa. E não podia parar de sorrir.

Capítulo 43

Rhage não voltou para a casa principal até as cinco horas da tarde. Enquanto caminhava pelo túnel, não fez ruído algum. Tirou os sapatos porque haviam ficado ensopados e depois esqueceu onde os tinha deixado.

Era um fio desencapado, dentro dele um rugido do qual não podia se desfazer, não importava quão esgotado estivesse, quantos pesos levantasse ou quanto corresse. Naquele ponto, não que houvesse considerado tal coisa, nem se fizesse sexo com uma centena de mulheres diferentes poderia se acalmar.

Não tinha escapatória, mas precisava falar com Mary. Temia lhe contar que fora condenado um século antes e não fazia ideia de como lhe explicar que a besta também queria fazer sexo com ela. Mas Mary precisava saber por que se manteve afastado.

Preparou-se e abriu a porta do quarto. Ela não estava ali.

Desceu e encontrou Fritz na cozinha.

– Você viu a Mary? – perguntou-lhe, fazendo todo o possível para manter a voz controlada.

– Sim, senhor. Ela saiu.

O sangue de Rhage gelou.

– Para onde ela foi?

– Ela não disse.

– Levou alguma coisa com ela? A bolsa? Uma bolsa de viagem?

– Um livro, um pão doce e um casaco.

Lá fora. Rhage correu pelo túnel subterrâneo e estava no Buraco em meio minuto. Esmurrou a porta.

Vishous demorou a abrir e, quando o fez, apareceu com calção de pugilista e cabelo de quem estava dormindo.

– Que droga de...

– Mary deixou a casa. Sozinha. Preciso encontrá-la.

Vishous esfregou os olhos, grogue de sono, tentando se concentrar. Foi até o computador e checou todas as imagens das câmeras externas que tinha: encontrou-a sentada ao sol na porta da frente da mansão. O que era inteligente. Se algo acontecesse, seria capaz de entrar no vestíbulo em questão de segundos.

Rhage respirou fundo.

– Como faço para essa coisa se mover e se aproximar mais?

– Aperte o zoom no canto superior direito com o mouse.

Rhage centrou a imagem. Ela estava alimentando um par de pardais, lançando-lhes pedacinhos do pão doce. De vez em quando, levantava a cabeça e olhava ao redor. O sorriso em seu rosto era muito particular, só uma leve elevação nos cantos dos lábios.

Ele tocou a tela, acariciando sua face com as pontas dos dedos.

– Sabe, meu Irmão, você se enganou.

– Eu me enganei?

– Ela é meu destino.

– Eu disse que não era?

Rhage o olhou por cima da parafernália cibernética, concentrando-se no olho tatuado de Vishous.

– Não sou o primeiro amante dela. Disse-me que meu destino era uma virgem. Então, você se enganou.

– Nunca me engano.

Rhage franziu a testa, rechaçando por completo a ideia de que outra mulher significaria mais para ele ou substituiria Mary em seu coração.

Cara, que se danasse o destino se tentasse fazer com que ele amasse outra pessoa. E que se danassem também os vaticínios de Vishous.

– Deve ser agradável saber de tudo – murmurou ele. – Ou, pelo menos, pensar que sabe.

Enquanto se virava em direção ao túnel, seu braço foi agarrado com força.

Os olhos de Vishous, normalmente tão calmos, estavam apertados e ele parecia zangado.

– Quando digo que nunca me engano, não se trata de uma questão de ego. Enxergar o futuro é uma droga de maldição, meu Irmão. Acaso pensa que eu gosto de saber como todos vão morrer?

Rhage recuou e Vishous sorriu com frieza.

– Sim, reflita sobre isso. E então compreenda que a única coisa que não sei é *quando*; por isso, não posso salvar nenhum de vocês. Agora, quer me dizer que motivos eu teria para querer me vangloriar sobre minha maldição?

– Oh, Deus... meu Irmão. Sinto muito...

V. bufou.

– Tudo bem. Olhe, por que não vai até sua fêmea? Esteve pensando em você a tarde inteira. Não se ofenda, mas estou cansado de ouvir a voz dela em minha cabeça.

Mary se recostou contra as portas de latão e olhou para cima. Lá no alto, o céu azul brilhava, e o ar estava seco e límpido após a extraordinária e prematura nevada da noite anterior. Antes que o sol se fosse, queria caminhar um pouco, mas o calor que atravessava seu casaco a deixou letárgica. Ou talvez só estivesse esgotada. Não conseguira dormir depois que Rhage abandonou o quarto, passara o dia inteiro esperando que ele voltasse.

Não fazia ideia do que acontecera na noite anterior. Sequer tinha certeza do que pensara ter visto. Santo Deus, tatuagens não se levantavam da pele de ninguém. E não se moviam. Pelo menos, não em seu mundo.

No entanto, Rhage não havia sido a única razão de sua insônia. Era hora de descobrir o que os médicos iriam fazer com ela. A consulta com a Dra. Della Croce seria no dia seguinte e, quando houvesse terminado, saberia a intensidade do tratamento.

Deus... Queria falar com Rhage sobre tudo isso. Para tentar prepará-lo.

Conforme o sol descia por trás da linha das árvores, começou a sentir frio.

Levantou-se, espreguiçou-se e, depois, atravessou a primeira porta para o vestíbulo. Quando se fechou, ela mostrou o rosto para a câmera e a porta interna se abriu.

Rhage estava sentado no chão ao lado da entrada. Levantou-se devagar.

– Oi. Estava esperando você.

Ela sorriu sem jeito, mudando o livro de uma mão para outra.

– Queria lhe dizer onde estava. Mas você se esqueceu do celular quando...

– Mary, escute, sobre ontem à noite...

– Espere, antes de começar com isso – segurou-lhe a mão. Respirou fundo – Amanhã vou ao hospital. Para a consulta antes do início do tratamento.

Seu semblante se fechou profundamente, suas sobrancelhas se encontraram no meio da testa.

– Que hospital?

– São Francisco.

– Que horas?

– À tarde.

– Quero que alguém vá com você.

– Um *doggen*?

Ele fez que não com a cabeça.

– Butch. O tira é bom com armas e não quero que vá desprotegida. Olhe, podemos subir agora?

Ela assentiu e ele tomou-lhe a mão, conduzindo-a até o segundo andar. Já no quarto, ele se pôs a andar de um lado para o outro, enquanto ela se sentou na cama.

Quando conversaram sobre a consulta médica, ficou claro que prepará-lo era o mesmo que preparar a si mesma. E depois ficaram em silêncio.

– Rhage, explique-me o que aconteceu ontem à noite – como ele hesitou, ela lhe disse: – Seja o que for, superaremos isso. Você pode me contar qualquer coisa.

Ele parou. Encarou-a.

– Sou perigoso.

Ela franziu a testa.

– Não, não é.

– Sabe o que é aquilo em minhas costas?

Com um calafrio, ela pensou na tatuagem se movendo...

Espere, disse a si mesma. *Aquilo não tinha acontecido. Rhage estava respirando forte ou algo assim e por isso a coisa parecia mudar de posição.*

– Mary, é parte de mim. A besta. Está *dentro* de mim – ele esfregou o peito e os braços. Depois, as coxas – Tento controlá-la o melhor que posso. Mas... não quero que ela lhe faça mal. Não sei o que fazer. Mesmo agora, perto de você, estou... Caramba, estou em frangalhos.

Enquanto estendia as mãos trêmulas, parecia totalmente consumido.

– Parte da razão para eu lutar é porque o combate me acalma – disse ele. – E também as mulheres. Fazia sexo com elas, pois gozar me ajudava a domar a besta aprisionada. Só que agora que não posso ter sexo, estou instável. Por isso que ontem à noite quase me descontrolei. Duas vezes.

– Espere aí... Do que você está falando? Você tem a mim. Faça amor comigo.

– Não posso mais deixar que isso aconteça – disse ele, com os dentes cerrados. – Não posso... dormir com você nunca mais.

Atordoada, ela o encarou.

– Você está me dizendo que não vai mais fazer sexo comigo? Nunca mais?

Ele balançou a cabeça.

– Nunca.

– Que diabos? Você me deseja – seus olhos se dirigiram ao grosso volume nas calças dele –, posso ver que está rijo. Posso sentir o quanto me quer.

De repente, os olhos dele deixaram de piscar e tornaram-se brancos.

– Por que seus olhos mudam? – sussurrou ela.

– É o monstro... aflorando.

Quando ela se calou, Rhage começou a respirar num ritmo estranho. Duas inspirações, uma longa exalação.

Mary se esforçou para entender o que ele dizia. E fracassou. *O que ele deve estar querendo dizer é que tem uma espécie de alter ego hardcore*, pensou ela.

– Mary, não posso... ficar com você porque... quando estamos juntos a besta quer sair – duas respirações rápidas. – Ela quer...

– O que, exatamente?

– Ela quer você – afastou-se dela. – Mary, ela quer... estar dentro de você. Entende o que digo? Meu outro lado quer *possuir* você. Eu... eu preciso ir agora.

– Espere! – ele parou na porta. Seus olhos se encontraram. – Então, permita que ela me possua.

Rhage ficou boquiaberto.

– Você está louca?

Não, não estava. Haviam feito sexo com um desespero que beirava a violência. Já sentira suas violentas estocadas antes. Se esse outro lado dele era rude, Mary imaginou que podia muito bem lidar com ele.

– Tudo o que você precisa fazer é deixar acontecer. Tudo bem.

Duas inspirações curtas. Uma longa exalação.

– Mary, não sabe... o tamanho da asneira que está dizendo.

Ela tentou fazer graça.

– O que a besta pode fazer comigo? Por acaso vai me comer?

Como ele apenas a olhou com aqueles olhos brancos, ela congelou. Caramba, talvez ele tivesse mesmo razão.

Mas, definitivamente, ela estava louca.

– Podemos amarrar você – disse ela.

Ele negou com a cabeça, tropeçando nos próprios pés, e segurou a maçaneta da porta.

– Não quero me arriscar.

– Espere! Sabe com certeza o que acontecerá?

– Não – ele coçou violentamente o pescoço e os ombros, retorcendo-se.

– Há alguma possibilidade de que vá ter apenas a liberação de que necessita?

– Talvez.

– Então, vamos tentar. Saio correndo se... bem, se algo estranho acontecer. Rhage, deixe-me fazer isso por nós. Além disso, qual é a alternativa? Eu me mudo daqui? Não voltamos a nos ver? Jamais faremos sexo outra vez? Olhe só como você está! Tão ansioso que está a ponto de sair de sua pele!

O medo inundou o rosto dele, contraindo-lhe a boca, arregalando seus olhos. Logo a seguir, foi a vez da vergonha. Um sentimento tão terrível que lhe contorcia as entranhas e fez com que Mary atravessasse o quarto. Tomou as mãos dele, sentindo-as tremerem.

– Odeio ver você assim, Rhage – quando ele começou a falar, ela o interrompeu. – Olhe, você sabe com o que estamos lidando. Eu não. Faça o que tiver de fazer para se assegurar e vamos ver... o que acontece.

Ele a encarou. Ela queria pressioná-lo, mas tinha o pressentimento de que isso só o empurraria na direção contrária.

– Deixe-me ir falar com Vishous – disse ele, afinal.

– Correntes – repetiu Rhage, parado no meio da sala de estar do Buraco.

Vishous o olhou por cima da tela do computador.

– De que tipo?

– Como as que utilizaria para rebocar um carro.

Butch veio da cozinha, uma cerveja na mão, um sanduíche na outra.

– Oi, grandão. O que está acontecendo?

– Quero que os dois me acorrentem à cama.

– Que pervertido.

– Então, temos algo que possamos usar, V.?

Vishous colocou novamente seu gorro dos Sox.

– A garagem. Acho que há algumas na garagem. Mas Rhage, cara, no que está pensando?

– Preciso... ficar com Mary. Mas não quero passar pela... – ele parou. Exalou – Tenho medo de me transformar. Estou seco por sexo.

Os pálidos olhos de Vishous se estreitaram.

– E desistiu das outras mulheres, não?

Rhage assentiu.

– Só quero a Mary. A essa altura, não consigo sentir tesão por mais ninguém.

– Ah, que droga, cara – murmurou Vishous.

– Por que monogamia seria ruim? – perguntou Butch, enquanto se sentava e abria a lata de cerveja. – Acho o seguinte: você conseguiu uma mulher sensacional. Mary é gente boa.

Vishous sacudiu a cabeça.

– Você se lembra do que viu naquela clareira, tira? Você gostaria daquilo por perto da mulher que ama?

Butch largou a Bud sem beber. Seus olhos percorreram o corpo de Rhage.

– Vamos necessitar de um bocado de aço – murmurou o humano.

Capítulo 44

O Sr. O estava ficando nervoso. A fêmea não estava totalmente consciente e já tinham-se passado dezoito horas. Aqueles dardos haviam sido calibrados para um macho, mas, ela já deveria ter acordado.

Preocupou-se com a possibilidade de ter-lhe causado uma concussão.

Deus, aquilo era exatamente como antes. Ele e Jennifer brigavam e, depois, ficava com medo de lhe ter causado algum dano grave. Enquanto ele a limpava, sempre tratava de seus ferimentos cuidadosamente, procurando fraturas e cortes profundos. E, assim que se certificava de que estava bem, fazia amor com ela, mesmo se ainda estivesse desacordada. Gozar enquanto estava por cima dela, logo depois do alívio de saber que não levara as coisas muito longe, sempre fora o melhor tipo de orgasmo para ele.

Desejaria poder fazer amor com a mulher que havia sequestrado.

O Sr. O caminhou até o buraco em que ela estava. Removeu a tela, acendeu uma lanterna e apontou o facho de luz para o interior do tubo. Ela estava jogada no fundo, encostada na parede.

Queria tirá-la dali. Segurá-la. Beijá-la e sentir a pele dela contra a sua. Queria gozar dentro dela. Mas todos os *redutores* eram impotentes. Ômega, aquele filho da mãe, era um amo ciumento.

O Sr. O colocou a tampa de volta e zanzou por ali, pensando no dia e na noite que passara com Ômega e a depressão em que se encontrava desde então. Engraçado, agora que tinha essa fêmea, sua mente havia clareado e um novo compromisso lhe deu ânimo.

Sabia que quem estava no buraco não era Jennifer, mas a vampira era muito parecida com aquela que lhe tinham arrancado e ele não ia ser exigente. Aceitaria o presente que lhe fora dado e o guardaria bem.

Dessa vez, ninguém iria tirar-lhe sua mulher. *Ninguém*.

Assim que as persianas foram erguidas assinalando a chegada da noite, Zsadist saiu de sua cama e caminhou nu pelo quarto em que ficava.

O que tinha acontecido na noite passada com Bella o estava matando. Queria encontrá-la e lhe pedir perdão, mas como iria fazer?

Sinto muito, agi como um animal. E você não me deixa enojado. De verdade.

Santo Deus, *que* cretino ele era!

Fechou os olhos e se lembrou de como se apoiara contra a parede ao lado do box enquanto ela estendia a mão para o seu peito nu. Os dedos dela eram longos e elegantes, com unhas bonitas e sem esmalte. Seu toque teria sido delicado, suspeitava. Leve e cálido.

Deveria ter-se permitido que ficassem juntos. Se o tivesse feito, poderia ter conhecido, pela primeira vez como macho livre, como era ter a mão macia de uma fêmea sobre a sua pele. Quando era escravo, haviam-no tocado com muita frequência, e sempre contra sua vontade, mas livre...

E não teria sido qualquer mão. Teria sido a de Bella.

A palma dela teria pousado sobre seu peito, e talvez ela o tivesse acariciado um pouquinho. Poderia até ter apreciado isso, se ela fosse devagar. Sim, quanto mais pensava no caso, mais achava que talvez fosse gostar que...

Ah, que diabos estava pensando? A capacidade de tolerar intimidade com qualquer um havia sido violada há anos. E, de qualquer forma, não estava à altura de entreter as fantasias de uma fêmea como Bella. Não era digno sequer das prostitutas humanas das quais era obrigado a se alimentar.

Zsadist abriu os olhos e deixou de lado tais tolices. A melhor coisa que podia fazer por Bella, o melhor modo de compensá-la, era certificar-se de que ela jamais voltaria a vê-lo, mesmo por acaso.

Todas as noites, visitaria sua casa e se asseguraria de que estava bem. Eram tempos perigosos para os civis e ela precisava ser vigiada. Ele se ocultaria nas sombras para fazê-lo.

Pensar em protegê-la o aliviava.

Não podia confiar em si para estar com ela. Mas tinha fé absoluta em sua capacidade de mantê-la segura, não importava quantos *redutores* tivesse de comer vivos.

Capítulo 45

Mary andava de um lado para o outro no balcão do segundo andar, do lado de fora do quarto. Não tinha sido capaz de olhar para Butch e Vishous quando foram prender as correntes. E era difícil saber se o fato de os dois prepararem Rhage para fazer sexo com ela era algo profundamente erótico ou apenas assustador.

A porta se abriu.

Butch disfarçou e evitou olhá-la nos olhos.

– Ele está preparado.

Vishous saiu acendendo uma de suas cigarrilhas artesanais. Deu uma profunda tragada.

– Estaremos aqui no corredor. No caso de precisar da gente.

Seu primeiro impulso foi lhes dizer para irem embora. Seria repugnante saber que os dois estariam do lado de fora enquanto ela e Rhage faziam sexo. Privacidade, afinal de contas, era tanto um estado de espírito quanto um lugar privado e íntimo.

Mas, então, pensou na quantidade de aço que eles haviam levado para o quarto. Não esperava tamanho carregamento. Um pouco de corda, talvez. Algemas. Mas não o tipo de material que levantaria um motor do chão.

– Tem certeza de que vocês têm de esperar? – disse ela.

Ambos assentiram.

– Confie em nós quanto a isso – murmurou Butch.

Mary entrou no quarto e fechou a porta. Havia velas acesas de ambos os lados da cama e Rhage estava nu sobre o colchão, braços presos acima da cabeça, pernas abertas e esticadas. As correntes estavam em torno de seus pulsos e tornozelos, enroladas nos pesados suportes de carvalho da cama.

Rhage ergueu a cabeça, os olhos azuis perfurando a escuridão.

– Você tem certeza disso?

Na realidade, não, não tinha.

– Você parece desconfortável.

– Não é muito ruim – sua cabeça pendeu para trás. – Embora esteja contente de que esteja amarrado aos suportes da cama e não a cavalos disparados em quatro direções diferentes.

Mary olhou seu corpo colossal, oferecido a ela como uma espécie de sacrifício sexual.

Santo... Deus. Aquilo era real? Estava realmente prestes...

Pare, disse a si mesma. *Não o mantenha ali mais tempo do que o necessário. E, uma vez terminado, e ele convencido de que tudo correu bem, não precisará voltar a fazê-lo.*

Mary chutou longe os sapatos, tirou o pulôver de gola alta pela cabeça e despiu os jeans.

Rhage ergueu a cabeça outra vez. Ao vê-la tirar o sutiã e a calcinha, seu membro estremeceu. Erguendo-se. Ela observou-o se transformar para ela, endurecendo, engrossando, crescendo. A excitação causara um rubor à face de Rhage e uma tênue cobertura de suor à sua pele bela e sem pelos.

– Mary... – suas pupilas tornaram-se brancas e ele começou a ronronar, movendo os quadris. A ereção cresceu em direção à sua barriga, a ponta alcançando o umbigo e um pouco mais. Com um espasmo repentino, seus antebraços puxaram os grilhões. As correntes chacoalharam, mudando de posição.

– Você está bem? – perguntou ela.

– Oh, Meu Deus, Mary. Estou... estamos com fome. Estamos... famintos de você.

Armando-se de coragem, ela se aproximou da cama. Inclinou-se e o beijou na boca; depois, subiu no colchão. Então, montou nele.

Quando Mary se posicionou sobre seus quadris, ele se contorceu.

Tomando-lhe o membro na mão, tentou introduzi-lo em seu interior. Não pôde fazê-lo na primeira tentativa. Era muito grande, ela não estava lubrificada e doeu. Nova tentativa e uma careta de dor.

– Você não está preparada para mim – disse Rhage, arqueando-se quando ela encostou a cabeça do pênis em seu sexo. Ele deixou escapar um gemido selvagem.

– Está tudo bem, deixe-me só...

– Venha aqui – quando falou, a voz havia mudado. Tornara-se mais grave. – Beije-me, Mary.

Ela se inclinou sobre o peito dele e o beijou, tentando se excitar. Mas não funcionou.

Ele interrompeu o contato, como se sentisse nela a ausência de excitação.

– Suba mais – as correntes sacudiram, o som metálico, quase um repicar de sinos. – Dê-me seu seio. Leve-o à minha boca.

Ela obedeceu e ofereceu-lhe o mamilo. Assim que sentiu a delicada sucção, seu corpo respondeu. Fechou os olhos, aliviada quando o calor a inundou.

Rhage pareceu reconhecer a mudança nela, pois o som do ronronar que emitia aumentou de intensidade. Enquanto a acariciava com os lábios, seu corpo agitou-se violentamente sob ela, seu peito subiu, o pescoço e a cabeça arremessados para trás. O suor brotou de novo sobre sua pele, o aroma de seu desejo preencheu o ar.

– Mary, deixe-me prová-la – sua voz agora era tão grave que as palavras saíam-lhe quase distorcidas. – Sua doçura. Entre suas pernas. Deixe-me prová-la.

Ela baixou a vista e dois globos oculares brancos a estavam encarando. Havia uma qualidade hipnótica neles, uma persuasão erótica que não podia negar, mesmo que soubesse que não estava só com Rhage.

Avançou lentamente sobre seu corpo, parando quando estava em seu peito. A intimidade era de algum modo chocante, especialmente com ele preso.

– Mais perto, Mary – até a maneira como disse seu nome não era a mesma. – Aproxime-se mais da minha boca.

Moveu-se de forma desajeitada, tentando se acomodar sobre ele. Terminou com um joelho sobre o peito dele e outro sobre seu ombro.

Ele esticou o pescoço e virou a cabeça, erguendo-se para encontrá-la, capturando-a com os lábios.

Seu gemido vibrou sobre o sexo dela, e Mary apoiou a mão na parede. O prazer roubou-lhe as inibições completamente, transformando-a em uma escrava sexual enquanto ele a lambia e chupava. Quando o corpo dela respondeu com uma descarga de umidade, houve um som agudo seguido de um gemido quando as correntes foram esticadas com força e a madeira dos suportes da cama protestou. Os grandes braços de Rhage se esticaram contra as amarras, músculos rígidos, dedos afastados e curvados como uma garra.

– Isso – disse ele entre as pernas dela. – Posso sentir você... gozando.

Sua voz se afundou e desapareceu num grunhido.

O orgasmo veio rápido e ela desabou, afundando-se sobre a cama, sua perna se arrastando pelo rosto dele antes de cair-lhe sobre o pescoço, na altura do tornozelo. Assim que diminuíram os espasmos, ela o olhou. Seus olhos brancos, que não piscavam, estavam arregalados de assombro e admiração. Estava completamente cativado por ela enquanto permanecia ali deitado, a respiração naquele padrão de duas inspirações seguidas por uma longa exalação.

– Agora pode me receber, Mary – as palavras eram profundas, estranhas. Não eram de Rhage.

Mas ela não se sentiu assustada, nem como se o estivesse traindo.

Fosse o que fosse que houvesse aflorado, não era malévolo e não lhe era completamente desconhecido. Sempre sentira aquela... coisa nele e sabia que não precisava ficar assustada. E, quando encontrou com seus olhos ali, foi como acontecera na sala de bilhar, uma presença em separado que a olhava, mas que, ao mesmo tempo, também era Rhage.

Ela se deslocou para baixo e o introduziu em seu corpo, encaixando-o perfeitamente. Os quadris dele se elevaram e outro grito lhe escapou da garganta quando Mary começou a cavalgá-lo. As estocadas se sucediam deliciosamente, cada vez mais fortes. Para impedi-lo de resvalar, colocou-se de quatro e procurou ficar estável.

O som penetrante se fez mais alto à medida que ele se empolgava, chocando os quadris contra ela, corpo trêmulo. A urgência crescia mais e mais, como uma tempestade que vai se formando e está prestes a desabar. De repente, ele se arqueou sobre o colchão e a cama rangeu quando seus braços e pernas se contraíram. Suas pálpebras se abriram e uma luz branca invadiu o quarto, tornando-o claro como o meio-dia. Em seu âmago, Mary sentiu as contrações do clímax dele, e tal sensação produziu nela um orgasmo fulminante.

Quando terminou, ela caiu sobre o peito dele e ambos permaneceram imóveis, exceto pela respiração: a dela normal, a dele naquele estranho ritmo.

Ela levantou a cabeça e o encarou. Olhos brancos cintilaram ao se concentrarem nela com total adoração.

– Minha Mary – disse a voz que não era de Rhage.

E, então, uma descarga elétrica de baixa intensidade percorreu o corpo dela e carregou o ar. Todas as luzes do quarto se acenderam, inundando o quarto de luz. Ela se espantou e olhou ao seu redor, mas a onda desapareceu tão rapidamente como chegara. Do nada, a energia se fora. Ela olhou para baixo.

Os olhos de Rhage estavam normais outra vez, sua habitual cor azul esverdeado brilhava.

– Mary? – disse ele, com a voz pouco clara, indistinta.

Ela precisou recuperar o fôlego antes de falar.

– Você voltou.

– E você está bem – ergueu os braços, dobrando os dedos. – Não aconteceu a transformação.

– Como assim? *Transformação*?

– Não apaguei... podia vê-la enquanto a coisa estava comigo. Foi como uma névoa, mas eu sabia que você não estava em perigo. Foi a primeira vez que me lembrei de algo.

Ela não sabia o que fazer com isso, mas reparou que as correntes estavam deixando a pele dele em carne viva.

– Posso soltar você?

– Sim. Por favor.

Soltá-lo levou certo tempo. Quando finalmente viu-se livre, ele massageou os pulsos e os tornozelos e a olhou com cuidado, como para se certificar de que ela estava bem.

Ela olhou em volta procurando um roupão.

– É melhor dizer a Butch e a V. que está tudo bem, que já podem ir.

– Eu faço isso – foi até a porta do dormitório e colocou a cabeça para fora.

Enquanto ele estava com os homens, ela olhou a tatuagem em suas costas. Poderia jurar que estava sorrindo para ela.

Santo Deus, estava ficando louca. Palavra de honra que estava.

Ergueu-se na cama e puxou para si as cobertas.

Rhage fechou a porta e se inclinou contra ela. Ainda estava tenso, apesar da liberação que tivera.

– Nem depois disso tudo você tem medo de mim?

– Não.

– Não tem medo... disso?

Ela lhe estendeu os braços.

– Venha aqui. Quero abraçá-lo. Você não para de tremer.

Ele se aproximou da cama devagar, como se não quisesse que ela se sentisse acuada. Ela gesticulou, apressando-o.

Rhage deitou-se ao lado dela, mas sem tocá-la.

Num piscar de olhos, ela se achegou, enroscando o corpo no dele, acariciando-o. Quando correu a mão por seu flanco, passando sobre a ponta da cauda do dragão, Rhage estremeceu e mudou de posição.

Ele não a queria perto da tatuagem, pensou ela.

– Vire-se – disse ela, – de bruços.

Quando ele fez que não com a cabeça, empurrou-lhe os ombros. Era como se tentasse mover um piano de cauda.

– Vire-se, droga. Vamos, Rhage.

Ele protestou para valer, com palavrões e jogando-se de má vontade sobre o ventre.

Percorreu-lhe a espinha dorsal com as mãos, diretamente sobre o dragão.

Os músculos de Rhage se retesaram de forma aleatória. Não, não aleatória. Eram as partes de seu corpo que correspondiam ao que ela tocava na tatuagem.

Que extraordinário.

Ela acariciou-lhe as costas um pouco mais, sentindo como se a tinta se elevasse em direção à sua palma como um gato.

– Algum dia irá querer ficar comigo outra vez? – disse Rhage, sem se mexer. Então, virou o rosto para o lado para poder vê-la. Só que não a olhou.

Ela se demorou sobre a boca da besta, contornando-lhe a linha dos beiços com a ponta do dedo. Os lábios de Rhage se entreabriram como se sentisse o toque.

– Por que não haveria de querer ficar com você?

– É um pouco esquisito, não é?

Ela riu.

– Esquisito? Durmo em uma mansão cheia de vampiros. Apaixonei-me por um...

Mary parou. *Oh, Deus.* O que acabava de sair de sua boca?

Rhage ergueu o torso da cama, torcendo o peito para poder olhá-la.

– O que acabou de dizer?

Não pretendera aquilo, pensou. Nem se apaixonar, nem confessá-lo.

Mas não voltaria atrás em nenhuma das duas coisas.

– Não tenho certeza – murmurou ela, abraçando a força bruta daqueles ombros e braços –, mas acho que tinha algo a ver com "eu amo você". Sim, foi isso. Eu, ah, amo você.

Que maneira boba de dizer aquilo. Poderia fazer muito melhor.

Mary segurou-lhe o rosto, sapecou um beijo dos bons em sua boca e o olhou diretamente nos olhos.

– Amo você, Rhage. Amo-o ferozmente.

Aqueles pesados braços a enlaçaram e ele enterrou a cabeça em seu pescoço.

– Não achava que algum dia ouviria isso.

– Sou tão cabeça-dura assim?

– Não. Eu sou indigno.

Mary se afastou e o olhou severamente.

– Não quero ouvir você dizer isso outra vez. Você é a melhor coisa que já me aconteceu.

– Com besta e tudo?

Com a besta? Certamente havia sentido que havia algo mais com ele. Mas, uma besta? De qualquer forma, Rhage parecia tão preocupado, que ela quis descontrair o clima.

– Sim, até com ela também. Mas, da próxima vez, podemos deixar de lado todo esse aço? Tenho certeza de que não me fará mal.

– Sim, creio que podemos aposentar as correntes.

Mary aconchegou-o na dobra do pescoço e descobriu-se olhando para a *Madona com Criança* do outro lado do quarto.

– Você é o mais estranho dos milagres – sussurrou ela, olhando a pintura.

– O quê? – disse ele, contra sua garganta.

– Nada – ela beijou o alto de sua cabeça loura e continuou a olhar fixamente o quadro.

Capítulo 46

Bella respirou fundo: sentiu cheiro de sujeira. Deus, sua cabeça doía. E os joelhos a estavam matando. Estavam presos contra algo duro. E frio.

Abriu os olhos. Escuridão. Breu. Cegueira.

Tentou levantar a mão, mas seu cotovelo esbarrou em uma parede irregular. Havia outra parede em suas costas, diante dela e dos lados. Bateu ao redor do pequeno espaço, em pânico. Abrindo a boca por completo, descobriu que não conseguia respirar. Não havia ar, só o cheiro da terra úmida, obstruindo-lhe... o nariz... ela...

Gritou.

E algo em cima dela foi removido. A luz a cegou quando ergueu a vista.

– Pronta para sair? – disse uma voz de homem com brandura.

Aquilo a fez recordar: a corrida até sua casa atravessando o terreno gramado, a luta com o *redutor*, a vista escurecendo.

Com um rápido puxão ela foi içada por uma corda em torno do peito, do que lhe pareceu um tubo na terra. Olhando em volta aterrorizada, não fazia ideia de onde estava. O cômodo não era grande e as paredes não estavam acabadas. Não havia janelas, só duas claraboias no teto baixo, e ambas cobertas por um pano negro. Três lâmpadas pendiam dos fios. O lugar tinha um cheiro adocicado, uma combinação de tábuas de pinho novas com o perfume enjoativo de talco de bebê do *redutor*.

Quando viu uma mesa de aço inoxidável e dúzias de facas e martelos, tremeu tanto que começou a tossir.

– Não se preocupe com tudo isso – disse o *redutor* –, não serão usados em você, desde que se comporte.

As mãos do *redutor* se embrenharam pelos cabelos dela e os deixaram cair em leque sobre os ombros.

– Agora vá tomar um banho e lave-os. Lave-os para mim.

Ele se esticou para o lado e apanhou algumas roupas dobradas. Quando as depositou sobre seus braços, ela percebeu que eram suas.

– Se for boazinha, poderá vestir isso. Mas só depois que estiver limpa – ele a empurrou na direção de uma porta aberta, justo quando um celular começou a tocar. – Vá para o chuveiro. *Agora.*

Desorientada e apavorada demais para discutir, cambaleou para o banheiro inacabado, que não tinha vaso sanitário. Como um zumbi, fechou-se ali e abriu a água com mãos trêmulas. Quando se virou, viu que o *redutor* havia aberto a porta e a olhava.

Ele tapou com a mão a parte inferior do celular.

– Tire a roupa. Já.

Ela olhou para as facas. A bílis lhe subiu à garganta enquanto se despia. Quando terminou, cobriu-se com as mãos e tremeu.

O *redutor* desligou o telefone e o deixou de lado.

– Não se esconda de mim. Deixe cair os braços.

Ela não obedeceu, sacudindo a cabeça, atordoada.

– Deixe-os cair.

– Por favor, não...

Ele deu dois passos para frente e estapeou-lhe o rosto, mandando-a contra a parede. Então, agarrou-a.

– Olhe para mim. *Olhe para mim* – seus olhos brilharam com entusiasmo quando ela o encarou. – Deus, é tão bom tê-la de volta.

Colocou os braços em volta dela, abraçando-a apertado. O cheiro adocicado do *redutor* embrulhava-lhe o estômago.

Butch era uma bela escolta, pensou Mary, enquanto deixavam a ala de oncologia do Hospital São Francisco. Com um casaco de lã negro, um chapéu estilo anos 1940 e fabulosos óculos escuros de aviador, parecia um gângster muito chique.

Mas não se enganava. Ela sabia que estava armado até os dentes, porque Rhage havia inspecionado as armas do homem antes de deixá-los sair de casa.

– Precisa de algo mais antes que voltemos para casa? – perguntou Butch, quando estavam do lado de fora.

– Não, obrigada. Vamos para casa.

A tarde havia sido extenuante e inconclusiva. A Dra. Della Croce ainda consultava seus colegas e tinha solicitado a Mary uma ressonância magnética e outros exames. Mais sangue foi colhido também porque a equipe queria checar outra vez as funções hepáticas.

Deus, odiava ter de retornar no dia seguinte e passar outra noite sem saber o que iria acontecer. Quando ela e Butch se encaminharam para o estacionamento e entraram na Mercedes, sentia uma horrível combinação de nervosismo e cansaço. O que de fato precisava fazer era se deitar, mas estava tão ansiosa que dormir não era uma possibilidade.

– Na verdade, Butch, poderia passar em minha casa a caminho da mansão? Quero pegar uns remédios que deixei lá – aqueles soníferos suaves viriam bem a calhar.

– Seria preferível evitarmos passar lá, se possível. Não poderíamos comprar o que você precisa em uma drogaria?

– São controlados e não tenho a receita.

Ele franziu a testa.

– Está bem. Mas será rápido e entrarei com você.

Quinze minutos mais tarde estavam estacionados em frente à casa de Mary. À luz dourada do sol poente, sua casa parecia abandonada. Havia folhas mortas na porta da frente, seus crisântemos estavam meio mortos e havia um galho de árvore caído no jardim.

Esperava que quem adquirisse o lugar gostasse tanto dele quanto ela.

Quando entrou na casa, uma fria rajada de ar soprou na sala de estar e percebeu que a janela sobre a pia da cozinha estava aberta cerca de um palmo. Quando a fechou, achou que Vishous a deixara aberta quando fora instalar o sistema de segurança antes que se mudasse. Trancou-a e, então, subiu para pegar o medicamento.

Antes de irem embora, ela parou diante da porta dos fundos e olhou o quintal. A piscina estava coberta de folhas, a superfície opaca. O prado além era uma ondulação de grama pálida...

Algo brilhava na casa de Bella.

Seus instintos foram acionados.

– Butch, se importa se nós verificarmos o que é?

– Sem chance. Tenho de levá-la para casa.

Ela escancarou a porta.

– Mary, não é seguro.

– É a casa de Bella. Não deveria haver coisa alguma se movendo na casa dela a essa hora do dia. Vamos.

– Pode ligar para ela do carro.

– Faço isso daqui – pouco depois, desligou o telefone e voltou para a porta de trás. – Não respondeu. Vou até lá.

– Uma ova que vai... Mary, pare! Cristo, não me faça colocar você no ombro e carregá-la daqui.

– Faça isso e direi a Rhage que colocou as mãos por todo meu corpo.

Os olhos de Butch chisparam.

– Caraca, você é uma manipuladora tão dura quanto ele.

– Ainda não, mas estou aprendendo. Agora: você vem comigo ou vou sozinha?

Ele soltou um suculento palavrão e sacou uma arma.

– Não estou gostando nada disso.

– Devidamente anotado. Olhe, só vamos nos assegurar de que ela está bem. Não levará mais de dez minutos.

Atravessaram o terreno, Butch atento como um cão de caça. Quando se aproximaram da casa de Bella, Mary pôde ver a porta dos fundos balançando-se ao sabor do vento, banhada pelos últimos raios de sol.

– Fique perto de mim, ok? – disse Butch, enquanto caminhavam pela grama.

A porta se abriu outra vez.

– Oh, droga – resmungou ele.

A tranca de latão estava arrebentada e vários vidros tinham sido quebrados.

Entraram cautelosamente.

– Oh, Meu Deus – suspirou Mary.

As cadeiras estavam espalhadas pela cozinha, junto com louça espatifada e um abajur quebrado. Marcas de queimado riscavam o chão assim como uma substância negra, semelhante a tinta.

Quando ela se inclinou para olhar as oleosas manchas, Butch disse:

– Não se aproxime dessa coisa. É sangue de *redutor*.

Ela fechou os olhos. Aquelas coisas do parque tinham capturado Bella.

– O quarto dela é no porão? – perguntou ele.

– Foi o que ela me disse.

Desceram correndo até lá e encontraram a porta dupla aberta. Algumas das gavetas tinham sido arrancadas da cômoda e parecia que algumas de suas roupas haviam sido levadas. O que não fazia sentido.

Butch abriu seu celular quando voltaram para a cozinha.

– V.? Tivemos um arrombamento. Na casa de Bella – olhou as manchas negras sobre uma cadeira quebrada. – Ela lutou muito. Acredito que os *redutores* a levaram.

Enquanto Rhage vestia calças de couro, segurava o celular entre o ombro e o ouvido.

– Tira? Deixe-me falar com Mary.

Houve o som de passos e depois ele escutou:

– Alô? Rhage?

– Oi, minha fêmea, você está bem?

– Estou bem – sua voz estava muito trêmula, mas era um alívio para Rhage poder ouvi-la...

– Vou até aí, ficar com você – pegou o coldre peitoral enquanto enfiava os pés nas botas. – O sol está se pondo agora, então, já, já estarei aí.

Ele a queria sã e salva na mansão. Enquanto ele e os Irmãos iam atrás daqueles infames.

– Rhage... Oh, Deus, Rhage o que eles vão fazer com ela?

– Não sei – o que era uma mentira. Sabia exatamente o que fariam com Bella. Que Deus a ajudasse – Escute, compreendo que esteja preocupada com ela. Mas, agora, preciso que se concentre em você. Quero que você cole em Butch e não saia de perto dele, entendido?

Porque materializar-se diante dela era mais rápido do que se o tira a levasse para casa de carro. Mas odiava que estivesse tão exposta.

Quando meteu as adagas no coldre, percebeu que do outro lado só havia silêncio.

– Mary? Você ouviu o que eu lhe disse? Pense em você. Não saia do lado de Butch.

– Estou bem do lado dele.

– Está certo. Mantenha-se assim. E, não se preocupe, recuperaremos Bella de qualquer jeito. Amo você – ele desligou e vestiu o pesado casaco.

Quando saiu em disparada pelo corredor, encontrou Phury, que estava vestido de couro e totalmente armado.

– Que diabos está acontecendo? – perguntou Zsadist, descendo o corredor. – Recebi uma mensagem aflita de Vishous sobre uma fêmea...

– Bella foi sequestrada pelos *redutores* – disse Rhage, conferindo sua Glock.

Um furacão gelado partiu de Zsadist.

– *O que você disse*?

Rhage o olhou com a testa franzida diante da intensidade do Irmão.

– Bella. A amiga de Mary.

– *Quando?*

– Não sei. Butch e Mary estão na casa dela...

Num piscar de olhos, Zsadist desaparecera.

Rhage e Phury o seguiram, materializando-se na casa de Bella. Os três correram juntos para a entrada.

Mary estava na cozinha, ao lado de Butch que verificava alguma coisa no chão. Rhage passou como um raio e a agarrou, apertando-a contra ele com tanta força que quase se fundiram.

– Vou levá-la para casa – murmurou sobre os cabelos dela.

– A Mercedes está na frente da casa dela – disse Butch, enquanto se levantava de onde se encontravam as manchas negras que estivera examinando. Atirou para Rhage o molho de chaves.

Phury praguejou enquanto endireitava uma cadeira.

– O que temos?

O tira sacudiu a cabeça.

– Acredito que a levaram viva, com base nesse padrão de rastros chamuscados que vai até a porta. O sangue dela queimou quando o sol o atingiu...

Mesmo antes que Butch se detivesse e lançasse uma olhada para Mary, Rhage já estava na porta com ela. A última coisa que ela precisava ouvir eram os mórbidos detalhes.

O tira continuou:

– Além disso, morta ela não teria utilidade para eles... Zsadist? Você está bem, cara?

Ao passar, Rhage lançou um olhar a Zsadist por cima do ombro.

Z. tremia de fúria, seu rosto estava contorcido ao longo da cicatriz sob seu olho esquerdo. Caramba, parecia que iria explodir, mas era difícil acreditar que a captura de uma fêmea tivesse qualquer importância para ele.

Rhage parou.

– Z., o que está acontecendo?

O Irmão se virou, distanciando-se como se não quisesse que o vissem; depois, apoiou-se na janela diante da qual se encontrava. Com um grunhido baixo, desmaterializou-se.

Rhage olhou para fora. Tudo o que podia ver era o celeiro de Mary do outro lado do terreno.

– Vamos – disse a ela –, quero você longe daqui.

Ela assentiu e ele a pegou pelo braço, tirando-a da casa. Não disseram coisa alguma enquanto caminhavam rapidamente pela grama.

Justo quando chegavam ao quintal de Mary, um vidro se quebrou com estrondo.

Algo – ou alguém – estava sendo atirado da casa. Através da porta corrediça.

Enquanto o corpo ainda rolava, Zsadist saltou pela abertura, mostrando as presas, rosto transtornado pela fúria. Lançou-se sobre o *redutor*, agarrando a coisa pelo cabelo e erguendo-lhe o torso do chão.

– Onde está ela? – grunhiu o Irmão. Como a coisa não respondeu, Zsadist perdeu o controle e mordeu-o no ombro, atravessando-lhe o casaco de couro. O assassino uivou de dor.

Rhage não ficou para olhar o espetáculo. Correu com Mary pela lateral da casa, só para dar de cara com outros dois *redutores*. Obrigando-a a ficar atrás dele, protegeu-a com o corpo enquanto sacava sua arma. Justo quando conseguiu se colocar em posição de atirar, ouviu disparos à sua direita. As balas zumbiram por seu ouvido, atingindo a casa, seu braço, sua coxa e...

Nunca ficara tão contente em sentir a besta emergindo. Atirou-se no vórtice com um rugido, abraçando a transformação, dando boas-vindas ao calor e à explosão de seus músculos e ossos.

Enquanto um tornado de energia emanava de Rhage, Mary foi lançada contra a casa, sua cabeça pendeu para trás e bateu nas tábuas. Escorregou até o chão, vagamente consciente de uma enorme presença que tomava o lugar de Rhage.

Houve mais sons de disparos, gritos, um rugido ensurdecedor. Arrastando-se pelo chão, ocultou-se atrás de um arbusto justo quando alguém acendeu as luzes externas.

Santo... Deus.

A tatuagem ganhara vida: uma espécie de dragão coberto de escamas que refletiam do púrpura ao verde-limão. A coisa tinha uma cauda coberta de barbatanas afiadas, garras amarelas e uma juba negra desgrenhada. Não dava para lhe ver a cara, mas os sons que fazia eram medonhos.

E a besta era letal, liquidando os *redutores* num piscar de olhos.

Cobriu a cabeça com os braços, incapaz de olhar. Rezava como louca para que a besta não a visse e, acaso o fizesse, se lembrasse dela.

Mais rugidos. Outro grito. O terrível rangido de um triturador.

Escutou uma rajada de tiros vinda dos fundos da casa.

Alguém gritou.

– Zsadist! Pare! Precisamos deles vivos!

A luta continuou e provavelmente durou apenas cinco ou dez minutos. Depois, só restou o som de respiração. Duas inspirações. Uma lenta exalação.

Ela ergueu os olhos. A besta estava parada ao lado do arbusto atrás do qual se escondera, olhos brancos fixos nela. Sua cara era enorme, a mandíbula cheia de dentes como os de um tubarão, a juba caindo sobre a testa larga. Sangue negro escorria-lhe pelo peito.

– Onde está ela? Onde está Mary? – a voz de Vishous vinha da lateral da casa. – Mary? Oh... droga.

A cabeça da besta girou rapidamente na direção de Vishous e Zsadist.

– Eu distraio o monstro – disse Zsadist –, você a tira do caminho.

A besta virou-se para os dois irmãos e se colocou em posição de ataque, garras para cima, cabeça para frente, cauda agitando-se regularmente. Músculos da traseira contraídos.

Zsadist continuou avançando enquanto Vishous se aproximava de onde ela estava.

A besta grunhiu e abriu a bocarra.

Zsadist praguejou em sua direção.

– Sim, o que você pode me fazer que já não tenha sido feito?

Mary pôs-se de pé num pulo.

– Zsadist! Não!

Sua voz congelou a todos como um quadro vivo: Zsadist avançando. A besta pronta para atacá-lo. Vishous se aproximando de Mary furtivamente. Os três a olharam durante uma fração de segundo. Depois, voltaram a se concentrar uns nos outros, retomando o curso de ação interrompido.

– Saiam os dois daqui! – chiou ela – Alguém pode sair machucado. Só o estão irritando mais!

– Mary, precisamos tirá-la do caminho do monstro – o tom de Vishous era funesto, o mesmo que se emprega em situações catastróficas.

– A besta não me fará mal, mas está a ponto de liquidar vocês dois. Saiam!

Ninguém a escutava.

– Deus me livre de heróis – resmungou ela. – Para trás, caramba!

Isso conseguiu atrair-lhes a atenção. Os dois irmãos pararam de se mover. E a besta a olhou por cima do ombro.

– Ei – murmurou ela, saindo de trás do arbusto –, sou eu, Mary.

A grande cabeça de dragão sacudiu para cima e para baixo, como um cavalo, agitando a negra juba. O corpo maciço inclinando-se um pouco na direção de Mary.

A besta era linda, pensou ela. Linda de uma maneira perversa, da mesma forma como se pode apreciar uma cobra, sua feiura suplantada pela elegância de seus movimentos e sua inteligência predatória, que não podem deixar de ser reconhecidos.

– É realmente enorme sabia? – ela manteve a voz baixa enquanto se aproximava lentamente, lembrando-se do quanto Rhage gostava que falasse com ele. – E fez um trabalho excelente ao me proteger desses *redutores*. Obrigada.

Quando estava bem ao lado da besta, a coisa abriu a boca, ergueu a face e rugiu, sem tirar os olhos dela, entretanto. Súbito, a cabeçorra baixou, como se esperasse um carinho dela. Mary estendeu a mão, acariciando-lhe as lisas escamas, sentindo-lhe a força descomunal na tensão e grossura de seu pescoço e ombros.

– De perto você é ainda mais assustador. Mas é agradável de tocar. Não pensei que sua pele fosse tão macia ou quente.

Aqueles olhos brancos piscaram para a esquerda e se estreitaram, e os beiços da fera contorceram-se num rosnado.

– Não vai me dizer que tem mais alguém se aproximando – disse ela, sem variar seu tom ou virar-se para trás. Manteve os olhos fixos nos da besta.

– Butch, recue, cara – murmurou Vishous. – Ela o está acalmando.

A besta produziu um grunhido baixo na garganta.

– Ei, agora, não se incomode com eles – disse ela. – Não vão fazer coisa alguma a nenhum de nós. Além disso, já não teve o bastante por uma noite?

A criatura respirou fundo.

– Sim, claro que teve – murmurou ela, acariciando-lhe a juba. Os pesados músculos corriam como grossas cordas sob a pele. Nada de gordura, apenas força.

A coisa olhou para os vampiros outra vez.

– Não, nem eu nem você precisamos nos preocupar com eles. É só ficar aqui comigo e...

Sem aviso, a besta se virou e a atirou ao chão com a cauda. Saltou pelo ar até a casa, atravessando uma janela com o tórax.

Um *redutor* foi puxado de dentro da casa, e o rugido de indignação da besta foi cortado enquanto ela prendia o assassino entre as mandíbulas.

Mary se encolheu como uma bola, protegendo-se das barbatanas da cauda. Ela tapou os ouvidos e fechou os olhos, barrando os sons de mastigação e a horrível visão da matança.

Momentos mais tarde, sentiu que a cutucavam. A besta a empurrava com o focinho.

Ela se virou e ergueu a vista para aqueles olhos brancos.

– Estou bem. Mas vamos ter que dar um jeito nas suas maneiras à mesa.

A besta ronronou e se esticou sobre o chão ao lado dela, descansando a cabeça sobre as patas dianteiras. Houve um clarão e, então, Rhage apareceu na mesma posição. Coberto de sangue negro, tremendo de frio.

Ela tirou o casaco e o cobriu, enquanto os Irmãos corriam até eles. Todos tiraram os casacos e também os colocaram sobre Rhage.

– Mary? – disse ele, com um fiapo de voz.

– Estou aqui. Todos estão bem. Vocês dois me salvaram.

Capítulo 47

Butch não teria acreditado se não houvesse visto a coisa toda com os próprios olhos. Mary havia convertido aquela besta furiosa em um animal de estimação.

Caraca, aquela mulher tinha personalidade. E coragem, também. Depois de ver aquela belezinha *comer* os assassinos diante dela, postou-se na frente do monstro e o tocou. Ele não teria esse tipo de valentia.

Mary levantou os olhos do corpo de Rhage.

– Vocês podem me ajudar a colocá-lo no carro?

Butch adiantou-se, erguendo as pernas de Rhage enquanto Vishous e Zsadist o pegavam pelos braços. Levaram-no até a Mercedes e o colocaram no banco de trás.

– Não posso levá-lo para casa – disse Mary – Não conheço o caminho.

Vishous se dirigiu à porta do motorista.

– Levo vocês. Tira, volto em vinte minutos.

– Cuide deles – murmurou Butch.

Quando se virou, Phury e Tohr o olhavam com uma expectativa com a qual estava acostumado.

Sem se dar conta, voltara a ser o detetive de homicídios e assumiu o comando.

– Deixem-me contar a vocês o que temos até agora – levou os dois até os fundos da casa de Mary e apontou uns rastros negros sobre o chão. – Estão vendo esses vestígios de queimado sobre a grama? Um *redutor* arrastou Bella da casa dela até aqui. Estava sangrando e, quando o sol saiu, o rastro do sangue se queimou e deixou essas marcas no chão. E por que precisou trazê-la para cá? Acredito que o assassino tenha vindo procurar Mary e, de algum modo, deu com Bella por aqui. Bella correu para sua casa e ele teve de trazê-la de volta, provavelmente porque tinha estacionado o carro aqui. Sigam-me, rapazes.

Ele contornou a casa e desceu pela rua onde havia um Ford Explorer estacionado no meio-fio.

– Bella foi, para eles, um golpe de sorte, e retornaram esta noite para terminar o serviço capturando Mary. V., quero que verifique a placa desse veículo, certo? – Butch olhou para o céu. Flocos de neve começavam a cair. – Com essa droga caindo, a integridade das cenas de crime externas fica comprometida, mas acredito que saibamos tudo que se pode saber delas. Enquanto eu examino o veículo dos *redutores*, vocês se livram dos corpos daqueles *redutores*. Nem preciso lhes dizer para pegar tudo que puderem deles, carteiras, BlackBerrys, celulares. Entreguem tudo a Vishous quando ele voltar, para que leve o material para o Buraco. E não entrem nas casas antes que eu libere as cenas.

Enquanto os Irmãos colocavam mãos à obra, Butch passou um pente fino no Explorer. Quando acabou, os vampiros também tinham terminado de fazer desaparecer os *redutores*...

– O veículo está totalmente limpo, mas está registrado no nome de um tal de Ustead – entregou a licença a Phury. – Provavelmente é uma identidade falsa, mas, um de vocês pode verificar o endereço assim mesmo? Vou até a casa de Bella para completar as investigações por lá.

Tohr consultou seu relógio.

– Verificaremos o endereço desse tal Ustead, depois iremos fazer a ronda dos civis. A não ser que necessite de ajuda.

– Não, é melhor eu terminar sozinho.

O Irmão parou.

– O que me diz de um reforço, tira? Porque os *redutores* poderiam aparecer outra vez. Nenhum escapou daqui, mas quando não fizerem o check-in, alguns de seus comparsas poderiam vir até aqui conferir.

– Eu consigo dar conta – sacou sua arma e a verificou –, mas gastei meu pente. Posso pegar outro?

Phury lhe ofereceu uma Beretta.

– Nem se dê ao trabalho de recarregar sua arma: pegue essa aqui e comece do zero.

E Tohr não partiu até que Butch aceitasse uma das suas Glocks, também.

Metendo uma arma no coldre, e mantendo a outra na mão, Butch atravessou correndo o terreno que separava as duas casas. Seu corpo preparado e musculoso cobriu a distância em pouco tempo, praticamente sem suar. Enquanto corria, repassava mentalmente a lista de coisas que teria de verificar e as teorias sobre o lugar para onde Bella poderia ter sido levada.

Enquanto corria, percebeu uma movimentação no interior da casa. Achatou-se contra a parede ao lado da porta arrombada e destravou a Beretta. De dentro da cozinha chegava-lhe o som de vidro sendo pisado, como pipocas estourando. Alguém andava por ali. Alguém grande.

Butch esperou até que quem quer que fosse estivesse mais próximo; então, saltou para a entrada, apontando-lhe a arma na altura do peito.

– Sou eu, tira – resmungou Zsadist.

Butch desviou o cano da arma para o teto.

– Caramba, poderia ter-lhe dado um tiro.

Mas Zsadist não pareceu se preocupar com isso. Apenas se inclinou e revirou alguns cacos com a ponta do dedo.

Butch tirou o casaco e enrolou as mangas da camisa. Não iria pedir a Zsadist que partisse. Não fazia sentido entrar numa discussão com ele; além disso, o Irmão estava agindo de uma maneira estranha, como se estivesse anestesiado. A calma mortal em que se encontrava era assustadora como o inferno.

Zsadist recolheu algo do chão.

– O que é isso? – perguntou-lhe Butch.

– Nada.

– Tente não alterar a cena do crime, certo?

Quando Butch olhou em volta, amaldiçoou-se. Queria seu antigo parceiro na polícia, Jose. Queria a equipe completa da Homicídios. Queria sua equipe de investigadores forenses trabalhando nas evidências.

Permitiu-se alguns segundos de frustração e depois voltou ao trabalho. Começando pela porta arrombada, estava preparado para examinar cada centímetro da casa, mesmo que isso lhe custasse a noite toda.

Mary trouxe outra rodada de Alka-Seltzer do banheiro. Rhage estava deitado na cama deles, respirando devagar, enjoado.

Depois de esvaziar o copo, ergueu os olhos para Mary. Seu rosto estava tenso e os olhos eram cautelosos, preocupados.

– Mary... desejaria que não houvesse visto aquilo tudo.

– Shh. Apenas descanse um pouco, está bem? Teremos muito tempo para falarmos disso mais tarde.

Despiu-se e deitou-se ao lado dele. Assim que se enfiou debaixo dos lençóis, ele se aconchegou em torno dela, seu corpanzil funcionando como um cobertor vivo.

Estar ao seu lado, fora de perigo e segura, fez com que Mary pensasse em Bella.

Sentiu um aperto no peito e fechou os olhos com força. Se acreditasse em Deus, estaria rezando naquele instante. Em vez disso, apenas torcia pela amiga com todas as suas forças.

O sono acabou chegando. Dormiu algumas horas até que Rhage soltou um potente berro.

– *Mary! Mary, corra!*

Ele começou a agitar os braços. De um golpe, ela mergulhou entre eles, apertando-se contra o peito dele, forçando-o a se deitar, falando com ele. Como as mãos dele ainda se agitavam, ela as capturou e colocou-lhe as palmas sobre a própria face.

– Estou bem. Estou aqui.

– Oh, graças a Deus... Mary – acariciou-lhe as bochechas. – Não posso enxergar direito.

À luz das velas, ela buscou seus olhos sem foco.

– Quanto tempo leva para você se recuperar? – perguntou-lhe.

– Um dia ou dois – ele franziu a testa e depois esticou as pernas. – Na verdade, não estou tão tenso como geralmente fico. Meu estômago dói, mas não muito. Depois da transformação...

Ele se deteve, queixo duro. Então, afrouxou o abraço como se não quisesse que ela se sentisse presa.

– Não se preocupe – murmurou ela –, não tenho medo de você, mesmo sabendo o que tem dentro de si.

– Que inferno, Mary... não queria que o visse – ele sacudiu a cabeça. – É tão horrível. Tudo isso é tão horrível.

– Não tenho muita certeza disso. Na realidade, fui direto para ela. A besta. Fiquei tão perto dela como estou agora de você.

Rhage fechou os olhos.

– Droga, Mary, não deveria ter feito isso.

– Sim, bem... Ou fazia ou a criatura teria comido V. e Zsadist. Literalmente. Mas, não se preocupe, sua besta e eu nos entendemos muito bem.

– Não volte a fazê-lo.

– Uma ova que não. Você não pode controlá-la, os Irmãos também não. Mas essa coisa me ouve. Goste disso ou não, vocês dois precisam de mim.

– Mas não é... feia?

– Não. Não para mim – ela estalou um beijo em seu peito. – É temível, assustadora, poderosa e imponente. E se alguém tentasse me agarrar essa coisa destruiria um bairro inteiro. Como uma garota não ficaria encantada? Além disso, depois de ver esses *redutores* em ação, estou-lhe agradecida. Sinto-me segura. Entre você e o dragão, não tenho com o que me preocupar.

Quando ela ergueu os olhos para ele com um sorriso, Rhage piscava rapidamente.

– Oh, Rhage... está tudo bem. Não fique...

– Pensava que se você conhecesse a aparência dessa coisa – disse ele com voz embargada –, não seria capaz de voltar a me olhar. Só se lembraria desse monstro horrível.

Ela o beijou e enxugou-lhe uma lágrima do rosto.

– É parte de você, não você todo ou tudo o que você é. E eu amo você. Com ou sem isso.

Ele a apertou contra si e escondeu a cabeça em seu pescoço. Quando soltou um profundo suspiro, ela lhe perguntou:

– Você nasceu com isso?

– Não. É um castigo.

– Por quê?

– Matei uma ave.

Mary olhou para ele, pois lhe pareceu ser uma punição exagerada. Rhage alisou-lhe o cabelo para trás.

– Fiz mais do que isso, mas matar uma ave foi a gota d'água.

– Vai me contar essa história?

Ele fez uma longa pausa.

– Quando eu era jovem, justo depois de minha transição, eu era... impossível. Tinha toda essa força e energia e era estúpido no modo como a utilizava. Não mau, apenas... tolo. Exibia-me. Arrumava brigas. E eu, ah, dormia com muitas fêmeas, fêmeas que não deveria ter tomado porque eram as *shellans* de outros machos. Nunca o fiz para roubá-las de seus *hellrens*, mas aceitava o que me ofereciam. Aliás, aceitava... tudo que me ofereciam. Bebia, fumava ópio, caí no láudano... Fico feliz que não tenha me conhecido nessa época. Isso durou vinte, trinta anos. Eu era uma catástrofe anunciada, e conheci uma fêmea. Desejava-a, mas ela era arredia e, quanto mais me provocava, mais determinado ficava em tê-la. Só depois que me engajei na Irmandade foi que ela se aproximou. Armas a seduziam. Guerreiros a seduziam. Só queria estar com os Irmãos. Certa noite, levei-a ao bosque e lhe mostrei minhas adagas e minhas armas. Ela brincou com o meu rifle. Deus, ainda me lembro da imagem do rifle em suas mãos, era uma daquelas espingardas de pederneira que se usavam no início do século XIX.

Início do século XIX? Santo Deus, quantos anos tinha? Mary se perguntou.

– O certo foi que a arma disparou nas mãos dela e escutei alguma coisa atingir o chão. Era uma coruja. Uma daquelas corujas brancas de celeiro, tão graciosas. Ainda posso ver a mancha vermelha de seu sangue gotejando sobre as plumas. Quando recolhi a ave e senti seu leve peso em minhas mãos, compreendi que o descuido era uma forma de crueldade. Olhe, eu sempre me dizia que por não ter a intenção de fazer mal, nada do que acontecesse era minha culpa. Naquele momento, entretanto, soube que estava errado. Se não houvesse dado minha arma à mulher, a ave não teria levado um tiro. Eu era o responsável mesmo que não tivesse apertado o gatilho – limpou a garganta. – A coruja era uma criatura tão inocente. Tão frágil e pequena comparada a mim, enquanto sangrava e morria. Senti-me... desgraçado, e estava pensando onde enterrá-la, quando a Virgem Escriba apareceu. Estava lívida. *Lívida*. Ela ama aves, para início de conversa, e a coruja de celeiro é consagrada a ela, mas, certamente, a morte era o de menos. Tomou o corpo de minhas mãos e devolveu a vida à ave, soltando-a no céu noturno. O alívio que senti quando aquela ave voou foi tremendo. Senti como se todo o erro houvesse sido apagado. Senti-me livre, limpo. Mas, então, a Virgem Escriba se virou para mim. Amaldiçoou-me e, desde então, quando me descontrolo, a besta emerge. Por um lado, é o castigo perfeito. Ensinou-me a regular minha energia, minhas mudanças de humor. Ensinou-me a respeitar as consequências de todas as minhas ações. Ajudou-me a entender a força de meu corpo de um jeito que sozinho jamais entenderia.

Ele riu um pouco.

– A Virgem Escriba me odeia, mas ela me fez um favor dos diabos. Mas, não importa... Essa é a triste história que explica a origem da maldição. Matei uma ave e consegui a besta. Simples e complicado ao mesmo tempo, não é?

O peito de Rhage se expandiu quando ele respirou fundo. Ela podia sentir seu remorso tão claramente como se fosse dela própria.

– Ao mesmo tempo. É verdade – murmurou ela, acariciando-lhe o ombro.

– A boa notícia é que, passados noventa e um anos mais ou menos, termina – ele franziu a testa, como se considerasse a perspectiva. – A besta desaparecerá.

Engraçado, ele parecia um pouco preocupado.

– Sentirá falta dela, não é? – disse ela.

– Não. Não, eu... Será um alívio. De verdade.

Só que a testa dele continuou franzida.

Capítulo 48

Por volta das nove horas da manhã do dia seguinte, Rhage se espreguiçou na cama e surpreendeu-se de como se sentia. Nunca havia se recuperado tão rapidamente antes e tinha a sensação de que era porque não lutara contra a transformação. Talvez, esse fosse o segredo. Deixar acontecer.

Mary saiu do banheiro com uma pilha de toalhas usadas em seus braços e se dirigiu para o *closet*, para jogá-las no cesto de roupa suja. Parecia cansada, triste. O que fazia sentido. Tinham passado parte da manhã falando de Bella e, embora ele tivesse feito todo o possível para tranquilizá-la, ambos sabiam que a situação não era boa.

Além disso, havia outra razão para que estivesse preocupada.

– Quero ir à consulta médica com você hoje – disse ele.

Ela voltou para o quarto.

– Você está acordado.

– Sim. Quero ir com você.

Ao caminhar em direção a ele, tinha aquele mesmo olhar bravo, que usava sempre que ia discutir.

Ele apostou na objeção mais óbvia.

– Mude a consulta para o final da tarde. O sol se põe às cinco e trinta agora.

– Rhage...

A ansiedade fez com que endurecesse a voz.

– Faça isso.

Ela colocou as mãos na cintura.

– Não gosto de ser pressionada.

– Deixe-me colocar de outra maneira. Mude a consulta, por favor – mas não aliviou o tom nem um pouco. Quando lhe dessem as notícias, fossem quais fossem, estaria ao seu lado.

Ela foi até o telefone, resmungando baixinho todo o trajeto. Quando desligou, pareceu surpresa.

– Ah, a Dra. Della Croce me verá... nos verá... às seis da tarde de hoje.

– Que bom. E me desculpe por ter sido grosso. Só quero estar com você quando lhe disserem. Quero participar de tudo o máximo possível.

Ela sacudiu a cabeça e inclinou-se para recolher uma camisa do chão.

– É o grosseirão mais doce que conheci.

Enquanto acompanhava o movimento do corpo dela, sentiu que iniciava uma ereção.

Dentro dele, a besta também se agitou, mas houve curiosa sensação de tranquilidade. Nada daquela agitação enérgica, apenas um lento calor, como se a criatura se contentasse em compartilhar o corpo, não em tomá-lo. Uma comunhão, não uma dominação.

Provavelmente porque a coisa sabia que a única maneira de estar com Mary era por meio de Rhage.

Ela continuou se movendo ao redor do quarto, arrumando-o.

– O que está olhando?

– Você.

Jogando o cabelo para trás, ela riu.

– Então, quer dizer que sua visão voltou.

– Entre outras coisas. Venha aqui, Mary. Quero beijá-la.

– Oh, claro. Quer usar o seu corpo para se desculpar comigo por ter bancado o valentão agora há pouco.

– Empregarei todos os recursos ao meu alcance.

Afastou os lençóis e o edredom e passou a mão pelo peito, sobre a barriga sarada e depois mais abaixo. Os olhos dela se arregalaram quando ele segurou a pesada ereção na palma da mão. Enquanto ele friccionava seu membro, o cheiro da excitação de Mary floresceu como um buquê no quarto.

– Venha aqui, Mary – ele moveu os quadris. – Não tenho certeza se estou fazendo isso direito. Quando você me toca é tão melhor.

– Você é incorrigível.

– Só estou querendo aprender.

– Como se precisasse – murmurou ela, tirando o suéter.

Fizeram amor sem pressa, de maneira gloriosa. Mas, quando acabaram e ele a abraçou, não conseguiu dormir. Nem ela.

Naquela noite, Mary tentou respirar normalmente enquanto tomavam o elevador até o sexto andar do hospital. O São Francisco estava mais tranquilo naquela noite, mas ainda cheio de gente.

A recepcionista os deixou entrar e depois saiu, vestindo um casaco de cor cereja enquanto fechava a porta atrás dela. Cinco minutos mais tarde, a Dra. Della Croce entrou na sala de espera.

A mulher quase conseguiu esconder seu choque ao se deparar com Rhage. Embora estivesse vestido como um civil, com calças folgadas e um pulôver de gola alta negro, aquele *trench coat* de couro caindo daquele ombros largos ainda causavam um impacto e tanto.

Além disso, Rhage era... Rhage. Insuportavelmente lindo.

A doutora sorriu.

– Ah, olá, Mary. Queira me acompanhar até minha sala, por favor. Ou vão os dois?

– Os dois. Esse é Rhage. Meu...

– Companheiro – disse ele alto e claro.

As sobrancelhas da Dra. Della Croce se arquearam e Mary teve de sorrir, apesar de toda a tensão em seu corpo.

Os três atravessaram o corredor, passando diante das portas das salas de exame, da balança, de computadores. Não houve bate-papo. Nada de conversas educadas para encher o tempo, nada de como-está-o-tempo, ou as-festas-de-fim-de-ano-estão-quase-aí. A doutora sabia que Mary odiava esse tipo de coisa.

Algo que Rhage percebera de cara no T.G.I. Friday's logo em seu primeiro encontro.

Deus, parecia que aquilo acontecera anos atrás, pensou Mary. E quem diria que acabariam ali juntos?

A mesa da Dra. Della Croce estava atulhada de papéis, arquivos e livros. Os diplomas da Smith e Harvard pendurados na parede, mas o que Mary sempre achava mais reconfortante eram os vasinhos de violetas africanas alinhados no parapeito da janela.

Ela e Rhage se sentaram enquanto a médica se dirigia para trás de sua mesa.

Antes que a mulher se instalasse na cadeira, Mary disse:

– Então, o que vai me administrar e em que quantidade?

A Dra. Della Croce ergueu os olhos por cima dos registros médicos, das canetas, dos clipes de pasta e do telefone em sua mesa.

– Conversei com meus colegas e com outros dois especialistas. Estudamos o seu histórico e os resultados de ontem...

– Tenho certeza disso. Agora, diga-me, doutora: em que pé estamos?

A médica tirou os óculos e respirou fundo.

– Acredito que deva colocar seus assuntos em ordem, Mary. Não há nada que possamos fazer por você.

Às quatro e trinta da madrugada, Rhage deixou o hospital completamente atordoado. Jamais podia esperar voltar para casa sem Mary.

Fora internada para uma transfusão de sangue e porque, evidentemente, aquelas febres noturnas e o esgotamento tinham a ver com o início de uma pancreatite. Se as coisas melhorassem, ela seria liberada na manhã seguinte, mas não era certo.

O câncer era forte: sua presença havia se multiplicado em um curto período desde que ela havia feito seu check-up trimestral uma semana antes e a amostra de sangue colhida no dia anterior. E a Dra. Della Croce e todos os especialistas estavam de acordo que, pelos tratamentos que Mary já havia recebido, não podiam lhe administrar mais quimioterapia. Seu fígado estava liquidado e não podia aceitar a carga química.

Deus. Ele havia se preparado para uma luta infernal. E muito sofrimento, principalmente da parte dela. Mas nunca a morte. E não tão rápido.

Só tinham alguns meses. Até a primavera. Talvez até o verão.

Rhage se materializou no pátio da mansão e se dirigiu ao Buraco. Não podia suportar voltar ao quarto seu e de Mary sozinho. Não ainda.

Só que, quando estava parado diante da porta de Butch e V., não bateu. Em vez disso, apoiou seu ombro sobre a fachada da casa principal e pensou em Mary alimentando os pássaros. Imaginou-a ali, sentada nos degraus, com aquele encantador sorriso no rosto, a luz do sol em seus cabelos.

Santo Deus. O que iria fazer sem ela?

Pensou na força e na decisão nos olhos dela depois que ele se alimentara de outra mulher na sua frente. Em como o amava mesmo tendo visto a besta. Em sua beleza discreta e arrasadora, sua risada e seus olhos cinzentos e fortes.

Sobretudo, pensou na noite em que saíra da casa de Bella, correndo pelo chão gelado com os pés descalços, correndo para os seus braços, dizendo-lhe que não estava bem... Enfim, recorrendo a ele em busca de apoio.

Sentiu algo sobre o rosto.

Ah, droga. Estava chorando?

Sim.

E não se preocupou por estar amolecendo.

Olhou para as pedrinhas do caminho e surpreendeu-se com o absurdo pensamento de que eram muito brancas à luz dos refletores. Assim como a barreira de contenção estucada que corria ao redor do pátio. E também a fonte no centro, que tinha sido drenada para o inverno...

Ele congelou. Então, abriu os olhos.

Virou-se devagar para a mansão, erguendo o olhar até a janela do quarto deles.

Seu objetivo o incitou e o conduziu até o vestíbulo numa pressa louca.

Mary, no leito do hospital, tentava sorrir para Butch, que estava sentado em uma cadeira no canto, com seu chapéu e os óculos. Havia chegado assim que Rhage saiu, para protegê-la e mantê-la segura até o cair da noite.

– Não precisa ser sociável – disse Butch com brandura, como se soubesse que ela se esforçava para ser educada –, faça apenas o que tiver vontade.

Ela assentiu e olhou pela janela. Os acessos intravenosos em seu braço não estavam ruins; não doíam nem incomodavam. Entretanto, estava tão anestesiada que poderiam ter-lhe martelado pregos nas veias que, provavelmente, não teria notado.

Inferno. Então, o fim havia chegado. A inexorável realidade de morrer finalmente a atingira. Nenhuma saída dessa vez. Nada que se pudesse fazer, nenhuma batalha a travar. A morte já não era um conceito abstrato, mas um acontecimento muito real, iminente.

Não estava em paz. Não estava conformada. Tudo o que tinha era... raiva.

Não queria partir. Não queria abandonar o homem que amava. Não queria desistir do caos que se chama vida.

Parem isso, pensou ela. *Alguém... pare isso.*

Fechou os olhos.

Quando tudo ficou escuro, viu o rosto de Rhage. E, em sua mente, ela tocou sua face com a mão e sentiu-lhe o calor da pele, os fortes ossos por baixo dela. As palavras começaram a invadir sua cabeça, vindas de algum lugar que não reconhecia, indo... a parte alguma, supôs ela.

Não permita que eu vá. Não me faça abandoná-lo. Por favor... Deus, deixe-me apenas ficar aqui com ele e amá-lo um pouco mais. Prometo não desperdiçar os momentos. Eu o abraçarei e nunca o deixarei... Deus, por favor. Só pare isso...

Mary começou a chorar quando compreendeu que rezava, rezava com todas as suas forças, abrindo seu coração, suplicando. Enquanto clamava a algo em que não acreditava, uma revelação estranha lhe ocorreu em meio ao desespero.

Então, era por isso que sua mãe havia acreditado. Cissy não quisera deixar o parque de diversões, não quisera que o carrossel parasse de girar, não quisera abandonar... Mary. A iminente separação do amor, mais do que o final da vida, havia mantido acesa toda aquela fé. Foi a esperança de ter um pouco mais de tempo para amar que fizera sua mãe segurar cruzes e contemplar as faces das imagens e lançar palavras ao ar.

E por que aquelas rezas haviam sido dirigidas ao céu? Bem, a coisa tinha um certo sentido, não é mesmo? Mesmo quando não havia mais opções para o corpo, os desejos do coração encontravam uma saída e como acontece com o calor, o amor sobe. Além disso, a vontade de voar faz parte da natureza da alma: por isso, sua morada tinha de ser no alto. E as dádivas realmente chegavam do céu, como a chuva de primavera, a brisa do verão, o sol do outono e a neve no inverno.

Mary abriu os olhos. Depois de piscar, sua visão clareou, e ela se concentrou na brilhante alvorada por trás dos edifícios da cidade.

Por favor... Deus.

Deixe-me ficar aqui com ele.

Não me faça partir.

Capítulo 49

Rhage correu pela mansão, livrando-se do casaco enquanto passava pelo vestíbulo e subia a escadaria. Dentro do quarto, tirou o relógio e vestiu camisa e calças de seda branca. Após pegar uma caixa laqueada da prateleira superior do armário, foi para o centro do quarto e ajoelhou-se. Abriu a caixa, tirou dali um colar de pérolas negras do tamanho de bolas de gude e o colocou no pescoço.

Sentou-se sobre os calcanhares, apoiou as mãos sobre as coxas e fechou os olhos.

Reduzindo o ritmo de sua respiração, imobilizou-se na posição até que seus ossos, não seus músculos, sustentaram-no no lugar. Varreu a mente limpando-a de tudo o melhor que pôde e, então, esperou, suplicando para ser recebido pela única coisa que poderia salvar Mary.

As pérolas esquentaram sobre sua pele.

Quando abriu os olhos, viu-se em um brilhante pátio de mármore branco. A fonte ali funcionava esplendidamente, a água borbulhava ao jorrar para o alto e retornar para a bacia. Em uma árvore branca com flores brancas em um canto, pássaros canoros trilavam sobre os galhos, constituindo os únicos toques de cor no lugar.

– A que devo esse prazer? – disse-lhe a Virgem Escriba – Certamente não veio por sua besta. Ainda passará muito tempo com ela, segundo me lembro.

Rhage permaneceu ajoelhado, cabeça baixa, língua atada. Não sabia como começar.

– Que silêncio – murmurou a Virgem Escriba. – Incomum em você.

– Gostaria de escolher minhas palavras com cuidado.

– Sábio, guerreiro. Muito sábio. Levando-se em conta a razão que o traz aqui.

– A senhora sabe?

– Sem perguntas – reagiu ela. – Já estou farta de precisar lembrar isso a todo instante à Irmandade. Quando retornar, deixe essa etiqueta clara aos outros.

– Minhas desculpas.

A barra do traje negro da Virgem Escriba entrou em seu campo de visão.

– Levante a cabeça, guerreiro. Olhe para mim.

Ele suspirou fundo e obedeceu.

– Sofre grande dor – disse ela suavemente –, posso sentir seu fardo.

– Meu coração sangra.

– Por essa sua fêmea humana?

Ele assentiu.

– Eu lhe pediria para salvá-la, se isso não a ofender.

A Virgem Escriba se virou. Então, flutuou sobre o mármore, dando uma lenta volta no pátio.

Ele não fazia ideia do que ela estava pensando. Nem mesmo se ela estava considerando o que ele havia pedido. Pelo que sabia, podia estar apenas se exercitando um pouco. Ou prestes a ir embora.

– Eu não iria embora assim, guerreiro – disse, ao ler a mente dele. – Apesar de nossas diferenças, eu não o abandonaria dessa maneira. Diga-me uma coisa: e se salvar sua mulher significa que você jamais se livrará da besta? E se deixá-la viver significa que deverá permanecer com sua maldição até ir para o *Fade*?

– Eu ficaria feliz de manter o monstro dentro de mim.

– Odeia-o.

– Mas eu a amo.

– Bem, bem. Está claro que ama.

A esperança acendeu em seu peito. Estava louco para perguntar se tinham chegado a um acordo, se Mary viveria agora. Mas não iria arriscar o equilíbrio da negociação irritando a Virgem Escriba com outra pergunta.

Ela facilitou as coisas para ele.

– Você mudou bastante desde nossa entrevista particular naquele bosque. E creio que essa é a única coisa desinteressada que já fez.

Ele exalou, um doce alívio correu por suas veias.

– Não há nada que eu não faria por ela, nada que não sacrificasse.

– Que sorte a sua, de certo modo – murmurou a Virgem Escriba. – Porque, além de manter a besta dentro de você, requeiro que deixe sua Mary.

Rhage estremeceu, convencido de que não havia escutado direito.

– Sim, guerreiro. Entendeu perfeitamente.

Um calafrio de morte o atravessou, roubando-lhe o fôlego.

– Eis o que lhe ofereço – disse ela –, posso afastá-la de seu destino, restabelecendo-a completamente. Ela não envelhecerá, nunca adoecerá, decidirá quando quer ir para o *Fade*. E darei a ela a opção de aceitar ou não essa dádiva. Entretanto, quando eu lhe apresentar tal oferta, ela não saberá de você e, se concordar, você e seu mundo serão desconhecidos para ela. Da mesma forma, ninguém que a tenha conhecido a reconhecerá, inclusive os *redutores*. Você será o único que se lembrará dela. E caso se aproxime dela, ela morrerá. Imediatamente.

Rhage oscilou e caiu para frente, apoiando-se sobre as mãos. Passou-se muito tempo antes que pudesse arrancar quaisquer palavras de sua garganta.

– Realmente me odeia.

Uma suave descarga elétrica o atravessou e compreendeu que a Virgem Escriba havia lhe tocado o ombro.

– Não, guerreiro. Eu o amo, meu filho. O castigo da besta foi para ensiná-lo a se controlar, para você aprender sobre seus limites, concentrar-se em seu interior.

Ele levantou os olhos, não se preocupando com o que ela veria neles: ódio, dor, a vontade de soltar os cachorros.

Sua voz tremeu.

– Está me tirando a vida.

– Essa é a questão – disse ela, em um tom extremamente terno – Isso é o yin e o yang, guerreiro. Sua vida, metaforicamente, pela dela, de fato. O equilíbrio deve ser mantido, sacrifícios devem ser feitos se dádivas forem concedidas. Se eu salvar a humana por você, deve haver um profundo comprometimento de sua parte. Yin e yang.

Ele baixou a cabeça.

E *gritou*. Gritou até o sangue correr para o seu rosto e queimar. Até seus olhos se encherem de lágrimas e quase saltarem das órbitas. Até sua voz falhar e enrouquecer.

Quando terminou, focou a vista. A Virgem Escriba estava ajoelhada diante dele, o traje escuro esparramado à sua volta, uma mancha negra contra o mármore branco.

– Guerreiro, eu o pouparia se pudesse.

Deus, ele quase acreditou. Tamanho o desalento na voz dela.

– Faça – disse ele bruscamente. – Dê a ela a opção. Eu prefiro que ela viva muito tempo e feliz sem saber de mim, em vez de morrer agora.

– Assim seja.

– Mas lhe imploro... permita-me que eu me despeça. Um último adeus.

A Virgem Escriba negou com a cabeça.

A dor o rasgou por dentro, ferindo-o de tal modo que não se surpreenderia se descobrisse que seu corpo estava sangrando.

– Eu lhe suplico...

– É agora ou nunca.

Rhage estremeceu. Fechou os olhos. Sentiu a morte chegar tão certa como se seu coração houvesse cessado de bater.

– Então, é agora – sussurrou ele.

Capítulo 50

A primeira parada que Butch fez quando chegou do hospital foi o escritório da mansão. Não sabia por que Rhage o tinha chamado e dito para deixar o quarto de Mary. Seu primeiro impulso havia sido discutir com o Irmão, mas o som da voz do cara fora muito estranho, por isso, não insistiu.

A Irmandade estava reunida na sala de Wrath, todos severos e concentrados. E estavam esperando por ele. Quando Butch os olhou, sentiu-se como se estivesse a ponto de apresentar um relatório ao departamento e, depois de meses de vagabundagem, era bom retornar ao trabalho.

Embora lamentasse profundamente a razão de suas habilidades serem necessárias.

– Onde está Rhage? – perguntou Wrath – Alguém vá buscá-lo.

Phury desapareceu. Quando retornou, deixou a porta aberta.

– O cara está no banho. Logo estará aí.

De sua mesa, Wrath olhou Butch.

– O que sabemos?

– Não muito, embora esteja animado por uma coisa. Levaram algumas roupas de Bella. Ela é do tipo organizado, então, pude descobrir que estão faltando uns jeans, camisolas, não o tipo de coisa que pudesse ter levado à lavanderia ou algo assim. Isso me dá esperança de que possam mantê-la viva por algum tempo – Butch escutou a porta se fechando atrás dele e imaginou que era Rhage entrando.

– De qualquer modo, ambas as casas, tanto a de Bella como a de Mary, estavam limpas, embora eu vá passar o pente fino outra vez...

Butch se deu conta de que ninguém o estava escutando. Virou-se.

Um fantasma caminhava pela sala. Um fantasma que se parecia muito com Rhage.

O Irmão estava vestido de branco e trazia uma espécie de atadura ao redor da garganta. Tinha algo branco em torno de ambos os pulsos também. Todos os pontos de beber, pensou Butch.

– Quando ela partirá para o *Fade*? – perguntou-lhe Wrath.

Rhage só sacudiu a cabeça e se aproximou de uma das janelas. Olhou fixamente através dela embora as persianas estivessem abaixadas e não pudesse ver coisa alguma.

Butch, perplexo porque a morte havia aparentemente chegado tão rápido, não sabia se prosseguia ou não. Lançou um olhar para Wrath, que negou com a cabeça e pôs-se de pé.

– Rhage? Meu Irmão? O que podemos fazer por você?

Rhage o olhou por cima do ombro. Encarou cada um dos machos na sala, terminando em Wrath.

– Não posso sair esta noite.

– Claro que não. E ficaremos com você, compartilharemos sua dor.

– Não – disse Rhage bruscamente. – Bella está lá fora. Encontrem-na. Não permitam que... se vá.

– Mas há alguma coisa que possamos fazer por você?

– Não posso... acho que não posso me concentrar. Em coisa alguma. De verdade, não posso... – os olhos de Rhage desviaram-se para Zsadist. – Como consegue viver com isso? Toda essa raiva. Essa dor.

Zsadist se mexeu inquieto e olhou fixamente para o chão.

Rhage virou de costas para o grupo.

O silêncio na sala se alongou.

E, então, com um caminhar lento e vacilante, Zsadist se aproximou de Rhage. Quando parou ao lado do Irmão, não disse coisa alguma, não ergueu a mão, não fez um som. Apenas cruzou os braços sobre o peito e apoiou o ombro no de Rhage.

Rhage se moveu, surpreso. Os dois homens se olharam. E, então, ambos se viraram para a janela fechada e ficaram contemplando o vazio.

– Prossigam – ordenou Rhage, com voz fúnebre.

Wrath retornou para a sua mesa. Butch recomeçou a falar.

Às oito horas daquela noite, Zsadist terminou de arrumar a casa de Bella.

Verteu o último balde com água e sabão na pia da cozinha e depois guardou o balde e o esfregão no armário ao lado da porta da garagem.

A casa dela estava limpa agora e todas as coisas estavam novamente em seus lugares. Quando ela retornasse para casa, encontraria tudo como sempre fora.

Tocou a correntinha de pequeninos diamantes que trazia no pescoço. Ele a encontrara no chão, na noite anterior, e, depois de consertar um elo rompido, o colocara. Mal dava a volta em seu pescoço.

Passou os olhos pela cozinha uma vez mais e depois desceu a escada que levava ao quarto dela. Dobrou muito bem as roupas espalhadas. Recolocou as gavetas da cômoda no lugar. Alinhou os vidros de perfume sobre a penteadeira. Passou o aspirador no aposento.

Abriu o armário e tocou suas blusas, os pulôveres e os vestidos. Inclinou-se em seu interior e aspirou profundamente. Podia cheirá-la ali, e o seu cheiro fez com que o peito dele queimasse por dentro.

Aqueles malditos filhos da mãe iriam pagar pelo que fizeram. Iria rasgá-los ao meio com as próprias mãos até que seu sangue negro se derramasse em cascata.

Com a vingança palpitando em suas veias, aproximou-se da cama e sentou-se. Moveu-se devagar, como se temendo quebrar o estrado, e se deitou, recostando a cabeça nos travesseiros. Havia um caderno de espiral sobre o edredom e ele o apanhou. A letra dela enchia as páginas.

Como era analfabeto, não podia entender as palavras, mas estavam lindamente traçadas, sua caligrafia redonda formava um padrão encantador sobre o papel.

Em uma página aleatória, bateu os olhos em uma palavra que conseguia ler.

Zsadist.

Ela havia escrito seu nome. Folheou o diário, com atenção. Andara escrevendo seu nome várias vezes recentemente. Encolheu-se de medo quando imaginou o conteúdo.

Fechando o caderno, devolveu-o ao lugar exato onde o havia encontrado. Então, olhou para sua direita. Havia uma fita de cabelo sobre a mesinha de cabeceira, como se a tivesse tirado antes de se deitar. Recolheu-a e enrolou o cetim negro em seus dedos.

Butch apareceu na base da escada.

Zsadist ergueu-se da cama como se o tivessem apanhado fazendo algo errado. O que, certamente, fizera. Não deveria ter invadido o espaço particular de Bella.

Mas, pelo menos, Butch não parecia mais confortável do que estivera na reunião.

– Que diabos está fazendo aqui, tira?

– Queria examinar a cena outra vez. Mas vejo que é habilidoso na faxina.

Zsadist fulminou-o com o olhar através do quarto.

– Por que se preocupa tanto com tudo isso? O que significa o rapto de uma de nossas fêmeas para você?

– É importante.

– No nosso mundo. Não para o seu.

O tira franziu a testa.

– Perdoe-me, Zsadist, mas dada a sua reputação, eu é que lhe pergunto por que isso tudo importa para você!

– Só estou fazendo o meu trabalho.

– Ah, claro. Então, o que estava fazendo deitado na cama dela? Por que passou horas limpando a casa? E por que aperta tanto essa fita a ponto de cortar a circulação nos dedos?

Zsadist olhou sua mão e devagar liberou a pressão. Então, encarou o humano.

– Não se meta comigo, tira. Não vai gostar da reação.

Butch soltou um palavrão.

– Olhe, só quero ajudar a encontrá-la, Z. Preciso... é importante para mim, ok? Não gosto da violência contra as mulheres. Tenho um passado triste relacionado a isso.

Zsadist meteu a fita de cetim no bolso e acercou-se do humano. Butch assumiu uma posição de defesa, esperando ser atacado.

Zsadist deteve-se repentinamente diante do cara.

– A essa altura os *redutores* provavelmente já a mataram, certo?

– Talvez.

– Provavelmente.

Zsadist inclinou-se para frente e respirou fundo. Não conseguia farejar medo algum no humano, ainda que seu grande corpo estivesse tenso e pronto para lutar. Isso era bom. O tira iria mesmo precisar de coragem se de fato quisesse brincar com a Irmandade no parquinho do inferno.

– Diga-me uma coisa – murmurou Zsadist –, você me ajuda a matar os *redutores* que a levaram? Tem estômago para isso, tira? Por que... na boa, estou seco por isso.

Os olhos cor avelã de Butch se estreitaram.

– Tirar algo de você é o mesmo que tirar de mim.

– Por quê? Não sou nada para você.

– Está muito enganado. A Irmandade foi legal comigo e sou fiel aos meus camaradas, entende?

Zsadist mediu o homem. A aura que Butch desprendia era de total sinceridade. Coisa de Irmão.

– Não sei retribuir com gratidão – disse Zsadist.

– Sei disso.

Zsadist fez um esforço e estendeu a mão. Sentiu necessidade de selar o pacto entre eles, mesmo que fosse odiar a sensação. Por sorte, o aperto de mão do humano foi suave. Como se soubesse como era difícil para Zsadist lidar com o contato físico.

– Vamos atrás deles juntos – disse o policial, enquanto deixavam pender os braços.

Zsadist assentiu. E os dois subiram a escada.

Capítulo 51

Mary acenou quando a grande Mercedes parou em frente ao hospital. Ela foi tão rápida que quando Fritz conseguiu sair pela porta do motorista ela já estava dentro do carro.

– Obrigada, Fritz! Escute, telefonei para Rhage seis vezes e ele não atendeu o celular. Está tudo bem?

– Está tudo bem. Vi o senhor esta tarde.

Ela sorriu para o *doggen*.

– Que bom! E como são oito horas, ainda é cedo para que tenha saído.

Fritz ligou o carro e integrou-se ao trânsito suavemente.

– Precisa de alguma coisa...?

Ela se inclinou no assento, abraçou o velhinho e sapecou-lhe um beijo na bochecha.

– Que me leve para casa rápido, Fritz. Mais rápido do que nunca. Infrinja todas as leis do trânsito.

– Senhora?

– Você me ouviu. O mais rápido que puder!

Fritz ficou nervoso pela atenção, mas se recuperou rapidamente e pisou fundo o acelerador.

Mary colocou o cinto de segurança, baixou a viseira e se olhou no pequeno espelho iluminado. Suas mãos tremiam quando as colocou sobre as faces, e risadinhas lhe escaparam da boca, especialmente quando o carro dobrou uma esquina a toda velocidade e ela foi lançada contra a porta.

Quando ouviu sirenes, gargalhou ainda mais.

– Sinto muito, senhora – o *doggen* olhou para ela –, mas devo despistar a polícia e vamos chacoalhar um bocado.

– Mete bronca, Fritz.

O *doggen* apertou algum botão e todas as luzes se apagaram e, do lado de fora, o carro tornou-se imperceptível. Então, o motor da Mercedes roncou alto e o som a fez lembrar da corrida no GTO com Rhage pelas montanhas.

Só que os faróis estavam acesos naquela ocasião.

Ela se agarrou à correia do cinto de segurança e esforçou-se para falar mais alto do que o cantar de pneus.

– Diga-me que tem uma visão noturna perfeita ou algo assim!

Fritz sorriu para ela com calma, como se estivessem apenas batendo um papinho na cozinha.

– Ah, sim, senhora. Perfeita.

Com uma guinada para a esquerda, ultrapassou uma minivan e depois virou num beco. Freando de repente para evitar atropelar um pedestre, meteu o pé no acelerador novamente assim que o caminho ficou desimpedido na estreita rua. Desembocando do outro lado velozmente, cortou um táxi, esquivou-se de um ônibus. Inclusive fez com que um utilitário do tamanho de um tanque de guerra pensasse duas vezes antes de ultrapassá-lo.

O velhinho era um artista do volante. Certo, um artista ao estilo de Jackson Pollock, é claro, mas, mesmo assim, assombroso.

Depois estacionou rapidamente em uma vaga. Bem na rua principal. Simples assim.

O coro das sirenes se fez tão alto que ela precisou gritar.

– Fritz, eles vão...

Dois carros de polícia passaram voando por eles.

– Só mais um momento, senhora.

Outro carro de polícia zuniu por eles.

Fritz deu a partida e prosseguiu, dirigindo rápido.

– Belo truque, Fritz.

– Sem querer ofendê-la, senhora, mas as mentes humanas são facilmente manipuláveis.

Ao longo do trajeto, ela riu, mexeu-se irrequieta, tamborilou os dedos no descanso de braço. A viagem parecia durar uma eternidade.

Quando divisaram o primeiro portão, ela virtualmente vibrava, de tanta empolgação. E, assim que estacionaram diante da casa, saiu em disparada do carro, sem ao menos se dar ao trabalho de fechar a porta.

– Obrigada, Fritz! – gritou-lhe por cima do ombro.

– De nada, senhora! – gritou-lhe de volta.

Ela atravessou o vestíbulo velozmente e subiu os degraus da escadaria de dois em dois. Já no segundo andar, correndo feito louca, ao dobrar uma esquina sua bolsa se enganchou num abajur. Parou a tempo de se virar e agarrar a coisa antes que caísse.

Ria a gargalhadas ao entrar no quarto...

Mary deteve-se bruscamente.

No centro do quarto, Rhage estava nu e ajoelhado em uma espécie de transe sobre uma laje negra. Tinha algo branco atado no pescoço e nos pulsos. E havia sangue escorrendo para o tapete, embora não pudesse localizar de onde vinha.

O rosto dele parecia ter envelhecido décadas desde a última vez que o vira.

– Rhage?

Seus olhos se abriram devagar. Eram opacos, vagos. Piscou perplexo para ela e franziu a testa.

– Rhage? Rhage, o que está acontecendo?

Sua voz pareceu chamar-lhe a atenção.

– O que você está... – ele parou. Sacudiu a cabeça como se tentasse clarear a visão – O que está fazendo aqui?

– Estou curada! É um milagre!

Como Mary correu para ele, Rhage saiu do caminho com as mãos para o alto e olhou para os lados freneticamente.

– Saia! Ela a matará! Voltará atrás em tudo que disse! Oh, Deus, afaste-se de mim.

Mary parou no ato.

– Do que você está falando?

– Aceitou a dádiva, não foi?

– Como você... como você sabe desse sonho estranho?

– Aceitou a dádiva!

Meu Deus. Rhage estava completamente transtornado. Tremendo, nu, sangrando nas canelas e branco como a neve.

– Acalme-se, Rhage – cara, não era bem essa a conversa que imaginara que teriam. – Não sei coisa alguma sobre dádiva! Mas, escute! Adormeci enquanto me faziam outra ressonância magnética e alguma coisa aconteceu com a máquina. Explodiu ou algo assim, eu acho, não sei, eles disseram que havia um clarão. De qualquer forma, quando me levaram para cima, colheram nova amostra de sangue e estava tudo perfeito. Perfeito! Estou limpa! Ninguém sabe o que aconteceu. Parece que a leucemia desapareceu e meu fígado se regenerou espontaneamente. Estão me chamando de milagre da medicina!

Transbordava de felicidade. Até que Rhage lhe tomou as mãos e as apertou com tamanha força que a machucou.

– Você precisa ir. Agora. Não pode me reconhecer. Precisa ir. Não volte aqui outra vez.

– *O quê?*

Ele começou a puxá-la para fora do quarto e quando ela opôs resistência, ele a arrastou.

– O que você está fazendo? Rhage, eu não...

– Precisa ir!

– Guerreiro, pode parar agora.

A irônica voz feminina paralisou a ambos.

Mary olhou por cima do ombro. Uma pequena figura coberta de negro estava em um canto do quarto, e por baixo das pregas de seu traje flutuante saía luz.

– Meu sonho – sussurrou Mary. – Você era a mulher em meu sonho.

Os braços de Rhage a esmagaram quando os colocou ao redor de seu corpo, e, depois, ele a empurrou, afastando-a dele.

– Eu não fui atrás dela, Virgem Escriba. Juro, não fui...

– Acalme-se, guerreiro. Sei que manteve o acordo – a pequena figura flutuou até eles; não caminhava, apenas se deslocava pelo quarto. – E tudo está bem. Você só deixou de fora um pequeno detalhe sobre a situação, algo que eu não sabia até que me aproximei dela.

– O quê?

– Não me disse que ela não podia ter filhos.

Rhage olhou para Mary.

– Não sabia.

Mary assentiu e envolveu o próprio corpo com os braços.

– É verdade. Sou estéril. Por causa dos tratamentos.

O traje negro se agitou.

– Venha aqui mulher. Eu a tocarei agora.

Mary deu um passo para frente, atônita com a mão luminosa que surgiu da seda negra. A união de suas palmas produziu uma cálida descarga de energia.

A voz da mulher era grave e forte.

– Lamento que sua capacidade reprodutiva lhe tenha sido tirada. A alegria de minha criação me sustenta sempre e sinto uma profunda tristeza por você jamais vir a ter a oportunidade de carregar nos braços a carne de sua carne, de ver seus próprios olhos no rosto de outra pessoa, de misturar sua essência com a do macho que você ama. O que você perdeu já é um grande sacrifício. Tirar de você também o guerreiro... é demais. Como lhe disse, dou-lhe a vida eterna até que decida ir para o *Fade* por vontade própria. E tenho o pressentimento de que essa decisão será tomada quando for a vez desse guerreiro deixar a terra.

A mão de Mary foi liberada. E toda a alegria que havia sentido desapareceu. Queria chorar.

– Oh, que inferno – disse ela. – Ainda estou sonhando, não é mesmo? Tudo isso é só um sonho. Eu deveria saber...

Uma risadinha feminina e baixa saiu de entre as pregas do traje negro.

– Vá para os braços de seu guerreiro, mulher. Sinta o calor de seu corpo e saiba que isso é real.

Mary se virou. Rhage também olhava a figura com incredulidade.

Caminhou em direção a ele, abraçou-o, escutando-lhe as batidas do coração em seu peito.

A negra figura desapareceu e Rhage começou a falar no Antigo Idioma, palavras que lhe saíam da boca tão rápido que Mary não as teria entendido ainda que houvessem sido pronunciadas em sua própria língua.

Preces, pensou ela... ele estava rezando.

Quando finalmente terminou, ele a olhou.

– Deixe-me beijá-la, Mary.

– Espere, pode por favor me dizer o que aconteceu? E quem é ela?

– Mais tarde. Não posso... não estou pensando com clareza no momento. Na verdade, é melhor eu me deitar um minuto. Parece-me que vou desmaiar e não quero cair sobre você.

Ela apoiou seu pesado braço sobre os ombros dela e o segurou pela cintura. Quando ele se inclinou sobre ela, Mary grunhiu pelo peso.

Assim que Rhage deitou, ele arrancou as tiras brancas do pescoço e dos pulsos. Foi então que ela viu que faíscas se misturavam ao sangue em suas canelas. Ela olhou para a placa negra. Havia algo sobre ela, como pedacinhos de vidro. Ou será que eram diamantes? Meu Deus, ele estava ajoelhado sobre eles. Não era de admirar que estivesse todo cortado.

– O que você estava fazendo? – perguntou ela.

– Estava de luto.

– Por quê?

– Depois eu explico – colocou-a por cima dele e abraçou-a com força.

Sentindo o corpo dele debaixo do seu, ela se perguntou se era possível que os milagres acontecessem de verdade. E não do tipo que pudessem ser explicados como um incrível golpe de sorte, mas algo místico, transcendental. Pensou nos médicos correndo em volta dela com sua análise de sangue e seus exames. No choque elétrico percorrendo-lhe o braço e seu peito quando a figura negra a tocara.

E pensou nas orações desesperadas que tinha feito ao céu.

Sim, decidiu Mary. *Milagres realmente são reais.*

Começou a rir e a chorar ao mesmo tempo e foi consolada por Rhage.

Um pouco mais tarde ela lhe disse:

– Só minha mãe poderia ter acreditado nisso.

– Acreditado no quê?

– Minha mãe era uma boa católica. Tinha fé em Deus, na salvação e na vida eterna – beijou-o no pescoço. – Então, teria acreditado em tudo isso imediatamente. E também estaria convencida de que era a mãe de Deus por baixo daquelas roupas negras agora há pouco.

– Na realidade, era a Virgem Escriba. Que é muitas coisas, mas não a mãe de Jesus. Pelo menos, não pelo que nos consta.

Ela ergueu a cabeça.

– Sabe, minha mãe sempre me dizia que eu seria salva, acreditando em Deus ou não. Acreditava que eu não poderia me afastar da graça devido ao nome que me deu. Dizia que sempre que alguém me chamasse ou escrevesse meu nome ou pensasse em mim, eu estaria protegida.

– Seu nome?

– Mary. Ela me chamou assim por causa da Virgem Maria.

Rhage perdeu o fôlego. Depois, riu suavemente.

– O que é tão engraçado?

Seus olhos verdes azulados brilhavam, reluziam.

– É só que V... bem, Vishous nunca erra. Oh, Mary, minha linda virgem, deixará que eu a ame enquanto eu viver? Quando eu for para o *Fade* virá comigo?

– Sim – Mary afagou-lhe a face –; mas não se importa que eu não lhe possa dar filhos?

– Nem um pouco. Tenho você, isso é tudo que importa.

– Sabe – murmurou ela –, sempre existe a adoção. Os vampiros adotam?

– Pergunte a Tohrment e a Wellsie. Já consideram John como filho deles – Rhage sorriu. – Se quiser um bebê, consigo um para você. Sabe, eu daria um bom pai.

– Acredito que será mais do que bom.

Quando ela se inclinou para beijá-lo, ele a deteve.

– Ah, tem mais uma coisa.

– O quê?

– Bem, estamos presos à besta. Negociei com a Virgem Escriba...

Mary apartou-se dele.

– Negociou?

– Tinha de fazer algo para salvar você.

Ela o encarou, maravilhada, e depois fechou os olhos. *Ele colocara as engrenagens em movimento; ele a salvara.*

– Mary, tive de trocar por alguma coisa...

Ela o beijou com força.

– Oh, Deus, eu amo você – derramou-se.

– Mesmo se isso significar que você vai ter que viver com a besta? Porque a maldição agora é perpétua. Não pode ser alterada. É para sempre.

– Já lhe disse, por mim, tudo bem – ela riu. – Ah, pense só: ela até que é bonitinha, tipo um Godzilla. E eu estarei levando o pacote inteiro, dois pelo preço de um.

Um reflexo branco cintilou nos olhos de Rhage quando ele a derrubou e colou a boca na lateral de seu pescoço.

– Fico feliz que você goste da besta – murmurou ele, despindo-a. – Porque nós dois somos seus. Pelo tempo que você quiser.

– Então, eternamente – disse ela, entregando-se.

E se deleitou com todo aquele amor.

Sobre a autora

J. R. Ward vive no Sul dos Estados Unidos com o marido incrivelmente solidário e o seu amado golden retriever. Depois de se formar em Direito, começou sua vida profissional na área da saúde, em Boston, e passou muitos anos como chefe de gabinete de um dos mais importantes centros médicos acadêmicos do país. Conheça mais sobre a autora e a Irmandade da Adaga Negra no site *www.jrward.com.*

A seguir, uma prévia do próximo volume, que conta a história de Zsadist, o vampiro mais misterioso da Irmandade da Adaga Negra...

Doze horas após ter sido resgatada das mãos dos *redutores* pela Irmandade, Bella olhava em volta do opulento quarto que lhe haviam destinado e sentia como se tivesse de traduzir o que estava vendo. A segurança que a cercava agora parecia outro idioma, que ela havia esquecido como falar ou ler.

Não podia acreditar que havia sido salva, de fato. Ou que houvesse sido trazida para a mansão da Irmandade para se recuperar.

Em um canto do quarto, o relógio carrilhão antigo soou. Agora, já fazia treze horas, pensou. Treze horas desde que os Irmãos haviam ido atrás dela e a tiraram de um buraco na terra.

Ela apertou mais o roupão de seda em volta dela.

Após Deus sabe lá quantas semanas naquele tubo enterrado no chão, estar livre era alarmante. Rezara por isso, e perdera toda a esperança, e se sentia como se devesse comemorar. O problema era que tudo à sua volta parecia falso e insubstancial, especialmente levando-se em conta o luxo do aposento: as pesadas cortinas de veludo, cama com dossel, as antiguidades dignas de um museu; tudo aquilo deveria impressioná-la por sua beleza imponente. Em vez disso, não passavam de papel machê para ela.

Uma única coisa lhe parecia real. E ela precisava encontrá-la.

Bella abriu a porta e meteu a cabeça para fora. O corredor estava vazio.

O que era perfeito. Não desejava ser vista.

Esgueirando-se para fora do quarto, deslizou sobre o tapete oriental, sem fazer ruído. Quando chegou em frente à escadaria, parou, tentando se lembrar qual o caminho a tomar.

O corredor com estátuas, pensou, recordando outra excursão por aquele comprido corredor muitas, muitas semanas antes.

Ao parar, não se preocupou em se recompor, porque não estava mesmo em condições disso. Sentia-se perdida, desmotivada, em risco de desintegração. Bateu na porta com força.

Do outro lado, responderam:

– Dê o fora. Estou deitado.

Ela girou a maçaneta e abriu a porta. À luz do corredor, viu Zsadist sentado numa cama feita de cobertores no chão, num canto. Estava nu, os músculos flexionados, as argolas prateadas em seus mamilos brilhando. Seu rosto assustador, com aquela cicatriz, demonstrava agressividade.

– Eu disse, *dê o fora*... Bella? – cobriu sua nudez com as mãos – Caramba. O que está fazendo?

Boa pergunta, pensou ela, enquanto sua coragem diminuía.

– Posso... Posso ficar aqui com você?

Ele franziu a testa, como se achasse que ela estava louca.

– O que está... Não, não pode.

Recolheu algo do chão e o sustentou em frente aos quadris enquanto se levantava. Ela se embriagou com aquela visão: as tiras de escravo tatuadas sobre os pulsos e o pescoço, o alargador em sua orelha esquerda, os olhos escuros, o cabelo cortado à máquina. Seu corpo era tão enxuto como recordava, todo músculos esculpidos e veias salientes. A força bruta emanava dele como um perfume.

Para ela, era completamente lindo.

– Bella, vá embora daqui, ok? Aqui não é lugar para você.

Ela ignorou a ordem em seus olhos e voz porque, embora sua coragem tivesse desaparecido, o desespero lhe dava a força que necessitava. Agora, a voz dela já não tremia.

– Quando me colocaram no carro, atordoada, era você que estava ao volante, não? – como ele não respondeu, ela disse: – Sim, era você. E falou comigo. Foi você que foi me procurar, não é?

Ele ficou vermelho.

– A Irmandade foi atrás de você.

– Mas, foi você que me tirou de carro dali. E me trouxe para este quarto. Como ele ficou em silêncio, ela disse: – Deixe-me ficar. Por favor.

– Olhe, precisa estar a salvo...

– Estou a salvo com você. Você me salvou. Não permitirá que me peguem de novo.

– Ninguém pode pegar você aqui. Este lugar é tão protegido quanto o Pentágono.

– Por favor...

– Não – respondeu com aspereza –, agora, dê o fora daqui.

Ela começou a tremer, o medo reassumindo o controle.

– Não posso ficar sozinha. Por favor, deixe-me ficar com você. Eu preciso... – ela precisava dele, especificamente, mas achou que ele não responderia bem a isso – Preciso estar perto de alguém.

Zsadist passou a mão pela cabeça. Várias vezes. Então, respirou fundo e seu peito se expandiu.

– Por favor – ela sussurrou –, não me expulse.

Ele praguejou.

– Tenho de vestir umas calças – murmurou ele.

Aquilo era a coisa mais próxima de um sim que iria conseguir, pensou ela.

Bella deu um passo à frente para entrar e fechou a porta, baixando a vista só por um instante. Quando ergueu os olhos novamente, ele havia se virado e estava subindo pelas coxas uma bermuda de nylon preta de ciclista.

As costas, marcadas por cicatrizes, flexionaram-se enquanto se inclinava. Observando as evidências de velhas feridas, foi tomada pela necessidade de saber exatamente pelo que ele havia passado. Tudo. Cada uma das chicotadas recebidas. Ele sabia o que era estar à mercê de alguém cruel; isso era algo forte que tinham em comum.

Ele sobrevivera. Ela também. Eles tinham... um elo.

Zsadist se aproximou da cama e afastou as cobertas. Então, ficou ali parado. Sem jeito.

– Deite-se – disse a ela.

Ao se aproximar, Bella reparou que ele usava algo em volta do pescoço...

Oh, meu Deus...

– Minha correntinha. Você está usando a minha correntinha.

Esticou a mão para tocá-la contra a pele dele, mas Zsadist se inclinou para trás e removeu a joia.

Depositou-a na mão dela.

– Tome. Pegue de volta.

Ela olhou a delicada corrente de ouro intercalada com pequeninos diamantes. Era da coleção Diamonds by the Yard da Tiffany. Bella a usara anos a fio e agora já não se lembrava como era tê-la em torno do pescoço.

Um emblema da vida normal que ela levava antes, pensou. Era a oportunidade de começar a voltar a ser como era.

Guardou a correntinha no bolso do roupão, escondendo-a.

– Já comeu? – ele perguntou.

Ela se aproximou dele um pouco mais. Desejava abraçá-lo, mas Zsadist sequer olhava para ela. Tinha os olhos fixos no chão.

– Sim, Phury me levou comida.

Uma expressão fugaz atravessou o rosto de Zsadist. Mas desapareceu tão rápido que ela não pôde lê-la.

– Está com dor?

– Não particularmente.

Por favor, olhe para mim, pensou ela.

Como não o fez, ela se deitou na cama. Quando Zsadist se inclinou, ela se moveu para lhe dar espaço, mas tudo o que ele fez foi cobri-la e então voltou para o seu colchão de cobertores num canto do chão.

Bella fechou os olhos por uns minutos. Então, agarrou um travesseiro, saiu da cama e foi atrás dele.

– O que está fazendo? – sua voz se elevou, alarmada.

Largou o travesseiro no chão e se estendeu ao lado do corpanzil de Zsadist. O cheiro dele era agora muito mais forte, lembrando eucalipto e pinho, destilando força masculina. Buscando seu calor, aproximou-se pouco a pouco até que sua testa encostou-se nas costas do braço dele. Era tão sólido, como um muro de pedra aquecido pelo sol.

O corpo dela relaxou. Perto dele, era capaz de sentir o peso de seus próprios ossos, o duro chão embaixo dela, as correntes de ar no quarto que traziam o calor. A presença dele, de certa forma, ajudava-a a se conectar de novo com o mundo que a rodeava.

Moveu-se até se colar totalmente a ele, dos seios aos tornozelos.

Como ele estremeceu, Bella lembrou-se de que ele não suportava ser tocado, mas ela não podia evitar. Talvez no dia seguinte, mas não naquele instante.

– Desculpe-me – sussurrou –, preciso disso. Meu corpo precisa – *de você* – de algo quente.

Z. se mexeu, recuando até encostar-se à parede. Então, abruptamente, levantou-se de um salto.

Oh, não. Iria expulsá-la...

– Vamos – resmungou ele –, vamos para cama. Não posso suportar a ideia de você ficar deitada no chão.